杨健民 著

思想的边界

健民文论自选集

社会科学文献出版社
SSAP
SOCIAL SCIENCES ACADEMIC PRESS (CHINA)

自　序

《思想的边界》是我的一本集子，收入了一批文论和评论。时间横跨了两个世纪，论题和话题也有比较大的区别。

第一辑“感觉之阈：一种理论设置”，概述了我在二十世纪八十年代确立的一个理论设置——艺术感觉论；第二辑“批评之象：视角与谱系”，从“五四”文学批评背景的视角，讨论了现代作家论的谱系以及香港早期文学的历史演进；第三辑“解读之惑：敞开了什么”，从人文意义上讨论了随笔的文体功能，同时对刘再复等的文学理论以及一些作家、诗人作了评述。

为什么取书名为“思想的边界”？时至今日，我一直被“思想”两个字长时间折磨着。进入思想肯定是痛苦的，忽忽几十年过去，我始终徘徊在思想的边缘地带。思想是一种现场，一种“无名的能量”（南帆语）。思想能不能被“陈述”，如何去“陈述”，一定有它的“界面”。思想在这个世界的“界面”无声地划出了无数的话语痕迹，它不是一种简单的回到“日常生活”的“返场”，而是始终处于一种“陌生化”状态之中。我一直认为，不具“陌生化”的思想肯定不是活跃的思想。思想总是在救赎某些东西，而不是一般性的解读或阐释。我的知识结构、兴趣指向和表述方式比较杂乱，所谓“打一枪换一个地方”。我们这一代人的学术地图其实是很不完整的，抓到什么就去阅读、接受什么，所以我无法用我这些拼凑性的想法（不是思想）去解释一段历史或一个时代，这种“宏大叙事”注定不是我的知识水平所能完成的。思想的视野极其辽阔，我没有办法那么豪气干云。

所以，我只能站在思想的边界作一番精神的迷思。说起来连我自己都感到有些意外，二〇〇一年十二月我在巴黎第十大学（拉德芳斯大学）完成一个“文化产业”的培训后飞抵上海，在书店遇到一册流亡到法国的德语诗人保罗·策兰的诗集。这本书让我沉迷了很久，我从那里汲取了不少思想和艺术的养分。我想起一九二一年五月，本雅明在慕尼黑购得瑞士画家保尔·克利的一幅画《新天使》，这幅画就成了本雅明此后二十年生命中“灵启的源泉”——他在诸多书信和著作中都提到这幅画。他在不同时期对于《新天使》具有不同的解读，从而映射着他的人生际遇以及思想观念变动的印痕。据本雅明至交 G. 肖勒姆观察，本雅明在二十世纪三十年代初，从这幅画中“认出了历史的天使”。这幅“历史的天使”的图景，为本雅明的历史观念——“以滞留的观点来思考运动”（阿多诺语）提供了注释。近年来我的一些文章和短语，时常提到策兰，因为策兰的“这个秋天将意味深长”也为我的一些想法提供了思想的支撑。它对我至少不是一个偶然凑泊的结果。

思想的边界注定是我的游走之地。在这个剧场、身份和表演的政治的思想现场里，我只有一盏菲菲，等待着尘心洗净。岩下维舟，清溪流水，一路的学域与道器，火花四溅，都在浇铸着我的灵魂和生命。我的思想的混沌也许是属于我的一种陌生化策略，但我相信，一梦钧天之后，新的忧心悄悄开始了。叶芝的话仿佛又在耳边响起："在阳光下抖掉我的枝叶和花朵；现在我可以枯萎而进入真理。"

感谢你与本书相遇。

目录

CONTENTS

目录

CONTENTS

第一辑

感觉之阈：一种理论设置

艺术感觉概述

一 艺术感觉世界是感觉和知觉的世界

时至如今，我们似乎不能忽略这么一个事实：尽管人们可以毫厘不爽地阐述外界刺激引起人的生理和心理上的反应，从而形成感觉，但是，究竟什么是感觉？艺术感觉是如何发生的？艺术感觉的结构和功能又是什么样的呢？这些问题久久地困扰在我们已有的文学创作理论中，由此导致了我们不无困惑地把创作过程看成在一只密封的暗箱中冥冥地发生着的，从而陷入了艺术感觉乃是某种非实证性的认识圈套，或者干脆将艺术感觉视为一个“语到义断”的疑题。因此，我们常常在为一些作家对自己创作经验的那种富于“内省”自觉的亲切、生动的描述所折服的同时，不免感到他们对于艺术感觉也有“说不清”之虞。作为作家，他们的天性和职责时时在逼迫他们必须描述自己的感觉，而当要他们对于自己的艺术感觉进行准确的说明时，他们往往感到为难。当然，这并不能意味着作家们对于艺术感觉的漠视或置若罔闻，相反，正由于他们对于艺术感觉的神经质的崇拜，唯恐在自己的作品中过多地逸失从生活中所感觉到的东西，他们才那样迷狂地在创作过程中时时追踪着自己的感觉，而对于艺术感觉本身却无暇顾及。这不是作家的过失，而应该归咎于我们的文学创作理论素来对艺术感觉注意得不够。作家的创作活动意味着人和世界缔结着一种特殊关系，但是作家创作中的复杂的大脑活动，本来就是一只“黑箱”，只有感觉，才是打开这口密闭的“黑箱”的第一扇窗户。换言之，作为发生在人和世界交换过程的最原始的接触点上的感觉，是连接人和世界的第一条纽带，接下去的，才是人的思考和行动。从哲学意义上说，感觉是人对存在的自我意识的第一证明。

人的感觉世界是人类心灵的“第二自然”。列宁早在一九〇八年就指出：“假定一切物质都具有在本质上跟感觉相近的特性、反映的特性，这是合乎逻辑的。”① 在感觉世界里，人类与世界的接触和碰撞方式是形形色色的，因而，外在的世界的一系列现象也都被赋予形形色色的意义，矗立于人的感觉范围之内。古希腊唯物主义哲学家德谟克利特把认识分为真理性的认识和暧昧的认识两种形式，属于后者的是视觉、听觉、嗅觉和触觉等感觉系列。② 尽管德氏多多少少区别了感觉与其他形式的认识（如理性认识）的不同，并且对感觉的局限性有所了解，然而，从人和世界的特殊关系来看，一个真正的感觉世界，并不是纯粹的对于世界的本能的“直观”（或直觉），而丝毫没

---

① 列宁：《唯物主义和经验批判主义》，《列宁选集》第2卷，人民出版社，1975，第89页。

② 《古希腊罗马哲学》，三联书店，1957，第106页。

有对于世界的整体意识（知觉）。如果仅仅把感觉定义为将感觉到的信息（即世界中变化着的信息）传达到脑的手段，那么我们的感觉能力就只能降低到低等动物的水平。因此，我们所讨论的人的感觉世界，尤其是作为作家的感觉世界，实际上是感觉（sensation）和知觉（perception）的世界。

那么，感觉和知觉这两个词表明了什么呢？心理学家对它们所下的定义往往是互掩的，并且，各种不同的心理学派由于本身的特点，对感觉和知觉的区分也是各不同的。我以为在这些不同的解释中，有四种意见比较有代表性：

（1）知觉是比感觉更高一级的感性认识形式，它更多地包含了理性因素。这就是巴甫洛夫所作出的解释，他说："感觉是由某种外来动因（刺激物）给予感官的最简单的体验；而知觉乃是当这种刺激与其他刺激物以及从前的刺激的痕迹相联系时而在我脑内所得到的一种东西。我就是在这种基础上了解了外在对象，这就是知觉。"① 这个意见表明，知觉的形成总是要受到过去经验的制约，或者说在某种程度上总得借助已有知识作为中介和补充。我们对于一个比较熟悉的对象的感知，无需感觉到它的全部属性，而只要感觉到它的个别属性或特征，就可以参照以往的经验（从前的刺激痕迹）把握它的其他属性，从而形成关于它的整体映象。

（2）知觉最先是对事物（对象）的整体形象的感知。这种意见与上述意见恰恰相反，它出自于完形心理学派（格式塔心理学派）的

① 《巴甫洛夫星期三》第2卷（俄文版），第55页。

理论。这个学派的奠基者马克斯·威尔泰墨由一种利用静态图片迅速连续出现而造成一种动态错觉的简单机械（玩具动影器），得出结论：造成知觉的因素一定不止于五官的感觉。这种说法几乎颠覆了自洛克以来所流行的根本观念。后来他和同行又经过种种实验，试图证明知觉并不只是将各种感觉放在一起，所谓的知觉并不是先感知到物体的个别成分然后再注意到整体，而是相反，先感知到整体的形象，然后才注意到构成整体的各种成分。这种理论成为后来人们对于感觉和知觉的一种常见性的区分："感觉是对事物个别特征的反映，而知觉却是对于事物的各个不同的特征——形状、色彩、光线、空间、张力等要素组成的完整形象的整体性把握，甚至还包含着对这一完整形象所具有的种种含义和情感表现性的把握。"①

（3）知觉是对于刺激信息的一种解释。这是现代认知心理学派的意见，这个学派强调人的主动性，反对信息论心理学把人视为被动的信息通道，反对行为主义把人视为被动的刺激—反应器。他们认为，"知觉是一个解释刺激信息，从而产生组织和意义的过程"（W. N. Dember，1979 年）；或者"知觉是确定作用于我们的刺激物的意义的过程"（D. R. Moates 和 G. M. Sehumacher，1980 年）。在这些人看来，知觉不是感觉经验的简单复合，也不只是一种有组织的个体经验，而是知觉者对刺激信息作出解释以及加工处理的复杂过程，它不仅仅取决于感觉输入的性质，而且取决于知觉者本身的特点，知觉者能够将大量的刺激信息带入当前的某种知觉情境，并决定着它对外部

① 滕守尧：《审美心理描述》，中国社会科学出版社，1985，第 57 页。

世界刺激信息的拾取。知觉的这一根本特点，决定了知觉的两种加工形式，即由“数据驱动”（细小的知觉片断）产生的自下而上的加工，以及由“概念驱动”（主体内在图式）产生的自上而下的加工。这两种加工形式是互相补充的。当知觉更多地依赖于感觉输入的直接作用时，自上而下的加工能力就减弱；反之，如果知觉更多地依赖于自上而下的加工，那么对物体直接作用的依赖程度就下降了。①

（4）知觉是一种适应过程。美国心理学家托马斯和L·贝纳特把感觉世界看作感觉和知觉的世界，并对感觉和知觉作了这样的定义：“感觉是指将环境刺激的信息传入脑的手段。知觉则是从刺激汇集的世界中抽绎出有关信息的过程。”② 因此，知觉可以被看成是一种适应的过程。他们把知觉作为对于刺激信息的一种抽绎，从表面上看来具有一定的主动性；而实际上，这种抽绎主要是对动物的本能适应而言的。因为他们所描述的这个适应过程主要是从印记和深度坠落知觉方面着眼的，因而带有很明显的动物的本能性，也就是搜求、抽绎有关信息来指示动物必经的道路。但尽管如此，这个意见对我们还是有启发的，如果我们扬弃信息抽绎的动物本能性，而将它们作为一种主动的适应过程，那么这个知觉系统对于人的感觉世界来说，就更具有意义了。以上四种意见都在一定的理论意义上区分了感觉和知觉，总而言之，它们都表明了知觉是比感觉高一级的感性认识形式。但是，从一种更高的要求来看，感觉如何变换成知觉，对这其中重要的心理

① 参见姚劲超《理性因素在感性认识阶段的作用》，《文史哲》1986年第1期。

② 托马斯、L. 贝纳特：《感觉世界》，科学出版社，1985，第2页。

现象，他们并没有给予太多的重视，甚至忽略了。朱狄在《当代西方美学》一书中，在谈到审美知觉与日常知觉时就指出，有的美学家企图从感觉与知觉的区别中去寻找审美的心理根源。例如 H. N. 李认为知觉是比感觉高一层的，知觉可以“包括各种感觉的联合、构成以及从想象中得到的各种材料的补充和选择”。他认为感觉不是审美的，知觉才可能是审美的，至少是构成审美经验的材料。但是有的美学家认为感觉与知觉的区分并不能证明纯感觉材料就是非审美的，例如一个最单纯的音调和色彩，在本质上也是一个有机整体，仍然可以满足某种最简单的审美要求。因此他们认为，H. N. 李实际上抹煞了一种更为重要的心理学现象，即感觉可以变换成知觉。①

这无疑表明了对审美知觉特殊性的解释存在一定的困难。虽然，当代不少美学家、心理学家都试图运用各种手段，从不同的侧面对感觉和知觉的特殊性作出解释，他们多少也触及了感觉变换成知觉的心理内涵，但至今仍未取得满意的结果。不过，有的心理学家则试图运用一种“融合”的方式来对待“感觉”或“知觉”的表述意义。例如苏联知觉心理学研究者 E. H. 索科洛夫就说过：

> 我们在论述知觉时，指的是接受过程，建立感性映象的过程，这种过程基于人的分析器对复杂性程度不同的各种刺激的加工。这样，我们用“知觉”这个术语既统辖感觉，又统辖本身涵义上的知觉。②

① 参见朱狄《当代西方美学》，人民出版社，1984，第249、250页。

② 转引自阿·布罗夫《美学：问题和争论》，上海译文出版社，1987，第61页。

对此，苏联美学家阿·布罗夫在《美学：问题和争论》一书中作了解释。他认为，事实上，我们知觉单个对象的实践说明，很难比较明晰地界定感觉阶段和知觉阶段，这两者通常融合在一起。直接经验和间接经验为这种融合做好准备，它们能够使人仿佛立即就认出对象，保证对对象的完整知觉。因此，布罗夫明确提出，我们将在这种涵义上论述审美知觉。

布罗夫的解释进一步表明：我们对于感觉和知觉的区分仅仅是一种理论意义上的区分，在人类的感知实践中，要想从中界定出感觉阶段和知觉阶段，的确是有困难的。心理学的实验结果告诉我们，在日常生活中，绝大多数时候只有知觉，要得到感觉，需要特别的方法，如在实验室内用仪器来控制，并且需要相应的训练。然而，尽管如此，我们并不想覆蹈机能主义心理学派和格式塔心理学派只讲知觉而摈弃感觉的做法，我们同样把人的感觉看成历史的成果。

虽然，由于资料的欠缺和实验条件的限制，在我们对于具体的感知实践之一——艺术感觉的考察中，不可能很明确或者比较精细地区分出感觉和知觉的不同阶段，但我们仍然力求从人与世界接触和碰撞的最初一瞬——感觉入手，并将它纳入知觉的“统辖”范围之内。这样，我们所讨论的“艺术感觉”就不仅仅是艺术感觉了，而是“艺术感知”或“艺术知觉”。因为从感觉方面来说，它无疑是包容在知觉里面的；而从知觉方面来说，它又“统辖”了感觉。

“感觉”和“知觉”的这种融合性，虽然更多地带有生理学和心理学的意义，但是它仍然影响了哲学和美学意义上的“感觉”和“知觉”的区分，从而给我们的学术研究造成不少的困难。这种困难并不是靠一两本书就能够解决的，它必须依靠多学科的综合性论证和“协同”作战，并随着现代科学的不断进步，它才能取得突破性的进展。从本质上说，我们所讨论的艺术感觉，是一种哲学和美学意义上的感觉，这种感觉往往包括知觉，甚至表象，即整个感性认识阶段。这也就是列宁所说的“世界是感觉的客体，也是思维的客体”，“人类的一切交往都是建立在人们感觉相同性这一前提上”。[①] 在这里，列宁是从“思维”的基点上使用“感觉”这一术语的。因此，所谓哲学和美学意义上的感觉（包括艺术感觉），主要是指感性反应，它表明了人的感觉是一个意义非常丰富的哲学范畴，从而以一种“全面的方式”占有自己“全面的本质”（马克思语）。它不能也不可能离开生理心理学感觉的自然的历史生成，因而带有生理心理感觉对于知觉的融合性。

这种融合性导致人们无形中扩大了“感觉”这个词的内涵。的确，长期以来，在艺术理论和批评理论中，“艺术感觉”一词成为人们将它看作囊括感觉和知觉的约定俗成的词语，并且，在不少作家、理论家的言论中，有许多地方对于“感觉”和“知觉”的使用并不是有区别的，而往往是混同在一起。“感觉”一词的超重内涵，不得不使我们选择了一条容易走通的道路，这就是我们上述提到的，作家的艺术感觉世界是感觉和知觉的世界。

二 艺术感觉作为一种“感应”方式

我们的任务是讨论艺术感觉。那么，什么是艺术感觉呢？它和普

---

① 列宁：《哲学笔记》，第355、356页。

通感觉有什么区别？在这个问题上，作家的解释方式与评论家的解释方式是不一样的。作家张抗抗认为，那种较之生活的原来形态更为生动、形象、精细、凝炼或者夸张变形的感觉，就是艺术感觉。它与普通的一般感觉的根本区别，就在于它还要高于普通感觉，它要把人们熟视无睹、司空见惯的普通感觉加以“热处理”或“冷处理”，使其更富于浪漫气息。她为此举了一个颇为生动的例子：我们看到春天的湖面有一只小舟，载着一对情侣在荡漾。普通的感觉就是觉得那情景很美，视觉中柳条是绿的，伞是红的，湖水在闪动……可是艺术感觉也许就会觉得小舟像一只熨斗，轻轻地熨着湖面，却老也熨不平这一湖春水，因为湖水也许在为年轻人的幸福而激动不已。因此，作家的重要作用，在于把人们的普通感觉提高到艺术感觉，使人们得到艺术感染和艺术享受。①

而在评论家吴亮看来，感觉是一只来回晃动于物界和心界之间的钟摆。一般人，当他要弄清物界真相时，感觉就靠向物界；当他要考虑心界的需求、实用利益和好恶时，感觉就回到心界。艺术家则不然，他的感觉之摆一直在这弧形的摆辐中晃动不已。艺术感觉既不单纯地弄清物界真相，也不追求自身的实用。艺术感觉之所以不同于一般感觉者，乃在于它超越了这两个目的，达到了既非物象亦非心象的超心物界域。②

张抗抗和吴亮的解释，一个偏于形而下的具体，一个偏于形而上的思辨。我想，尽管他们的解释方式不同，但明显的一个共同点在

---

① 张抗抗：《小说创作与艺术感觉》，百花文艺出版社，1985，第 75 页。

② 吴亮：《什么是艺术感觉》，《文艺评论》1985 年第 4 期。

于，他们都意识到了艺术感觉对普通感觉的“变形”。当然，这不是我们通常所说的一般意义上的“变形”，而是一种对于已有经验世界的象征和超越。从张抗抗所举的例子来看，这里的象征意蕴显得浓重些，然而它无疑是一种对于普通感觉进行“热处理”后的“变形”，其中的象征意蕴是通过“变形”手段表现出来的；而吴亮的“钟摆”则显示出强烈的超越功能，正由于超越，从而使艺术家不是简单地去传达或复制个人的感觉经验，而是必须对物象和心象进行“变形”，创造出完全属于艺术本身的形象。

张抗抗和吴亮的看法无疑应当得到肯定。因为这些看法毕竟冲破了传统的刺激→反应（S→R）的单向结构模式，从而加强了对立体心理的变量因素的认识。

道理很明显，主体心理的变量因素越丰富、越强大，对于普通感觉的“变形”也就越趋于形象、生动，并且带有更多的浪漫色彩和象征意味。

既然艺术感觉不同于普通感觉，它是对于已有经验世界的一种象征和超越，那么，这种象征和超越就决不是普通的心理现象，它是一种“悟”。在我看来，通常意义上的感觉是直接与感官发生关系的，因而它偏重于“感”。然而，什么是“觉”呢？“觉”在认识论方面的意义，即它是感性到知性的中介物，也就是知觉。朱熹认为，“能觉者气之灵也”。[①] 这个“气之灵”便是“知觉之理”，它是心器的一种知觉能力，“心官至灵，藏往知来”，是颇有知觉的意味的。而从美

① 《朱子语类》卷五。

学或艺术意义上看，“觉”则意味着某种特殊的“悟性”。所谓“觉悟”，它在美学和艺术中包含有十分复杂的关系，但在过去极少被人所注意。因此，从某种意义上说，艺术感觉对于普通感觉的象征和超越，实际上表达了“感觉”和“悟性”的协同关系。

在对当代某些作家的创作的评论中，不少人用了“感应”这一概念。尤其是对于莫言的小说，不少评论家认为，莫言在于一心一意地传达自己的感觉，重在“感应”，而不去做一般性的“反映”。的确，对于艺术来说，与其说作家对于生活是一种充分能动的反映，不如说这是一种主体感应。因为反映是有限的，感应是无限的。感应可以超越一切时空界限，可以使作家以自己的精神主体为中介去感受现实，参与现实中各种人等的情感经历。谢林说过：“有机体的本质就在于决定活动的感受性和感受性所决定的活动，而这两者必定会被统摄在应激性这个综合概念中。”① 这说明，人的感受性并不是消极的，它的全部意义体现在对于外在现实的感应（应激性）上。因此，我们所说的艺术感觉表现的“感觉”和“悟性”的协同关系，实际上它就是一种“感应”方式。

不过，在我国古代哲学的意识观念中，对于“感应”的解释并不具有充分的能动性和主动性。我国古代哲学家几乎都把“感应”解释成为作用与反作用，“感”是作用，“应”是反作用。例如荀子在《正名》篇中提出“知有所合”的命题，就意味着知觉要符合被知觉的对象，这仅仅是一种朴素的反映。而人的知觉怎样才能“有所合”

---

① 《谢林全集》第 3 卷，商务印书馆，第 223 页。

呢？荀子在《天论》篇中又提出："耳、目、鼻、口、形（身）能各有所接。"由于"有所接"，人的感官才能"意物"（《正名》），即形成关于客观事物的感觉印象。北宋的王安石在《原性》篇中指出，"恻隐之心与怨毒忿戾之心"，都是"有感于外而后出乎中者"，在《性情》篇中又指出，人的"喜怒哀乐好恶欲"，都是"接于物而后动焉"。"感于外"和"接于物"都表明，意识的活动必须以外物的存在为前提，人的心理感情都是由于感应外物而产生的。这未能跃出先秦或两汉的水平。但是，就是比王安石前进了一步的张载，也仍然没有对于"感应"作出突破性的解释。张载在《正蒙·太和篇》中说："有识有知，物交之客感尔"；在《张子语录》中又说："感亦须待有物，有物则有感。无物则何所感"，"人本无心，因物为心"。这种"感须有物"、"因物为心"的概念，仍然把人的感应看成作用与反作用：物自外至，人斯有感。可以说，我国古代哲学家在意识观念上的可贵之处，在于都能揭示出感觉内容的客观来源，但是他们对于感觉主体在"感应"方面的主动性和能动性，则没能作出充分的揭示。

与我国古代哲学家对于"感应"的解释不同，我们所说的艺术感觉是一种"感应"方式，则表明了感觉主体（作家）将以主动的应激性去接受感觉，使"感觉"和"悟性"构成一种协同关系，从而产生出一个新的参照系。具体地说，艺术感觉的"感应"方式是既诉诸感官又超越感官的。"感"是外在世界对于感官的诉诸；而"应"是超越感官的信息积累，它便是"觉"，便是"悟性"。因此，这种"感应"是以某个新的参照系骤然之间闪耀在人们对于生活底蕴的理解上的方式，使感觉主体无形中得到感悟，从而悄然地完成某个精神的升华。它表现的是一种取自实在而又超越实在的感觉。然而，它所产生的那个新的参照系并不是绝对的，因为能够使所有的性质都统一地显现出来的绝对参照系是不存在的，除非我们求助于上帝之眼（即神目观）。牛顿曾经把空间描述为“上帝的无限的感觉中枢”，认为万事万物尽收于上帝的眼底。这是牛顿企图以力学的世界图景作为客观性的绝对参照系，来假定绝对观察者的存在的神目观。但事实说明这种神目观是不可能达到的。从这个意义上说，艺术感觉的“感应”方式既要服从于客观实在（即外在世界）的全部丰富性，又要以它的无限性使人们看到“物质带着诗意的感性光辉对人的全身心发出微笑”。①

从心理学意义上说，感觉作为接收世界的第一瞬，乃是感官在外界刺激下所吸收的印象。这个观念对于人们已经并不陌生。洛克在《人类理解论》中提出一切知识起源于感觉的原则，这个原则也就是马克思所说的“培根和霍布斯的原则”，它最彻底地坚持了唯物主义的经验认识论。但是，这里的“感觉”在作为知识的来源的同时，它本身也构成了某种知识。感觉一旦构成知识，它就异化为一套弃异求同的抽象概念，因为知识是对现象及其本质的一种逻辑推断。例如几何学是一种知识，然而几何学家对于世界的感觉是抽象的感觉，因为他要把这些感觉转化为知识。所以，普通的感觉容易停留在“知识”的层次，而不能上升为“诗意的感性光辉”的层次，其根源就在于

① 《神圣家族》，《马克思恩格斯全集》第 2 卷，人民出版社，1972，第 164 页。

此。美学意义上的感觉（艺术感觉）则不然，审美感觉能够以它自身的“感应”方式感受到外在世界所拥有的“诗意的感性光辉”。宗白华在总结鲍姆加登的美学思想时，提到了鲍氏美学的一个重要内容：“一切的美仅是对感觉而存在，而一个清晰的逻辑的分析会取消了（扬弃了）它。”[①] 这说明，审美感觉（包括艺术感觉）并不屈从于“知识”的逻辑推断和弃异求同的抽象概念，它有它自身的审美逻辑行程。一旦被概念或“清晰的逻辑的分析”（比如形式逻辑）所处理时，它本身的特性也就消失了。这就是黑格尔所指出的，“当我们在进行概念思维时，听觉和视觉必定已经成为过去了”。[②]

美学家们认为，所有的审美对象首先必须是感觉对象，它是从诉诸感官的印象为基础的。比尔兹利说过，所谓感觉对象就是一种“具有某些最起码的特质使直接诉诸感官”的对象；它的物质性“可以由物理学词汇所描绘的物体和事件所组成”。[③] 对此，马尔库塞提出了同样的见解：“审美的根源在于感受力。美的东西首先是感觉上的：它诉诸感官；它是令人愉快的，是未经理想化的本能冲动的对象。”[④] 这些都说明，同其他的任何形式的感觉一样，审美感觉首先是诉诸感官的，也就是取得“感”的形式。从认识论意义来说，“感”的形式是一种普遍的认识形式。通过外在世界对于感官的直接诉诸，审美感觉获得了客观实在的物质基础，从而使得审美感觉在向“自由”界飞

① 宗白华：《美学散步》，上海人民出版社，1981，第208页。

② 黑格尔：《小逻辑》，商务印书馆，1982，第328页。

③ 比尔兹利：《美学，批评哲学中的一些问题》，纽约，1958，第31、32页。

④ 《现代美学析疑》，文化艺术出版社，1987，第63页。

翔的同时，并不离开“现象”界。

作为审美感觉类型之一的艺术感觉，它的“感应”形式首先同样是一种“感”的形式。这种“感”的形式将形成艺术感觉的发生过程的一个重要起点，由此，我们就可能从这个起点出发，整理出一个可以分解而又能够理解的理论秩序。这就是说，在艺术感觉的“感”的形式确定之后，我们将沿着它自身的审美逻辑行程进一步跨向它的“觉”的形式——“悟性”形式。这样，我们对于艺术感觉过程的理论把握就能够走通三级台阶：物理场感觉——心理场知觉——审美场知觉。在这里，物理场感觉将取得“感”的形式，也就是外在世界诉诸感官的感觉形式；而心理场知觉和审美场知觉将取得“觉”（“悟性”）的形式，也就是感觉主体对于感官感觉（物理感觉）的主动的应激形式。由此，艺术感觉的“感应”方式才能得到完整的实现。

很明显，艺术感觉的“感应”方式的最终目标，是必须超越诉诸感官的“感”的形式，而获得“觉”（“悟性”）的形式。这个形式在我们过去的艺术理论探讨中，几乎全部被忽略了。而实际上，“悟性”形式早在18世纪至19世纪的欧洲哲学中，就被广泛运用并不断注入了许多新鲜的内容。康德在提出“判断力”原理时，对于“悟性”的性质及其作用作了深入的探讨。康德把心灵的机能分为三种——认识机能、愉快及不愉快的情感和欲求机能，并逐一进行了分析。他认为，“对于认识机能，只是悟性立法着”。[1] 在康德的先验哲学中，“悟性”意味着什么呢？康德的“判断力”原理包含着审美判

① 康德：《判断力批判》上卷，商务印书馆，1985，第14页。

断和审目的判断（目的论），而“悟性”是作为审目的判断中与理性共同发生作用的一种功能的。在康德看来，“除掉悟性外，没有别的认识能力给予我们构成性的先验认识原理”，“所以真正的说来，是悟性，它在认识诸能力里具有它自己的领域，那就是在它含有构成性的先验的认识诸原理的限度内”。① 如果剥掉康德“悟性”理论的先验论的外表，我们将看到，“悟性”是人的一种巨大的感觉潜能，它将在感性刺激（“感”的形式）的基础上超越一般感觉，而向着“自由美”的知觉目标飞翔。换言之，“自由美”的知觉目标是艺术感觉（审美感觉）的最终成果，它是被“悟性”统摄在“它自己的领域”里的。

如前所述，感觉是知识的一个来源，可是它本身却构成知识。但是，作为艺术，它并不追求知识，它追求的是一种感觉的升华和超越，因此艺术是时常等待在感觉的边缘上的，一旦艺术获得了“悟性”的导引，它就将沿着这个边缘向着“自由美”的境界射出去。这就是艺术感觉的“感应”方式对于普通感觉的超越性。在这里，作为感觉主体的作家将在把握生活底蕴中获得一个新的参照系，从而实现精神的升华。所以，作家在艺术感觉活动中对于“悟性”的追求，将成为他“感应”生活的一个终极目标。然而无论如何，作家对于“悟性”的追求不是单纯的，他是在情感导引下走向感觉的深层意识的。康德的“判断力”原理告诉我们，在“悟性”与审美“判断力”（情绪）之间有一种神秘的特殊关系。这种关系所构成的是“情感—

① 康德：《判断力批判》上卷，第3、4页。

悟性”结构，它将使美学（艺术）在有机生命的统摄下，显示出独特的生命力和丰富的内涵。这对于我们无疑是一个极为重要的启示。事实上，作家的感官在接受外在世界的生活信息时，他的感觉、悟性、情感、想象都在共同发生作用。在这里，“情感—悟性”结构将形成一种氛围，“悟性”是这种氛围的产生的根本原因，它同时使得氛围与作为感觉主体的作家的心灵气氛达成某种神秘的契合；而“情感”将决定着这种氛围所涌动着的某种特殊情调，它同样与作家的内在情绪力形成同构对应的关系。汪曾祺在一九四七年写的《鸡鸭名家》这篇小说，写到“炕房师傅”余老五在炕鸡房里工作时所充满的那种神秘、尊贵和神圣，关于“炕房师傅”的神秘、尊贵和神圣是这样写的：

> ……不以形求，全以神遇，用他的感觉判断一切。炕房里暗暗的，暖洋洋的，潮濡濡的，笼罩着一种暧昧、缠绵的含情怀春似的异样感觉。余老五身上也有着一种“母性”。（母性！）他自验着一个一个生命正在完成。

这一片“母性”的氛围完全是作家在艺术感觉活动中的“悟性”和情感体验的结果。汪曾祺自己说过“气氛即人物”，很显然，他在努力追求着一种感觉的超越和精神的升华，他的“感悟”与余老五的“感觉”已经融合在一起了。他没有将感觉作为对于生活某个“知识”的单纯获取，而是将感觉作为一种“感应”方式，去追求生活底蕴中的某个新的参照系。这说明，作家的艺术感觉的“感应”方式并不仅仅取决于他对于生活的获取，而是取决于他如何在生活中超越自己，升华自己。

三 艺术感觉对于创作发生学的意义

摆在我们面前的问题是这样：当文学紧紧拥抱住生活时，这是否就意味着生活已经转化成为文学？回答是否定的。确实，从生活到文学之路是颇为曲折的，尽管生活以其原始丰富性横亘在作家的面前，但若没有创作动机的激发，它仍然是一堆原型的生活材料。所以，文学并不是一种简单的反映，在生活和文学之间隐匿着诸多中介或内在因素。我们由于过去对于创作发生学的研究甚为薄弱，因而对文学创作历程的认识并不充分，尤其对创作过程中的中介和内在因素的生成及其特点、作用的把握，更是不彻底的。于是，对创作发生学的研究，将成为我们掌握艰难而曲折的文学创作历程的一个关键环节。

创作发生学与艺术发生学或艺术起源论不同。创作发生学着重于研究创作主体的个性行为或动机，譬如阿 Q 只能是鲁迅写出来的阿 Q，这个阿 Q 如果由别人写出来，就可能不是阿 Q，而是阿 D 或者阿 T 了。这是因为激发鲁迅创作出阿 Q 的创作动机的发生只能是属于鲁迅自己的，并且，这种创作发生带有一定的偶然性和不可重复的性质。而艺术发生学或艺术起源论主要是考察自然对象如何转化为审美对象和艺术对象，以及人类的生理机能如何转化成为审美机能或艺术机能，因而它偏重于对象（客体条件）的共性和机能（主体条件）的共性。就探索的方式来说，创作发生学的研究对象是人类连续不断的、永远处于实践过程中的创作行为和动机，因此对它的探索方式可以是实证性和体验性的，我们不仅可以从前人，而且可以从今人（当代作家）的创作实践中得到解释和论证。而艺术发生学或艺术起源论的研究对象侧重于寻找原始艺术产生的原因。由于原始艺术家极少留下令人满意的心理记录，加上研究手段的限制，所以对它的探索方式往往是假设性的，即使是那些看来有相当说服力的理论（例如艺术起源于巫术的理论），它本身也还是猜测性的，仍然未可究诘清楚三万年以前的原始艺术的起源。

这样，我们所确认的创作发生学就是对于“创作者灵魂里的创作行为”（别林斯基语）的解释。尽管，这种“创作行为”的发生的心理现象是复杂的，并带有一定的隐蔽性，甚至有一部分作家始终无法说清楚自己的“创作行为”是如何发生的，这可能给人们造成一种颇具“神秘性”意味的感觉，然而，只要是作为“创作行为”，它必定具有主体（作家）的实践性。实践是对于任何“神秘性”的最好的解释。这就是马克思所说的：“社会生活在本质上是实践的。凡是把理论导致神秘主义方面去的神秘东西，都能在人的实践中以及对这个实践的理解中得到合理的解决。”①

既然，作家“灵魂里的创作行为”具有实践性基础，那么这种实践性首先带给作家的是他的个人经验，以及他自己体验生活感受生活的成果。大多数作家认为，生活只能被人观察到、体验到和感觉到；作家并不是为了创作才去感觉生活，而是有了感觉必须创作。这样，即使在没有明确地意识到创作目的时，作家仍然不遗余力地积累感觉，并珍惜他的每一瞬间的感觉。这与其说是作家的职业习惯，不如

---

① 《马克思恩格斯选集》第 1 卷，第 18 页。

说是作家“灵魂里的创作行为”所驱使的。从这点上说，对于生活的艺术感觉是创作发生的必要前提。一个作家为了写部工业题材的小说，于是蹲在车间里一段时间。这能够灵验吗？要是这个作家对于车间的生活没有特殊的艺术感觉，他的“实践性的”创作行为可以说是不可能发生的。因此，艺术感觉对于创作发生学的意义在于，作为一种“感应”方式，艺术感觉将为作家的创作心理爆炸——创作发生提供两种能量：一种是原始的情绪能量；另一种是当前的感情能量。当这两种能量在作家的心理秩序中悄然遇合时，一个折磨着作家的创作的梦便开始孕育了。

对于一个作家来说，他之所以被钉在文学创作的十字架上，除了一些偶然的因素外，他往往被某种原始的感觉所搅动，由此形成一种特定的情绪能量。他无法容忍这种情绪在内心世界里不住地困扰自己而无动于衷。他必须摆脱这些困扰，将它们掷入现实生活的圈子并在与生活的交流中得到某种感悟，从而获得创作对象化的契机。根据人的一般的心理经验，一个人在童年或少年时代所具有的某些经历或感觉，由此所产生的原始化的情绪（这是相对而言的，因为在这以前他没有产生出这种情绪），是能够在一个人的生命历程中产生深刻影响的。

当代文学评论中有不少关于作家童年或少年经验的研究，尽管这些研究中有的可能并不具备可靠的论据材料，但从总体上看来，特别是从作家自己的介绍看来，它们无疑能够使我们对作家们的早期感觉作出种种假设性或猜测性的推想：作家的童年之梦是否是荒唐的、破碎的？他是否对那种孤独、不安、恐惧与嘲笑的生活有着切肤之感？或者，他是否愿意滞留在那个充满幸福、和谐、宁静的“小天地”里而不想朝着现实的艰辛多探一回头？也许，我们在这里可能捕捉住作家童年或少年的种种感觉片断，但我们更为期待看到的，是由这些感觉片断所衍化生成的作家的原始情绪，将如何为他的创作心理积蓄能量。事实上，每一个作家都有属于他自己的心理和情绪能量，而最能使他躁动不安的，往往是那一系列最早被激发而生成的原始的感觉情绪。关于这一点，我们可以借作家周梅森的例子来说明。

周梅森直到现在，还“固执”地认定，他十四岁那年的一个“荒唐”的早晨，和在那个早晨看到的、想到的一切，对他的一生产生了巨大的影响。那是一个平常的早晨，周梅森同一群勤工俭学、半工半读的男女同学下到三百米的井下挖煤。人生和世界的许多秘密，过早地在他的心灵王国里曝光了。他并没有感觉到他的头上正悬压着一层层花岗岩、页岩、火成岩，而是把头上的矿灯感觉成为永远伴随着他的太阳，照耀着三百米地下的这块被沧海桑田之变扭曲了的森林和大地，由这种感觉产生的是他那一系列过去从未有过的感觉情绪：

> 有时，我似乎能听见那些跃动在远古森林中鸟儿的鸣叫，似乎能看到在那蛮荒大地上疾驰奔突的兽群。我惶恐而怅然，激动而紧张，常常被自己的幻觉惊得目瞪口呆。我像个在远古森林中迷了路而又不想回家的孩子似的，固执地想看破那片遥远亘古大地上的秘密。我觉得，展现在我面前的，不是笼在黑暗中的煤层、岩层，而是整整一部生命的历史，一个星球的历史。它是那么深沉博大，它使我明白了，我和我的同类们以至我们整个人类是如何的渺小。如今，昔日的大地失落了，那个喧嚣一时的世界

毁灭了，森林变成了煤炭，大地化作了岩层；历史，用惊天动地的力，完成了一个不可逆转的伟大过程。①

对于一个只有十四岁的少年来说，这确实是一次深深的心理震撼。周梅森清醒地意识到，这种长久地在他的脉管和心脏中颤动的感觉情绪，化作了他的“关乎历史和人类的许多断想”，也化作了他的“思维世界和感觉世界的一部分”。终于，在他选定作家这个职业时，它们又化作他的“艺术世界的一部分”。因此，每当他提起笔，摊开稿纸时，他“总会想起十七年前第一次扑进历史怀抱中时的感觉”。②很显然，周梅森在十四岁那年的那个“荒唐”的早晨所产生的那些“荒唐”的感觉情绪，对于他的一生的深刻影响，莫过于为他走上文学创作之路积蓄了群山般凝重的历史分量和情绪能量。尽管作家的精神负荷在他后来的生活实践中不断地被加入了新的情绪能量，但那种原始的、从未有过的情绪能量并不曾在他的感觉世界里消歇过，反之，它们凝结为一种稳固的情感经验，从而成为作家创作发生中的一种重要因素。苏联心理学家维戈茨基援引俄国文艺学家奥夫夏尼科-库利科夫斯基的话说，在人类的一切创作中都有情绪，但能够称为真正的情绪活动的，只有艺术的——形象的创作，而不是科学或哲学，因为科学或哲学创作的情绪仅仅是与这些专业有关的特殊情绪。③ 这就启示我们：艺术的

① 周梅森：《那是个辉煌的梦想》，《文学评论》1987 年第 5 期。

② 周梅森：《那是个辉煌的梦想》，《文学评论》1987 年第 5 期。

③ 维戈茨基：《艺术心理学》，周新译，上海文艺出版社，1985，第 37、38 页。

情绪是被艺术感觉所激发的，艺术感觉的独特性所形成的感觉情绪的独特性，是使得艺术创作成为真正的情绪活动，从而区别于一般科学或哲学创作的根源。

不可否认，作家特定的原始情绪对于他的创作发生有着至关重要的作用。中国古诗中的“遣悲怀”题目、中国古代文论中的“舒愤懑”之说、杜甫名句“魑魅喜人过，文章憎命达”，以及外国的“愤怒出诗人”的说法等等，都体现了情绪、情感在创作发生中的作用。但我们应该看到，情绪和感觉之间是一种不可割裂的、相辅相成的关系：感觉对于情绪的搅动，将在很大程度上使情绪负荷了外在世界对象的种种瞬间的变动，从而钉入外在现实以加强自身的分量；情绪也可能以自己的力量和涌动从感觉背后穿透至感觉的末梢，从而修正感觉的方向。《静静的顿河》中葛利高里在他爱人死后，突然觉得太阳是黑色的；《绿化树》中，章永璘能够在刹那间对一只馒头上的一个淡淡的指纹产生了极其精微、敏锐而富于冲动的感觉，这些都是感觉和情绪相互作用的结果。尽管，在一般情况下，感觉可能由于情绪的冲击而显得变幻不定，但是感觉由此激起了新的感官活力，从而显示出它的鲜活性。

那么，感觉情绪是否能够直接激发创作发生呢？这是一个饶有趣味的问题。回忆一下，有不少作家在创作谈中谈到，在已经有了一大片足以酿成一种小说意象的感觉情绪的情形下，他们往往苦于找不到素材的动机或契机；换言之，他们似乎在心理上缺少一次爆炸性的行为。当乔治· 桑责备福楼拜缺乏信心，对人生缺乏一种明确和广大的视野时，福楼拜却按捺不住了：“唉呀！信心把我活活噎死。我郁结了满腔的愤怒，就欠爆炸。”[1] 从福楼拜的小说中，我们每每能够觉察到他的这种“愤怒”，这是由他的感觉情绪所产生的“愤怒”。但在福楼拜未曾经历过一次惊心动魄的心理“爆炸”之前，这种“愤怒”是不可能对象化到他的作品中的。事实上，对于作家来说，那一系列被他的感觉所搅动的情绪，可能内在地贯注于他的生活素材领域之中，并形成一种蓬蓬勃勃的内在气势，然而，这种内在气势在没有为作家的感觉世界所跃动出来的一个焦点所点燃时，它仍然只是一脉奔突不已的原始情感。那么，这个“焦点”是什么呢？我认为它就是属于作家感觉世界中的“感悟”。对于作家艺术感觉的“感应”方式来说，感悟无疑以一种能量存在的形式储存在作家的感觉世界中。一旦作家的感觉经过他的理性的分析与整理而准确地获取世界的意义时，他对于人生、命运以及情绪的理解就会凝聚为骤然之间闪耀出来的某个新的参照系，这个参照系便是感悟的形式。感悟形式的出现，标志着作家的精神探索跨越了感觉情绪的门槛而体验到一个新的境界。而这一切，则是由感悟能量与情绪能量在作家的心理中遇合和碰撞而产生爆炸的情形下完成的。

我首先仍然以周梅森为例。在同样是对人与历史的景观的描绘中，周梅森的独特之处在于，他并不使读者过分沉溺于那一幕幕具体的场景，而是将自己的感觉情绪汇入人对于人类历史“诞生”的“苦难”的思考之中，在历史的思考中进一步膨胀了表现人的自身的欲望，从而升华为人对于人类存在的意绪的通彻大悟。一个在十四岁

① 段宝林编《西方古典作家谈文艺创作》，春风文艺出版社，1983，第386页。

时就被从实实在在的地面，一下子抛到几百米深的矿井下的作家，他对于历史和矿业史的沉思，他对于地底下那一群群挖煤工人的深厚感情，都被浓缩为一种为他的独特的艺术感觉所设定的感觉情绪，但是这种情绪找到了恰如其分的感悟形式，从而导致他的创作心理在人与历史碰撞的焦点上发生“爆炸”，使他的创作动机得以发生。他的长篇小说《黑坟》，描写矿井下一场瓦斯大爆炸事件，这是中华民国成立以后最大的一次矿业灾难。大爆炸把一千几百名当班窑工埋入地下，矿区因此而成为各种社会势力武装较量的中心。这里出现了两组激动人心的画面：一组是“地下”幸存者的挣扎，另一组是“地上”的拯救活动而演化成宗族之间、各派军政势力之间的流血厮拼。两组画面所交织着的爱憎的人生躁动，无疑使作家涌起一种无可排遣的情绪，这种情绪与他刚下矿井时的原始的情绪形成了某种对应，从而加强了情绪本身的能量。但是，作家并没有在这种情绪中简单地、平面地悟到过去我们所经常看到的那种情景：人与人之争。相反，作家获得了另一种具有全新的艺术内涵的感悟形式：在那远离“社会”的地下深处，人与人之争实际上已被人跟“自然”的搏斗所取代。在这里，一切历时性的社会理性已经悄然后退，而人的自然感性、人的求生的本能却在冰冻尘封中迅速地现出其本来面目。也许，那种对于死的恐惧和对于生的渴求与作家的另一些作品（如《历史·土地·人》）相比，不免显得庸俗和鄙琐。然而，作家对于那个历史场景的感觉情绪与他所取的那个独特的感悟形式的遇合和碰撞，无疑使他的创作发生建基于一种更为深沉的人性内涵上：社会之累并不可能毁灭人的灵性和生命的意志，在那个暗道上所喷薄而出的，正是常常被掩盖于社会重负和平庸生活之中的人的崇高本性和心灵憧憬，以及被集约化了的人类生活史与人性复苏和觉醒的“苦难的历程”。

再以张承志为例。张承志小说所取的感悟形式，常常使得他那些原始的跃动不已的感觉情绪在与现实的撞击中得到修正，从而导引着他的创作发生沿着更能显示出深厚的生活底色的感觉轨道上行进。在《北方的河》中，主人公所经历的报考地理专业研究生的过程，既是一个重新选择自己的生命的过程，又是以男子汉的尊严、自信、意志和毅力搏击庸俗、懦弱、卑鄙和自私行为的过程。这是作家最初意识到的感觉情绪。倘若作家仅仅认真地沿着这种感觉情绪走下去，那么它所引喷的主人公的情绪只能是一片单纯的浮躁和偏激，主人公形象的色彩也将由此而显得单调、缺少魅力，或者说是强悍、刚劲有余而柔性、宽厚不足。不过，作家毕竟是聪明的，他在驾驭自己审美体验时终于没有让那些奔突跃动的感觉情绪冲垮主人公的内心世界而泛滥。作家清醒地意识到，生活中不只有额尔齐斯河和黑龙江的汹涌奔腾，而且有永定河的沉静而含蓄、温柔而宽容。在现实中，不可能时时事事都能实现着独往独来的超尘拔俗的传奇，许多善良、优美的心灵将内在地推动、影响并制约着人的精神追求。这就是作家在对于生活的进一步思考时所得到的感悟。于是，情绪能量与感悟能量在这里悄然遇合了，作家的创作发生也便由此而开始孕育。正是如此，我们才可以理解在张承志的笔下，为什么会有那个十二岁就失去了父亲的小姑娘，为什么会有小屋子里那个默不作声的母亲，为什么会有那个在湟水边侍弄小树林的老汉，并且，为什么会有那个细心、周到的大学里的秦老师……如果我们仅仅把这些形象看作主人公的简单的陪衬，这无疑会削弱作家的感悟的力量。应该指出，作家的感悟之力表现在，它正是利用这些形象与主人公的精神追求构成一种血肉关系，从而使主人公在重新选择自己的生命的过程中，不至于因为自己的过分冲动、幼稚甚至错误而失去应有的信心。小说题记中的这么几句话，我们可以将它看作作家创作时发生的感悟：

> 对于一个幅员辽阔而又历史悠久的国度来说，前途最终是光明的。因为这个母体里会有一种血统，一种水土，一种创造的力量使健壮活泼的新生婴儿降生于世，病态软弱的呻吟将在他们的欢声叫喊中被淹没。从这种观点看来，一切又应当是乐观的。

作家的创作实践告诉我们，艺术感觉所提供的感觉情绪能量和感悟能量，它们的悄然遇合所导致的创作发生本身就闪射出一种自觉的哲学意识。但是，这种哲学意识对于作家来说并非在作品中投放一系列浓重的哲理思考，或者津津乐道地去阐发某种哲学内涵，“而是贯穿在他整个作品中的对生活的深刻探求和感悟”，是“作品的里里外外渗透着作为一个生命自身对生活的独一无二的觉悟和把握”。① 除了上述所举的周梅森和张承志，还有我们没有举出的阿城、韩少功、张炜等，这些作家都力求在自己的作品中显露出一种感悟和把握生活的哲学意识，从而使得他们能够得心应手地驾驭艺术感觉。从这点上说，艺术感觉触发了感悟，使感悟与感觉情绪遇合成为一种创作发生；而在另一个意义上，感悟所放射出来的哲学意识，无疑也使得作

① 张炜：《超脱、责任心、哲学、现代意识》，《文艺报》1987 年 3 月 21 日。

家的艺术感觉沿着创作发生的轨道运行，从而不至于因为情绪或情感的奔突不已而妨碍了精神的升华。

四 艺术感觉的结构和功能

艺术心理学的每一个分支都有它自身的结构和功能。艺术感觉也不例外。尽管，相对于纷纷攘攘的艺术心理学的其他学科，我们对于艺术感觉的研究可谓十分薄弱；然则，在我们意识到格式塔心理学和认知心理学都把研究的焦点对准艺术活动展开的心理过程，并特别强调其中的感知觉现象之后，艺术感觉这个被忽略了的论题便逐渐地被圈入文艺理论及艺术心理学的注意中心，理论家们在这里所投注的精力也逐渐增大。于是，人们从对于艺术感觉的本体意义的把握，进一步扩大到对于艺术感觉的结构和功能的把握。这个现象以及“结构”和“功能”的本身意义，在经过了一番轰轰烈烈的批评方法的引进之后的今天，已经是不难理解的了。

皮亚杰曾经同意许多人的意见，一切社会的研究都必然要导向结构主义，因为社会只能作为整体结构来研究；同时，社会整体结构又是作为不受外界影响的一个社会体系的诸成分的稳定布局，从而显示了结构具有适应于外在环境的功能。结构与功能的这种必然的联系，不仅体现在社会结构、经济结构上，而且体现在艺术和艺术心理学结构上。对于我们所探讨的艺术感觉来说，它的结构形式和价值同样是相互联系的，不可分的。在结构水平上，艺术感觉有它自身的选择和建构的过程，并且有它的特定的感觉形态以及作为知识结构的记忆和经验方式；在功能水平上，艺术感觉不仅以主体作为功能作用的中心，去把握感觉，而且，它在导致结构模式形成的选择过程中，具有从自身的价值取向同化其他感觉能量和行为，从而产生新的认知图式，使艺术感觉表现出一定的超常性、超前性和超我性的功能。结构和功能在艺术感觉中是一个二重性构造形式，结构是为功能提供存在基础的，功能则是在结构形式中发生作用的。下面我将概述我对于艺术感觉结构和功能的考察的思维路线。

（一）艺术感觉的结构形式（概述）

对于艺术感觉的结构形式的考察，应从它的历时性和共时性两个方面入手。

从历时性方面来说，艺术感觉首先是一个选择和建构的过程；从共时性方面来说，艺术感觉既有它的显感觉（情—感觉）形式，又有它的潜感觉（包括灵感状态）形式，它们所依赖的知识结构参照系主要有两个：经验和记忆。“过程”论在心理学体系中的最内在的本质特征及其显赫的地位，可以说是格式塔心理学和认知心理学所奠定起来的。格式塔心理学所具有的那一套精致而复杂的理论模式，是这一学派的心理学从醉心于艺术活动的心理过程的研究中总结出来的。他们认为，整个艺术活动的心理过程，归根到底是一种知觉活动；知觉本身具有的一系列规律，制约着整个知觉过程。这对于我们无疑是一个重要的启示。我们过去的文艺心理学研究，曾经被人总结为“普遍心理学加文艺创作实例或文艺欣赏实例”。这里存在的问题，我以为最主要的是忽视了对文艺心理学的特定“过程”的研究。对于“过程”的忽视，无疑将导致对于心理中介、审美中介的忽视，这样，文艺心理学就难免流于浮浅和皮相。恰恰相反，西方现代哲学、心理学、美学和艺术理论的崛起，在很大程度上得力于他们对于哲学过程、心理过程、审美活动过程和艺术活动过程的精细剖析和研究。例如皮亚杰在建立“发生认识论”时，曾经检验了各个研究领域里出现的结构主义，并找出结构主义的一般特点。他认为，不存在没有构造过程的结构；“结构的形式化，本身就是一种构造过程”。① 因此，即使再抽象的结构体系，也是与永远不会完结而受到形式化限制的整个构造过程分不开的。对于结构形式的构造过程的重视，使得皮亚杰所建立的认识理论，在关于有机体如何能知道它的世界这一问题方面得到了合理的论证。

正是出于深化文艺心理学的研究的愿望，我们把凝注于艺术感觉的眼光首先转入它的“过程”体系之中。那么，如何描述艺术感觉的过程呢？我认为，艺术感觉既然不是对于生活世界的原始丰富性的全部复制，它自身所具有的分解和剔析方式已经不满足于把问题停留在“什么是艺术感觉”的静态描述层面上，而是注重它的物理生成过程和心理操作过程这些内在的运演程序；同时，艺术感觉对于生活世界的选择是有一定范围的，在这个范围内，它并不企图一劳永逸地凝固自己所剔析出来的刺激模型，而是在原有的刺激模型上重建新的知觉模型。因此，艺术感觉就同时具有生物进化论的“选择”性和发生认识论的“建构”性，它的过程也就是“选择”和“建构”的统一的

① 皮亚杰：《结构主义》，商务印书馆，1984，第49页。

过程。对此，我们可以借用物理学中“场”的概念，来说明感觉主体的神经系统的“场组织作用”。

这样，我们便将艺术感觉过程纳入物理场感觉、心理场知觉和审美场知觉这三个层次上。“物理场感觉”所注重的是感觉的物理事实，感觉主体在对这些物理事实（生活的原始丰富性）的选择中具有一定的级次，使得感觉发展的每一个阶段都要以原有的感觉结构为基础，通过新的感觉信息充实或代替原有的结构，从而建立新的感觉结构。“心理场知觉”显示了感觉主体的一种张力，这种张力就是作家的文化心理结构所形成的“反省”意识。它“反省”从物理场现象中产生的感觉语言，使得那些散逸、杂乱的原始性生活片断，在作家不断建构起来的感觉载体里聚集和明朗化而形成某种象征意蕴，从而使作家在返照自身的过程中准确地选择它自己的知觉位置，以形成自己的知觉指向和知觉定势，稳定艺术感觉趋势的正常走向。“审美场知觉”强调了想象力对心理知觉模型的变形功能。作家从心理场知觉中所获得的外在世界象征意蕴，还只能说是一团飘忽无定的感觉，它的深潜的美学内涵必须在审美知觉模型的作用下，才能得到全面释放，从而使得感觉的象征意蕴获得饱满的艺术生命。对于这三个层次的描述，我们企图做出这样的解释：“物理场感觉”作为艺术感觉基本载体的一种自然模型，“心理场知觉”作为艺术感觉反省意识的一种功能模型，以及“审美场知觉”作为艺术感觉想象效应的一种理想模型，它们的连续建构形成了艺术感觉的过程。在我看来，我们已有的文学经验体系，已经不自觉地将这个过程忽略了，因而导致我们对艺术感觉内在结构的展示由于无所依据、无从施展而同样被忽略。因此，把握艺术感觉的结构首先在于把握它的过程。

在对艺术感觉过程的审视中，我们意识到艺术感觉有两种基本的结构形式：一种是显感觉形式，另一种是潜感觉形式。显感觉形式实际上是知觉情感与艺术感觉——“情—感觉”形式。科林伍德在《艺术原理》中郑重地认为，感觉和情感是每种感觉经验中的两个孪生因素。正因如此，我们所提出的情—感觉的存在方式显示了作家艺术感觉中的一种特殊的接触、了解和把握世界的方式。在这个特殊方式中，知觉情感是伴随着知觉活动直接产生的，这个“产生”的内部机制便是作家的内感觉——生命的感觉。由此，情感与感觉之间的特殊关系便表现为一种双向交流运动：一方面，情感活动的发生必须依赖于机体觉（内感觉），它是作家为某些现象所激起的心灵波动和震颤；另一方面，作家的感知觉还要受到强烈而奇异的感情活动的诱导，才能成为真正的艺术感觉。当然，情—感觉是有它的特定的情感逻辑的，这种情感逻辑对于作家艺术感觉中情感内化运动和感觉变异的调节和规范，将体现出感觉主体的感性能力的理性化程度。

倘若将情—感觉视为显感觉，那么，艺术感觉的潜感觉状态，是一种迥异于潜意识的“不自觉的感觉”。潜意识与潜感觉的区别在于：前者需要阈限下的刺激，刺激形成了它的生理根源；而后者几乎不需要刺激，它靠的是感觉能量自身的功能充满，因而它更多地表现为本能和不自觉性。对于作家来说，他的感觉世界任何时候都不会是充分展开的，由于记忆功能的限制、经验范围的局限以及感觉系统的误差，总是有一部分对于现象世界的感觉被潜埋入主体意识的底层。在这一底层里，一旦那种沉潜的感觉能量由于不断地增殖而达到充满时，它就会自然而然地外溢出来，从而成为作家感觉世界里的一种本能的、不自觉的呈现。这实际上是作家感觉世界中的一种高级境界，因为潜感觉既不是统一在某些最初的物象上，也不是统一在某种单纯的心象上，而是统一在既超越了物象（物理场感觉）又超越了心象（心理场知觉）的审美直觉（审美场知觉）上；因此，审美直觉是作家对于现象世界的物象能量和心象能量的双重充满，这个双重充满表明了作家的感性经验和理性实践的共同积淀，由此形成了作家在瞬间内把握形象的初级结果的主体素质基础。由于审美直觉是以潜在直觉为基础的，所以潜在直觉便成为潜感觉的一种主要形态。这样，我们在解释灵感思维时，就可以设立另一个新的思路，从潜在直觉切入，从而以潜在直觉为内在机制，把灵感的发生描述为：潜在直觉的双重能量充满所产生的经验性直觉和理性（理解力）直觉，在想象力的作用下骤然突现的一种理智与情感异常活跃的状态。因此，我以为，对于潜感觉的深入研究将成为一个诱人的课题。

艺术感觉的两种基本结构形式不是凭空而起的，它们建基于感觉主体已有的知识结构体系。从这个知识结构体系来看，它同样有两个基本的参照系统：一是作家的经验世界；一是作家的记忆功能。在我看来，作家的经验世界首先是一个超越知觉积累的结构。这就是说，现实世界中产生出来的为作家所关注的“经验”，在作家的知觉范围内并不仅仅如同 1 + 1 = 2 那样全然以一种叠加的积累方式挤拥在一起，相反，作家对于经验的知觉必须超越出经验的知觉积累，将经验中的知觉统摄在某种有效性的观念范畴之中，使作家经验世界中一系列零散的现象在观念的导引下，从原始的混沌中解脱出来而共同散发出某种艺术意味。但是，作家的经验世界毕竟是有限的，这种有限性将从另一个方面指示作家不能去拘泥于经验。这样，作家就有可能在经验世界的有限性中寻找艺术感觉的新的起点，这与其说是作家对于既有经验的不满足，不如说它意味着作家知觉经验结构的一种深层调整，由此构成一种美学发现，使作家主体显示出一种能动性。这种能动性实际上是作家的知觉、想象、观念这三种因素的统觉的整体性作用，它使得作家知觉经验结构的深层调整成为可能，并且使得作家的新的经验世界能够得以形成。

相对于经验世界，记忆在作家的已有知识结构体系中与知觉的活动似乎更密切一些。记忆和知觉是以缠绕与覆盖的方式协同活动着，在这里，记忆将作为艺术创造的某种“参与”而对知觉产生缠绕，从而使知觉不脱离于记忆活动；知觉则作为历史片断的复活和组合而对记忆进行覆盖，从而使记忆染上作家的知觉的色彩。但是，知觉和记忆并不是一种简单的协同活动，它必须依赖主体的想象力，使记忆过程“内在化”。这样，知觉中的想象便将导向两种记忆形态：一种是有意记忆，一种是无意记忆。有意记忆主要作为作家的一种“常醒的理解力”和知觉对于特殊对象的集中定向，使记忆在知觉活动中分辨、理解现象意蕴，同时使知觉经验在记忆中得到整合；无意记忆主要作为情感的某种凝聚力和知觉的开放系统，“情感的凝聚力”是相对于“常醒的理解力”而言的，它作为无意记忆的一种动力机制，以补充记忆和知觉的协同活动中情感能量的消耗，使知觉具有更活跃的开放性。然而无论如何，处在有意和无意之间的记忆，才是记忆的最佳状态，因为它最充分地发挥了知觉和记忆的协同活动。

（二）艺术感觉的功能意义

把握艺术感觉的功能意义，首先应该把作家主体作为功能作用的中心。艺术感觉总是有着作家主体意识的主动参预，由此，作家将在艺术感觉过程中进行有目的的多自由度选择，从而能最大限度地去开辟认识外在世界的可能性，使自己在艺术观察、艺术发现、审美体验等一系列活动中，进一步把握这些活动的知觉功能，表现出它们的独特的超常意识、超前意识和超我意识。

作家主体意识对于感觉的主动参预，意味着作家的心灵与感觉将形成内在一致的感应。在这里，作家主体意识包容了过去的因素和当前的因素，前者以“经验”为内容，后者以“注意”为内容。这里的经验因素作为作家业已掌握的对于外在世界的把握方式或规范，是一种感觉手段，它不同于经验世界，因为经验世界是以作家的感官接触外界现象之后所形成的印象综合体为内容的。在艺术感觉活动中，作家的经验因素是一个包含了知、情、意三个方面的综合体系，由此构成了主体意识的一套理论模式：心理经验模式、情感经验模式和审美经验模式。心理经验是作家在长期观察外在世界现象的过程中，在心理上产生的一种“格局”（或叫图式）；情感经验是作家生活个性化的能量，以及作家在感受生活中为生活所打动而形成的情绪结构；审美经验是作家的艺术教养所形成的一种较为成熟并且趋于定型的艺术把握手段。而与经验因素不同，注意因素将提供当前的感觉经验，它是作家对特定的对象世界的某一方面或某一部分的集中定向，同样具有相当的主动性。经验因素与注意因素在艺术感觉中，以一种互补的方式强化作家的主体意识，从而诱发与控制感觉。

主体意识是作家把握感觉的一种手段，另一种手段是理性思维。理性思维对于感觉具有两个方面的功能：（1）整合感觉映象关系，确定感觉整体结构的效果指向；（2）调节感觉语词系统，为表象提供内省化的感觉语言。对于前者来说，感觉可能敏锐地捕捉对象种种瞬间的变动，但它本身不能理解自己，而理性思维则能够以自身的逻辑力量，去解释、探究感觉之间的种种关系，从而对其作出指向同一效果的整合，以达到主体内在感觉的统一。对于后者来说，艺术感觉中作家主体的内省化语言在引导感觉映象转化为表象的过程一旦受阻或失控，理性思维便会站出来调节语词的内省阈值，使其按照主体思维的要求正确地反映感觉映象，为表象的形成提供感觉素材。

作家主体意识对于感觉的主动参预，将导致作家对于外在现象的有目的的、多自由度的选择。作家的选择功能由于主体心理状态，已有经验结构、生理机能、个性倾向，情感特征以及主观意识（包括价值观、效用观）、审美需要等要素的不同，将产生不同的选择模式。在我看来，主要有四种模式：（1）由主体审美注意指向性和个性，感受力特征形成的指向选择模式；（2）由主体情感倾向在审美感知结构框架中形成的情感选择模式；（3）由主体过去经验和已有知识结构向感知对象趋合而形成的经验选择模式；（4）由主体检索能力确定对象的某一特定方面的性质的筛选选择模式。其中，指向选择模式显示了主体的价值观念和目的要求；情感选择模式显示了主体的生命律动与情欲表现；经验选择模式显示了主体感知系统的完整性；筛选选择模式显示了主体感知系统的恒常性。我以为，只有经过作家的感觉选择模式“选择”出来的感觉，才是一种充满着作家的知、情、意的知觉映象，而不是一堆粗糙的、杂乱的印象。

既然，作家的感觉选择是有目的性的，那么，“目的”便成了感觉活动中“人的内在尺度”，即人的需要或者说价值的尺度。这种价值尺度反映了主体的价值观念、目的要求和情感意志，所以，艺术感觉是一种“审美价值的感觉”。它所形成的价值关系不是一般价值关系，而是一种可变的、能动的、自觉的审美价值关系。从这个意义上说，艺术感觉中作家的精神价值主要取决于其价值取向，价值取向关系着作家艺术感觉活动自身价值的肯定和实现。从逻辑上说，价值取向的尺度又是由作家的感觉方式直接派生，它包括四个方面的取向：(1) 形成作家精神价值最高需求的审美需要取向；(2) 形成作家新型的人格心理结构的人格审美取向；(3) 形成作家心理特定的节律形式的心理审美取向；(4) 形成作家超越性的感觉功能的求新审美取向。这四种取向将组成作家的不同的艺术感觉范式，但它们的总体目的，是实现作家的“审美价值的感觉”。

“审美价值的感觉”的实现，将使得作家在艺术观察、艺术发现以及审美体验等一系列活动中，表现出一定的知觉功能及其超越性意识。对于艺术观察来说，它的本质就是“思维的知觉”。这种“思维的知觉”确保作家的观察免于陷入生活的表面现象，从而在整体上把握生活的主要特征，发现感性信息以外的属于心灵特征的东西。因此，艺术观察具有整体性的知觉功能。这种整体感知方式将导引着作家的内在心理结构不为既丰富而又零散的感官表面信息所迷惑，而努力追求一种深潜的“内心经验”，以超越常态的观察力，超越对细节的一般性感觉，超越感官表面信息，从而实现艺术观察的超常性，达到“对于人的灵魂的感觉”。

对于艺术发现来说，它是在作家的知觉过程中产生的并受制于作家的知觉能力。艺术发现的知觉性，就是在居间的感觉行为中，注意发现下一步或最近一步的生活。这就要求作家能及时地转移在生活敏感区中的知觉位置，寻找新的知觉点；并且，在不同知觉形态的比较中，迅速地调准知觉的指向性，以发现某种更能揭示出事物内在意象的“新质”。然而，艺术发现又不止于发现“新质”，它在感知水平上还有某种预示的能力，即能够从当前事物或外界现象的感知中“预感”到未来的现象。因此，在作家艺术发现的知觉功能中，还潜在地存在一个可称为“预感视界”的思维“后结构”。这种“后结构”表明作家对于现象的超前的知觉能力，它不仅具有巨大的历史透视力和预见性，而且反映了作家力求超越时代，从而带有某种先驱意识的审美理想。

对于审美体验来说，它首先是一种假定性的感觉体验。这种感觉体验表明了艺术感觉与审美体验之间的必要联系。当作家以审美体验的态度来展开艺术感觉，那么，艺术感觉活动就被赋予作家主体的一种主动性。因此，要把握作家审美体验中的知觉功能，首先必须把握作家对于感觉的体验特性。在我看来，感觉的体验特性有四个方面：（1）审美体验能够呈现记忆所无法呈现完整的感觉；（2）审美体验能够体验作家的心灵，使生活和心灵达到契合；（3）审美体验对于感觉具有“预体验”的能力，即根据预感去体验作家所感觉到的东西，从而赋予感觉对象以某种活动形式的假定性，推测出感觉对象的未来情景；（4）作家审美张力场随着感知系统的震荡，审美体验往往呈现出一种起伏发展的不平衡性，甚至出现断路现象，从而造成感觉的不同程度的变形。

从艺术感觉的角度来看，作家的审美体验可分为原型体验和深层体验。原型体验实际上是一种气质性的感觉反射，因为它带有作家过多的情绪因素和某些模糊心态，从而使得体验无法持久。而深层体验是最高的审美体验，它是作家在感知、动机、想象、理解等多种心理功能的共同作用和不断整合中，实现对于原型体验的超越。这种超越表现在三个方面：（1）从表象直觉走向意象直觉；（2）从外部体验走向内部体验；（3）从浅层感触走向深层感悟。从这三种基本方式来看，意象直觉的获得使作家具有宇宙感，内部体验的获得使作家具有自由感，深层感悟的获得使作家具有哲学感。因此，作家的深层体验的本质在于超越出“我”的感觉，从而表现出一种自我实现的超越意识，这种超越意识就体现在作家审美体验所产生的宇宙感、自由感和哲学感上。但是，舍弃了感知觉的中介作用，作家的审美体验就不可能表现出高度的超我意识。

论艺术感觉过程是选择与建构的统一

一　寻求描述艺术感觉过程的“借喻基点”

同其他任何种类的感觉一样，艺术感觉也不是静止的感受，或者是共时态的简单闭合。它注重作家主体对于生活客体的“具体运演”，由此形成一个完整的过程化的运演系统。过去由于我们的文学创作理论对艺术感觉不够重视，我们的作家无法说清艺术感觉的真正内涵，致使把问题停留在“什么是艺术感觉”的静态描述层面上。很显然，我们固有的文学经验体系，已经不自觉地把艺术感觉的物理生成过程和心理操作过程这些运演的内在程序丢弃了。对于过程的忽略，使得我们对艺术感觉内在结构的展示能力由于无所依据、无法施展而萎缩、退化。

因此，对艺术感觉过程进行科学的把握和认真的剖析，确实是必要的。文学的外在世界如何向作家的感觉系统投射信息、释放刺激，作家的感觉世界究竟以什么样的剔析方式去选择、接受纷纭的刺激和信息，其中的运演系统又是如何附丽于作家的文化心理结构和审美意识，凡此种种，都必须在我们的并非耽于幻想或时髦设计的艰难跋涉中，得到哪怕是矫枉过正或是局部的解释。活跃的理论总是具有一定的弹性的——我至少这样认为。

应该怎样描述作家的艺术感觉过程呢？已有的理论框架和作家谈创作体会时所闪现出来的吉光片羽，我们必须慎重考虑。对于前者，需要重新调整，使之校正和填补与文学现象之间的错位和裂痕；对于后者，应该有所选择地作为我们理论运演中所依据的积极的材料。因此，我们得寻求我们的理论支点。

人类理性认识活动过程一般是从一定的逻辑假设开始的，越是高级的理性思维越是如此。当然，这些假设都是由于人类在漫长的自身形成过程中所形成的大量的直观感受，沉淀为人类意识和思维的某种不证自明的基础。如点与线的存在的假设产生出了几何学，一维时间序列的存在的假设产生出了天文学，力和能的存在的假设产生出了物理学，无穷大的存在的假设产生出了康托尔点集论等等。尽管，我们讨论作家的艺术感觉过程，不可能抛弃活跃而丰富的文学现象去冥思苦想出一套所谓的理论体系，然而，不可否认，我们面对的是一个纷纭复杂的艺术感觉世界，它其中的各种现象并不是有机的完整的排列，甚至缺乏联系，要把这些现象串联起来，爬梳整理出一个具有整体性、相互连贯的系统化观点，我们需要赋予它们以主观意识的角度和形式，从而加之以意义的规范，在作家们丰富的创作经验材料的基础上完成我们的理论。由此，我想借用美国罗彻斯特大学弗素教授在《大战与现代回忆》一书中提出的

“借喻基点”的说法。[①] “借喻基点”可以说是一种抽象的说法，它与我们常说的逻辑假设是相类似的。根据弗素的观点，每一个理论都有它的“借喻基点”，主观意识之所以起到创造的作用，全在于“借喻基点”。如性欲就是弗洛伊德理论的“借喻基点”，在这一基点上，弗洛伊德搜集了大量的心理资料，从而建立起一套结构谨严、层次分明的心理分析学说。

那么，我们描述作家艺术感觉过程的“借喻基点”是什么呢？我想从人类个体发育的历史和人类思维的逻辑中寻找答案。在我看来，艺术感觉不是对于生活世界的原始丰富性的全部复制，而是有它自己的分解和剔析方式，同时，它在对生活世界的一定的选择范围内并不企图一劳永逸地凝固自己所剔析出来的刺激模型，而是在原有刺激模型上重建新的知觉模型。这样，艺术感觉也就具有达尔文的生物进化论的“选择”特性和皮亚杰的发生认识论的“建构”特性。从真实的生物进化过程和真实的心理、认识发生过程来看，“选择”和“建构”是两个不可分割、互为补充的概念和过程，“选择”是“建构”的前提，“建构”是“选择”的结果。因此，可以认为，艺术感觉过程也就是“选择”和“建构”的统一的过程。

二　物理场：生活的原始“选择”与感觉载体的建构

毫无疑问，我们这个现实生活世界的存在，尽可以以各种不同的

① 参见傅葆石《战争和文化结构的关系》，《复旦学报》1985 年第 6 期。

方式横亘在文学家的全部作品中。“观古今于须臾，抚四海于一瞬”已经历史地、自觉地成为文学家窥探世界奥秘的一种特定手段——尽管他们的感受是或伤怀，或惆怅，或沉醉，或欢欣……

不过，应该看到，文学家面对那个围绕着他们的意识而生机勃勃地矗立起来的色彩斑斓的外在世界，在最初时是有点慌张的。炫目的色彩，多声部的大自然的合唱，几乎在同一个瞬间就把他们给震慑了。生活世界从混沌而复杂的原始丰富性，无规则、无秩序地像一支混乱的部队嘈杂地闯入他们的感觉世界。

阿·托尔斯泰说过他曾经“生活在这种无政府状态的形形色色的感受之中”，“那情况就像是一泓浅水，没有确定的思想意向”。[①]

其实，外在的大千世界并非如此荒诞不经。当它未曾在作家的感觉世界里轮转出一层新的解释时，是以它“所拥有的最不易磨灭的遗产”[②] 构成了它本身的物理事实的。这些物理事实投射、堆积在作家的最初感觉世界中，使作家获得了相应的物理感觉。当然，物理感觉还仅仅是一堆未被破译的原始信息材料，它们的无规则、无秩序使得它们暂时未能与作家产生某种对话模式，从而形成一种深层的心理事实。不是有过这么一个笑话吗：一位大学生初游北戴河，面对着烟波浩渺的大海，突然诗兴大发，于是张开双臂，仰天一声：“啊——”旁边的游人不禁止步而恭等他的下文。不料这位“诗人”抓了半天头皮，最后嘟哝出了这么一句：“好多的水……”人们轰然大笑了。由

① 《外国理论家作家论形象思维》，中国社会科学出版社，1979，第160页。

② 鲍桑葵：《美学史》，商务印书馆，1985，第7页。

于阵痛而咆哮的大山却只分娩出了一只耗子，我们虽然不能说这位“诗人”没有诗的感觉，他也并非一定是矫情而为，但可以肯定，他对大海的最初的感受只是混沌的、模糊的感受而已；换言之，大海在他的最初的感觉世界里，仅仅是一种赤裸裸的物理事实。

格式塔学派的心理学研究表明，外来的刺激是无组织的、各自独立的，我们之所以能知觉外界事物的整体特征，完全是因为我们的神经系统有一种组织的作用。格式塔学派用物理学中“场”的概念来说明这种作用，称之为“场组织作用”。它实质上指的是在一个场内由于运动的交互作用的结果所产生的“动力自我配置”。强调感觉的整体性，是格式塔心理学派的一大贡献。按照这一学派的说法，我们可以把作家的最初感觉世界与他所面对的外在世界的物理事实之间的关系称为“物理场”。马赫说过：“一切心理事实都有物理的根据，为物理现象所决定。”① 显然，现实世界具有既是物理的、又是心理的二重性这个无可辩驳的事实，为我们的“物理场”的假设（也是一种逻辑假设！）提供了充足的理由。

从事实上看，人类的全部艺术形式都可以被解剖为视觉艺术或听觉艺术，这样，反映出人的感觉或审美行为主要依靠的是视觉和听觉，我们便把这两种感觉称为感觉行为或审美行为的基本感觉。而其他种类的感觉，在感觉行为和审美行为中一般只起辅助作用。

从物理观点来看，外部世界中各种物理事实的刺激往往是并存的，它为文学提供了多种多样选择的可能性，但是只有某一种特定的刺激才能

① 马赫：《感觉的分析》，洪谦等译，商务印书馆，1986，第40页。

够成为某一特定感觉器官的适宜刺激。其余的刺激虽然也是客观存在的，却不能被这一特定的感觉器官所接纳。正如视觉器官“选择”光波刺激，听觉器官“选择”声波刺激，不同的感觉器官在接受外部世界的刺激时是有不同的选择的。例如有这么一幅现实世界中的图景：一片柔绿如茵的草地上，躺着一个美丽的少女，她那洁白的衣裙上跳动着从云层的缝隙里洒下来的几缕金色的阳光，轻风撩起她那秀美的披肩长发，一枝蒲公英在她那诱人的嘴唇边翩翩起舞，在她不远处的树上还有鸟儿啁啾，而在她的远方有一阵悠悠的小提琴声随风飘来……面对着这一切充满着原始丰富性的物理事实，油画家毋庸置疑地调动他的视觉感官在“选择”色彩，而音乐家则利用他的听觉感官在“选择”音符。当然，这些都还只是属于视、听觉器官的最初的“选择”。

这一最初的“选择”我们称之为第一级“选择”，即“目标选择”。它的意义在于，作为一种意向或欲念，它指使着油画家去“选择”色彩而不是“选择”音符；同理，它指使着音乐家去“选择”音符而不是“选择”色彩。

“选择”的第二级是“定性选择”，即在从物理过程到神经生理过程的转换中的“选择”。以视觉为例，上述那幅图景的光线通过眼睛的折光系统折射和成像，聚焦在视网膜上，然后作用于最深处的视细胞，使光信息转变为神经信息，从而完成从光学过程到神经生理过程的转换。这一转换过程生成了一个新的神经生理阶段，从而建构起一种新的“物质载体”，即一种以特定方式建构在一起的诸神经元（即神经细胞），由此形成了一种特定的神经生理结构。在新建构起来的特定的神经生理结构中，神经元彼此之间以互相抑制对方的反应的方式而发生相互作用，从而产生了多层次、多类型的动态结构（即建构）形式。于是，面对上述那幅图景，油画家“选择”（恰切地说是分辨）出了天是蓝色，草地是绿色，少女衣裙是白色，阳光是金色，头发是黄色……音乐家则“选择”出了鸟叫声、风声、小提琴声等各种声调。

在完成了“定性选择”后，整个视、听觉便从神经生理过程开始向心理过程转换。目前，心理学家和神经生理学家们还只能肯定这个转换过程是存在的、重要的、复杂的，而由于资料的欠缺，因此对于其中的细节和规律不甚了解。这是一个有待于进一步研究的论题。

但是，有一点我们是清楚的：感觉的心理过程是发生在脑皮质和皮层下神经组织的某种特定的建构。苏联心理学家鲁利亚就这样认为：“心理过程是由脑皮质和下部神经组织的协同工作着的一些区的复杂系统来实现的。”① 以视觉为例，视觉信息离开视网膜后经由视神经通路传达至大脑皮层，在此将各种视觉信息进行分析、综合，并由此直接或间接传达到更高级的部位。在这时的视觉过程中，原始信息被大大地“简并”、“压缩”了，舍弃了冗余的信息，只“选择”（心理学上叫“抽提”）出有特定意义、特定作用的信息在视觉中枢构造出视觉。因此，我们称它为“第三级选择”，即“抽提选择”。于是，面对上述那幅图景，油画家简并、压缩了原始视觉信息中的各种各样的光波，从而“抽提”出“光与影的变化与交织”这么一个在油画家看来具有特定意义的新的视觉信息；而音乐家也简并、压缩

① 鲁利亚：《神经心理学原理》，科学出版社，1983，第53页。

了原始听觉信息中的各种各样的声波，从而“抽提”出“春天的和声”这么一个在音乐家看来具有特定意义的新的听觉信息。在这里，原始的光波和声波都消失了，新的视、听觉信息借助生物电波和神经介质的传递，被破译为一定的生命活动。

这里，我们仍然用建构的方式来看待感觉的心理过程。按照建构理论的方法，感觉结构不是僵化的模式，而是在主客体相互作用中不断发生着变化。感觉发展的每一个阶段，每一过程，都要以原有的感觉结构为基础，通过新的感觉信息充实或代替原有的结构，从而建立新的感觉结构。从上述的讨论中可以看到，“定性选择”以“目标选择”为基础，从而建立起神经生理阶段的感觉结构；“抽提选择”以“定性选择”为基础，从而建立起心理过程的知觉结构。它们借助转换方式，从下一级结构中演化出来，同时通过整合下一级结构而使本身更为丰富。构造学派心理学家尼斯尔曾经举例说，一位知觉者像是个古生物家，从不相干的一团碎石里找出了一些可能是骨头的碎片，依此重行构造恐龙。这无疑是符合我们的描述的。

不论是普通感觉，还是艺术感觉，在从物理过程到神经生理过程的转换中，都是以一种自然的本能的形式完成的。但是，在进入第二层转换，即从神经生理过程到心理过程的转换中，艺术感觉便超越了普通感觉的本能形式，分离出了现实世界的象征意味以及感觉信息所蕴藉的生活意绪。克罗齐这样区别画家的感觉和普通人的感觉：

> 画家之所以为画家，是由于他见到旁人只能隐约感觉或依稀瞥望而不能见到的东西。我们以为我们见到一阵微笑，实际上我

> 们所得的却只是它的一个模糊的印象，而没有看出全部性格上的蕴藉以这阵微笑为它们的总和；画家在这上面费过意匠经营，发现了它们，所以能把它们凝定于画幅上面。我们对于朝夕都在面前的密友所得到的直觉品，也至多不过是面貌上几个可以帮助辨别他和旁人的特点。①

事实上，无论各种心理学派如何以他们自己的理论注意力去有所侧重地看待感觉世界和感觉过程，现代心理学家们几乎一致地认为，我们知觉到的世界已不是那个自在的世界了，换言之，清秋之晨立于日影烟光中的竹并不等同于我们的“眼中之竹”。这是由于人的知觉组织与用先天遗传的生理因素和后天社会文化因素构成的选择动力，去建构起一个关于外在世界的知觉模型。这些，得到了不少人的论证。然而，知觉所呈现出来的注意的选择性，并非随意去抓取匆匆而过的任何一片云彩，而是完全依赖或归属于知觉主体的指向性。因此，知觉主体意识的能力，对于激活艺术知觉的新的生命活动，无疑是一支强心剂。

每一位作家都有他的主观情致，都有适合他使用的观照生活的美学视角。李杭育的“葛川江”，是他的主观情致所在；刘索拉的“怪圈”、“功能圈”，构成了她的貌似非逻辑的主观情致；贾平凹在“商州录”中找到了自己的主观情致，等等。所有这些，无疑说明了作家主体意识的加强。在主体意识的导引下，作家选择了生活，生活也发

---

① 克罗齐：《美学原理》，人民文学出版社，1983，第 17 页。

现了作家。生活的象征意味往往在作家的主体意识中获得了完整的艺术知觉，从而逼使作家紧紧拥抱住这个惊奇的世界不放。赫尔德这样描述莎士比亚那种带有主体意识的艺术感觉：“他把一件世界大事的一百个场面用胳膊抱住，用目光加以安排，他那个把生命的气息吹进去，使一切都变得生气勃勃的灵魂笼罩着这一切场面。”在这里，“心灵是怎样深刻地感觉到，事件的整体在继续进行和终结”。①

在艺术感觉从神经生理过程向心理过程的转换中，作家知觉的主体意识不仅表现在他如何拥抱世界，而且表现在他如何追求一种象征语言。尽管，作家头脑中的知觉模型更多地带有先天的条件反射式的因素，但是由于所建构的模型在性质上已不属于对象自身，并且那些堆积在混沌初开的大脑新皮质上的外部世界的图象使得各种情感中枢受到震颤。因此，作家必须寻找一种象征语言，进一步破译已被“抽提选择”所破译出来的一定的生命活动，使之成为一种更新的饱含着生命意蕴的生命活动。关于这点，英国浪漫主义诗人柯勒律治在谈到艺术属于外部世界，因为它全凭感官印象而起作用时说了这么一段话：

> 当我思考之时注视自然界的事物，我就像看到远处的月亮把暗淡的微光照进那结满露珠的玻璃窗扉，此时，与其说我是在观察什么新事物，毋宁说我像是在寻求、又似乎是要求一种象征语言，以表达那早已永恒地存在于我内心的某一事物。而且，即使我是在观察新事物，我也始终只有一种模糊的感觉，

① 《莎士比亚评论汇编》（上），中国社会科学出版社，1979，第275页。

> 仿佛这新的现象朦胧地唤起那蕴藏于我内在的天性之中而已被忘却了的真理。①

柯勒律治对象征语言的寻求，说穿了，是在寻求对于外部世界图象的解释。然而，处在从神经生理过程向心理过程的转换途中，这一知觉并不是清晰的，而只能被那种朦胧的、模糊的现象所覆盖。很明显，对于这种现象的征服，必须迅速地超越原来的转换层次，从而建立起新的知觉结构。这一原理与建构理论是一致的。建构理论告诉我们，当认识主体不能再用原有的旧图式（结构）去同化外界经验时，自我调节作用支配下的顺应活动便导致新图式（结构）的产生，这时外界刺激的外因与自我调节平衡的内因协同作用，促使认知结构向前发展，重建新的图式（结构）。于是，我们的讨论便跨入了艺术感觉的另一建构层次——“心理场”。

三　心理场：文化心理结构的“反省”意识与知觉位置

“心理场”是什么？“心理场”意味着作家艺术感觉中的一种张力。它是作家对于自身内宇宙的一种整体的、综合的体验。在对艺术感觉的研究中，我们承认外界的物理刺激与内在的心理知觉绝不是一种机械决定的因果关系，或者是单一的同步对应关系，而是一种刺激和反应相互作用的双向运动（S⇌R）。这样，艺术感觉对于外界的刺激所

---

① 柯勒律治：《文学生涯》，转引自《中国社会科学》1984年第3期。着重号为引者加。

发生的反馈作用，则可以说是一种体现出创造主体价值的“个性化反映”。尽管，在“心理场”现象中，作家主体意识会出现种种的主观倾斜或心理变异，但是作为负载经过“选择”和“过滤”的外部世界（外宇宙）的全部复杂性的心理空间，作家的艺术感觉无论怎样都会以自己的含情脉脉的目光，向它的意中的世界投去深情的一瞥，这里所产生的效果就像夏绿蒂描述在她的妹妹艾米莉那双饱含着一股“紫气”的眼睛里，石楠花短暂的羞红也会常驻一样。显然，个性过滤和感情着色的或直接或曲折的作用，在这里必然决定着作家艺术感觉的走向。

这已经不是什么值得惊讶的见解了。事实上，当那些散逸杂乱的原始性生活片断，经过“选择”和“过滤”并在作家不断建构起来的感觉载体里聚集和明朗时，它们本身也就同时被染上了作家的感情色彩，并且为作家的个性所净化。在“物理场”现象中作家所寻求的那种象征语言，也正是在这个环节中被蒸馏、提炼而出。然而，科学方法论和人类认识实践已经进一步证明，人对外部世界的感知，无可避免地受到他自己的理论框架的制约。由于任何人不能脱离特定的文化形式而生活、活动、看待世界万物，因此，生长在一定文化环境中的个人，至少已在自己的无意识领域里形成了独有的观照世界的方式，形成了一套对于世界的独特的感知能力。这些由于大文化的潜移默化而形成的文化机制之一，表现在作家的艺术感觉“心理场”现象中，便是作家的文化心理结构。

人类心理行为的发展以一种深潜的体验态度告诉我们，在特定的文化形式中，每个人的文化心理结构都是双重积淀的成果，这就是历史意识的积淀和个人经验的积淀。在这里，历史意识的积淀显示了作家主体的深层意识里所凝聚着的人类文明的因子和历史文化的群体精神，这也就是那个最为普遍的人道精神；而个人经验的积淀体现了作家主体所蕴蓄着的艺术实践经验以及对自身心理过程的内省能力，这也就是作家自己对文学世界的追求和欲望。关于这两点，假如我们凭借洛克的说法，那就是“反省”意识。洛克说过：

> 经验在供给理解以观念时，还有另一个源泉，因为我们在运用理解以考察它所获得的那些观念（从感觉得来的观念——引者）时，我们还不知道自己有各种心理活动。我们底心灵在反省这些心理作用，考究这些心理作用时，它们便供给理解以另一套观念。①

显然，这“另一套观念”就是“反省”的观念。洛克是在承认“感觉”的基础上，承认“反省”是以通过感觉获得可感性观念为前提条件的。在洛克看来，“感觉”在于通过感官接受外部事物的刺激，使心灵产生观念；“反省”是获得观念的心灵的反观自照，从而使心灵获得比“感觉”更高一个层次的观念。

洛克的看法，被拉法格肯定地接受了。拉法格说：“洛克认为思想出自两个源泉：感觉与反省。”② 就连对洛克有着很深的偏见的黑格尔也不得不承认，在洛克那里，“经验首先是感觉，其次是对于感觉的反省”。③ 在这个意义上，审视艺术感觉过程中“物理场”和“心理场”的关系，我们便多少将会察觉它们与洛克的说法有着契合

---

① 洛克：《人类理解论》，商务印书馆，1983，第69页。

② 拉法格：《思想起源论》，三联书店，1963，第46页。

③ 黑格尔：《哲学史讲演录》第4卷，商务印书馆，1979，第147页。

之处。诚然，把“物理场”现象转换为洛克所说的“感觉”，把“心理场”现象转换为洛克所说的“反省”，不免会产生一些不够熨帖而显得疏漏的肤浅。可是，思维的共通性竟然使我们毫无顾虑地把移植上的误差丢到一边，而一见钟情地去揣摩它们其中的合理内核。由此，我们便意识到，艺术感觉中的“心理场”必须是对“物理场”的一次超越。

这次超越仍然离不开建构，也就是在“物理场”的结构基础上建构“心理场”的知觉载体及其理论框架。因为，作家在“心理场”层次上对外部世界的感知，不仅仅在于寻求一种破译生活图象的象征语言，而更为重要的是必须寻找出一种蛰伏在外部世界生活图象中的象征意蕴，一种就像母亲天生地能够感受到儿子心中的哪怕是细微的忧思一样的独特而深邃的灵性。美国诗人、评论家锡德尼·多贝尔在评论艾米莉·勃朗特的《呼啸山庄》时，这样要求在心理知觉过程中所应具备的“反省”意识：

> 你想效法一种美德或去掉一种疵瑕吗？——在工余的日子里，全神贯注地凝视着前者，直到你的心灵在它下面隆起，如同潮汐在月亮下隆起，或者当着全部感官的面痛斥后者，直到你内在的每一种感觉都羞与它为伍。然后，当你的过失不复是理性所谴责的罪行，而是情感所厌恶的大不韪；当你的美德不复是服从一个公式，而是改造了的心灵的自然行动。①

---

① 《勃朗特姐妹研究》，中国社会科学出版社，1983，第154页。

这里无疑蕴含着一种建构，一种经过个性过滤和感情着色的充满清醒的“内省”意识的建构。它是在“物理场”现象的“抽提选择”中所标示出来的历史文明的进步与人类本身的进化的新的“综合选择”，同时意味着已经被破译出来的生命活动的升华。

也许，有人会认为这里所援引的“反省”观念过于“理性化”，它并不属于人类知觉范畴。这个问题，我们可以从洛克对于心理的知觉作用和知觉的观念的考察来看。洛克认为，感觉之所以达于人的心灵而形成观念，首先在于人的心灵具有这种知觉的能力。如果没有这种知觉的能力，外部的刺激是永远不可能使人的内心出现相应的印象。所以他说：“知觉既是趋向知识的第一步和第一级，而且是知识底一切材料底进口。”① 这是一方面。另一方面，在洛克看来，人必须时时对于作为他的心灵运用观念的一种能力的知觉进行“反省”，如果一个人“毫不反省，则你用尽世界所有的语言，亦不能使他明白什么是知觉”。② 从这个意义上说来，作家在“心理场”知觉中所具有的那个以历史意识的积淀和个人经验的积淀为主要特征的文化心理结构，实际上是要对他的“物理场”感觉观念进行“反省”，质而言之，这是对“抽提选择”的一次超越。女作家张辛欣在谈到作家的精神活动时就说过，这“是一个人不断地发现自己，不断地反省自己、不断地超越自己的一种形式”。③ 但是，“反省”的本身仍然被局限在感知觉层次上，而未能做出属于理性思维层次的推理或判断。因为

① 洛克：《人类理解论》，商务印书馆，1983，第115、109页。

② 洛克：《人类理解论》，商务印书馆，1983，第115、109页。

③ 张辛欣：《七色花》，《中国青年报》1985年1月6日。

“反省”的目的，在于寻求一种蕴含在被进一步破译出来的生命活动中的象征意蕴，而这种象征意蕴本身所具有的真正意义上的美学内涵，不一定在这一层次上全部释放。那么，在“心理场”知觉层次上，作家的文化心理结构究竟起到多大程度的作用呢？心理学实验表明，感官脱离外在具体事物的一刹那，也就是从“物理场”感觉进入“心理场”知觉的那个瞬间，原始事物图象在人脑中所留下的印象便立即开始泛化，有的甚至来不及“选择”和“过滤”便夭折了。因此，作家在外在世界面前必须保持一种高敏感性和高亲近性，在自己的心理空间形成一股强大的内驱力，敏捷地捕捉生活的信息。苏轼说过：“求物之妙，如系风捕影，能使是物了然于心者，盖千万人而不一遇也。”① 一个真正有艺术才能的作家，他会在无形的心理内容中注入充满着活跃的生命活动的材料和人的精神。很显然，这就十分需要作家迅速建立起一种文化心理结构，克服时间的无可逆转和空间的难以超越对于有限的感官的障碍，从而形成一种形似“空无一有”而实则“涵盖万有”（司空图《诗品》）的广阔的“心理场”。

作家在艺术感觉过程中凝结着双重积淀的文化心理结构，不是一种分裂结构，而是一种综合结构。在作家的文学世界中，不论是巴尔扎克所醉心映照的巴黎生活，还是雨果所力主窥视的“心灵的皱褶”；不论是刘心武所钟情的北京“钟鼓楼”下的“清明上河图”，还是程乃珊所倾注的上海滩上的“蓝屋”和“丁香别墅”；不论是张承志眼中的

① 苏轼：《答谢民师书》，《中国历代文论选》第 2 册，上海古籍出版社，1979，第 307 页。

“北方的河”，还是李杭育笔下的“葛川江”……它们都反射出作家的历史意识和个人经验的双重积淀的折光。李杭育说：“《沙灶遗风》的意义莫过于使我找到了一种方法，一种渗透着文化意识的多角度的观察、认识生活的方法，一种适合我使用的美学发现的方法。”[①] 这种方法的获得无疑即作家文化心理结构的双重积淀的结果，它是在作家通过“反省”意识返照自身的过程中准确地选择了自己的知觉位置。

选择自己的知觉位置，不仅仅是在选择作家自己的个性，更为重要的是选择作家自己的文化心理结构所凝聚的艺术感觉的集结点。作家的文化心理结构是作家经验世界的产物，但是，同知觉的有限性一样，作家的经验世界也是有限的。这个有限的经验世界在对无限的外在世界的解释过程中，肯定会逸出它本身的范围，开始了一场无休止的精神漫游。不过对于一个具有整体知觉功能的作家来说，我们倒不必担心他会沦为一个想入非非而不那么安分守己的精神流浪汉，因为他的整体知觉功能毕竟是以他的知觉指向为旨归，并受着知觉定势的制约的。英国的艺术理论家贡布里希提出了观察主体的“心理期待”问题。“心理期待”往往是有误差的，但是它最终还是得到了观察事实的矫正。他说，“近来已经认为‘不妨说知觉主要是对一个预期的矫正’。它总是主动的，是我们期待所决定的，又被按照情境进行了调整”，“随文化或舆论一样，一种风格也是建立一个关于期待的范围，一种心向，借以用提高了的敏感性记录下偏差和矫正”。[②] 同样，

① 李杭育：《我的“葛川江”》，《文汇报》1984 年 10 月 4 日。

② 贡布里希：《论艺术再现》，《美术译丛》1985 年第 1 期。

作家的艺术感觉在“心理场”层次上常常也有一个“心理期待”问题，这是正常的。如果没有这种“心理期待”，作家就容易把有限的经验世界同无限的外在世界等同起来，从而牺牲了他本来就不甚丰富的知觉现象。创作上的雷同化，在很大程度上基于艺术感觉中用自己的经验世界当作普遍可用的解释生活的词典，结果把所有的女人都比喻成为花朵。

由此看来，作家的“心理场”知觉既要有一种不拘泥于经验的“心理期待”，又要遵循知觉趋势的正常走向。将外在世界信息的象征意蕴卡死在我们的掌心中，或者让它调皮地从我们的手指缝里任意滑溜出去，这似乎都不是明智的。因此，我们必须选择一个知觉位置，即知觉点。这个知觉点在张抗抗看来，是生活中的属于“我”的感觉。她为此罗列了一系列“我”的感觉：

> 我在西双版纳温暖如春的密林里，曾感到时间好像在这里凝固了。我在夜晚的景山顶上，看到北京城灯火辉煌的街道怀抱中的黑沉沉的长方形的紫禁城，曾感到那像是一块几千年封建皇权的化石。我在欣赏一幅江南春雨的国画时，感到自己也像是被淋湿了。我在一次痛苦的选择中，感到周围世界像一堵高墙，虽然到处是门，门上却布满铁锁。①

荷兰画家凡· 高在给他哥哥的信中也谈到一系列他观察自然的感觉：

---

① 张抗抗：《小说创作与艺术感觉》，百花文艺出版社，1985，第 82 页。

> 一列剪掉树梢的柳树，有时看来好像是济贫所前面排队等待施舍的人。新长出来的玉米，带着某种无法形容的纯洁与温柔，它使人激起一种类似睡着的婴儿的感受。路旁被人践踏过的草，看起来是那样的疲乏而肮脏，好像是贫民窟里的穷人。几天前，刚下过雨，我看到一层上了霜的卷心菜，冻得发僵地种在地里，使我想起在清晨看到的，站在咖啡摊子旁边的一群穿着单薄短裤与围脖儿的女人……①

在以上两则“我”的感觉中，外在世界图象在知觉主体的文化心理结构的支撑下，循着“心理化”的轨迹逐渐趋于人化，从而在主体的知觉点上呈现出了它的象征意蕴。诚然，所有这些并非那种用悖于常理的心绪杜撰去搅拌出使人无法容忍的“意绪”，相反，知觉主体的完整的文化心理结构成全了他们的“心理场”知觉，他们的准确的知觉点使外在世界的“心理化”（人化）成为可能。

无疑，作为知觉点，“我”的感觉对于“心理场”知觉的进一步超越具有不可抹杀的意义。因为从文学活动本身来看，它不只是作家的单纯的心理活动过程，而更为重要的是一个审美的心理活动过程。在这个过程中所暗合着的作家的审美镜角，使得“心理场”知觉中所破译出来的外在世界的象征意蕴，必然染上浓厚的美学色彩。《静静的顿河》里葛利高里抱着阿克西尼亚的尸体时，抬头看到的是一轮黑色的太阳。把太阳看成黑色，与其说是出自一个极度悲痛、绝望、近

① 转引自王西彦《家乡的尘土和童年的泪痕》，《文艺理论研究》1985 年第 1 期。

于疯狂的人的一种变形了的感觉，不如说是作家超越“心理场”知觉的一种审美知觉。而这种审美知觉的被唤醒，显然有待于作家激发出新的强大的内在心理驱力。

四 审美场：想象力对于心理知觉模型的“变形”

艺术感觉的进程总是以它自身不断建构起来的载体走向审美自由度的。尽管，作家在“心理场”知觉层次超越了物理时间和空间，使外在世界达到一定程度的心理化的破译，并以此建构了相对稳定的心理知觉模型；然而，对于知觉位置（知觉点）的选择使得作家再一次获得建构审美知觉模型（“审美场”知觉）的内在驱力，从而更新了原来的艺术感觉。

把艺术感觉提高到审美层次上来认识，并不意味着我们非要让它超负荷不可。我们的目的在于表明：艺术感觉只有完成从“物理场”感觉到“心理场”知觉再进入“审美场”知觉的进程，才算达到了它的全部系统性。因为从事实上看，作家从“心理场”知觉中所获得的外在世界象征意蕴的破译，还只能说是一团飘忽无定的感觉，就像几朵飘忽无定的白云，在没有空气的作用下总是凝不成雨一样，它深藏着的真正意义上的美学内涵由于还没有审美知觉的作用，仍然是一团“俄狄浦斯情结”。看来，要解开这团“俄狄浦斯情结”，单靠作家已有的历史意识的积淀和个人经验的积淀这种形式的文化心理结构，似乎是不够的，而必须找出一种特定的象征语言（这种象征语言与前述的象征语言有质的区别）。实质上，这种情形同有限的语言总是无法表达人的全部感觉和知觉，从而必须寻求一种使“意思”物象化的象征语言的情形是相类似的。因此，艺术感觉必然要有自己的审美模型，因为只有在这个审美模型中它才能找到释放“心理场”知觉的全部美学内涵的特定的“象征语言”。

这个特定的“象征语言”就是想象。

关于想象，我们当然不会去重复“想象力比知识更重要”这一众所周知的命题。而问题在于，一个具有博大的精神胸怀的作家，真正属于他自己的“审美场”知觉的想象，与创作的实际表达过程中的想象是有所不同的。前者无法脱离感觉经验的积淀，而后者可以超越感觉经验。雨果曾经用雄鹰展翅高翔这么一种辽阔的姿态来比喻莎士比亚创作时的想象，这种想象有时是经验所无法证实或证伪的；康德则小心翼翼地把想象搂抱在感觉经验的怀里。康德曾经援引休谟的话说：“想象力由经验受孕之后，把某些表象放在联想律下边，并且把由之而产生的主观的必然性，即习惯性，算做是来自观察的一种客观的必然性。”他肯定休谟“至少以观察为根据”。[①] 诚然，康德并没有轻率地把想象排除在感觉经验世界和观察基础之外，为此列宁称赞他说：“在康德承认经验、感觉是我们知识的唯一泉源时，他是在把自己的哲学引向感觉论，并且在一定的条件下通过感觉论而引向唯物主义。”[②] 事实上，在康德那里，想象力是设计他的思想体系结构的

① 康德：《任何一种能够作为科学出现的未来形而上学导论》，商务印书馆，1982，第6、7页。

② 列宁：《唯物主义和经验批判主义》，《列宁选集》第2卷，人民出版社，1975，第200页。

“主要设计师”。但康德认为，想象力是建立在每个人的经验之上的。他借用爱尔维修的一个故事说，一个妇人用望远镜看见在月亮上有一对情人的影子，而一个神甫也用这个望远镜看了看，他反驳她道：“不，太太，那是大教堂上的两个钟楼。”显然，神甫是依照他的感觉经验去想象的。

从人类历史实践和个体发育程度来看，人的心理运动除了历史意识的积淀和个人经验的积淀外，还包孕着另一面的东西，即超越这种积淀，通过心理自身的矛盾运动，化生出新的心理因素。人的这种内在心理矛盾，在浮士德对瓦格纳所作的表白中得到了充分的揭示：

> 有两个精神居住在我们心胸，
> 一个要想同另一个分离！
> 一个沉溺在迷离的爱欲之中，
> 执拗地固执着这个尘世，
> 另一个猛烈地要离去凡世，
> 向那崇高的灵的境界飞驰。
>
> ——歌德：《浮士德》第一部

应当承认，人的这种内在心理矛盾是对立统一的，它构成了人对外部世界的感知的一种感性酵母。在这种感性酵母的作用下，人不仅具有观照外部世界并获得知觉的才能，而且具有释放知觉经验内涵的想象才能。但无论如何，在知觉领域里，这种想象才能是不可能脱离感觉经验的基础而遗世独立的。克莱腾纳斯特花费了十年工夫等待复仇的时刻，当她终于杀死了杀害自己丈夫、女儿的凶手之后，竟因高兴而喝下了血，并高声喊道："凶手的甘露落在我身上，使我的心田如此甜美，像宙斯的雨及时地落在扬花吐穗的麦田里。"[①] 报复作为人类精神的最古老的情欲之一，它的根子扎在自卫的本能里，而当这种愿望一旦得到实现时，人便会借助自己的想象力而使自身的激情神圣化和神化。这里，想象力虽然是充满诗意的，但它仍然是建立在复仇主体对仇恨的沉痛的感觉以及对仇人的深恶痛绝的感觉基础上的。契诃夫面对一个又高大又肥胖的饭馆女招待，留下的竟是"猪和白鲟鱼之间的混血儿"[②] 这样的印象。这里所糅进的想象，当然是植根于他的细心观察而得到的知觉痕迹上的。

柯勒律治断言，普通知觉器官的"想象是一切人类知觉的活力与原动力"[③]。审美知觉模型是根据知觉主体的内在心理驱力在受到知觉刺激后的强度和趋向建构起来的。当心理知觉模型转换为审美知觉模型后，知觉系统产生了一次变形，一次包含着更高级的选择、滤化、剔析甚至再造的变形。我们有理由相信，知觉主体自身的想象力所产生出来的心理驱力，必将唤醒主体的审美知觉，从而使变形获得成功。

这个道理是显而易见的。事实上，当作家从"心理场"知觉层次转换到"审美场"知觉层次，本身就意味着他的知觉能力已经进入了高级阶段。这时，艺术知觉不再是简单地、直观地去破译外在世界的象征意

---

① 拉法格：《思想起源论》，王子野译，三联书店，1963，第 68、69 页。

② 《契诃夫手记》，浙江文艺出版社，1983，第 13 页。

③ 《十九世纪英国诗人论诗》，人民文学出版社，1984，第 61 页。

蕴，而是积极地赋予这种象征意蕴饱满的艺术生命。尽管，这个艺术生命还必须在作家的理性思维（艺术构思）中被进一步蒸馏、提炼，然而，海森伯的测不准原理却在作家的审美知觉阶段显示出了它的效力：作家的审美知觉能力有效地改变了外在世界本身在他的感觉世界里的显现。当作家站在雪地里观察太阳时，他所产生的知觉竟然会使太阳已经不是原来的太阳，它由于渗透了作家的想象力而变成了白色。

这正是作家知觉的审美中枢对输入信息的兴奋反应的成果。由于这种兴奋，作家的感官反而会出现某种程度的视而不见、听而不闻的抑制状态。想象力的被激活导引着他的精神飞翔在“雪地和太阳”这个美的王国里，周围的一切在他的知觉域里或则全部黯然失色，或则知趣地急速退隐而去，从而产生了在作家看来是可能的而在世俗脑袋里是不可思议的变形奇迹：太阳是白色的。

很显然，想象力对于作家艺术知觉的完整性组合和决定性超越具有统摄功能。质言之，它是艺术创作的前奏。王蒙说，对于一个作家来说，“他的想象力，就是他对他的感觉、印象、思绪，以及他所掌握的社会生活、事件、人物各种的关系，进行新的排列组合的功能”。[①] 这至少是一种甘苦之言。

然而，审美知觉的想象力并不能使所有的感觉材料都串联起来。冯骥才就有过这样的体会：

我在阅读卷繁帙浩的义和团运动史料时，看到一条有关刘十

① 《王蒙谈创作》，中国文联出版公司，1983，第50页。

> 九的性格的记载。据说这位年仅十九岁的著名义和团首领平时胆子极小，总担心有人暗算他，必须由八名武装的团民护其左右；而战时他却一反常态，出生入死，骁勇无比。这个简短的记载引起我极大的兴趣。它并非一个特殊性格的标记，而给了我一个有血有肉的富有个性的活生生的一团感觉。然而这孤零零的过少的记载，难以成为我用想象和虚构把它发挥成一个饱满的具有艺术生命的人物的史料基础。这团感觉就一直保留在我心中。好像云，飘忽忽，凝不成雨。有时想到这么好的性格细节用不进作品中去，还有点怅然。①

这并不是作家想象力的“贫血症”表现。过去，对于这类问题的解释，我们总爱在人的单纯的精神活动上兜圈子，结果是随意地拐了个弯后又轻易地溜了出来。其实，我们从作家的一定的感觉方式以及一系列的生命活动中，可以得到解释。神经生理学告诉我们，人的感官和神经天生具有接受、传入外部世界信息的能力，同时具有借助返回的神经纤维通路（或叫神经回路）控制着信息的选择和传入的能力，从而排斥了大量的外部信息。而我们往往忽略这后一点。另外，从知觉的审美中枢对外部信息的抑制行为来看，审美中枢由于本身的活动方式的限制，只能接收一定类型的信息。但是，如果我们仅仅把上述情形归结为信息选择问题，则未免肤浅。应该看到，这里存在一个人类文化结构和人类心理结构的同构对应问题，它们在一定程度上

---

① 冯骥才：《创作的体验》，《文艺研究》1983 年第 2 期。

连成一个整体。这个整体要求作家在感知外部世界信息（包括历史史料信息）时必须具备一种“巨大的精神跨度”，使他在返照历史发展的轨迹时，是真正地生活在过去；而在感知将来趋势的脉搏时，是真正地生活在未来。当然，就冯骥才的情形来看，恐怕更主要的还是一个“燃点”问题。他的那“一团感觉”只要一经点燃，我们便不必担心他无法把它们发挥成一个饱满的艺术生命。但这已经是另外的问题了，可另作讨论。

不管怎样，想象力在作家“审美场”知觉中的作用是不能低估的。我们对于想象力的“发挥”似乎也只能就此而止，否则又要变成一堆庸人自扰的废话。当有人疾呼“用身体来思维”时，当有人主张必须像屈原刨根究底地对天发问那样来展开一种完全超越经验的想象力时，我们是保持一定程度的缄默呢，还是主动地与之为伍？我想还是先别忙于肯定或否定，想想，再想想。

我们几乎是踉踉跄跄地在作家的艺术感觉旅程上进行了一次类似精神漫游的旅行。尽管，大家都在说感觉虽然游离于理性之外，但它有时比理性的规定更逼近真理。然而，我们感到正因如此，对于艺术感觉过程的描述才会更加困难；我们所运用的“借喻基点”——“选择”和“建构”——对于这个过程的描述究竟具有多大程度的把握，似乎也是所谓的“测不准”。但不管怎样，就像“神秘的余数”的被提出一样，我们也许要为之洋洋得意一阵子：任何分析都不可能阐明一切，因而必然会有无法解释的剩余部分。这，大概就是我们常常由于捉襟见肘而所能够运用的一种“抗拒心理”吧。

不过，我们毕竟从作家们的一大堆感觉经验的碎石里，拣出了一些可能是“骨头的碎片”，依此去重构作家艺术感觉这具人们所能够“意会”而无法触摸的“恐龙”，并企图做出这样的解释：“物理场”感觉作为艺术感觉基本载体的一种自然模型，“心理场”知觉作为艺术感觉反省意识的一种功能模型，以及“审美场”知觉作为艺术感觉想象效应的一种理想模型，它们的连续建构形成了艺术感觉的过程。

当我们看到海明威笔下的桑提亚哥——那个倔强的老人拖着疲惫的身子从大海返航的时候，骤然感到有一种非实在性的空灵境界在笼罩着我们的感觉：生命的存在，人和人的本质的思考。是的，思辨使我们获得了一种思考，一种认识，也使我们艰难地去进行了一次关于作家艺术感觉过程的描述，尽管这种描述不算是成功的。爱因斯坦老人说得多好：“我觉得，只有大胆的思辨而不是经验的堆积，才能使我们进步。”①

原载于《文学评论》1987 年第 2 期

① 《爱因斯坦文集》第 3 卷，商务印书馆，1979，第 496 页。

潜感觉论

一 潜感觉是一种“不自觉的感觉”

人的感觉系统包括了五官感觉和机体感觉。从普遍意义上说，这些感觉都体现为显感觉，而实际上，作为感觉主体的人，还有一种潜感觉，它深藏在人的潜意识域里，必须达到一定的能量积蓄程度，才可能显现出来成为显感觉。马克思在《1844 年经济学—哲学手稿》中指出：“人不仅通过思维，而且以全部感觉在对象世界中肯定自己。”在我看来，这个“全部感觉”既包含了所有感觉能力（五官感觉和机体感觉），也包含了所有感觉性质（显感觉和潜感觉）。

从意识水平来看，潜感觉与潜意识都属于意识水平线下面的心理过程。潜感觉是包容在潜意识层次里的。然而，潜意识与潜感觉的一个明显的区别是：前者需要阈限下的刺激，刺激形成了它的生理根源；后者则几乎不需要刺激，而是靠感觉能量自身的功能充满，因而它更多地表现为本能和不自觉性。别林斯基认为，对于作家来说：

“他的本能，朦胧的、不自觉的感觉，那是常常构成天才本性的全部力量的。”① 所以，我以为也可以把潜感觉称为“不自觉的感觉”。

潜意识是阈限下的刺激的产物，这是脑神经的研究成果所表明了的：当外部客体以强烈的方式刺激主体心理活动时，主体所获得的是显意识的经验。但外部客体的刺激强度并不是一样的，而是有很大的差异（有人区分为“强刺激”和“弱刺激”）。强刺激能够为主体所觉知；而弱刺激达不到觉知程度，这种现象被心理学称为绝对阈限下的刺激。绝对阈限下的刺激只能引起主体的阈下反映，这些反映就构成了潜意识心理过程的一部分。然而，客体的弱刺激也包括部分的阈上刺激，阈上刺激之间也有强弱之分，尽管它们实际上达到了觉知的绝对阈限，但由于高级神经活动的诱导规律的作用，对强的特性的觉知就抑制了对弱的特性的觉知，这些弱的特性因此就不能进入显意识中，而仍然只能成为一种潜意识。

潜意识在本质上是一种主体意识，它同显意识一样存在于个体的大脑皮质之中，是由神经系统主动扬弃的。在这种扬弃之下，那些暂时属于非“强的”刺激物被分化、削弱了，但它们并未彻底消失，而是被潜藏进主体的潜意识域，并未通过主体感知而转化为现实思维活动，因此它一般处在相对静止的潜在状态中。

而作为“不自觉的感觉”的潜感觉，它的特异性表现在“不自觉”上，这种“不自觉”常常是以不期而至的方式出现在人的感觉

① 《一八四七年俄国文学一瞥》，《别林斯基选集》第 2 卷，时代出版社，1953，第 420 页。

世界中的。马赫在批驳有人认为世界是一种神秘的东西构成的，这种神秘的东西与另一个同等神秘的东西——自我的相互作用，产生了所能经验的感觉这一论点时，举了一个他亲身经受过的事例：

> 我大约十五岁时，在我父亲的图书室里，偶然见到康德的《对任何一个未来的形而上学的导言》。我始终觉得这特别幸运。这本书当时给我留下了强烈的、不可磨灭的印象，这样的印象是我此后阅读哲学著作时始终没有再体验到的。大约两三年后，我忽然感到"物自体"所起的作用是多余的。一个晴朗的夏天，在露天里，我突然觉得世界和我的自我是一个感觉集合体，只是在自我内感觉联结得更牢固。虽然这一点是以后才真正想通的，但这个瞬间对我整个观点起了决定性的作用。①

在马赫看来，世界并不神秘，它是颜色、声音、空间、时间等等基本要素和"我的自我"所联结成的要素复合体（或感觉复合体）的某种思想符号。马赫的观点明显地带有主观唯心主义和经验主义的倾向；然而，这种观点从另一个方面启示我们，人们对于世界的认识，常常由于感觉复合体（要素复合体）的作用而变得不自觉。这是因为在感觉复合体中，组成世界的那些基本要素和"我的自我"已经融为一体了，而"物自体"在这里自然也就失去了它的功能。这时，当一个新的世界（包括现象世界、艺术世界乃至书的世界等等）扑面而来时，这个新的世界中的基本要素就加入了既有的自我内感觉复合

---

① 马赫：《感觉的分析》，商务印书馆，1986，第23页注①。

体的基本要素，这些要素在整个复合体中一旦达到满载，它就会自动显现出来，由此形成一种不自觉的感觉；这种不自觉的感觉以沉潜的方式存在于人们的感觉世界里，从而本能地、极其自然地流露出来。

实际上，在现代西方哲学史上，对于不自觉的感觉这一问题是有人探讨过的，虽然他们所运用的不是“潜感觉”这个词语。这就是柏林大学的尼古拉·哈特曼提出的“昧觉”说。哈特曼作为叔本华最有才气的弟子，他继承了叔氏的一元宇宙意志论。但他又根据黑格尔“凡物莫不有理”的观点，修正了叔氏的盲目的宇宙意志论，认为宇宙意志不是盲目的，而是有理性、有智慧、有目的的，不过此种有理智目的的意志，并非自觉的而是“昧觉”的（unbewusst）罢了。因此哈特曼调和黑格尔、叔本华二人之说，称其一元的本体为“昧觉”①，从而兼含意志与理性。

“昧觉”说的提出，为后来的变态心理学对于“下意识”的研究开了先河。通过“昧觉”说，哈特曼就将理性与意志视为人与万物同具之本则，它们只不过是茫昧而不自觉罢了。这似乎接近于“天理自在人心”，“仁义礼智非由外铄”之先天主义。由此看来，哈特曼的“昧觉”说，在于证明自然物象同人一样，具有一种非自觉而是茫昧的理性与意志。这种理论使哈特曼既陷入了泛心论的沼泽，又陷入了先天主义的泥潭，从而彻底地暴露了他的主观唯心主义偏向。然而，“昧觉”说的提出，从另一个方面拓展了心理学研究的领域，即人的

① 关于“昧觉”，贺麟先生解释说：此字原为 Das unbewusst，而英译作 the unconscious，系茫昧的意识之意，译作无意识、无知觉约欠妥，因而译为“昧觉”。参见贺麟《现代西方哲学讲演集》，上海人民出版社，1984。

观念中确实潜藏有茫昧而不自觉的部分，它们蛰伏在人的深层心理结构中。这类似于我们上面所提出的“潜感觉”。

在我看来，潜感觉是作为感觉的一部分而存在的，它的主要功能在于为感觉的呈现积蓄能量。法国心理学家里波把潜意识看成“一个能量收集器”，我同样认为，潜感觉也是“感觉能量的收集器”。现代科学证明，人的心理过程就是一系列电－化学变化；任何意识事实，都伴随着一定的运动觉，从而形成能量的传递和转换。从感觉过程来看，这其中的物理能量或其他能量转变成了心理能量，心理能量不会全部消失掉，它的一部分可以以化学能的形式保存在脑结构中，成为记忆痕迹。潜感觉可以说就是这些留下来的能量的汇集。如果这种汇集达到一定程度，它们就会自动地充溢出来，从而呈现为显感觉。从这点上看，潜感觉的呈现就是“能量充满”，它同时标志着新的感觉过程（直觉）的开始。

艺术感觉同样如此。对于作家来说，他的感觉世界任何时候都不会是充分展开的，由于记忆功能的限制、经验范围的局限以及感觉系统的误差，总是有一部分对于现象世界的感觉被潜埋入主体意识的底层。然而，使我们感到有意味的是，在这一底层里，那些沉潜的感觉能量并不像潜意识那样，需要有阈限下的刺激，才可以显现出来；而是一旦这种沉潜的感觉能量由于不断地增殖而达到充满时，它就会自然而然地外溢出来，从而成为作家感觉世界里的一种本能的、不自觉的呈现。这种情形，就像一只十公升的水箱里装有二公升的水，当外在的水不再加入时，它就一直处于水箱的底层；而当外在的水不断地注入并超过十公升时，它就掺和在这些新注入的外在的水里而充溢出来。柯罗连科在谈到作家捕捉生活中碰到的形象的不自觉性时说："他们大多是自己聚集起来的，就是说，不受作者的'意图'的控制。"① 关于这一类的说法，不少作家在创作经验谈中都谈到过。

潜感觉对于创作的影响问题，在中外的艺术心理学理论中，远不如潜意识对于创作的影响那样为理论家们所密切注意。在潜意识的研究领域里，弗洛伊德学派以主体潜意识中的那些与生俱来的本能冲动和幼年时期被压抑的欲望，来说明创作的动力和艺术形象产生的根源。这种理论对于西方现代派文学影响极大，它既引导现代派作家在创作中对人的心灵世界进行深层的开掘，从而拓展了表现人物内心活动的空间；同时又驱使现代派作家在创作时排斥理性、摆脱美学和道德的"羁绊"，只凭纯粹的"自发"和无拘束的"自由"来表现赤裸裸的潜意识。弗洛伊德的荒谬在于过分夸大了潜意识的本能冲动。而我们所说的潜感觉，在它达到能量充满时自动地、本能地外溢出来，这种"本能"与潜意识的本能冲动是不同的。前者是后天的感觉能量的不断积蓄而达到充满的一种不自觉的流露；后者则是先天的与生俱来的某种欲望，它是原始的行为，是反理性的。这种本能与布拉德雷的说法如出一辙，布拉德雷说："形而上学可以错，但自己的本能不会错。"他认为本能是原始的、第一性的东西，它不会错的；而替本能和本能信仰作辩护的哲学、形而上学或理性思维是可以错的。这种说法的反理性表现在：它把本能视为主人，而把理性和哲学视为替主人辩护的仆人。这同休谟的所谓"理性是，并且应该只是情感的奴

① 《世界文学》1959 年 8 月号，第 125 页。

隶”，是有密切联系的。因此，我们所说的潜感觉的本能地、自动地呈现，这种本能是有它的理性前提，并且受到它的特定的情感逻辑的支配的（详后）。

正因如此，在作家的感觉世界里，潜感觉不仅仅是属于感官的，而更是属于心灵的。反过来说，作家的感官不能仅仅成为粗俗的实际需要的俘虏，只具有“有限的意义”（马克思），而必须具有普遍的、无限的意义。如果完全为了物质利益或单纯的生理本能意义而使心灵落入尘埃，那么，潜感觉就不可能产生为审美关系所特有的自由的精神创造。歌德曾经这样比较过他和席勒的创作：“席勒的特点不是带着某种程度的不自觉状态，仿佛在出于本能地进行创作，而是要就他所写出的一切东西反省一番，因此他对自己作诗的计划总是琢磨来，琢磨去，逢人就谈来谈去，没有个完……我的情况正相反，我从来不和任何人，甚至不和席勒，谈我的作诗的计划。我把一切都不声不响地放在心上，往往一部作品已完成了，旁人才知道。”① 很显然，席勒过分地追求哲学思辨，导致了他的创作形成了一种众所周知的“席勒化”倾向，实际上，这也就束缚了他的潜能。

既然，艺术以形象化了的人的感觉作为自己的内容，那么，这种内容就不再是一般的社会历史内容，而是被能感受音乐的耳朵，能感受形式美的眼睛，被拥有精神感觉及实践感觉的心灵，换句话说，也就是被马克思所说的人的感觉或感觉的人类性——所摄取的蕴含有社

---

① 《欧美古典作家论现实主义和浪漫主义》（二），中国社会科学出版社，1981，第 304 页。着重号为引者加。

会历史意义的美。因此，感觉就不仅仅表现在人的感官或机体上，它是被现实无限充实着的知、情、意、想象、直觉、灵感，甚至梦境、幻觉等的综合体。从这个意义上说，任何企图将潜感觉从感觉系统中排除出去的行为都是不明智的。潜感觉作为感觉的一部分而存在，主要是精神性感觉，所以，潜感觉从本质上说更应该属于人的心灵，是人的心理能量的“仓库”。然而，人的心理能量不仅仅是本能的能量，它主要是在人类的历史经验中形成，并且不断地得到补充、增殖的。这就有赖于一个人在审美关系方面的素养。马克思说：“忧心忡忡的穷人甚至对最美丽的景色都没有什么感觉；贩卖矿物的商人只看到矿物的商业价值，而看不到矿物的美和特征；他没有矿物学的感觉。”①很显然，在衣履无着、饥肠辘辘的赤贫境况下，人的感官只能成为粗俗的实际需要的俘虏，仅具有“有限的意义”。

但是，如果我们换一个角度看问题，则会进一步提出，那些“忧心忡忡的穷人”是不是潜藏有对最美丽的景色的感觉的能力呢？也就是说，他们除了实践性感觉外，是不是还具有潜在的精神性感觉？我想是有的。任何一个正常的人，都具有潜在的掌握审美关系的能力，只不过当他为了物质利益（生存或温饱）而疲于奔命时，他的实际需要占了上风，审美需要则退居到一个次要的或几乎沦丧的位置上；从心理学意义上说，他对于衣食的实践性或认识性感觉，抑制了他的对于最美丽的景色的精神感觉。而一旦他衣足饭饱，那种潜在的精神性感觉就会被逐步地放松，从而对美的感觉能量由于审美素养的作用，

① 《马克思恩格斯全集》第42卷，人民出版社，1962，第126页。

就会在心理底层不断地得到补充、增殖，直到能量充满而不自觉地、本能地外溢出来，形成了对于最美丽的景色的审美感觉。这说明，潜感觉对于每一个正常的人来说都是存在的，然而它的呈现需要一个人在审美关系方面具有一定条件的素养，才能构成真正的心灵的东西，而不仅仅是原始本能的东西。

但是，有一个区别必须指出，人的属于心灵的潜感觉绝非与人对形而上学本体的“洞见”的感觉一样，前者是在理性的把握下的有对象感觉，后者则是放弃理性把握的无对象感觉；前者是人对于现象世界的一种潜在的审美感知，后者则是人对自身的超越欲望所产生的幻象的自我直觉。举例说明，一棵树的形象可以潜入人的感觉世界的深处，虽然它在目前由于诸种因素（如前所述的记忆功能的限制、经验范围的局限以及感觉系统的误差等）而暂时不能直接呈现于感官；而人对自我超越的欲望的感觉就决然不同于对一棵树的感觉，它纯粹是对“无”的感觉，这种感觉越强烈、越执着，其形态就越朦胧、越神秘。因为形而上学的本体只存在于人的虚构中，所以对这种虚构的把握必然是神秘的。西方某些现代派文学的非理性就表现在这样一种对“不可知”的感觉和体验上，如卡夫卡对“城堡”、萨特对“恶心”、贝克特对“戈多”、伯格曼对“上帝”、艾略特对“荒原”的感觉等等，这些感觉从哲学意义来说，是无法用一个明确的概念或词去作本质上的规定的，只有那些现代派的艺术家能够以幻象的自我直觉去呈现这种感觉。

作为不自觉的感觉，潜感觉可以说是创作活动中的一种潜在的高级形态，它的能量一旦充满而外溢出来，则可能成为作家感觉世界中的一种高级境界。这种境界当然不是像鲁迅在分析《二十四孝图》时所无法容忍的那位整年假惺惺地玩着一个“摇咕咚”的七十多岁的老莱子的有意作态，而是如同纯真的童心那样天真而不自觉。有人把艺术创作看作人类童心的复活和再现，我觉得是有道理的。事实上，鲁迅一直反对作文秘诀之类的说教，在他看来，如果真的有人以为能够“密授一些什么秘诀”，那实无异于老莱子的“摇咕咚”，把“肉麻当有趣”了。鲁迅在谈到怎么写时所作的结论是：“与其防破绽，不如忘破绽。”“防破绽”是自觉的心理状态，“忘破绽”则是不自觉的心理状态。我们在这里所说的作家的“潜感觉”，就是一种“忘破绽”的感知状态。

“忘破绽”的感知状态所蕴含着的深刻的哲理、心理内涵，暗示着作家在感知现象世界时，他的“全部感觉”必须集中在被感知对象上，而不用在自己身上，必须把自己忘掉。因为一旦一心二用，就会破坏乃至扼杀对于对象的最可宝贵的真情。费尔巴哈认为，人的感官在聚精会神于自己对象的时候，势必“失掉了自己，忘记了自己，否定了自己”①。同样，作家不能过分地注意自己的感觉，特别是自己的“潜感觉”，倘若过分地去注意，潜感觉本身也就失去了意义了。魏肇基曾经在《心理学概论》中证明：“感觉如被注意，则能格外明了地现出其性质。”因为这就可能使你的“感觉”越出感觉本身的范围，而不成其为感觉了。潜感觉状态同样是如此。当然，潜感觉有各种各样的形态，它们的“忘破绽”的方式也是各不相同的。但是，对于作家的潜感觉来说，最典型的形态可能是它的直觉性。

① 《费尔巴哈哲学著作选集》上，第478页。

二　潜在直觉的能量充满和心理内化

潜感觉以能量充满的方式显示了它的基本能力，然而它一旦被显现出来，就不再是潜感觉了，而表现为一种直觉。因此，潜感觉的终点就是直觉的起点；质而言之，潜感觉的显现过程的完成，便是直觉过程的开始。

不过，潜感觉的过程与直觉的过程似乎并不是如此截然分开的，直觉形态往往隐含在潜感觉的过程中，为潜感觉的面纱所遮蔽。从这个意义上说，潜感觉只是一种现象，直觉才是它的本质。

这实际上也就是美学的统一性问题：究竟统一于客观还是统一于主观？对于这个问题，在这里没有谈论它的必要。我们谈论的是作家的艺术感觉，因而问题就在于作家的艺术感觉应该统一在哪里。如果我们把潜感觉看作作家创作活动中的一种潜在的高级形态，它的显现也将成为作家艺术感觉世界中的一种高级境界，那么，潜感觉就既不能统一在某些最初的物象上，也不能统一在某种单纯的心象上，而是统一在既超越了物象（物理场感觉）又超越了心象（心理场知觉）的审美直觉（审美场知觉）上。

审美直觉作为潜感觉的一种本质形态，它以作家的潜在直觉为基础，它的功能不取决于作家感觉世界中物象和心象的简单相加，而取决于作家对物象和心象的超越。当然，这种超越并不是走到如歌德曾经批评过的席勒式的纯哲学的玄思，也不是克罗齐所说的混沌的“直觉”。我们所把握的审美直觉，必须是作家对于现象世界的物理感觉

（物象）能量与心理知觉（心象）能量的双重充满。在这个双重充满中，物象能量的充满意味着作家在生物学意义上人的感性经验的本能程度，而心象能量的充满意味着作家的主观感情和客观生活相互撞击的激活程度；达到了双重充满，就达到了作家的感性经验与理性实践的共同积淀，由此构成了作家在瞬间内把握形象的初级结果的审美直觉的主体素质基础。

在作家的艺术感觉过程中，知觉主体的物象能量的充满并不是一件困难的事情。由于人的最初的感觉所依靠的是现实对象所传递过来的能量，这些能量一般都构成了人在生物学意义上本能的感性经验，它在文学创作中通过语言符号的传达时往往被舍弃了。比如一只喜鹊、一棵桃树之于我们的物理感觉，就是喜鹊有头、有尾、有两眼、两脚、两只翅膀，还有一张尖尖的嘴；桃树有大的树干，小的枝条，枝条上长有叶子等等，如果不是创作中的特别需要（如鲁迅在《秋夜》中所描写的："在我的后园，可以看见墙外有两株树，一株是枣树，还有一株也是枣树。"——着重号为引者加），这些细节总得被舍弃，因为它们早已在人们头脑形成一种本能的感性经验，没有必要再作不厌其烦的交代。作家在面对一个现象世界时，他的原始的生理感知尽管能够感知事物的物理性能和化学性能，但是这种物化性能对于作家的审美感知来说总是比较狭隘的，并且容易将作家的审美感知潜能（潜感觉）在无形中束缚掉。如果李白对于燕山的雪花的感觉只停留在"大如席"的最初物象上，如果杜甫对于武侯庙古柏的感觉，仅仅如沈括在《梦溪笔谈》里用计算尺寸的方法讥之为"无乃太细长乎"的实证物象，那么，李杜就不可能写出"燕山雪花大如席"和

“黛色参天二千尺”那样的佳句来。因而，对于任何一位有艺术才能的作家来说，他感知客观对象的有限的物化属性时，其物象能量的充满都是可能的，作家也因此获得了对于客观对象进一步感受的自由度。

然而无论如何，物象能量充满是作家潜感觉过程的一个必要阶段，只有通过这一阶段，作家的潜在直觉才能进入心象能量充满的层次。一般来说，物象能量不是直接诉诸作家所运用的语言符号，但是，它们加入了作家主体的审美感知图式，并以它自身的能量受到审美感知图式的“同化”，从而在下一步顺利地发生知觉活动。正是在这个意义上，作家的物象（物理场感觉）仅仅表现为原始的“潜感觉”，而他的才华不取决于对这种“潜感觉”的依附而取决于对它的超越。

由此，作家必须完成他的潜在直觉能量的第二重充满——心象能量的充满。正如中国古典诗歌曾经揭示过的，诗歌美学中主观和客观应该在诗人的审美直觉中得到统一的规律那样，作家的潜感觉中所具有的直觉形态必须形成一个客观生活和作家主观感情相互撞击的交接点，也就是客观世界和主观世界这两个世界的交接点。在这个交接点上，客观的大千世界必然激起作家心灵的反应和情感的波动或震颤，而作家的主观感情也必然诱导他对客观的大千世界做出超越出物理感觉的心理场知觉，以获得心象。这时，作家一生中感情和生活的某些系列有可能在这种心象中被激活，从而使得心象的能量不断地得到补充、增殖，直至充满，以加强潜在的直觉形态，为直觉形态的显现做好充分的准备。

我想用福楼拜的例子来证实我上述的意见。福楼拜同他的父母亲的关系一直很不好，在他的早期著作中，除了十七岁时在一本自传《一个疯子的回忆录》中详细描述过两个梦（一个涉及他父亲，另外一个涉及他母亲）外，他再也没有谈过父母亲。他在去世的五年前发表了一篇题为《好客的圣·朱利安的传奇》的中篇小说，他在小说中说：三十年来，他一直想写一个杀害了自己父母并因此成为一个作家的故事。

这段往事引起了萨特以及精神分析学家们的兴趣。萨特认为，这是福楼拜本人自发地这样做的，这使得福楼拜自己具有两个完全不同的形象：一个是在很平庸的水平上描述的形象，也就是说，福楼拜一直弄不清自己是个什么样的人，他只想象自己类似每一个人，而这些并不含有任何意义；另一个形象是当他处于活动之巅时，他又很能理解自己一生历史的不能分明的起源。有一次福楼拜写了一句极有意思的话："人们很可能像我一样，都有同样可怕的沉闷的深渊。"萨特针对这句话指出："福楼拜意识到这些深渊不是理性的东西。他后来写道，他常有一现即逝的直觉，仿佛令人目眩的闪电，在那一瞬间，他什么都看不见却又看到了一切。每次这个直觉要消失时，他都试图再次通过这道闪电去探查给他启示的道路，结果他绊倒在地，陷入随之而来的黑暗之中。"①

很显然，福楼拜对于父母亲的印象已经形成了一种无意识，并且深潜到他的感觉世界的底层，他无法解释自己，又无力解脱家庭隐私

① 萨特：《思想记游》，见萨特文集《在存在主义和马克思主义之间》（*Between Existentialism and Marxism*，NLB，London，1974）。

（他还恨他的哥哥）的困扰。尽管，他想尽一切办法，甚至将自己想象为类似每一个人，来为自己作出解释，但是，这种理解不可名状并不断地逃离自身，陷入那些同样是不可名状的深渊。由此，他便经常有了“一现即逝的直觉”。这种直觉是潜在的、茫然的（直觉消失之后他仍然陷入黑暗），也就是说，他的直觉形态并未在他自身与外界生活的某个交接点上形成必要的撞击。直至他去世的五年前，他的主观感情与客观生活的某些系列便在构思《好客的圣·朱利安的传奇》时寻找到相互撞击的交接点，通过撞击形成了直觉形态的心象（心理场知觉）。这种心象在构思过程中不断地被激活、补充、增殖，直至充满，然而无论如何，它仍然是一种潜在的直觉形态，是一堆潜感觉，只有呈现这感觉，才能在呈现过程的完成时宣告感觉的形式（艺术作品）的诞生。

潜在直觉必须在知觉主体（作家）物象能量和心象能量的双重充满中得到显现，并且变异为审美直觉，使主体进入直觉思维。尽管，这一显现只是对于事物（现象世界）形成的初级结果的瞬间把握，它的整个推理过程被压缩到最低限度，省去了中间的一些“不必要的”步骤和环节，然而，物象能量的充满和心象能量的充满实际上为知觉主体（作家）提供了两个方面的东西：一是感性经验，从而构成经验性直觉；一是理性实践，从而构成理性直觉。经验性直觉和理性直觉在不同的感知水平上共同激发了知觉主体（作家）的潜在直觉的能量，在这里，经验性直觉运用无意识，理性直觉运用思维，它们的高速化、自动化、简约化，使得整个过程基本上处于自我观察的界线以外。也就是说，主体在进行直觉思维时常常感到“知其然，不知其所以然”，而实际上主体已经在进行一种特殊的推理活动。

这个过程常常被人们称为“主体心理内化”的过程。对于作家来说，“心理内化”的中介不是某种理论模式，而是他的审美感知图式。作家的“心理内化”就是作家的一切观察、感觉受到他的审美感知图式的“同化”；只有“同化”了，作家才能顺利地发生认识活动。从生理感知角度来看，月亮就是月亮，它绝不是人的心灵，但从艺术意味来说，把月亮看成恋人的心却是允许的（不是有歌唱道“月亮代表我的心”吗）。因为这种变异成为恋人心灵世界的一个索引，同时体现了作家审美感知图式的某种独特性，恋人心灵世界的特异性如果不是通过作家的这种感觉变异独特地反映出来，它所表现出来的东西一定是十分乏味的。

人的知识经验的日益丰富，基本上能够适应日益增强的审美直觉能力所需要的知识经验的消耗，这一点对于必须具有坚实而充分的知识蓄积的作家来说尤其如此。但是，作为作家的感觉能力的一种高级形态，潜在直觉能力与作家的理性能力密切相关。理性能力越强，作家就越能在瞬间把握现实事物的初级形成的结果而无需再作有意识的选择，从而使得整个潜感觉的显现更趋于自动化、高速化。所以，作家的审美直觉并不能忽视理性的作用。

在对待审美直觉的理性这一问题上，学界曾经引起争论。苏珊·朗格在《艺术问题》一书中列举过这么一种观点，它就是在各种较为严肃的哲学著作中所出现过的看法：直觉是一种超感性的感觉，它不需经过推理过程而能够达到对现实把握的特殊认识。苏珊·朗格不同意这种看法，在她看来，直觉就是洛克在《论人类悟性》中所说的

“自然之光”，它“是一种基本的理性活动，由这种活动导致的是一种逻辑的或语义上的理解，它包括着对各式各样的形式的洞察，或者说它包括着对诸种形式特征、关系、意味、抽象形式和具体实例的洞察或认识”。①

当然，苏珊·朗格主要的是试图从艺术欣赏的角度出发，说明那种时时参预到理解活动之中并构成了推理活动的基础的直觉，它由此变成了艺术知觉；反过来说，艺术知觉就是一种直接的、不可言传的，然而又是合乎理性的直觉。但是，苏珊·朗格用理性来规范直觉，绝不等同于笛卡尔的理性直觉，休谟的因果直觉，康德的理性范畴框架的统觉，以及黑格尔的绝对理念观照的直觉。因为笛卡尔、休谟、康德和黑格尔把直觉完全理性化了，导致了对于人类心理意识的辩证运动的否定，而苏珊·朗格的高明之处，在于承认了直觉是一种基本的理性活动，但它在对艺术意味（或表现性）的知觉时，则是永远也不能通过推理性的语言表达出来。这就启示我们：对于直觉，我们不能认为它完全排除了它本身的逻辑形式，直觉作为一种基本的理性活动，它的逻辑力量被隐藏到审美感觉的背后，因而它事实上并没有取消自身的逻辑，它被取消的只是逻辑的外在格式。后期意象派曾试图“扭断逻辑的脖子”，从而打开感性直觉的窗子，可是事实证明他们并没有达到这一目的。

在潜在直觉的显现过程中，作家“心理内化”所具有的审美感知

① 苏珊·朗格：《艺术问题》，滕守尧等译，中国社会科学出版社，1983，第62页。

图式不仅受到理性因素的影响，并且取决于作家的情感体验深度。不少人用“高峰体验”说明艺术创造与主体情感的关系，我以为，在作家的艺术感觉过程中，潜感觉的显现所采取的“高峰体验”的方式，是潜在直觉在情感逻辑的作用下有秩序地暴露在显感觉之中。

情感逻辑作为客观具体物象的情感转化为心象、并进而转化为情感符号的一种逻辑形式，它同样依靠知觉主体物象能量的充满和心象能量的充满，然而除此之外，它还有两个能够促使潜在直觉的显现的参照系统：一是主体的原始创造动力；一是主体的自我意识能力。

主体的原始创造动力推动着作家的经验性潜在直觉的显现。作家的感觉经验既有先天的，又有后天的，这两种感觉经验都必须与主体原始的力量相结合，才能形成一种原始创造动力。在原始创造动力的作用下，主体对于现实世界的物象才能进入心象。康定斯基说，艺术创造是内在需要的表现：“底下的一股力量，有一天会显露出来……儿童们直接从他们的情绪深处所构造的形式，岂不要比那些希腊形式的模仿者的作品更富于创造性么？那些野蛮人艺术家都有着自己的形式，他们的艺术岂不是像雷霆一样的有力么？”① 倘若说，一位作家的感觉不能大规模地从物化属性中解放出来，只停留在物象的感觉水平上，那么他所感觉到的湖水就仅仅是湖水，而不是一匹彩霞，或者是一片爱情的波澜，于是，他的创造力也就丧失了。

主体的自我意识能力推动着作家的理性潜在直觉的显现。在艺术

---

① 转引自赫伯特·里德《现代绘画简史》，第131、132页。

感觉过程中，作家的理性不是某个简单的概念，而是作家自身的文化心理结构与社会心理结构的双重积淀下的自我意识。它包含着人类发展过程中人类整体及每个个人感性经验与理性实践的成果，它常常使得作家在反顾自身时能够直接悟到眼前的博大，在回首往事中能够直接感受现实的惊奇，从而迅速地、不知不觉地导致自己心灵的“怀孕”。罗曼·罗兰曾经在他的自传中谈到了这种感受。罗曼·罗兰童年时一直生活在家乡，十六岁那年为了治疗肺病，他随母亲和妹妹去作一次短暂的旅行。他到了瑞士边界的弗尔尼的平台上，心灵受到了一次强烈的震动，获得了一次洗礼：

> 为什么我要在这里受到启示，而不在别处呢？我不知道，可是这仿佛揭去了一层纱幕，心灵好像被亵渎的处女，在拥抱中苞放了，觉得活力充沛的大自然的狂欢在身体里流荡。于是初次怀孕了，过去种种的抚爱——尼埃弗田野中富于诗意和感性的情感、灿烂夏日中的蜂蜜和树脂、星夜里爱与恐惧的困倦——忽然一切都充满意义了，一切都明白了。于是就在那一瞬间，当我看到赤裸裸的大自然而渗入它内部时，我悟到我过去一直是爱它的，因为我那时就认识了它。我知道我一直是属于它的，我的心灵将怀孕了。①

可以看出，罗曼·罗兰在这以前的所有感觉潜能（潜在直觉）都在这里得到了显现。作家对于大自然的物理场感觉（物象）和心理

① 《罗曼·罗兰文钞》，上海译文出版社，1985，第159页。

场知觉（心象）的双重能量充满，在主体自我意识能力的催化下，极其迅速地进入作家的审美感知图式进行同化，形成了在“一瞬间”“悟到”过去与现实的种种迹象在“我”的心灵“怀孕”的审美直觉。这种审美直觉沉积着作家当时所具有的全部的情感内容，它包含着人类文化形态的逻辑化了的共同情感和作家自己的个性情感。但是，在参预潜在直觉的显现的过程中，作家的个性情感占据了主要地位，而人类逻辑化了的情感则退居为背景。只有这样，作家才能在对于现象的瞬间把握中凸现了自我意识能力，从而使物象能量和心象能量在新的层次和意义上得到充满，完成作家审美感知图式的同化而将潜在直觉显现为审美直觉。

综上所述，作家的潜感觉是艺术创造的一种巨大潜能，它对于作家潜在的直觉与灵感思维的开拓，起到了始发性的作用。把握潜感觉，关键在于把握潜在直觉，这里就有作家主体素质的加强与必要心态的创立的问题。虽然，作家感知现实世界时物象能量和心象能量的双重充满，形成了主体的感性经验与理性实践的共同积淀。这种共同积淀与作家的审美直觉在瞬间所把握的形象的初级结果并不构成直接的对应关系，但是，作家主体素质的优劣，能极其明显地影响到潜感觉在作家审美感知图式中的“同化”，从而影响到潜在直觉向审美直觉的显现。换言之，作家主体素质越高，他的感觉变异能力和艺术想象能力就越强；反之，他就只能把一杯酒感觉成为就是一杯酒，而不能感觉成为能够唱歌、哭泣、跳舞的，甚至像大海那样淹没了人的灵魂的奇异的东西。

三　灵感发生的双重机制：潜在直觉和想象力

灵感问题，在美学史上是一个老生常谈的问题。而时至如今，对于这个问题的探索却以它的越来越深入的开拓给人们带来了常谈常新的感觉。一九七八年关于形象思维问题的讨论，也导引着一部分人打开了灵感这个被禁闭了十几年之久的理论之门。那时对这个问题的研究文章为数并不多，涉及的内容也并不广泛，研究得不算深入。这些文章主要在于为灵感正名或重新确立它在美学史和文学史上的地位，辨析它的特点、性质及其在文学创作或科学创造中的作用，有的文章探讨了灵感概念的历史演化，并对中西关于灵感问题的说法作了初步的比较。作为一种理论上的拨乱反正，正本清源，这些研究都是有意义的，它毕竟为今天我们对这个问题的进一步探讨立下了基础。

一九八〇年，钱学森在《关于形象思维问题的一封信》[①] 中提出，人的思维不限于形象思维和抽象思维这么两种，“我认为创造性思维中的‘灵感’是一种不同于形象思维和抽象思维的思维形式”。由此，对于“灵感思维”的探讨便日趋活跃，人们试图从各个侧面、角度、层次、结构上论证这一“特殊的思维形式”。尽管，对于“灵感思维”这一提法的科学性，仍然意见不一；然而，它无疑作为一种突破，正在接受脑科学、人工智能、心理学、哲学、美

① 钱学森：《关于形象思维问题的一封信》，《中国社会科学》1980 年第 6 期。

学等学科的综合论证和检验。特别是近年来思维科学的兴起，为揭开大脑与灵感之谜提供了新的动力和机遇。美国著名神经心理学家、一九八一年诺贝尔医学奖获得者罗吉·斯佩里通过实验，成功地揭开了大脑两个半球是高度专门化的，而且许多高级的功能都集中在右半球的秘密。这种关于左右脑分工专门化的新学说，洞开了寻求灵感思维发生机制的一个新的门户。于是，对于灵感问题的探讨便由外在特性转入内在发生机制上来，一系列大胆的、新颖的见解和结论相继出现；将灵感视为一种思维形式也受到越来越多的人所认可，虽然，这其中不乏有一些肤浅的、皮相的认识（如简单地认为灵感既然是一种思维，那么它的整个发生过程就是思维的），但是从总体上看，凝注于灵感思维的眼光毕竟是开阔的。因此，近几年来对于灵感问题的探索，最突出的成就是借助现代脑科学、心理学和广义逻辑学的积极成果，提出了新的解释。这里，有两种解释似应值得注意：

第一种解释是刘仲林的“臻美推理”法。他认为灵感是想象和直觉的矛盾运动达到高度统一的状态，这种矛盾运动构成的臻美推理，将从整体上推出（领略）艺术创造的理想结果的思维过程。这种推理在本质上是不同于形式逻辑推理的一种或然性的非线性推理；由于它的基本结构又是由想象、直觉、灵感这些在美学上常用的范畴组成的，所以称之为臻美推理。臻美推理在想象、直觉、灵感这些美学范畴中所体现的逻辑体系是“审美逻辑”，它在一定意义上被看作康德把美学和逻辑联系在一起的“审美判断”的继续和发展。根据这种审美逻辑，可以否定那种认为想象、直觉、灵感是“非理性因素”、

“非逻辑方法”的观点。①

第二种解释是刘奎林的“潜意识推论”法。他认为灵感是显意识与潜意识交互作用而相互通融的结晶。在这里，潜意识推论以脑神经系统功能结构的建构与信息同构这两个方面，与显意识推理构成既相联系又有区别的理性活动。因此，潜意识推论是一种既非归纳又非演绎的非逻辑的特殊的理性活动。根据这种推论，可以认为灵感是一种非逻辑思维的潜思维形式。②

以上两种解释，一种运用广义逻辑学原理，把灵感看作由想象和直觉的矛盾运动构成的并非是非逻辑方法的形式；而另一种则运用现代脑科学和心理学的研究成果，把灵感看作显意识与潜意识交互作用构成的非逻辑思维的形式。显然，这两种解释得出的结论是不一致的。但它们都能给予我们一定的启示。我想，倘若我们从人与世界交流和碰撞的最初的一瞬——感觉方面入手，也许会得出另外一种解释。这就是说，对于灵感问题的把握，还可以从一种最基本的内在机制——潜在直觉切入。如前节所述，对于作家来说，潜在直觉是潜感觉的一种形态，它在作家主体物象（物理场感觉）能量和心象（心理场知觉）能量的双重充满中显现出来，从而变异为潜感觉的本质形态——审美直觉，使主体进入直觉思维。因而，作为灵感发生的一种内在机制，潜在直觉同样必须达到主体物象能量和心象能量的双重充满。但是，这仅仅是我们隐隐约约看到的一种迹象，因为理论还难以

① 刘仲林：《科学创造性思维中的逻辑》，《中国社会科学》1983 年第 2 期。

② 刘奎林：《灵感发生新探》，《中国社会科学》1986 年第 4 期。

用透彻清晰的语言描述这种机制对于灵感发生的作用，它并不像我们在把握潜感觉时对潜在直觉所具有的那种较为明晰的认识。不过，正因为对潜感觉的发现，使我们看到了潜在直觉的双重能量充满为感觉主体所提供的两种直觉形式：经验性直觉和理性直觉。经验性直觉由主体的感性经验构成，理性直觉由主体的理性实践（理解力）构成。这是潜在直觉的显现的成果，它们同时是灵感发生的重要依据。

其实，这个问题早就被爱因斯坦注意到了。爱因斯坦认为，直觉既离不开经验，又离不开理解，直觉的依据在于“对经验的共鸣的理解”。[①] 然而，如同想象不同于直觉，因为想象到的未必能直觉到的一样，灵感也不同于直觉，因为直觉起作用时未必都伴随着灵感。所以，潜在直觉的能量充满所产生的直觉形式，还必须有一个外在机制的作用，这些直觉形式才可能转化为灵感。那么，这个外在的机制是什么呢？我们可以从爱因斯坦创立广义相对论的过程来看。广义相对论的创立这一激动人心的突破是在“灵感的瞬间”出现的，其结论是从“结果应该是什么样子”这种非凡的直觉天性那里获得的。在爱因斯坦看来，“结果应该是什么样子”的直觉感乃是一种“想象”，因为概念和实例都是可以想象的。所以，爱因斯坦认为，理论物理学中的发现是发现者的想象力的产物，他指望这种现象应该被人们像接受伦理公理那样接受下来。因为“想象力比知识更重要”，“知识是有限的，而想象力概括着世界上的一切，推动着进步，并且是知识进化

① 《爱因斯坦文集》第1卷，商务印书馆，1977，第102页。

的源泉。严格地说，想象力是科学研究中的实在因素”。[1] 因此对于灵感发生来说，想象力是一种相对于潜在直觉的外在机制。

这样，我们便可以以潜在直觉为内在机制，以想象力为外在机制，把灵感的发生描述为：潜在直觉的双重能量充满所产生的经验性直觉和理性（理解力）直觉，在想象力的作用下骤然突现的一种理智和情感异常活跃的状态。

其实，这仅仅是一种理论意义上的描述，因为在我们的一些举例说明中，往往舍弃了其中的一些环节。就像屠格涅夫所说的，他的小说如同一片青草一样自然而然地生长出来，或者像歌德所说的，他作诗简直与女人生孩子一般，不知不觉就生下来了，这些比喻无疑是生动的，然而，现代理论已经不满足于这种比喻性的说明。即使像克罗齐在谈到审美判断与审美再造的统一时对于艺术灵感所举的一个实例，在今天看来仍然不会使我们对以上的描述感到满足。克罗齐这样说：

> 某甲感到或预感到一个印象，还没有把它表现，而在设法表现它。他试用种种不同的字句，来产生他所寻求的那个表现品，那个一定存在而他却还没有找到的表现品。他试用文字组合 M，但是觉得它不恰当，没有表现力，不完善，丑，就把它丢掉了；于是他再试用文字组合 N，结果还是一样。“他简直没有看见，或是没有看清楚”，那表现品还在闪避他。经过许多其他不成功的尝试，有时离所瞄准的目标很近，有时离它很远，可是突然间

---

① 《爱因斯坦文集》第 1 卷，商务印书馆，1977，第 284 页。

（几乎像不求自来的）他碰上了他所寻求的表现品，“水到渠成”。霎时间他享受到审美的快感或美的东西所产生的快感。①

无疑，克罗齐所举的实例，说明了直觉和想象在经过多次的组合—否定—又组合—又否定—再组合—肯定的矛盾运动（即直至想象的组合被直觉肯定时）便产生了灵感。这是一个推理过程，它与前述的“臻美推理”运动在思维形式上有酷似之处。克罗齐注意到了直觉和想象这两个因素，但是，他并没有也不可能注意到这样的一个因素，就是既作为审美直觉的显现又作为灵感发生的内在机制——潜在直觉。这样，克罗齐对于灵感的实例描述便忽略了灵感发生的一种基本动作——感觉，以及由感觉所产生的物象和心象能量的功能充满。

我曾经在《艺术灵感试探》一文中提到，人脑的生理机能能够使人脑的思维功能具有可以后天训练的性质，生活积累越多，其艺术敏感性也就越强。不断地、长期地、反复地进行这方面的训练，灵感就会经常不期而至。在我今天看来，这个观点并没有过时；不过，由于当时研究能力的限制，我未能发现生活积累和后天训练实际上也有一个物象能量和心象能量的双重充满的过程。换言之，潜在直觉将担负起为灵感发生积蓄生活和心理能量的任务。既然，对于艺术感觉的探讨使我们进入了研究潜感觉的层次，那么，我们将从这里步入灵感发生的深层机制领域。这可能是一种理论上的冒险——因为即使一些成

① 克罗齐：《美学原理　美学纲要》，朱光潜译，外国文学出版社，1983，第129页。

功的作家也未可究诘自身的这种内在机制。理论的困难常常造成探索的中断，然而，尽管是一脉依稀可辨的理论迹象，也会促使我们力求在作家的创作实践中整理出一个可以理解的秩序，或者至少是一种大略可见的轮廓——这是需要做出说明的。

当然，潜在直觉的物象能量和心象能量的双重充满，并不表明灵感发生机制任务的最后完成。感觉能量的双重充满所显现出来的经验性直觉和理性（理解力）直觉，只是一种内在机制，它还必须找到它自身的形式，亦即有中介起作用的结构形式，以获得外在机制并共同发生作用。只有这样，灵感发生机制的任务才宣告完成，艺术灵感也就由此宣告诞生。这种情形，才比较完整地表明了我们上述对于灵感发生的描述的思维秩序。对此，我想以苏联作家柯罗连科创作《严寒》时的情形来说明。

在柯罗连科的日记里，有一则他在一八八〇年十月从雅库茨克流放地归来的途中所记的札记：

前边，路旁边，冒着青烟。我们乘马车来到那里。一个人躺在一堆砍伐下来的松树枝上。头旁边放着一个小提包，眼睛闭着——那是一个由于艰苦的旅程而疲倦不堪的人的姿态。

"这是什么人？"我问。

"这？想必就是从矿山来的那个人。我记得，前天曾在我们那儿过宿。走到这儿来啦。"

"你讲什么！要晓得这儿离开你们那儿一共只有十一俄里。"

"不错，十一俄里。瞧，走得很慢。他是残废，脚尖往外撇。”

“他还要走很远的路么？”

“不晓得——大概他是到曼祖尔斯卡雅乡去。”

“至少还有一千俄里的路。而他一昼夜约莫只走六俄里！……”

“他还好吧，暖和的日子还长呢。天气一冷就够瞧的——他会活活冻死，真的，”马车夫谈论着，一面把马合烟叶放在手掌上研碎。

我们乘马车已经走了很远，但是树枝中间那一缕青烟和这个注定了快要死亡的人的模糊的影子，还老是在我的眼前晃动……[1]

这段札记作为一种生活积累，它在作家的潜感觉中不仅积蓄了经验地直观这个残废的淘金者的物象能量，而且积蓄了理解这个残废的淘金者的心象能量。这两种能量无疑达到了它们自身的充满，并以直觉的方式呈现在作家脑子里：“树林中间那一缕青烟和这个注定了快要死亡的人的模糊的影子。”苏联另一位作家多宾在《论题材的提炼》这篇文章中指出，柯罗连科的这段札记，使“一个残废的淘金工人的形象就在艺术家的心坎上留了下来”[2]。可是，在这以后整整的二十年时间里，这段札记始终原封不动，没有获得创造性的生命。这究竟是为什么呢？问题在于柯罗连科对这位残废的淘金者的印象所形成的经验性直觉和理性（理解力）直觉，并未转化为真正为作家所感悟的题材内容。这就是爱因斯坦曾经料想到的：直觉起作用时未必都伴随着灵感的出现。质而言之，作家还没有找到灵感发生的必要的中

① 柯罗连科：《札记》，转引自多宾《论题材的提炼》，《译文》1955 年 11 月号。

② 见《译文》1955 年 11 月号。

介形式。尽管，在这二十年后的一段时间里，柯罗连科正在构思一篇名为《严寒》的小说，并企图表现这么一个主题：看到周围的坏人坏事时就有一种“令人痛苦的个人责任感”；牺牲精神就很自然地从这种责任感中产生出来。牺牲的不可避免性，不是由于外力强制或命中注定，而是由于内在良心的要求。这个主题使柯罗连科感到十分激动。可是，它与上述的那段札记是如此地不相似，因为它们相互之间并没有什么直接的联系。这样，柯罗连科在那段札记所提供的具有充分戏剧性和表现力的素材“核心”中，就始终找不到题材内容的立脚点，当然也找不到主题表现的立脚点。说穿了，就是作家还没有捕捉到他的直觉与他企图要表现的主题相互吻合的灵感。

对于大多数作家来说，类似这样的现象是经常出现的；然而，作家的艺术灵感也往往出现在这一个关节点上。因此，问题并不取决于作家对生活素材的直观和理解的直觉形式，而是取决于作家是否获得了一种独特的灵感形式。这里，作家的想象力将作为一个中介，沟通直觉与灵感，从而使得作家对生活素材的启悟的灵感发生成为可能。柯罗连科的想象力就起到了这样的作用。在他的创造性想象中，生活和主题的吻合终于出现了这样一种可能的生活场景：

> 假使遇见那个孤单的旅人，不是在一个比较暖和的十月里的日子，而是在最可怕的西伯利亚严寒季节……假使乘车经过的人们都不理会那流浪人的死活，而漠不关心地从他身边经过……假使良心的谴责，终于驱使一个乘车经过的人，独自向那寒冷的可

怕的冰天雪地里突进，去拯救一个流浪人……①

这样，作家札记里的生活图景与那个使作家激动的主题在创造性想象中，获得了一种超越生活题材的灵感形式。因为“令人痛苦的个人责任感”和牺牲精神这个主题，是柯罗连科所构思的《严寒》这篇小说的灵魂，所以题材的中心便不是那个残废的淘金者的形象，也不是他的不幸和痛苦的身世，而是受良心驱使，走向牺牲的那个人的形象。无疑，这个形象的获得正是来自作家的灵感，它使得十九世纪八十年代的俄国人们所困惑的那个关于七十年代革命的一代徒然牺牲的问题，在这篇作品中得到了一定的反映。

从柯罗连科的例子来看，灵感发生并不单纯依赖于潜在直觉，也不单纯依赖于想象力。潜在直觉作为内在机制，在于为想象力提供必要的直觉能量；而想象力作为外在机制，在于激发灵感发生，但“想象力又是通过直觉发挥作用的”②，反过来正如康德所说，直觉判断的理解力是为想象力服务的。因此，灵感发生的机制是由潜在直觉的内部机制和想象力的外部机制共同构成的双重机制，它们是相辅相成的。在这里，潜在直觉这一内部机制是为了使物象能量和心象能量转化为直觉能量，而想象力这一外部机制是为了促使直觉能量转化为灵感能量。在这个意义上，灵感发生的过程行为又可以描述为潜在直觉和想象力的双重机制引起的物象、心象能量和直觉能量的双重转化。

---

① 多宾：《论题材的提炼》，《译文》1955 年 11 月号。

② 普朗克语，转引自王梓坤《科学发现纵横谈》，上海人民出版社，1978，第 63 页。

而实际上，同潜在直觉的显现一样，灵感发生的这个双重转化过程是极其迅速的，它只是表现出一种瞬间的把握，从而把整个转化过程中的推理活动压缩到最低限度，省去了其中的一些步骤和环节。总之，灵感发生并不按照形式逻辑所相对固定的规则和格式去演绎，而是“在与烦琐的三段论法没有任何共同之处的某种内在的豁然顿悟之中，突然给我们的点破”①。所以，它是一种“非形式逻辑”的思维。

但是，这并不能说灵感是非逻辑性的。作为逻辑，它本身也是不断深化和发展的，现代逻辑学的开放性正在破除那种逻辑学就是形式逻辑的偏见，从而以科学的辩证的观点来分析对待创造性思维（包括灵感思维）中的非形式逻辑成分。其实，马克思早就指出：“思维规律的理论决不像庸人的头脑关于‘逻辑’一词所想象的那样，是一成不变的‘永恒真理’。”② 这的确是一个十分诱人的课题。近几年就有人根据克罗齐所说的“有意识的稳健而彻底的逻辑改革运动，只有在美学中才能找到基础或出发点”③，提出科学创造性思维（包括灵感思维）中除了形式逻辑外，还有一种审美逻辑（如前述的刘仲林的观点）。这无疑是对灵感思维中的逻辑思维方式提供的一个有突破性的见解。我以为，在我们上述描述的灵感发生过程中，的确不可能用一般的形式逻辑来说明它的高度压缩的思维推理过程，因为被压缩的推理过程是不具备形式逻辑的规则和格式的。尽管，我们可以在理论上

① 此为波动理论创造者德· 布意语，转引自《哲学译丛》1980 年第 6 期，第 32 页。

② 《马克思恩格斯全集》第 20 卷，人民出版社，1962，第 382 页。

③ 克罗齐：《美学原理 美学纲要》，外国文学出版社，1983，第 51 页。

把灵感发生的过程拆开来做出诸如上述的“双重转化”的表述，并且，在表面上看来，这个“双重转化”还可能具有形式逻辑程序，但实际上，对于作家来说，灵感发生的这个“双重转化”在很大程度和很大可能性上不具备严格的思维推理形式，而是始终在和作家的艺术感觉的感性认识发生联系。从“审美”二字本身的希腊文原本含义来说，它是指感觉或感性认识，因此灵感发生的审美逻辑是一种与作家的感觉（包括潜感觉）有着紧密联系的逻辑方式。根据刘仲林的解释，审美逻辑主要是作为中介特点而存在于科学创造活动中的。从这个意义上说，灵感发生的审美逻辑将决定着作家的潜感觉向显感觉的转化。潜感觉作为一种“不自觉的感觉”，无疑包含着灵感的潜在因素，当潜感觉中的潜在直觉在作家主体的物象能量和心象能量的双重充满中得到显现，并且变异为有着主体想象力在起作用的审美直觉时，这种审美直觉便可以说是艺术灵感了。这也就是我们试图证明的：艺术灵感不等于直觉；只有审美直觉，才可能是艺术灵感。

既然，艺术灵感的发生并不具备那种按部就班的形式逻辑程序，那么，它将具备什么样的思维方式呢？我以为艺术灵感发生的那种非形式逻辑的质变方式，是一种思维的跃迁方式，它跨越形式逻辑的推理程序，以非连续的质变使作家的潜在直觉在物象和心象能量的双重充满中跃迁为审美直觉。在高级神经活动中，神经脉冲能量的跃迁决定了思维的跃迁，从而达到信息的跃迁这样的思维运动的深层高级形态。因此，从艺术感觉角度，尤其从潜感觉角度来说明灵感的发生，其目的在于提出这样一种看法：单纯用潜意识来说明灵感的发生，认为其只有在潜意识的刺激下才能实现，这不能说明灵感发生的全部现象。恰恰相反，有相当一部分的灵感是几乎不需要刺激，而是靠感觉能量自身的功能充满，在作家主体的潜在直觉和想象力的双重机制的协同作用下，达到“神思方远，万途竞萌”的灵感发生情境的。

原载于《文学评论》1988 年第 2 期

论艺术观察系统

艺术观察是艺术家把握生活真实的第一手段。过去我们对艺术观察的探讨，一般都只停留在单向的思维和静态的分析上，因此就难于看出艺术观察内部的一种具有普遍联系的复杂综合，进而把它看作一个有机的整体。本文设想改变一下对艺术观察的分析的思路，即把艺术观察作为一个系统来研究，考察系统内部的各种联系以及构成整体的结构和层次。经过考察，我认为艺术观察的系统性表现在：（一）艺术家主体接受被观察对象（即客体）提供的各种各样的信息，这是艺术观察的固有本质，即自然质；（二）艺术家主体向对象客体投射自身的情感、愿望、理想乃至气质，这是艺术观察的审美本质，即功能质；（三）艺术观察是一个由心理学、哲学和历史学等各个侧面构筑的多维结构体，这是艺术观察的系统性质，即系统质。这三种性质，构成了具有综合效应的艺术观察的大系统。

一

巴尔扎克说：“文学艺术是由两个截然不同的部分—观察和表现

所组成的。”[①] 这道出了艺术观察在整个艺术创作历程中的地位。鲁迅也说过：“如要创作，第一须观察”[②]，并主张要特别注意观察那些“平常的，平时是谁都不以为奇的，而且自然是谁都毫不注意”[③] 的事物。鲁迅所说的观察，并不是一般的观察或纯粹科学的观察，而是艺术的观察。这是一种带有哲学家的辩证思维、历史学家的深邃眼力、心理学家的剖析才能，同时更带有一种美学家的艺术眼光的艺术观察。在艺术观察的过程中，艺术家面对着的是整个世界系统，它以一种强烈的外部刺激，向艺术家的心灵提供信息。在这些信息中，既有启发艺术家创作灵感的材料，也有为艺术家不屑一顾的“过眼烟云”；既有打开艺术家思路的精神“钥匙”，也有使艺术家陷入思维困境的杂质；既有统摄艺术家记忆材料的宏观素材，也有补充艺术家构思环节的微观素材。总之，从艺术家（一个具有高度敏锐的观察能力的艺术家）的心理感应能量来看，在艺术观察过程中，艺术家心灵世界所接受的信息有各种各样，但从总体上看，基本上有两种：主向信息素材和侧向信息素材。

（一）主向信息素材

这是一种能决定艺术家创作意图的信息，也可以说是宏观信息素材。它有两个方面的意义：一方面，艺术观察不是艺术猜测，它不在于艺术家能像数学推算那样，去揣摩生活中可能有的东西；也不在于

① 巴尔扎克：《〈驴皮记〉初版序言》。

② 《鲁迅书信集》上卷，人民文学出版社，1976，第 398 页。

③ 鲁迅：《且介亭杂文二集 · 什么是讽刺》，人民文学出版社，1973。

艺术家带着一个预定的构思方案，到生活中去寻找信息，“对号入座”；而在于艺术家能从生活中发现到什么，从而在对象的更大底蕴上把握住它。我们不排斥艺术观察的科学性，因为艺术家在艺术观察中所得到的艺术发现，首先必须建立在对事物本来意义的深切了解这个基础上；然而，仅有科学性，对于艺术观察还是不够的。如果像天文学家那样，对月亮的观察只是认为它是一颗自己不会发光也不存在生命的荒漠星球，那么诗人又怎能够写出“举杯邀明月，对影成三人”、“我寄愁心与明月，随风直到夜郎西”这样带有深厚寄托的诗句来呢？但是，每一个重大的艺术发现，并不是从所有信息素材中都能获得，在很大程度上，它必须从主向信息素材，即能决定艺术家创作意图的信息素材中获得。当然，我们并不排斥其他信息素材有向艺术家提供重大艺术发现的可能，而从总体上看，从主向信息素材中得到艺术发现是最主要的。李白从观察明月中，发现它可以借来作为慰藉诗人寂寥心情的朋友，这个明月对他来说就是一种主向信息素材。

另一方面，主向信息还来自艺术家对整个社会现实生活的总体直观。艺术家的任务，是艺术地把握社会和人生的整体特征，创作出符合时代发展和表现时代精神的艺术作品。这就需要艺术家从哲学的高度、从历史的深度来观察生活，把握历史前进的趋势。主向信息素材往往蕴藏着重大的社会主题和丰富的思想容量，它必须在艺术家具有宏观眼光和统摄能力的条件下，才能进入艺术家的心灵世界。高尔基能够写出《母亲》，这是由于他在观察沙皇专制下的俄国人民的生活活动中，发现了那里面蕴藏着一股巨大的革命力量，一种对未来的热情和信心。他是“从未来的伟大目标和高峰来观察时代的”①。

（二）侧向信息素材

这是与主向信息素材相对的一种素材，也可以说是微观信息素材。同主向信息素材一样，它同样具有两个方面的意义。

一方面，在艺术创作过程中，对于艺术家来说，主向信息素材往往是不够用的。这就需要艺术家在对生活进行进一步的观察中，不断摄取其他各种新的信息，为主向信息做出补充。作家徐怀中把这种侧向信息素材称为“带有露水的生活花瓣”。他主张在头脑中对“没有储入的信息，则要给予补充”。他创作《西线轶事》前，在昆明认识了某部女子总机班班长，并对女子总机班的英雄事迹有了较细致的了解。主向信息素材具备了，但一动手写作时，却拿不起笔来。他觉得“不补充一下生活不行”。于是，他随女子总机班回到四川，在那里住了十多天，获得了许多关于女电话兵训练、工作、学习和个人生活的“花瓣”，从而很快就写出了《西线轶事》。②

另一方面，从微观的角度看，侧向信息素材尽管不能全部为艺术发现提供创作契机，但它有表现信息素材的个性的功能。然而，这种功能必须是围绕着主向信息素材而发挥的，这是由它作为主向信息素材的补充这一特性所决定的。这样，侧向信息素材就不是一种无目的、无方向的随意性素材，而是在主向信息素材统摄下的一种定向微

---

① 高尔基：《论文学》，第328页。

② 参见《作家谈创作》上册，第103—104页。

观素材。从艺术家的创作实践来看，获取定向微观素材往往要比获取主向信息素材困难得多，原因就在于不容易从中发现独特的个性；而一旦获取了定向微观素材这些“生活花瓣”，也就说明艺术家发现了这些素材的独特性，从而认识到了主向信息素材的个性深度。所以，获取侧向信息素材对于艺术家来说是不可忽略的。但是如何获取呢？这取决于艺术家的定向微观能力，以及逼近生活内核的能力。在这方面，福楼拜为我们做出了很好的回答。莫泊桑曾经向福楼拜请教写作的方法，福楼拜说：“请你用一句话就让我知道马车站有一匹马和它前后五十来匹马是不一样的。”这需要多么细致的观察能力啊！在另一次，福楼拜又对莫泊桑说：“对你所要表现的事物，要长时间很注意去观察它，以便能发现别人没有发现过和没有写过的特点”。[①]

从艺术观察的自然质来看，艺术家这个主体对生活的信息采取的是印象的接受，因此，他不仅要善于捕捉主向和侧向这两种信息素材，而且，他必须努力克服由于主观因素所可能造成的“人差”影响，尽量还原对象自体的本来意义。在艺术观察中，当艺术家主体还没有开始对被观察对象客体产生情感和意志反馈之前，客体的信息材料不应该是变形的，尤其是在不断逼近生活内核的进程中，轻易改变生活信息的波形，对于下一步的反馈将造成许多不必要的麻烦。巴尔扎克说过，在开始对生活进行观察时，只凭想象是不能洞察隐藏在生活中从未被人发现的现实的。[②] 这个问题，是为艺术观察的自然质本

① 福楼拜：《作家的素养》，第 101 页。

② 巴尔扎克：《卡因・发西诺》，第 38 页。

身所确定了的，也是为艺术观察的科学性所决定了的。

二

根据系统论的相关性原则，世界上一切事物、现象和过程之间都是相互联系、相互作用的；正因如此，系统才能“自己运动”。恩格斯说：“相互作用是我们从现代自然科学的观点考察整个运动着的物质时首先遇到的东西”，所以，它“是事物的真正的终极原因”。[①] 从系统的整体性来看，事物的原因和结果这两个观念融化在普遍的相互作用的观念中。原因作用于系统产生结果；而结果同时反作用于原因，形成一个相互联系、相互作用的反馈系统。黑格尔对此曾说过：“原因即其在这一联系里是原因，所以同时是效果，效果即因其在这一联系里的效果，所以同时是原因。”[②] 系统方法的这一原则，对于考察艺术观察同样具有方法论意义。

在艺术观察中，当艺术家捕捉了各种各样的信息素材后，他还不可能立即进入构思和传达过程。他还得对这些生活信息进行反馈处理，也就是说，他必须对这些信息素材进行选择，提炼出更能符合艺术家创作意图的东西，这就需要把艺术家自身的情感、愿望、理想乃至气质等等，外射到被观察的对象客体上面，这个过程被称为审美意向的给予过程。从艺术观察的系统来看，这是一种功能质。

① 《马克思恩格斯选集》第三卷，第551—552页。

② 黑格尔：《小逻辑》，第321页。

茅盾说，“没有一个作家是纯然客观地在观察生活的。纷纭复杂的现实，在作家头脑中所产生的各种各样的反应——他所接受的，或者排斥的，喜欢的或者憎恨的，唤起他想象或者引导他作推论的，都是受他的身世、教养、生活方式等等所形成的思想意识的操纵”①。这说明，艺术家主体对于对象客体的反馈，是带有审美意识的观照，它的整个行程一般是在艺术家的想象的活动里进行的。雨果指出，艺术家具有两只眼睛，“前一只眼睛叫做观察，后一只眼睛称为想象”。② 他把艺术观察的过程称为观察才能和想象才能的“双重返光”，认为其是从“正反两个方面去观察一切事物”的“至高无上的才能”。因为在雨果看来，“想象就是深度。没有一种精神机能比想象更能自我深化、更能深入对象，这是伟大的潜水者”③。从哲学意义上说，在艺术观察过程中，一方面，被观察对象客体要向艺术家主体提供信息素材；另一方面，艺术家主体要对客体进行审美观照。这正是作用与反作用的原理，也就是艺术观察中艺术家主体和对象客体产生精神“交流”的一种双向过程。这个要求，是传统的直线性的因果观所达不到的。传统的直线性的因果观在哲学上的意义，可以把它理解为相互作用的一个环节，或视为相互作用系统的一种特例。而在艺术观察上，直线的因果观就只能导致人们把艺术观察看作一个单向过程。这种机械唯物主义的认识论，实际上是违反艺术创作的特殊规律的。艺术家之所以为艺术家，就在于是“自为”的而不是“自在”的，

① 《茅盾评论文集》上册，第 81 页。

② 《古典文艺理论译丛》第一辑，第 141 页。

③ 雨果：《莎士比亚的天才》。

他不能盲目地接受外界信息而没有任何反应，反之，他一边是自觉地接受，一边是自觉地反馈。这是为辩证思维的基本原则所决定了的。

那么，在反馈这一方向上，艺术家的审美功能和心理素质是怎样的呢?

（一）感情移入

艺术家主体在观察生活中，对于对象客体的反馈过程，实际上是一种情感交流过程。这时，艺术家的审美观照，不只停留在单纯、被动接受客体信息上，而是成为艺术家主观精神的倾注。由于这种倾注，使艺术家能进一步认清被观察对象的真实面目；甚至当艺术家再次深潜下去时，他的独立的审美主体便不存在，而是幻化在对象客体中去，直至物我两忘的境地。这种现象，表现在艺术家的具体的艺术观察活动中，便是艺术家的生活体验。契诃夫曾经告诫一位作家要在农民的草房里过夜，尝尝臭虫咬身的滋味；还要他务必得坐三等车，听取普通人的有趣的谈话。[①] 高尔基曾以此道出了科学观察与艺术观察的区别：“动物学者在研究羊的场合，没有把自己再现为羊的必要，但文学者在描写吝啬汉的时候，便不可不以自己为吝啬汉：在描写贪欲的时候，又不可不将自己想为贪欲。”[②] 当然，艺术家的生活体验并不一定事事处处都要以他自己的经验为底本。倘若一味强调自己的生活体验，那么，为了得到杀人犯的生活体验就得先去杀个人，为了

---

① 段宝林编《西方古典作家谈文艺创作》，第640页。

② 高尔基：《关于创作技巧》。

得到妓女的生活体验就得自己去卖淫，这岂不荒唐可笑吗？艺术家的生活体验的真实度，取决于艺术家的“内心视觉”能力。它要求艺术家尽力摆脱个人经验的狭窄天地，对生活进行高深度的艺术透视，直至探到事物的内蕴。但从另一个意义上说，艺术家的“内心视觉”的能力并不仅仅是由先天素质给予的，而是还有后天训练的因素，这表现在艺术家的艺术真诚上。在这方面，巴尔扎克为我们提供了他在艺术观察中“内心视觉”的经验。他说：“当我观察一个人的时候，我能够使自己处于他的地位，过着他的生活，就如同《一千零一夜》里的法师一样，可以附在别人身上，借别人的口说出话来。”① 巴尔扎克的“内心视觉”经验，表现了一个艺术家的艺术真诚。由此看来，艺术真诚包含两个方面的意义：一方面，它反映了艺术家审美心理的真实性：另一方面，它反映了艺术家感受生活的热情性。这二者不是各自孤立存在的，而是在整个艺术观察的反馈系统里统一起来的。

雨果在谈到诗人与历史家、哲学家三位一体时说：“任何诗人在他们身上都有一个反映镜，这就是观察；还有一个蓄存器，这便是热情”②。观察和热情的互相契合，形成了一种张力，实际上，它就是对艺术家的艺术真诚的一个严峻考验。

（二）意志外射

艺术观察既然不是那种单纯的对于对象客体的静观，那么，艺术

① 见《译文》1958年1月号。

② 段宝林编《西方古典作家谈文艺创作》，第360页。

家主体在同对象客体的精神交流中，必然要克服各种各样的困难，达到更深潜的观察的地步。这在心理学上看来，属于人的意志调节功能。这种功能表现在艺术观察的反馈过程中，便是艺术家的意志外射作用。

艺术观察作为艺术家的一种审美活动和心理活动，它往往带有某种“惰性”：即被观察的对象客体最初所提供给主体的信息，有时不是艺术家所需要的；对象客体对于主体在开始时也往往显得特别羞涩，“犹抱琵琶半遮面”，不肯把本质面目完完全全地暴露出来。这种“惰性”，确实给艺术观察带来了困难。这就要求艺术家主体要果断地选定艺术观察的最终目的，以百折不回的顽强性去逼近生活内在本质。这是系统的反馈作用的一种方法。系统方法作为当代辩证思维的一个重要特点，就是研究事物内外众多矛盾的综合效应，以把握事物运动趋势。人的实践活动是有目的性的活动，在实践活动中，人们可以确定系统应该达到的目标，并在尊重客观规律的前提下，根据人们的意志调节系统，使系统的发展自觉地导向目标。在艺术观察中，艺术家面临的是一个又一个的困难，但是，艺术家完全可以根据最初得到的信息，去把握这个信息系统的发展趋势，从而确定它所应该达到的最终目的，也就是艺术家所观察的生活的内在本质。要做到这点，艺术家主体不仅需要感情的进一步移入，扩大想象空间，对已有的信息进行筛选、处理，追蹑未来信息的目标；而且，需要向对象客体作大剂量的意志外射，以获得认识对象客体的本质的最大能力。契诃夫笔下的沙皇专制俄国社会里的那些可笑的“奇闻趣事”，都是经过他的细致观察的。然而，正如卢那察尔斯基所指出的：“最初，年轻的契诃夫怀着搜集笑料的好奇心，仔细观察着他周围的畸形丑恶的现象。”当他看到一件“奇闻趣事”时，便用手指戳着它，发出哈哈大笑。这种笑，尽管表示了契诃夫懂得这“奇闻趣事”是不正常的，但他还看不到这不正常的背后究竟潜伏着什么样的悲剧意义。这时，契诃夫觉得他所捕捉的，还只是表面上的东西。于是，他以最坚强的意志力，再进行了深入的观察。“随着契诃夫对现实的仔细观察，他又懂得了这不正常是一条普遍规律，因而势必要嘲笑他当时的整个畸形的生活制度。”① 契诃夫的艺术观察历程表明，当艺术家置身于五光十色的生活包围之中，他的艺术观察往往会止于一些表面的信息，同时由于他总是自觉或不自觉地将眼前事物与过去的经验和认识联系起来，这就更使他难于越出这些信息范围，以获取更深潜的生活感受。因此，要使艺术观察把握住更多的生活信息，艺术家光靠调整原有的思维联系的格局是不够的，还必须运用先进的思想理论去武装自己的意志力，正确地、全面地分析生活的潜流，才能不断扩大信息的范围。这就是爱因斯坦所说的：你能不能观察眼前的现象，取决于你运用什么样的理论。因为理论决定着你到底能够观察到什么。艺术观察的功能质所表现出来的艺术观察的意义，已经不再是本来意义上的观察，而是艺术家对生活真实的创造性把握。当然，我们把艺术观察分为自然质和功能质来分别考察，完全是出于系统分析上的方便。实际上，从系统综合的角度看，这两种性质是紧密相关的。自然质作为艺术观察的一种印象的接受，它的本质是客观的；而功能质作为艺术观察的一种意向的给予，它的本质是主观的。对于一个真正有艺

① 卢那察尔斯基：《论文学》，第241、247页。

术观察能力的艺术家来说，这两种本质必须在他的心灵里得到和谐的统一。关于这点，契诃夫很早就说出了一句不易为人所注意的话："你知道我在做什么？十多年来我一直在笔记本上记下我自己的一切见解和印象。"① 一个是"见解"，一个是"印象"，这实际上道出了艺术观察的客观的自然质和主观的功能质。显然，没有对象客体向艺术家主体提供信息，艺术家无从产生"印象"；而没有艺术家的见解，艺术家所得到的"印象"也只不过是印象罢了，而不能有更高一层的意义。

三

系统论的整体性和有序性原则告诉我们：世界上任一事物和现象都可以被看作一个多维、多变量和多层次的结构体；但它们都不是偶然和混乱的堆积，而是有着一定秩序，并以特定方式相互联系的结构整体。系统的思维方式能够把任一对象都看作由若干要素以特定方式而联系起来的系统，要素的差异和结构序列的不同使系统呈现出不同的系统质。因此，系统方法要求把研究对象放在系统的形式中加以考察，从而揭示它们的不同的系统质及其联系，以达到对某个系统事物的最佳处理。在分析艺术观察系统时，这种系统方法不失为达到辩证思维的最好的科学方法。

艺术观察的自然质和功能质，只是表现出了艺术观察的一种双向

① 段宝林编《西方古典作家谈文艺创作》，第639页。

进程。实际上，同其他的精神活动一样，艺术观察也是一种复杂的精神活动，它的内部含有所属系统的各种性质，如美学、心理学、历史学、哲学等性质。当然，这些性质中的美学、心理学早就在我们分析艺术观察的自然质和功能质时出现了，但那仅仅是作为自然质或功能质中的元素而存在的，并且带有某种分离性。而在整个艺术观察的有序结构里，它们就不再处于分离的地位；它们必须和其他元素一起，构成系统结构的各种系统质，同时实现彼此之间的内在联系。所以，从艺术观察结构的层次系统来看，这些系统质之间的内在联系属于最高的结构层次。这样，我们就能够从系统综合的高度，去把握这各个元素所呈现出来的不同的系统质，从而对艺术观察这一复杂的精神活动做出科学的解释。

（一）从心理学的角度看，艺术观察是一种复杂的审美心理机制

艺术家在艺术观察过程中所表现出来的心理状态，除了艺术家主体对于对象客体的审美功能（如感情移入和意志外射）外，还有一个极为重要的审美心理因素，就是“联结”的能力。这是说，艺术家在艺术观察中可以把所感知到的客体对象的新的信息，同以前的知识和经验迅速地结合起来，再把它们纳入已有的知识体系之中，以产生新的艺术发现。神经心理学家的实验证实，从人的整个大脑的宏观结构来看，由于大脑有储存无穷无尽的神经元模型的能力，人们就可以把许多过去的经验和知识记忆在头脑里，以供联想时选择和运用。对于艺术家来说，当他在进行一次艺术观察时，他的整个心理机制并不是凝固在当前的神经元模型之内，而是与他大脑中已经储存起来的无穷无尽的神经元模型发生联系，也就是说，他在这一次观察中所捕捉到的信息能够与他的“信息仓

库”里早已堆积下的“先存信息”联结起来。由于艺术家在保存原有信息时是预先组织好的和整理有序的，这就保证了他能够迅速地从“信息档案”里检索出所需要的信息，随意使用所需要的记忆材料。叶文玲创作《无花果》前，大脑“信息档案”里已存有一位在学校里做总务工作的老同志的记忆材料，后来她在外出采访的途中，又认识了一位热心人。这先后两个不同的生活原型通过艺术家的联想思维联系了起来，这就形成了《无花果》中的老科长的形象。① 这说明，任何一个丰满的艺术形象，都是艺术家在观察生活时掌握的足够容量的形象记忆材料的结晶体。只有形象记忆材料的不断丰富，艺术观察才能不断打破时空的局限，走向新的意象的组合。

（二）从历史学的角度看，艺术观察是一种对于史识和今识的把握

当然，艺术观察所要完成的任务，是艺术家对于眼前的现实进行审美观照，他所注重的是对于现实世界的思考，但如果艺术观察的触觉仅仅停留于此，那么它本身的生命力将受到极大的影响。艺术，在某种意义上说，是形象的历史。巴尔扎克把他的《人间喜剧》中的九十六部长短篇小说称为法国社会。“风俗史”，就是这个意思。巴尔扎克不是醉心于做一名历史学家，他所醉心的，乃是当一名法国社会的“书记”。他对法国社会的历史有足够的史识，从而能够“寻出隐藏在广大的人物、热情和事故里面的意义”。所以，他在观察生活中，就特别注意法国社会的“恶习和德行”，“搜集情欲的主要事实”，

① 参见《作家谈创作》上册，第179—180页。

"选择社会上的主要事件"，从而写出了"许多历史家忘记了写的那部历史"。然而，巴尔扎克不只是有足够的史识，他还有足够的今识，史识和今识的紧密结合，使他在艺术观察中所拟定的创作计划，能够"同时包括社会的历史和对它的批评"①。史识和今识，是完成史诗式作品的两个基本要素。从艺术观察的任务来看，艺术家所要完成的，不只是对于眼前现实的单纯的审美观照，他还要把握眼前现实的各种真实关系和历史联系。虽然，在艺术观察过程中，艺术家还来不及对所有的信息做出完全的整理，但这时他已经有了对于现实的历史把握和美学评价的思想因素。从这个意义上说，史识包含着艺术家对于现实的历史把握，今识则包含着艺术家对于现实的美学评价。姚雪垠写历史小说，他不可能回到那个时代去进行真实的观察了，但他可以"对众多的历史事实进行严肃、认真、细致、全面地分析研究，看清众多历史现象之间的相互联系，相互作用，进而认识历史现象的偶然性与必然性的辩证关系"②。这说的是历史题材的艺术创作。对于大多数注重于现实题材创作的艺术家来说，他们同样需要在眼前现实生活所提供的信息素材中，寻找一种历史联系，从而看清现实与历史之间、现实与现实之间的各种相互联系，揭示出现实所应该走出的未来历史的进程。

（三）从哲学的角度看，艺术观察是唯物论的反映论的一种创造性认识活动

艺术家曾经被人称为"人类心灵的观察者"③，但是，艺术家对

---

① 巴尔扎克：《〈人间喜剧〉总序》。

② 姚雪垠：《〈李自成〉创作余墨》。

③ 梅里美：《亨利·贝尔——札记与同忆录》。

于人类心灵的观察，并非脱离现实的直觉或“稳定的静观”，而是立足于对现实生活的艺术观察的基础上的。在这里，一方面，艺术家所首先把握的是关于现实世界的信息，他不是为了要创作一件艺术品才去观察生活，而是把对生活的观察放在他的整个艺术活动的首位。歌德在谈到诗人的观察力时说过：“我从来没有为了要写诗而去观察自然，但是我早期的写生画，以及后来的自然研究，使我长期对自然事物做了细致的观察，逐渐把自然熟悉在心，甚至于最小的细节，所以当我作为一个诗人时，需要什么，它便归我掌握；我不可能很容易地犯了违反真实的过失。”① 歌德的经验是值得我们重视的，艺术家心灵里的生活图像的积淀，对于艺术家的艺术发现和艺术构思行程，确实具有至关重要的唯物论意义。关于这点，毛泽东同志的《在延安文艺座谈会上的讲话》也作了精辟的论述。事实上，一个艺术感受力比较强的艺术家，当他从采撷来的生活枝叶里，去发现它的绿色的奥秘，发现它的生命力所在，他所创植的艺术之树总是常青的。

另一方面，艺术家的观察是一种艺术的观察，这就不同于一般的反映活动，而是一种创造性的认识活动。艺术家必须站在哲学的高度上，对它面前的那个世界进行精细的观察，捕捉“人人心中所有，人人笔下所无”的独特的、属于“这一个”艺术家的东西，但是，这种独特性取决于艺术家具有多大的艺术眼光。法国印象派画家莫奈观察到伦敦雾是紫红色的，并把它表现在画布上；苏联诗人西蒙诺夫观察到雨是黄色的，并把它表现在诗行里。他们的观察力为许多人所震

① 《歌德谈话录》，第468页。

惊，这既是慑服于现实生活的确如此，又是折服于他们的观察确确实实是一种创造性的艺术观察。如果说，一般的观察生活是许多人都能做到的，那么，艺术的观察就非有同时并具哲学的和艺术的眼光不行。普希金的诗常常有闪光的东西在，别林斯基说他是“第一个偷到维纳斯腰带的俄国诗人，不只他的韵文，而且他的每个感觉，每种情绪，每个思想，每种情景的描绘都充满着难以言说的诗。他从一个特别的角度观察自然和现实，这个角度是为诗所特具的”①。对于每一个具有哲学和艺术眼光的艺术家来说，他的每一次观察，都应该是第一次“偷到维纳斯腰带”的创造性的认识活动。

我们以上是从心理学、历史学和哲学角度来探讨艺术观察的系统质的。作为一种审美范畴，同时是作为一种具有综合效应的信息传递活动和精神交流活动，艺术观察的确不能只局限于美学上的探讨，而还应该被放到由心理学、历史学和哲学等各个侧面构成的多维结构体里进行考察，这样我们才能比较全面地看出它的真正本质。当然，上述的几个角度，作为构成艺术观察这个整体结构的各个因素，并不是各自分离的，它们之间存在一定的结构联系。这种结构联系为各个因素相互结合的内在机制提供了新的活动条件，弥补了原来各个因素自身的局限。这就是系统综合的功能。例如心理学这个因素，在艺术观察的自然质和功能质中，它仅仅表现为艺术家接受外界信息而引起的某种心理效应；而只有在整个艺术观察的有序结构里，它才能体现出“联结”的能力。这是因为艺术家的这种“联结”能力并非单纯的心

① 《别林斯基论文学》，第 57 页。

理效应所能完成的，它需要艺术家同时具有历史的深邃眼光和哲学的辩证思维能力，才能实现把现有信息同以前的知识和经验结合起来这一目标。同样，在观察生活中要艺术地把握现实和历史之间的内在联系，没有哲学的辩证思维也是难以奏效的。所以说，对于系统质的探讨，以及寻求各个系统质之间的有序的内在联系，是把握艺术观察系统整体的最重要手段。

我们从三个方面考察了艺术观察的本质意义。综括起来说，自然质作为艺术观察本身输送信息的一种本质规定，功能质作为艺术观察审美观照的一种美学规定，以及系统质作为艺术观察本身所具有的多种单元效应的一种综合规定，它们构成了我们对艺术观察的系统认识和综合认识。我们运用系统论原理来探讨艺术观察问题，并不企图让其他所有的艺术美学理论都必须在这样一种大规模的综合下就范，我们的目的是尽量避免过去那种把艺术美学理论孤立地放在它的认识系统中一个位置上的片面的做法，以求对它们做出比较符合本来意义的美学判断。

原载于《福建论坛》1984 年第 4 期，《新华文摘》1984 年第 10 期全文转载

论艺术发现

艺术发现，是作家、艺术家在观察、体验人类社会生活过程中的一种审美认识，也是文艺创作的重要组成部分之一。艺术发现首先要接触的一个根本性问题，就是艺术与现实的关系问题。古希腊哲学家中“最博学的人物”亚里士多德，在《诗学》中就用摹仿说来说明艺术是外在世界的反映，是客观现实的再现，并肯定了艺术的摹仿是真实的。他的老师柏拉图却认为世界的本质是理念，对理念世界来说，艺术是“影子的影子”、“摹仿之摹仿”、“和真实体隔着三层”，从而认为艺术是虚幻的、不真实的。然而，亚里士多德到底批判了柏拉图的唯心主义观点，指出事物的本质不能到事物之外去找，而应当在事物本身去寻求。现实世界是真实的，因而反映现实世界的艺术也是真实的。

但是，柏拉图的理念思想并未匿迹，十七世纪欧洲的古典主义者从唯理主义的哲学观点出发，认为理性是文艺创作的源泉。布瓦洛在《诗的艺术》中就指出：在创作中“首先须爱理性”，“一切文章永远只凭理性才获得价值和光芒”，从而给文艺创作制定了种种准则和规范，要求人物的一举一动都必须直接符合这样的准则和规范。结果在古典主义作者笔下出来的，不是具体的个别的人物，而是某种抽象的概念的化身，正如别林斯基比喻法国的古典主义那样，是“一个镶玻璃眼睛的蜡质塑像”。①

艺术发现作为一种审美认识，也是服务于艺术与现实的审美关系的。这里，就必须摒除过去的一切唯心主义的先验说法，从现实生活出发，来探讨它的现象、本质及其在艺术创作中的地位和作用。虽然，艺术发现的研究对象，涉及审美认识中一系列复杂过程，但是，研究对象越是复杂，就越值得我们去做一番认真、细致的探讨，以助于进一步掌握文艺创作的规律。

一

研究艺术发现问题，首先必须解决作家、艺术家对现实生活的审美认识过程中的一些根本性的问题，也就是从区别它同其他种类的发现（诸如科学发现等）对事物和生活所产生、形成的不同美感问题入手，来探讨它的审美活动及其本身的内容和内部联系。

“发现”，顾名思义，就是通过对现实世界的观察、解剖和挖掘，发现蕴藏在事物和生活内部的那种带有本质意义的新的东西或奥秘、底蕴，这是一种带有独创性的觉察。哥伦布认为，“发现”就是“没想到”；亚里士多德却说，“发现”“指从不知到知的转变”，是使剧

① 《别林斯基论文学》，新文艺出版社，1958，第152页。

中人物的处境发生变化的一种方式。为了进一步说明，我们先举两个例子。

第一个例子。据说哥伦布发现了美洲大陆以后，有人对他说："这没有什么了不起，大陆本来就在那里，正好被你碰上了。"哥伦布便拿起一个鸡蛋，让他给立在桌上，那人摆弄来摆弄去，怎么也立不起来。只见哥伦布拿过鸡蛋，用力往桌子上一放，蛋壳破了一点儿，鸡蛋当然也就立在桌子上了。那人看了说："这没有什么了不起，只是我没想到。"哥伦布说："对，差就差在这一点'没想到'上。"

第二个例子。苏联诗人西蒙诺夫在卫国战争时期曾写过一首《等着我吧》的诗，里面有这样一句："等着我吧！当黄雨带来愁闷的时候。"不料报馆主笔一直为想把"黄雨"两个字改掉而煞费苦心，他认为从来没有人用过"黄雨"这种说法，都是用"闷雨"、"久雨"等。然而他哪里知道，在下雨而且土壤又是黄色黏土的时候，仔细观察，雨水的确是黄色的；而且用"黄"这种色彩，更能衬托人物的愁闷心情。

从上面的两个例子中，我们可以这样认为，哥伦布发现美洲大陆，属于科学发现；西蒙诺夫发现黄雨，则属于艺术发现。这两种发现，有共同的特征，即他们都是可感的具体对象在主体（人）的主观意识中的反映、感受、欣赏和评价。科学家用科学的眼光观察自然界，艺术家用艺术的眼光观察生活，他们的感觉器官都是由于不同的职业、习惯，在长期的社会实践中形成并不断丰富和发展的，他们的活动也都是在各自的带有社会性的观念、意图、目的和功利标准的指导、支配下，去分析和判断的。但是，哥伦布是为了探索自然奥秘而去发现新大陆，西蒙诺夫则是为了创造艺术品而发现了黄雨，从本质意义上说，西蒙诺夫的“发现”属于审美活动。他在这整个审美活动中，得到了某种需要性的满足或精神上的愉快。

由此，我们认为，艺术发现是文艺创作过程中的一种对现实生活充满艺术情感的独创性的审美认识。作家、艺术家在现实生活中，凭着敏锐的感受力和深邃的洞察力，通过艺术观察，获得了大量的丰富生动的素材，在主观意识上得到反映，并从这些带着生活全部的声音、色彩和迷人的气息的生活现象中，产生对这些生活现象的美的感受，继而抓住某些特征性的现象，从中发现那种总是蕴藏在事物的内部、不容易为一般人所觉察，常常被以为是司空见惯、平淡无奇而忽略过去的本质的、规律的东西，发现其某种客观真理，挖掘出生活的哲理，揭示出蕴含在里面的闪光的思想，同时，善于发现那些人物原型的某些鲜明的个性特征。这种既深刻又新鲜的发现，一流于笔端，就成为人们常常说到的“人人心中所有，人人笔下所无”的东西。在这整个审美过程中，往往伴随着一种情绪上的激动。在情绪引起激动的同时，给予审美上的评价。所以，越是具有审美能力的人，他也就越具有艺术发现的能力。

艺术发现作为一种审美认识，一种精神活动，它既不可能把对审美对象（现实生活）的反映、感受看成消极的、直觉的，也不可能离开审美对象所具有的美的客观属性，忽视审美过程中一系列复杂的思维判断行为。总的来说，艺术发现是由审美的主客观这两方面的因素构成的。

（1）生活不能解释它自身，生活对于艺术总是羞涩的，它不可能把本质暴露无遗地显现出来，而往往把本质蕴藏在生活现象之中。因而，人们就必须依赖如马克思所说的“社会人的各种感觉”，对生活做出审美认识和审美判断，在感性的形式中同时发现事物的本质。法国女作家乔治·桑说过：“作品内容的丰富或者贫乏，是另外一个问题；至于精神活动的过程，对于所有的作家都是一样的。”① 这就是说，创作过程（包括艺术发现过程）不可能脱离感觉的基础，而陷入抽象的名理思考。无怪乎乔治·桑说她的《安吉堡的磨工》的创作，“和其他许多小说一样，是一次散步，一番会谈，一个闲暇的日子，一个无法消遣的时刻的结果。”② 这里所说的“散步”、“会谈”等，指的应该就是对生活的感觉、发现过程。

（2）审美的主观感受不是梦幻的、纯粹心理和生理的苦闷的，而是由审美对象（现实生活）的刺激所引起的，还具有客观的性质。就科学发现来说，没有地球对哥伦布产生刺激，他就不能发现新大陆；艺术发现更是如此，假如没有下雨，同时没有那种黄色黏土对西蒙诺夫的刺激，西蒙诺夫是无论如何也发现不了“黄雨”的。正如马克思在谈到对贵金属审美时就肯定它的客观存在那样，我们谈到艺术发现过程中对现实生活审美时，也应该肯定现实生活的（审美客体）的存在。英国现代诗人艾略特说过：“文艺作品表达情思的唯一方式，是寻找一个‘客观投影’（objective correlative）。也就是说，一组事物，一个情境，一连串的事故，都会是表达情思的公式。于是，当这些感觉

① 乔治·桑：《安吉堡的磨工·原序》。

② 乔治·桑：《安吉堡的磨工·原序》。

经验以外的事物出现时，那个情感便被引发出来。”① 这里说的是情感的引发，而对于始终伴随着情感活动的艺术发现来说，也具有同样的性质。艺术发现也是在审美客体（现实生活）中寻找“客观投影”，如果失去了生活，是什么也发现不了的。这个道理，是很容易明白的。弄清楚艺术发现这一审美认识本身所包含的主、客观关系，也就从基本上把握了艺术发现的内容。这对于下一步探讨艺术发现的一些规律性问题（如它的特点及其在艺术创作中的地位和作用），都将有基础意义。

二

对艺术发现本身所包括的内容的探究，使我们对艺术发现这一概念有了初步的印象。但是，艺术发现本身的内容是相互联系的，它们涉及的点和面很多，也很广。为了把研究推向深入，我们需要按照毛泽东同志在《矛盾论》中所说的：“事物发展的全过程的矛盾运动，在其相互联结上，在其各方情况上，我们必须注意其特点。”② 研究艺术发现本身的特点，不仅是为了更加明确它的概念及其内容，而且是为下一步探讨它在文艺创作中的地位和作用打下基础。

概括起来，艺术发现有以下三个特点。

（1）卓见、独特，富有创造能力。艺术的生命力在于创造，这个创造是独特的，甚至是前所未有的。从审美角度上来讲，客观现实生

① 璧华：《意象的表现》，香港。

② 《毛泽东选集》四卷合订本，第289页。

活里的美是极其丰富的、多层次的，而且表现出来的程度深浅不同。虽然有些具有普遍意义的美，很容易被人们所发现或者用经验体会到。比如雾，给人的印象总是灰蒙蒙的，这是经验。但是这种具有普遍意义的美，往往因某种条件（自然的、社会的）的约束或反射而转变为另一种美，这应该是无可厚非的。就雾来说，如果有人说它是紫红色的，一定有许多人不敢相信。这是由于雾是灰蒙蒙的经验感觉使然的。法国印象派画家莫奈在一幅伦敦教堂的画的背景上，却恰恰把雾画成紫红色的，以致作品在伦敦展出时，这种前所未有的大胆设色，使英国人看了为之愕然，引起了争议。结果，这些人到户外一看，却惊得瞠目结舌：雾都伦敦的雾果然就是紫红色的。原来，这紫红色是烟太多和红砖房建筑造成的。于是人们就迷惑不解：为什么这以前自己都没有察觉到？由于惊叹莫奈观察之入微，大家就赋予他“伦敦雾的发现者”的称号。莫奈的这一发现可以称得上是艺术发现，而且通过对象化劳动，把它反映到了作品里。可见，莫奈是具有艺术发现的眼睛的，这使他的作品富有独特的创造能力。他的这一伟大发现也正说明了艺术发现具有独创性的特点。罗丹说过：“美是到处都有的。对于我们的眼睛，不是缺少美，而是缺少发现。”① 这里所指出的，就是我们对现实生活中那些富有独特性的、内在（或潜在）的美，还缺少发现的能力。对于艺术创作来说，艺术发现无疑就更显得重要了。它本身具有创造能力的特点，这也就给艺术创作提供了一种特别鲜明、独特的艺术素材或艺术原型。

---

① 《罗丹艺术论》，人民美术出版社，1978，第62页。

（2）鲜明、热烈，充满感情色彩。我们在谈到艺术发现的概念和内容时，始终把它看成一种充满情感和色彩的审美认识活动，这是区别于其他种类的发现（诸如科学发现）的一个重要标志。因为从审美的主客体关系来看，不同的主体（出身、教养、经历、审美目的、功利标准不同）对同一客体的反映、感受、欣赏和评价，应该是不同的。就艺术发现和自然科学发现这两种来说，艺术型的眼光和科学型的眼光，在对待一个景物时，不仅因其审美功利目的性不同，所产生的感觉（正确地说，艺术发现所得到的是美感）不同，而且所采取的手段、方式也各不相同。艺术发现几乎是用整个身心的感情去感受、欣赏和评价。科学发现则运用严格的科学方法（实验、证明、逻辑推理等）去获得某个发现。所以从某种意义上说，艺术发现包含触景生情。诗人艾青到了海南岛，面对岛上的万物，他的心情异常激动，犹如汹涌澎湃的大海。海南岛给他的第一个发现是“绿”。因此，他从“绿”的这个艺术发现出发，写了不少关于海南岛的“绿”的诗。从这里可以看出，艺术型的眼光在审美认识中，既有充沛的感情，又有浓郁的色彩（因为绿，既有情感成分，又有色彩成分）。而如果是一位科学家到海南岛去考察，就不一定会像艾青那样自觉地发现到“绿”这一艺术特征；即使他也发现了“绿”，也不会像艾青那样调动所有的感情去反映这种“绿”，把它对象化在艺术作品中。他可能根据“绿”这个发现，启迪他的思路，增加他对大自然奥秘的探索的兴趣，从而运用一系列科学方法去探求自然界新的东西。

可见，充沛的感情是艺术发现的一种基本色彩。显然，失去了这种基本色彩，不仅使它与科学发现并无差异之处，而且很难把它对象化到艺术作品里去，很难使一部艺术作品葆有生命力。所以，有人把艺术发现说成感情发现，却也说明了其中的一个特点。

（3）迅速、敏捷，处于活跃状态。我们在谈到灵感问题时，说它是人脑的一种特殊的机能，在一定条件下，特别是在理性阶段进行特别活跃的思维活动；它能够极其迅速地排除感觉和表象中的一切杂质，使思维畅通无阻地把握住事物的本质。这可以说是灵感的基本特征。而艺术发现呢？虽然它与灵感是两个方面的问题（因为艺术发现需要审美，从审美活动中产生，而灵感可以不这样），但它和灵感也有相同之处，这就是它一旦产生，也会迅速地在主观意识上产生感受、欣赏和评价，从而使主观意识一直处于活跃状态。俄国著名讽刺作家果戈理曾对普希金说："只要给我一个题材，马上就可以写出五幕的喜剧……"对果戈理来说，他为写讽刺作品，也搜集过不少生活素材，有些甚至是"彻底"思索、体验过了的。而他为什么想得到一个题材，然后才能进入创作呢？这就是说他还没有得到某种艺术发现，而一旦从某个题材里获得了艺术发现，他就可以欣然命笔了。因为，如果果戈理有了这个艺术发现，在他的主观意识里，就会迅速地对原有的丰富的生活素材进行感受、欣赏和评价。果然，有一次普希金给了他两个素材：一个是在诺伏高罗德省的乌斯玖日纳城，有一个外来的人员冒充部里的官员，骗走了许多市民的钱；另一个是斯维民纳在比萨拉比冒充彼得堡的一个大官，竟然接受狂人的请愿。这两件事可以说是给果戈理提供了一个"弹簧"，使他一下子发现了其中的奥妙，从而迅速地弹起他所有的生活积累，进入艺术构思，创作了著名喜剧《钦差大臣》。可见，艺术发现从某种程度上说，是一直处于紧张、活跃的状态之中的；审美认识有一段过程，艺术发现一旦产生，就会冲破审美的范围，迅速调动客体以外的其他素材，为创作服务。

以上概括了艺术发现的三个主要特征，这些特征我们认为是比较有共性的。当然，还会有其他的一些特征，这有待于我们在今后的艺术实践中对它进行不断的探索与研究来补充。

三

审美认识，不论在生活上、艺术上，都有自己特定的本质意义。作为一种审美认识活动的艺术发现，它本身也有特定的本质意义。在对艺术发现的主要特征作了分析之后，我们就会发觉，这些特征是带有本质意义的，它说明了艺术发现在艺术创作中具有一定的地位。

（1）艺术发现是作家、艺术家的独创精神和创作个性的标志。作家、艺术家的创作个性，主要表现在对生活现象的发现和对待社会的审美要求的独特性中，表现在他的创作概括特性和社会意义中。契诃夫指出："作者的独创性不仅在于风格，而且也在于思维方法、信念及其他。"① 在艺术创作中，特别是在艺术发现的审美活动中，不可避免地带有作家、艺术家的一定程度的主观因素，因为作家、艺术家的头脑是主动地思维的，而不是被动的机器。不同的作家在反映同一客观对象时，可以创作出不同的作品，可以显示出各自的创造性。

---

① 转引自米·赫拉普钦科《作家的创作个性和文学的发展》，上海人民出版社，1977，第71页。

一个真正的作家、艺术家，他从来不满足于自己的创作，他不断地努力地在原有的基础上进行突破，进行创新，这些都基于艺术发现。失去了艺术发现，作家、艺术家也就失去了独创的条件。读者、观众的最大希望，是期求作家、艺术家给他们提供新的生活、新的人物，是作家、艺术家的那种“敢称之为自己的声音的一种东西”。[①]立体派的创始人之一毕加索，他的画总是给人们一种怪诞的感觉，可是他所取的题材反而常常是大家公认的寻常物，从而使人们注意到人类思维的丰富性。比如公鸡是很普通的，可当毕加索画公鸡的眼睛时，偏偏破坏了传统的透视关系，使它们同时出现在一个平面上，瞪着观众，很是得意。毕加索为什么要这样画呢？他曾对一个拜访他的美国画家说：“公鸡嘛，到处都有，但生活中的任何事物都得我们去发现，正像柯罗发现早晨和雷诺阿发现少女一样。”这正表现出了一个艺术家的真正的独特性，也表现出了他有真正的艺术发现能力。所以我们说，一个作家、艺术家失去了艺术发现的能力，就很难表现出创作个性。

（2）艺术发现是作品有没有永久的、强烈的生命力的先决条件。在社会生活中，一个真正的作家和当代现实的关系，并不表现在他描写了他那个时代的熟悉的特征；这些关系表现在他对世界的艺术发现中。这些发现能够使读者或观众为之倾倒，能够启发他们的思想，帮助他们去理解生活、了解自己。这些发现如果是真正独特的、鲜明生动的，就必然能够打动不同时代的人们的心灵。莎士比亚的戏剧，曾经由于拂逆了某种潮流，受到了长时间的冷落，而当它的艺术价值一

① 屠格涅夫语，转引自米·赫拉普钦科《作家的创作个性和文学的发展》，第70页。

旦被人发现时，其艺术生命几乎是无限的。本·琼生在评论莎翁时就说过："他不属于一个时代而属于永恒。"古希腊史诗《伊利亚特》在描写海伦的美丽时，偏偏不从正面去描写，而是从周围人的观察中，发现了一种蕴藏最深，但又最能深刻揭示本质的特征性现象。作者运用暗示和烘托的手法，描写特罗亚战争打得最紧张的时候，海伦登上城头去指认希腊将领。特罗亚的老兵们一见到她，都不禁惊叹地说："怪不得我们要打十年啊!"这句话可以说是独特的艺术发现。士兵们不惜以十年战争的痛苦，去争夺一位倾国倾城的美人，其美貌还需什么更具体的描绘呢？即使再多的具体的细腻的描绘，也抵不上出自老兵们口中的这句使读者感到有惊人的震撼力量的赞叹，所暗示出来的海伦的美丽。因此《伊利亚特》至今还葆有其强烈、永久的生命力。

基于以上两点关于艺术发现在艺术创作中的地位的考察，我们从审美认识的联系中，还可以进一步研究到，艺术发现本身的特点、所包含的本质意义，在一定的条件下（经过作家艺术家的形象思维），会在艺术构思中发挥作用，为艺术传达打下基础。

艺术发现在文艺创作过程中有哪些作用呢？我想至少有以下三个作用。

（1）提供创作契机。作家、艺术家的生活素材仓库里是很丰富的，有些生活经历也是很深刻的。然而，如何来有机地组织这些材料呢？这就得通过艺术发现寻找创作契机。作家沙汀对这个问题有较深刻的认识，他说："生活中常常会有这种并非成块的东西，看来不能一下子写成一篇作品，但它却能起到触发的作用，引起你对已经熟悉的生活的联想和深思，甚至使你的全部经历、记忆活跃起来。有时候，我手边的材料已经不少，但总像还缺少一个串联它们，使它们互相通气的东西。好比一盏煤气灯，气打足了，还要火点燃，或者用引针透它一下，于是喷的一声，这才亮了。”①

可见，艺术发现可以起到如俗语所说的“这捶敲亮了心”的作用。也就是说，它一旦在作家艺术家头脑中出现时，就为他们提供某种机会，把蕴藏在他们心里的、对生活诗情画意的感觉，以及富有生活诗意的联想，触发起来。作家杜鹏程解放后曾在宝成铁路工地工作，他想运用文学来反映和歌颂这成千上万的建设英雄，并为此积累了不少生活素材，可就是找不到一个创作契机。在一个初冬的深夜，他跟总指挥驱车去秦岭峡谷参加一个工程会议，一路上看到了移山填壑的战斗情景，这使他激起了对生活的联想。他看着坐在身边的总指挥和前面的司机，突然想起有一次在成都开完会要返回工地时，有同志发现市场上有好皮鞋，总指挥也想给自己的爱人买一双，可是不知爱人的脚大小，司机却说：“我知道。”而现在总指挥又和司机坐在一起奔赴夜战工地，这一情景使他发现：在这艰苦的斗争和劳动中，人与人之间的崭新关系，就是阶级友爱。这一艺术发现像一根引信，促使着他继续调动所有的生活积累，并继续深入生活，挖掘社会主义劳动者最根本的思想感情特征和精神力量源泉。后来，他就以那个深夜的事为题材，写成了短篇小说《铁路工地上的深夜》。

（2）提供人物原型的主导性格特征。人物原型存在于现实生活

---

① 沙汀：《浅谈小说创作的一些问题》，《峨眉》1960 年第 1 期。

中，作家、艺术家在对生活进行观察时，掌握了许许多多的原型材料，有时甚至是一枝、一节。这些材料往往一直在作家、艺术家的头脑中酝酿，而暂时未能构成一个具有典型的根本特征的典型形象。这时，就需要作家、艺术家通过艺术发现，寻找出那种能够决定多种性格组合，从而能够构成典型的根本特征的人物原型主导性格特征。这种主导性格特征，不仅多少能反映社会生活的本质规律，而且包含作家、艺术家所表现出来的对于生活的审美认识。

一个真正的作家或艺术家，会在平常人看来不足为怪的人物的一句话或一个行动中，看出其中所蕴含的人物个性的深刻内容。法捷耶夫在《毁灭》中描写莱奋生的眼睛“像湖水一样深而大”。这一描绘是出于他对莱奋生主导性格的艺术发现：对人的热爱，对未来的巨大而美好的幻想。这里面的含义是十分深刻的。鲁迅在一九一九年从北京回故乡绍兴搬家时，遇见了分别二十多年的童年时代的朋友章运水。想不到章运水在跟他见面时，却态度十分恭敬地叫了他一声“老爷”。鲁迅不觉一震，并且以敏锐的慧眼，发现在这一声“老爷”后面，不仅隐藏着他与章运水“已经隔了一层可悲的厚障壁”，而且隐藏着章运水的主导性格特征：麻木呆滞，对阶级压迫的忍受和顺从。于是，鲁迅就以此为题材，以章运水为原型，写了短篇小说《故乡》，深刻地揭露了封建社会制度。

（3）调动作家、艺术家的创作激情。艺术是充满感情的。作家、艺术家在对生活的观察过程中，始终伴随着热烈的情感。一旦他得到了某种艺术发现，这个艺术发现就会调动起他全部的思想感情，把他一下子从必然王国带进自由王国，在形象的世界里奔驰。剧作家曹禺年轻时，经常到一个很要好的同学家里玩。这位同学有一个贤惠的嫂嫂，她后来和这位同学有了爱情关系。曹禺很同情这位女人。后来当曹禺发现这位同学不会为了这个爱情而牺牲什么的时候，于是，这位女人就在他心里“放了一把火”，产生了“原始的情绪”、“情感的憧憬”、“情感的发酵”。结果，当他写《雷雨》时，这位女人就成了繁漪。[①] 从这个例子里可以看出，艺术发现不仅会引起作家、艺术家的创作冲动，而且能使他产生一股不可抑止的艺术激情，这股激情促使他更为迅速地调动生活素材，进入创作过程。

四

艺术发现既然是由审美主体和审美客体（现实生活）在作家、艺术家的主观意识中构成的一种审美活动，那么，这种审美活动又是在一种什么基础上进行的呢？我们考察，它是在艺术观察的基础上，对现实生活进行审美认识活动的。从客观意义上来说，艺术观察是艺术发现的一个不可或缺的前提，它本身也是属于审美认识范围的，也是包括审美主体和审美客体的主客观联系的。

艺术观察和艺术发现有着不可分割的密切联系。对于艺术发现来说，艺术观察是它的审美认识的反映、感受阶段，是基础；对于艺术观察来说，艺术发现是它的审美认识的欣赏、评价阶段，是目的。所以，这里要研究的艺术观察，也可以说是一种审美的直觉，是通往艺

---

① 参见《曹禺谈创作》，《文艺报》1957 年第 2 期。

术发现的途径。我们在研究艺术发现时，就不得不去研究它。

艺术观察来源于生活。作为一种审美直觉的艺术观察，它同任何审美认识一样，也是美感对美的辩证统一；也就是说，它是对美的反映和感受。而美就是属于客观的现实生活本身，它本来就客观地存在于现实世界的事物和现象之中。车尔尼雪夫斯基说，“生活本身就是美”，“生活就是美的本质”。[①] 因此，要把艺术观察放进生活里，为艺术发现提供许多丰富、生动的感受，使它能积极地渗入发现生活的奥秘，继而渗入再现这种生活的艺术创造实践中，成为给内容以一定的艺术形式的感情因素。

强调现实生活是艺术观察的来源，也就是强调审美认识的客观来源，强调美的客观性。康德认为，审美的规定根据只能是主观的，只涉及主体，而不涉及客体。康德虽然表面上并不否认审美对象的存在，但又认为审美判断可以完全不依赖于对象的存在；相反，一考虑到对象的存在，判断的联系对于客体就不是审美判断，而是逻辑判断。这对艺术、对生活的审美认识来说，是一种带有片面性的观点。因为对于同一张桌子，如果出于逻辑判断，就会给予它一种性质，说它是圆的；而如果是用艺术的眼光看它，出于审美判断，就会涉及我们自己关于它的感觉，说它是美的。所以，哥伦布发现新大陆，虽然是“没想到”，但他是用科学的眼光去观察，出于对性质的一种逻辑判断；而西蒙诺夫发现“黄雨”，是用艺术的眼光，对有关对象进行感觉，这属于审美判断。正如意大利著名美学家克罗齐说过：“只有

① 车尔尼雪夫斯基：《美学论文选》，人民文学出版社，1957，第 54 页。

对于用艺术家的眼光去观察自然的人，自然才表现为美。动物学和植物学工作者不承认有美或不美的动物或花卉。”① 可见，艺术发现从某种意义上来说，也是对生活的一种审美判断。然而无论如何，它必须建立在对生活的美的感受这个艺术观察的基础上。离开了艺术观察，艺术发现就无从谈起；而离开了生活，艺术观察就成了无源之水、无本之木。

鲁迅说过：“如要创作，第一须观察。”② 他主张要特别注意观察“平常的，平时是谁都不以为奇的，而且自然是谁都毫不注意”③ 的事物。普希金的诗之所以独具一格，别出心裁，就因为他有着敏锐的观察能力，并能从中发现作为诗的闪光的东西。别林斯基曾经这样评价过他的观察能力：“普希金是第一个偷到维纳斯腰带的俄国诗人。不只他的韵文，而且他的每个感觉，每种情绪，每个思想，每种情景的描绘都充满着难以言说的诗。他从一个特别的角度观察自然和现实，这个角度是为诗所特具的。”④

由于这些艺术大师们非常热爱生活，熟悉生活，注意观察生活，因而他们就能从那些在一般人们心中也可能产生的感觉和思想里，发现生活的本质，从而把它提升到一个新的高度，诉诸作品形式之中，使这一切都变得那么浑厚。周立波曾在土改时深入东北地区生活，经常往返县镇之间，来回五十来里都要乘坐马车。他观察到的几个车把

① 克罗齐：《美学原理》，第 91 页。

② 《鲁迅书信集》上卷，第 398 页。

③ 鲁迅：《且介亭杂文二集·什么是“讽刺”》。

④ 《别林斯基论文学》，新文艺出版社，1958，第 57 页。

式，都是走南闯北，见多识广，又爱表现的人物。一次，元宝区举行参军动员会，有个车把式在台上发言，他的话表现出思想的进步，语言幽默，引人发笑，给作家留下了深刻印象。周立波通过对这些车把式的细心观察，就以在会上发言的那个车把式为素材，在《暴风骤雨》里塑造了一个栩栩如生、呼之欲出的车把式形象老孙头。

就外国文学史来看，卢那察尔斯基对契诃夫做过这样的评价："最初，年轻的契诃夫怀着搜寻笑料的好奇心，仔细观察着他周围的畸形丑恶的现象"，"但是随着契诃夫对现实的仔细观察，他又懂得了这不正常是一条普遍规律，因而势必要嘲笑他当时的整个畸形的生活制度。"① 契诃夫在一八九〇年亲赴沙皇流放犯人的库页岛实地考察，访问了一万多名政治犯，目睹了政治犯人的悲惨遭遇和沙皇专制制度的残暴和野蛮。回来后，他创作了著名的《第六病室》，阴森恐怖的第六病室就是沙皇专制俄国的一个缩影。契诃夫就是这样地通过对生活的观察，敏锐地发现了社会生活的"脓疱"，用他的小说作为社会的"病历"，一张张地写明了病情，并且在可能的范围内给"病人"开了药方。

由于审美认识的基本构成部分是审美主体和审美客体（现实生活），因而我们在考察艺术发现时，也是在一种比较单纯的情况下，来探讨审美主客体的某些联系的。其实，艺术发现这一审美认识还有着极其丰富复杂的内容，并且受到一定的条件、目的的制约。

事实上，并不是每一个对生活有所观察的人，都能写出文艺作品

① 卢那察尔斯基：《论文学》，人民文学出版社，1978，第241、247页。

来，这里，除了水平、经历、素养、思想深度等问题之外，就审美主体来说，在艺术观察时对生活的审美反映、感受，还受到了审美的功利性、目的性的制约。科学家用科学的眼光来观察生活，他的功利目的在于寻找和探求自然界的规律；而作家用艺术的眼光来观察生活，他的功利目的在于发现生活内在的本质。如同是见到“黄雨”，西蒙诺夫发现“黄雨”更能衬托人物的愁闷心情，这个特点和作用，具有一种感伤的美的色彩；如果在一个气象学家或地理学家看来，则可能别有一番景象了，他也许能从这里探求到自然界的某些规律。

就审美客体来说，还有现象（乃至假象）和本质这两个方面的关系。我们知道，一部文艺作品，在用艺术形象反映生活的本质或某些本质方面时，必须透过对具体的、复杂的社会现象的描绘，反映生活发展的辩证关系，揭示生活发展的规律和方向。这从一般来说，必须在艺术观察的感受基础上，透过现象看本质，从而获得新的艺术发现。因为本质只存在于现象之中，现象是本质的外部形式，本质是事物的内部必然联系；没有离开现象的本质，也没有离开本质的现象。但是，任何现象都是事物的总的本质的一个方面，都不可能全面体现本质；另外，有些假象也是本质的一种曲折的反映，是表现本质的否定方面的形式，它并不是虚假的、不真实的同义语，而是本质所固有的东西。所以，在艺术观察时，既不能对生活现象浮光掠影，走马看花，也不能抛弃某些假象，这也就是说要做到深入观察。西蒙诺夫如果不是那么认真、深入、细致地观察雨水，是不可能发现“黄雨”的。单靠某种直觉行为，而不依靠对象化的劳动，即把对对象的深入观察，通过艺术感受反映到主观意识上来，那很容易把生活看成如青年马克思在《1844年经济学—哲学手稿》中所指出的，是飘忽不定的“意识形态性”。所以，我们要特别强调的是，艺术发现的审美评价，是依赖于对生活的艺术观察的审美感受，并以对象化劳动为中介的。

艺术发现作为一种审美认识活动，过去我们在谈到创作美学时，往往忽略或不太注意这一重要现象。我想，对这个问题的探讨，不仅能丰富创作美学的内容，而且有利于加深对艺术创作规律的认识和掌握。

原载于《人文杂志》1982年第6期

论艺术构思

内容不在于外部形式，不在于许多偶然情节的凑合，却在于艺术家的意图，在于他执笔之前就仿佛已经感觉到的那些形象以及色彩的浓淡与变幻，总之一句话，在于艺术构思。

——别林斯基

一

创作离不开构思。

什么是艺术构思？它的本质是什么呢？过去，比较流行的看法是，艺术构思在本质上是一种认识活动，是在艺术家的头脑中反映、再现客观现实的感受、认识过程。用哲学的观点来看待艺术构思的本质，在总体上来说是符合艺术认识论的规律的。然而，作为一种极为复杂的精神活动的艺术构思，它在本质上是具有多种特征的。因而，只有多侧面地、立体地去看待艺术构思的本质特征，我们才能对艺术构思有一个比较全面的认识，才能理解艺术构思在创作中的作用。

先看两个例子。

第一个例子：一九四〇年，作家沙汀在重庆主持全国抗敌文协举行的一次晚会时，有人递上一张条子说：乡下拉壮丁，闹得乌烟瘴气，作家们为什么不揭露？仅仅是这么一张条子，却激起了沙汀的政治责任感，他“觉得真应该写”。可是怎么写呢？当时已有人写过这类题材，总不能老说旧话。于是，沙汀想起他刚来重庆时，住在一个农场里，认识了场里的一位农艺师。在一次闲谈中，农艺师说他曾经回过一次家乡，因为侄儿被抓了壮丁，回去“活动”把侄儿弄了出来。沙汀问怎么弄出来的？农艺师说，他叫侄儿在队伍集合报数时，故意报错数，收壮丁那家伙就骂“这傻瓜，哪能打国仗，捶二十军棍赶回去”。这个事件引起了沙汀的创作构思，一些他所熟悉的小城、小镇上的头面人物，都浮上了脑际。他由此联想起了当时农村社会中人们习以为常的借兵役问题大发国难财的生活素材，写成了《在其香居茶馆里》这篇小说。[①]

第二个例子：作家王愿坚小时候就养成了爱听故事的习惯，后来在部队当记者，使他更有机会听到了他没有经历过的一些战争中的动人故事。慢慢地，他心里产生一个念头：不是还有不少人没有听过这些故事吗？如果把这些故事用文字转述出来，让更多的人像我一样受到感染和教育不是更好吗？于是，一股强烈的创作欲望产生了。他想起了卢春兰的故事。卢春兰给山上的游击队送咸菜，不幸遇上了敌

① 参见沙汀《生活是创作的源泉》和《漫谈小说创作中的一些问题》，分别载于《收获》1979 年第 1 期和《峨眉》1960 年第 1 期。

人。敌人把全村老百姓抓起来，要查出这件事的组织者。在敌人要屠杀不肯供出实情的群众时，卢春兰领着自己才五六岁的男孩，迎着敌人的枪口站出来，掩护了群众。王愿坚起初想从这个故事入手构思一篇小说，但总觉得不够分量。他又翻找听来的故事，想到了两件事：一件是有一位大娘为了把窝窝头留给抗日战士吃，将花生壳嚼烂后喂她的孙女；一件是解放战争时，一位烈士牺牲后，在一个笔记本里夹着两角钱要交党费。针对这两个故事加上卢春兰的故事，王愿坚将送的咸菜改为交的党费，构思写作了他的第一篇小说《党费》。①

这两个例子，在许多作家、艺术家的艺术构思实践中，是比较常见的两种现象。前者我们称它为“激发”，即作家由于某种外物的激发，从而引起想象活动，才开始艺术构思；后者我们称它为“欲望”，即作家在产生创作欲望后，打开记忆的仓库，借助于原始积累材料，立即进入艺术构思。从以上两个例子生发开去，我们究竟看到了什么？

任何一个真正的作家、艺术家，他的创作活动决不是无缘无故的。“激发”说也好，“欲望”说也罢，每个作家都有企图反映、再现客观现实，并以自己一定的思想贯穿于未来作品的愿望，只是他们进入艺术构思过程的途径不尽相同而已。由此，作家、艺术家的艺术构思的职能不仅在于再现客观现实，而且在于表现一种思想的现实，即把他自己的思想灌注到作品中的生活本身以及艺术形象身上。所以，许多外国作家艺术家和批评家都把构思称为思想的艺术。如法国

---

① 参见王愿坚《在革命前辈精神光辉的照耀下》，载于《创作经验漫谈》，人民文学出版社，1979。

巴比松画派的代表人物米勒在一八五八年写道："所谓构思是指把一人的思想传递给别人的艺术。"他在给泰奥多尔·佩洛凯的信里说："极少有人相信，任何艺术都是一种语言，而语言应当是用来表达人的思想的。你是这极少数人中的一个。"① 因为佩洛凯曾经在一篇回顾一八六三年沙龙画展的文章里谈到米勒的作品，米勒对这篇文章是满意的。可见，在米勒看来，艺术的职能还在于表现另一种现实——思想的现实。普列汉诺夫也曾经把构思当作思想看待。他说："如果没有绝对的美的标准，如果所有的美的标准都是相对的，这也并不等于说我们没有任何客观的可能性来判断某一艺术构思表现得好不好"，"描绘同构思愈相符合，或者用更普通的话说，艺术作品的形式同它的思想愈相符合，那么这种描绘就愈成功，这也就是客观的标准。"② 在这里，他把艺术构思的巧妙程度以及这一构思在作品中表现的优劣，当作艺术美的审美评价标准。

米勒和普列汉诺夫的见解，对于我们理解艺术构思的本质是有启发的。确实，生活对于艺术总是羞涩的，它既不可能去解释它自身，又不可能将其本质赤裸裸地暴露出来。这就不能不依赖于作家、艺术家对生活进行重新认识和判断、编理和组织、挖掘、发挥，从而发现其中的本质及其与其他方面的相互联系。这些任务，无疑应该由艺术构思来完成。这里，作家、艺术家的一定的思想灌注，就显得特别重要。古人所说的"采奇于象外"，得"万象"之"巧"，写出诗境

① 罗瑟琳·巴孔：《米勒和他的素描》，《世界美术》1981年第1期。

② 普列汉诺夫：《没有地址的信·艺术与社会生活》，人民文学出版社，1962，第288页。

“飞动之趣”[①] 的动态美，与作家、艺术家的思想贯穿不是无关系的。沙汀正是出于对国民党基层政权的腐朽和农村豪绅集团的丑恶面目的痛恨这一思想基调，才去“设想”各种“条件”，让人物不断在他脑子里“进行表演”。他始终不脱离对具体形象的感受，完成了《在其香居茶馆里》的构思。王愿坚深入思索，善于挖掘“那些蕴蓄在故事里面的光辉灿烂的东西”，为了把“艰苦奋斗”这样一个不知见过多少遍的字眼，变成“饱和着血肉和感情的、活生生的东西”，才去精心构想、编织战争年代的各种各样的动人故事。这样，艺术构思本质上的第一个特征已经明确：艺术构思必须以作家、艺术家一定的思想立意为基调。

从作家、艺术家的艺术构思实践看，不论是“激发”说，还是“欲望”说，都不是凭空设想、面壁虚构的。作家、艺术家的艺术构思过程，包含着提炼生活的过程；而提炼生活，又得为作家、艺术家自己一定的思想所驱使。对于两者的相互联系，歌德曾经作过这样的说明：“艺术家对于自然有着双重的关系：它既是自然的主宰，又是自然的奴隶。他是自然的奴隶，因为他必须用人世间的材料来进行工作，才能使人理解，同时他又是自然的主宰，因为他使这种人世间的材料服从他的较高的意旨，并且为这较高的意旨服务。”[②] 在歌德看来，作家、艺术家的艺术创作活动的意旨，是一种思想立意。这种思想立意可以说是作家、艺术家的内心体验，即“内在的自然的特殊个性”，它与作家、艺术家所处的外在世界（自然）是紧密无间的。歌

① 皎然：《诗式》卷一。

② 《歌德谈话录》，朱光潜译，人民文学出版社，1978，第137页。

德在谈到《少年维特之烦恼》的构思时说，“我决心一方面听任我内在的自然的特殊个性，自由活动；另一方面，继续感受外在世界中具有特征的影响。这样，我进入了构思和写作《少年维特之烦恼》的奇妙的气氛之中”。①

生活对于作家、艺术家的艺术构思十分重要。达·芬奇自称是个“接近泉水而无需水壶”的人。② 所谓“接近泉水”，就是认为艺术的唯一源泉是现实生活所提供的。但是，生活对于艺术构思的影响，又不同于它对其他活动（如艺术传达）的影响。因为艺术构思是作家、艺术家伴随着生活中的具体形象，在理性阶段上对生活的认识达到感受和理解的统一的精神活动。它对生活的认识、理解、对生活材料的取舍，既有时间关系，又有空间的要求。具体说来，一方面，它表现出作家、艺术家对生活的认识是反复的，甚至是长期的，比艺术传达的过程要来得长。如法国后期印象派画家塞尚花了八年时间，完成了一幅题为《一群女沐浴者》的油画，而从他的设计和草图上的说明看，他构思这幅油画用了近三十年的时间。我国作家李准构思李双双和喜旺这两个形象时，他在深入生活的过程中整整酝酿了四年多的时间。另一方面，在艺术构思过程中，作家、艺术家还必须对生活进行提炼、概括和虚构，捕捉最能代表典型形象特征、最为生动和微妙地体现一般的个别事件。如王愿坚构思《党费》时，虽然觉得卢春兰的故事很动人，但又觉得摆在他面前的就这么个孤零零的故事，对于表

① 歌德：《诗与现实》第二卷，第 86 页。

② 爱德华·麦克迪（Ednord Maccurdy）：《莱奥纳多·达·芬奇的笔记》，纽约巴西人书店，1954。

现人物典型形象还显得单薄。因此，他顺着卢春兰的故事，从自己的生活经历中寻找相似的生活感受来作为通向当时战争生活的桥梁。于是，他找到了两件极为典型的事例，获得了一条主线，在构思中对卢春兰的故事进行了一番改造，使卢春兰这个形象显得更加典型，更加丰满，从而使在革命落于低潮、处于困危时一个党员与党的关系这一主题，在生活的提炼和综合中得到了明晰的体现。王愿坚的构思实践，说明了艺术创作活动中对生活的提炼、概括和虚构。这些典型化过程首先是在艺术构思活动中进行，直至完成的。这一现象，古人早已指出。如司空图的《诗品》就把艺术构思过程中的典型化手段，称为“返虚入浑”，“虚”即虚构，“浑”即浑成，即谓诗人可以经过构思中的虚构，创造出更加全面、完整的艺术典型。因此，艺术构思本质上的第二个特征就显露了：艺术构思必须以实现典型化为主要目的。

雨果说过：“在文学作品里，构思愈是大胆，创作愈是无懈可击的。如果你要有与众不同的理由，你的理由就应该十倍于人。”① 构思的“大胆”，完全依赖于作家、艺术家想象力的丰富、超绝。一个作家、艺术家在艺术构思中的困难，并不在于他能不能从生活材料中摹仿到什么，而是在于他能不能想象出那些在他还没有看到或经历过的东西。这正如罗马时期的希腊作家、批评家斐罗斯屈拉塔斯在一篇文章中援引希腊哲学家阿波洛尼阿斯的话，想象“比摹仿是更为巧妙的一位艺术家。摹仿仅能塑造它所看到过的东西，而想象还能塑造它

① 雨果：《论文学·〈短曲与民谣〉序》。

所没有看到过的东西，并把这没有看到过的东西作为现实的标准”[①]。在艺术构思中，想象力已经无可置疑地被视为衡量构思成败与否的一块试金石。质言之，没有想象力就没有艺术构思。

但是，过去对艺术构思的想象力的理解，基本上停留在一般想象（也就是人们在日常生活中所运用的再现性想象）上。人们都喜欢引用黑格尔的“最杰出的艺术本领就是想象”[②] 这句话，然而，黑格尔紧接着又说，艺术家的想象不同于纯然被动的幻想，“想象是创造的”。他要求这种创造性的想象，不仅要把现实世界的丰富多彩的生活面貌印在艺术家的心灵里，而且要达到内在心灵显现与外在显现在真实性上的统一。我们从这里得到的启发是，艺术构思中的创造性想象，并不是根据原有的现实生活作消极的、静止的保存和拼凑，而是用作家、艺术家记忆中所保持的生活表象作材料，来独立地创造新的富有现实意义的生活表象的。也就是说，作家、艺术家在创造艺术形象之前，首先必须在他的意识中用改造映象的活动，来体现它在观念上的构思。

这种创造性想象在艺术构思中有两大特点：特点之一，是独特创造性。我们曾经不止一次地指责那些流于俗套的艺术构思。这类构思的致命伤，倒不在于作者对艺术构思的冷漠态度，或者说是生活材料的枯槁，问题在于作者的创造性想象十分贫乏、平庸，毫无新意。王愿坚在《党费》中描写的把咸菜作为党费交上去，这在五十年代的创

---

① 斐罗斯屈拉塔斯：《狄阿那的阿波洛尼阿斯的生平》，《西方文论选》上卷，上海译文出版社，1979，第 134 页。

② 黑格尔：《美学》第一卷，人民文学出版社，1962，第 348 页。

作中，确实是一个不寻常的独特的艺术构思。但是，如果我们今天的创作，仍旧满足于烈士牺牲后在遗嘱里提出要求入党或者交党费等的构思，那就不免有“落套”之嫌了。中篇小说《高山下的花环》之所以受到广大读者的交口称赞，我想作者的艺术构思的功力也是很值得注意的。比如小说写到梁三喜牺牲后留下的遗嘱，作者没让他去交党费，而是让他留下一张欠账单，一笔债务。这个不同凡响的艺术构思，无疑地将梁三喜这个具有高尚的精神境界的艺术形象真实、亲切地推到了读者面前。作者在艺术构思中的独特的创造性想象，正是从这里表现了出来。

特点之二，是理智激情性。在艺术构思活动中，作家、艺术家的一定的思想立意并不是以某种抽象的概念去规定想象，而是把想象的自由活动导向理性阶段，通过情感而对创造性想象发生作用。然而，创造性想象中的情感因素有它的特别之处，这就是它不是一般性的情感因素，而是一种特有的、理智的激情，它的脉络十分丰富，并不像一般再现性想象中的情感那么单一；它可以冲破各种界限，放荡不羁。而更为重要的是，理智情感的实质根本不同于一般性生理机能那种“纯属于情绪的、血气的、神经的、肉体的和尘俗的”①情感（当然，一般性生理机能的情感又不同于那种卑鄙、危害、破坏等行为的邪恶情感）。莎士比亚曾经在《仲夏夜之梦》中，把疯人、情人诗人的想象作了比较，认为在疯子的想象中，魔鬼“比广大的地狱里所能容纳的还多”；在情人的想象中，“从一个埃及人的脸上会看到海伦的

① 《别林斯基论文学》，新文艺出版社，1958，第53页。

美”；而在诗人的想象中，可以“从天上看到地下，地下看到天上”。[①] 可见，诗人的创造性想象比之疯人、情人的想象要丰富、开阔得多，几乎没有什么界限；正是如此，创造性想象的情感也就比一般想象的情感更加广阔，更加理智。陆机在《文赋》中所说的“精骛八极，心游万仞”，刘勰在《文心雕龙》中指出的“思接千载”、“视通万里”，艺术构思中的这种想象，不是丰富、开阔、放怀的理智激情在起作用，便不能产生。别林斯基说得好，艺术构思中的“激情永远总是在人的灵魂里被观念所燃烧，并且总是向观念突进的一种情欲，——因而，这是一种纯粹灵魂的、精神的、天上的情欲”[②]。

在作家、艺术家的艺术构思实践中，创造性想象的发挥往往依赖于激情的推动。两者是紧密联系在一起的。如果说，创造性想象是一堆有待于引爆的思绪的炸药，那么，激情就犹如一串串喷射出来的火焰，它们一碰到一起，便爆发出那摇撼心灵的艺术构思的强大威力。赫士列特这样说明这种现象：“激情的火焰在与想象沟通以后，就如一道闪光一样显示思想的深处，震撼我们的整个身心。”[③] 这里，作家、艺术家的理性和激情往往融为一体，创造性想象的心理机制被推向前进。黑格尔对此有过探索，他说：“在这种使理性内容和现实形象互相渗透融会的过程中，艺术家一方面求助于常醒的理解力，另一方面也求助于浓厚的心胸和灌注生气的情感。”[④] 屠格涅

① 《古典文艺理论译丛》第十一册。

② 《别林斯基全集》第七卷，第313页。

③ 《古典文艺理论译丛》第一册，第60页。

④ 黑格尔：《美学》第一卷，第359页。

夫构思《阿霞》时，一面在穆然深思着生活素材，一面却“被某种特别的情绪控制住”[①]，于是，创造性想象的翅膀从这里展开了。我国许多读者对中篇小说《在没有航标的河流上》的风景描写极为赞赏，作家叶蔚林在一篇创作体会文章中说，读者的赞赏，“最重要不在于别的，而在于渗透了我们的真情实感”。“文革”期间，他在潇水两岸生活了十年。一九七二年，他被剥夺了工作权利，“心情抑郁、愤懑、不平，但又渴望着自由与光明”。于是，他“对河道上的景色非常敏感，浮想联翩”，想起了古今中外的许多美好的东西，增强了生活的信心。这种真实、独特的感受使他在过了八年后构思写作《在没有航标的河流上》时，“潇水两岸的景物，便很自然地带着感情色彩，从笔底奔涌而来”[②]。很明显，叶蔚林正是带着向往生活中美好的事物这一高度的思想立意，带着那种充满着社会的、阶级的、道德的利益同时是理智的激情，去感受他所经历和耳闻目睹的事物，才崛起了他的创造性想象，使小说获得了一种出乎意表而又“天然去雕饰”的艺术构思。从这里，我觉得艺术构思本质上的第三个特征终于被引出来了——艺术构思必须以创造性想象为基本手段，以理智型激情为中介。

现在，我可以将以上三个特征概括起来，作为我对艺术构思的本质特征的理解：艺术构思在本质上是一种在理性阶段中，由作家、艺术家一定的思想立意与理智型激情相融汇、感受与理解相结合，通过创造性想象的手段，达到典型化的形象呈现的复杂的精神活动。在这

---

① 《古典文艺理论译丛》第三册，第 194 页。

② 叶蔚林：《题外的话》，《书林》1983 年第 1 期。

一精神活动中，作家、艺术家始终伴随着艺术形象的受胎、孕育，乃至于分娩的一系列过程，网结着他的创造性想象中那种特有的理智的激情，从感性认识的感受进入理性认识的理解、把握中。在整个艺术形象的“十月怀胎”过程中，思想立意—理智情感—创造性想象相辅相成，倘若失去了其中的一种因素，艺术构思会是成功的。

二

研究艺术构思的本质特征，有助于我们理解和掌握艺术构思的基本过程。尽管作家、艺术家在脑子里构思艺术形象的途径有所不同，但是构思的过程基本一致。这是因为艺术构思的基本过程在实践上已经体现了构思的本质特征。

关于艺术构思的基本过程，王朝闻主编的《美学概论》已作了分析。该书把艺术构思的过程分为三个阶段：第一，形象在生活实践中的受胎；第二，形象的具体酝酿或再孕育；第三，形象在构思中的基本完成。对此，这里不再赘述。

然而，我似乎感到又有许多未尽之意。如果我们比较细致地考察一下作家、艺术家的艺术构思活动，便不难发现，在艺术构思的总过程中，完成对形象的构思当然是主要的；但是艺术构思又是作为一种极为复杂的精神活动，它在对形象的构思中，伴随着对于对象的感受、观察、理解，直至于加工、改造、综合，还体现出了一系列特性。如果说，对客观现实生活的再现与主观心理的表现的统一，也就是艺术家对客观现实生活的主观能动的审美反映，是艺术的本质，那么，艺术构思中的那些特性却是深深受到这种本质的规定和制约的。掌握这些特性，将会使艺术构思更有成效。

我认为，艺术构思过程中的特性有三个：立体性；连续性；理想性。

（一）立体性

“一切存在的基本形式是空间和时间。”① 我们的整个客观世界，都是在时间和空间中永不停息地运动着的。作家、艺术家在艺术构思中的创造力，决不是表现在对于眼前事物的单向的挖掘上，而是表现在他的整个主观心理活动过程中，借助于丰富的想象和联想，对眼前事物作最大限度的时间处理和空间雕塑，甚至使眼前事物越出有限的空间，激起读者、观众的联想。当然，这种超越的艺术空间决不是像十九世纪德国心理学家、美学家立普斯所说的，那种脱离了物质实体的由“自我的欣赏”的主观情感外射而形成的“空间意象”②，它是凝结在客观物质世界的现实内容中的，因而它具有客观实在性和具体可感性。多少年来，我们为“飞流直下三千尺”、“燕山雪花大如席”和“横看成岭侧成峰，远近高低各不同”、“孤帆远影碧空尽，唯见长江天际流”这些诗句所深深感染，我们还能从海顿的清唱剧《四季》、柴可夫斯基的钢琴套曲《四季》中，联想到春天的百花齐放、夏天的热力、秋天的清旷、冬天的严寒。这些，无不归功于作家、艺术家在

① 恩格斯：《反杜林论》，第 49 页。

② 立普斯：《论移情作用》，《古典文艺理论译丛》第八册。

构思中对客观现实空间的艺术把握。说到底，这是一种立体构思。

立体构思，可能使对象在时间和地点的整一上遭到破坏，但只要这种“破坏”是合规律性的，是作家、艺术家用理智的高温去冶炼它，用想象的烈火去熔化它，它就越显得引起人们的兴趣。莱辛说诗人有一种特别的手段，“去帮助我们的想象弥补时间和地点的整一所遭到的破坏”①。可以说，这种手段对任何一个作家、艺术家的艺术构思，是十分有效的。

作家、艺术家在立体构思上的功力，主要表现在对于形象的综合和人物及其环境的关系这两个方面的把握上。关于形象的综合，要求作家、艺术家在抓住对象的本质特征的基础上，对和这种本质特征相联系的其他各种对象的具体特征进行深入的挖掘。老舍写作《骆驼祥子》的构思，最初是从一位朋友在闲谈时说他用过的一个车夫这件事引起的。但那个故事本身很简单，要怎样写成一部数十万字的小说呢？问题就突出地表现在如何写祥子上。我们来看看老舍是怎样构思的。他“先细想车夫有多少种”，给祥子确定一个地位，以便“把其余的各种车夫顺手儿叙述出来”，接着去想“祥子应该租赁哪一车主的车，和拉过什么样的人”，把祥子的“车夫社会扩大了”，然看又去想“事情当然也以拉车为主”，但要“教一切的人都和车发生关系”，从而“把祥子拴住”，再去想刮风下雨天车夫生活等细琐的遭遇，把祥子写“成为一个最真确的人”；最后还想到祥子“应当和别人一样的有那些吃喝而外的问题”，如志愿、性欲、家庭、儿女等。

① 莱辛：《拉奥孔》，人民文学出版社，1982，第185页。

经过这种种复杂的纵横交叉的思索，老舍把他“所听来的简单的故事马上变成了一个社会那么大”，从祥子这个“车夫的内心状态观察到地狱究竟是什么样子”①。从老舍的构思活动过程看，这也是一种立体构思。虽然，这种构思并不很明显（作家也不是有意识地）破坏现实时空上的整一性，但是作家在形象综合上，已经超越了祥子这个生活原型本身的形象界限，写出了一代生活在低层的劳动人民沉沦于逆境的悲剧。作家的立体构思的独特性还表现在：他并不人为地让祥子坦荡地去抗争，而是把祥子写垮了。在祥子身上，老舍写出了旧中国小生产者“睁着眼看自己怎样被推下泥塘”的心灵悲剧。

对形象的立体构思，还表现在人物与环境的统一上。在这方面，作家、诗人要比画家、雕塑家困难一些，莱辛说过：“对于艺术家来说，我们仿佛觉得表达要比构思难，对于诗人来说，情况却正相反，我们仿佛觉得表达要比构思容易”②。比如同是构想一个庭园雕刻，雕塑家可以通过空间超越，借助于其他情境，构思出周围并没有水的站在湖边的小孩，而使人们联想到这里有水。虽然他的表达（即雕刻）是需要一定的功夫的。而诗人要通过想象力把这个情境构思出来，是不容易的。尽管他有一种特别的想象手段，但是这种手段本身就不是容易获得的。因为雕塑家接触的是实体（石头），在构思中可以直接对石头产生想象；而诗人的大量生活感受储存在感性认识上，只有上升到理性认识阶段上，才能进行艺术构思。这样，诗人的构思环节就要

① 老舍：《我怎样写〈骆驼祥子〉》，《收获》1979 年第 1 期。

② 莱辛：《拉奥孔》，第 65 页。

比雕塑家来得复杂些。不过，在理性阶段实现观念上的构思，诗人和雕塑家是一致的。举个例子：有一位叫程亚男的雕塑作者，他为庭园设计一件雕刻。这是一座小园，内有湖水。作者构思在湖边放置一件圆雕，塑造一个可爱的孩子。原来设计是座与人等高的石雕。但作者想到，这件雕刻的内容应该不同于纪念碑雕刻，要避免给人庄严、神圣的感觉。要让孩子生活在游人之中，具有可触摸的亲切感。为此，作者没有做底座，而是使孩子坐的大鹅卵石直立于地面，再配置几块小石子，这不仅在构图上产生一些变化，而且由于这些大小石头都是圆形的，像在岸边长期被水冲刷侵蚀过的，这就使雕塑与湖水自然地联系起来。作者借助这个雕塑形象以引起游人的联想，越出有限的空间，扩大了小庭园的视野。即使不把这个雕塑放在水边，观众也不难联想到附近有水。[①] 这件雕塑确实体现了作者的立体构思本领。当然，如果一位诗人直接采用这件雕塑进入他的构思，那是并不难的；难的是他要在自己的生活感受基础上，实现他在观念上的独特性的立体构思。但是，不管怎样，对于诗人还是雕塑家，实现立体构思都是有可能的，问题在于他们各自如何发挥想象，以惊人的艺术胆量，敢于“破坏”现实时空上的整一性，以获得一种独特性的构思。

（二）连续性

作家、艺术家的思路开通以后，便开始了一种艺术构思。在这一过程中，他的思绪往往具有一定的连续性。这不仅因为在艺术构思

---

① 参见程亚男《创作遐思》，《美术研究》1981 年第 3 期。

中，他要追随人物性格的发展逻辑，而且因为他还能够在这种连续性的构思活动中，思考对生活细节的选择和运用，并获得情节。如果说，构思的立体性能够使作家、艺术家较好地进行形象综合和把握人物与环境的关系，那么，构思的连续性就能够帮助作家、艺术家比较完整地构思故事、选择情节、形成结构。这个特性，按照莱辛的话说，就是“我们在思想中根据时间或者空间从自然中的一个事物或者各种不同的事物的组合中选择出来的或者想要选择的一切，都在艺术中实际选择出来了”，作家、艺术家的这种本领就是“一种能够给原来没有界限的自然划出界限的本领”。① 而借用狄德罗的话说，就是要在“作品的整个结构里贯穿一个显明而容易觉察的联系”②，无论是作为一种“选择”，还是作为一种“贯穿”，作家、艺术家都必须在认识和把握对象及其内在联系的连续性过程中，构成完整的艺术。在这里，作家、艺术家的主观能动性和审美能力受到了严格的考验。

还是举个例子来说明。女作家航鹰在构思小说《明姑娘》中，开始时曾为那些在专用车床前熟练操作的盲人师傅的举动而击节、冲动，从他们身上看到了感人的精神力量，并以此定了小说的基调。但她一进入构思时，又觉得这还只是最初的激动，只是些寒星般微弱的闪念，还不能构成完整的故事和人物形象。于是，她又到生活中去捕捉了一连串细节，如盲人家里却挂着画——这是热爱生活的表现，盲人上下楼梯不要人搀扶，甚至自己不扶“马杆”——这是自尊心的表

---

① 莱辛：《汉堡剧评》第七十篇，《文艺理论译丛》1958 年第 4 辑。

② 狄德罗：《论戏剧艺术》之十，《文艺理论译丛》1958 年第 1 期。

现，盲人斟茶不溢，肉丝切得很细、煤气炉从不失火——这是生活细致、有规律的表现，等等。她由此抓住了一根主线，即“明眼人能做到的事，我们也能做到”，“我们不是社会的累赘，我们是劳动者和创造者!”并沿着这根主线去串那些细节的珍珠，照理，作家的构思可以说是完成了。可是，作家又觉得照这样的构思写下去，故事仍然平淡无奇，新意不多。怎么办呢?作家继续去抓生活珍珠里更提神的奇光异彩，寻找一以当十的最佳细节。于是，她在再次访问盲人的家庭时，发现一位盲人女工能准确地说出她家里各种花的名字和颜色；一位从未饱览过大自然万点青翠的盲女，竟用双手千针万线地织出了树叶型的编花。当这位作家抚摸着这件鹅黄色的毛背心时，心中一个成熟的中心细节诞生了：盲人热爱大自然，充满着对光明的追求。作家把那件毛背心视作自己在生活瀚海中发现的一颗“常林钻石”，它的光彩一下子把作家那些不连贯的闪念全都贯穿起来，使作家完成了《明姑娘》的艺术构思过程①。

从航鹰构思《明姑娘》的过程看，一个完整的艺术，不仅在于它有完整的故事，而且在于这个完整的故事本身具有多大的独创性和新意。从这个目的出发，作家在连续性的构思中对中心细节的寻求就显得至关重要。反过来说，作家要采撷生活中那些饱含奇光异彩、一以当十的最佳细节，依靠立体构思还是不够的。因为立体构思对于形象综合与把握人物和环境的关系有极大帮助，而要使作品的立意达到一种前所未有的高度，往往需要作家在对生活的连续性考察中，进行一

① 参见航鹰《生活给予我的启示》，《文谈》1982 年第 4 期。

整套的连续性构思。尽管，这种构思有时会使作家将已经形成的情节推倒重来，但对于作品的艺术生命力来说，这样做确实是必要的。

这里，我们已经触及作家、艺术家的构思与生活中具体事件的关系问题。从作家、艺术家的创作“激发”或创作“欲望”来看，他的最初构思都和生活中具体事件有直接的关系，然而一旦进入构思过程，尤其是对于那些善于追求、努力挖掘生活诗意美的作家、艺术家来说，那些最初的具体生活印象可能在他的思想意识中发生了非常独特的变化，甚至随时有推翻原来生活印象的可能，或只是把原来的生活印象作为寻找、表现另一更为精致的生活事件的动因的桥梁。苏联文艺理论家赫拉普钦科这样说明这种现象：“艺术作品的构思可能同从具体事件上得到的印象有直接的关系，但是，创作构思同促使作家产生构思的生活观察之间的这种关系，往往要间接和复杂得多。有时，某种生活现象只是推动作家的创作思想和想象去表现另一种事件和现象的动因”①。

我以为，产生以上这种状况，完全出于作家、艺术家的主观能动性和审美能力。一篇艺术平庸的作品，往往跟作者在连续性构思中的主观能动性和审美能力不足有关。虽然，这样的作者也可能在构思上花了很大气力，但由于主观能动性和审美能力的限制，他在去逼近生活事物本质方面却步了，他无力挖掘生活中深藏着的诗意美，这就导致构思趋于寻常。我们所要求的作家、艺术家在连续性构思中的主观

① 米·赫拉普钦科：《作家的创作个性和文学的发展》，上海人民出版社，1977，第26页。

能动性和审美能力，主要是看他逼近生活事物本质的功力和艺术胆量。诗人臧克家在一九三二年写的《难民》一诗，头两句原来想写成“黄昏里扇动着归鸦的翅膀”，后来又想改为“黄昏里还辨得出归鸦的翅膀”，到最后，他对黄昏时分进行了认真观察，并在构思中闭眼想象那种情景，才改成了“日头坠在鸟巢里，黄昏还没溶尽归鸦的翅膀”。他觉得这样改，不仅逼近了事物本质，而且把诗情带入一种更充满画意的境界：黄昏朦胧，归鸦满天，黄昏的颜色一霎一霎的浓，乌鸦的翅膀一霎一霎的淡，最后两者渐不可分，好似乌鸦翅膀的黑色被黄昏溶化了。[①] 确实，作家是否能够获得一种具有独特性价值和强大生命力的艺术发现，完全取决于他在连续性构思中的主观能动性和审美能力。

（三）理想性

我们读过许多这样的作品，作者在艺术构思中似乎着力去挖掘生活，但从总体构思上看，又觉得挖得不深，缺少一种摇撼心灵的艺术感染力。这个问题，反映了作者的艺术构思在审美理想上的差距。

艺术构思的审美理想，有它自己的独特意义，这就是作家、艺术家在艺术构思过程中，对生活的审美必须具有理想性，从而使作品的主题达到一定程度的深化。古人很重视艺术构思中的意境问题，主张构思要使意境“显”。如《文赋》说，文章从构思到表达要“情曈昽而弥鲜，物昭晰而互进”。《文心雕龙》说，构思要使“物无隐貌”

---

① 参见臧克家《学诗过程中的点滴经验》，载于《学诗断想》，四川人民出版社，1979，第166页。

（《神思》）而“驱辞逐貌，唯取昭晰之能”（《明诗》）。其实，追求意境的过程，也就是构思的理想化过程，即清除生活中原有的那些不良的倾向和因素，达到作品主题的深化。我觉得，在艺术构思中多注意些理想性的东西，可以减少一些不必要的创作失误。当然，我们并不主张用改变生活本来面目的做法来追求作品的理想性，因为这种作品很容易流入空洞的理想说教中。

艺术构思过程中的理想性，充分体现了作家、艺术家在理性阶段上的思维活动。这时候，作家、艺术家在理智型激情的支配下，他的思考是冷静凝神的。他潜心于对现实题材的发掘，把心灵中萌发的艺术意念深化下去并且产生出一种迫切感、理想感，从而使作品主题表现得更有典型意义。我们可以考察一下英国诗人雪莱创作诗剧《钦契》的构思过程。有一次，雪莱在意大利游历时，在从罗马钦契的爵府的档案库中抄来的一卷手稿中，得到了关于一五九九年教皇克雷孟特八世在位期间，罗马一个极其显赫、富贵的豪族所发生的种种骇人听闻之事而使该家族卒遭灭门之祸的史实。故事是这样的，有一个老人在放荡淫邪中度过了一生，最后对自己的女儿施行了一种乱伦的兽欲，甚而变本加厉，不惜极尽种种残酷和粗暴的能事。这个女儿长久试图摆脱这种玷污而未遂，最后不得不同继母和兄弟密谋杀害他们共同的暴君。事情很快就败露了，虽经罗马最高级的权威人士向教皇提出最恳切的求情，但是全部当事人犯仍旧被判处了死刑。教皇之所以要从严处刑，其动因之一，可能是认为无论谁杀死了钦契伯爵，都是从他的仓库中夺去了一笔巨额的收入。雪莱说：“如果叙述这样一个故事，是为了向读者展示当年那些当事人的全部感情，他们的希望和恐惧，信赖和疑虑，以及他们各个不同的利益、欲望和见解的话（不论是他们加之于对方，或者是形之于一致的行动之中，那都是为了谋划一个惊心动魄的目的），那么，这个故事也许会像一道光芒，照彻人类心灵最黑暗而隐秘的角落。”

无疑，雪莱对这个故事是感兴趣的，他说：“首先就促使我产生了认为它适合于写一部戏剧的想法。”但是，他又觉得：“这个关于钦契的故事，的确是非常骇人听闻的；任何一种类似把它放到舞台上去作赤裸裸的展览的尝试，都会使人无法忍受。”怎么办呢？他对这个故事进行了思索，认为“想处理这样一个题材的人，必须增加理想的成分而清涂情节的实际恐怖，这样，蕴蓄在这些暴风雨般的苦痛和罪恶之中的诗意，才能激起人们的欢愉，而减轻他们想起由这些罪恶所产生的道德堕落而感到的痛苦。可是，也不应该企图使这种展览为一种庸俗意义上所谓的道德目的而服务”。从这个理想出发，雪莱开始进入了诗剧《钦契》的构思。他这样表达了自己的构思：“我尽可能把剧中人物表现得接近于他们本来的面目，并且竭力避免用我自己对是非真伪的观念来驱使他们的活动：如果是这样的话，那就会在一层薄薄的纱幕之下把十六世纪的人物姓名和活动变成我自己心目中冷漠无情的虚拟了。”①

雪莱的《钦契》的构思和写作，虽然在十九世纪初，但对于我们今天研究艺术构思过程中的理想性问题确实有启发之处。事实上，作家、艺术家在艺术构思中对现实题材的把握，除了努力去发现并抽出其中固有的诗和饱含奇光异彩的独特细节外，很重要的一环是要在现

① 参见雪莱《钦契・原序》(1819)。

实题材内容中注入理想性成分，使作品主题得到升华，达到深化。果戈理用“我的‘笑’”机智地说明了他在构思讽刺作品时的经验，高尔基主张通过理想性的构思，使作品“从现实生活中表明对生活，对胜利、对惊人的建设、对理解整个世界的意志”①。这些经验，已经为许多作家、艺术家的艺术构思实践所证实。我国女作家任丽君画了一幅题为《复旦——纪念圆明园被焚一百二十周年》的油画。画面上，大地初醒，晨曦洒在圆明园洛可可式的石柱一角，两个青年大学生一个仰面似在思索着什么，一个低头在寻觅着什么。画家说，一九八一年她在北京西郊海淀参观圆明园遗址时，目睹许多男女青年和大学生在那儿踯躅、拍照留念，这启发她酝酿构思这幅油画。在构思过程中，她想到这座曾被誉为“夏宫”的圆明园，被英法联军在破京师时纵火焚烧，殿宇尽毁，而这些矗立的石柱却没有被烧掉，它们正是我们中华民族气宇轩昂的象征。今天许多人到这里参观，振兴中华、重建新园，指日可待。② 这个理想在画家心中萌发出来，使她的笔触虽然落在这座废墟上，却在画面上升起了一个极有现实意义的重大主题。可以说，画家的艺术构思的理想性，在这里发挥了作用。

以上讨论的艺术构思的三个特性，在艺术构思的整个过程中，即在艺术形象的孕育至形成的基本过程中，都显示出了它们的作用。而如何运用这些特性，则完全依赖于作家、艺术家的主观能动性和对客观生活的审美能力。一个感受力比较强、对生活有敏锐感觉的作家或

---

① 高尔基：《文学论文选》，第138页。

② 参见陈创洛《复旦——今日中国青年的心声》，1983年1月4日《文汇报》。

艺术家，在运用艺术构思的特性时，都可能表现出“生动的、特殊的自己个人所有的音调”①。这点，恰恰是独创性构思所追求的。

三

艺术构思是一项十分艰苦而且要求较高的劳动。古人对待这项劳动是比较“苛刻”的。皎然在《诗式》中说，构思要做到“至苦而无迹”，“成篇之后，有似等闲，不思而得”，要求艰苦构思达到的结果是这样的：由于完美地体现了诗境美，反而使人觉察不到艰苦构思的痕迹。实际上，古人的这一“苛刻”，对于我们每一个真正忠于艺术生命的作家、艺术家来说，是有好处的。

然而，问题还在于艰苦构思的本身对于作家、艺术家的严峻考验。常常有不少作者感到，在艺术构思过程中出现了一些比较棘手的问题，即使是那些熟谙艺术手法的作家、艺术家碰到的此类问题也不少见。从对许多作家、艺术家的艺术构思实践的考察来看，在构思过程中可能遇到这么三个普遍的问题：构思的中断；构思与表达的矛盾；生活改变最初的构思。

我想就剖析这些问题入手，谈一些如何克服它们的看法。

（一）构思中断

在上一节里，我们讨论了构思的连续性问题。而在作家、艺术家

① 屠格涅夫语，转引自米·赫拉普钦科《作家的创作个性和文学的发展》，第70页。

的实际构思中，这种连续性又往往不能持续下去，有暂时中断的现象。其实，这种现象主要是一种情感性障碍。由于作家、艺术家的艺术构思中的主观情感过于强烈、旺盛，反而影响了思路的连续，迫使构思暂时中断，不能持续下去。狄更斯在构思中为主人公的死去而悲哭，巴尔扎克在构思中怒骂人物的卑鄙，他们自己陷入了他们所要创造的形象中，便不得不放下构思，去体验、欣赏人物形象的生活。曹禺构思《日出》第三幕时，在情感上“遭受了多少折磨、伤害，以至于侮辱”。为着这短短的四十二页戏，他中断了构思，回忆起许多往事，“一次一次地经验许多愉快和不愉快的事实”，他说自己：“幸运地见到许多奇形怪状的人物，他们有的投我以惊异的眼色，有的报我以嘲笑，有的就率性辱骂我，把我推出门去。”直至把这些事实体验完了，他才“厚着脸皮，狠着性”，躲到一小屋子里写出了第三幕。① 为什么会出现这种现象呢？我以为，作家、艺术家在艺术构思过程中，是在自己的心里创造具有艺术生命的形象，这一艺术形象往往会反过来对创造它的作家、艺术家产生影响，使其与作家、艺术家在情感上发生交触。这时，作家、艺术家常常不得不中断艺术构思，而对所创造的形象进行体验、欣赏。克服这种障碍的一个办法，就是作家、艺术家要能够从形象的情感氛围和“角色”里挣脱出来，重新回到理性阶段。只有这样，他才有可能继续进行构思。刘勰在《文心雕龙·神思》中说的“陶钧文思，贵在虚静”，要求在艺术构思时要平息感情。当然，回到理性阶段，“虚静”并不意味着作家、艺术家

① 曹禺：《〈日出〉跋》，见《日出》，中国戏剧出版社，1960。

对形象的情感枯竭了，而是运用理智型激情去感受、理解形象自身的内涵，激起创造性方面的想象。

构思的中断还有其他方面的原因，如对生活素材熟悉不够，或者强迫自己去写自己并不喜欢的题材。还有如由于种种原因，把青枝绿叶的生活硬塞进政治概念的箩筐，这对于追求生活真谛和艺术真谛的作家、艺术家的构思活动，更会产生一种难以摆脱的障碍。王愿坚曾经谈到这么两件事：一件是在战争年代里，一位炮兵连长在平时表演时，他一挥手，炮弹就像小燕子一样飞到二百米外的电线杆子顶上爆炸，可打起仗来，他的炮弹却尽往没有人的空地上落。团长急了："你再打不准，我要你的脑壳！"于是，炮兵连长心一横，一手抱住迫击炮身，一手举起炮弹，小声念道："这不怨我，这是上级的命令！"结果发发命中。另一件是在一九七〇年，他听到一位战士讲了前几天冲进烈火救人的事情，很受感动，便找到了那位战士，问道："你冲进烈火里以前记起哪一句话来着？""我忘了"，战士说："咱是个革命军人，哪能见火不救？那句话嘛，当时哪里顾得上？倒是想着：要不要脱掉那件新上衣——那里头有东西。"面对这两个素材，王愿坚深有感触地说，这两件事都表现出了生活里实实在在的一个活的军人的思想行为，但是，在"四害"横行的年代里，如果你试着这样写，会是什么结果？① 事实上，当生活与创作的关系被无知和无理遮断的时候，要实现将这些素材搬进作家的艺术构思中是不可能的。即使他在构思这类题材时，由于生动的生活素材得不到运用，而在政治框子

① 王愿坚：《脚下要有块土地》，《文艺研究》1982 年第 2 期。

的钳制下，他的构思也会被逼入窘境，直至中断。这个事实，已经为许多作家、艺术家所承认。当然，在今天这个时代里，现实主义传统在不断深化，那种现象的出现可以说是大大减少了，但是在艺术构思中，作家、艺术家站在什么样的高度上，才能够能动地反映客观的社会生活，有效地完成他的构思过程？这一问题，对于每一个作家、艺术家，仍然是一场严峻的考验。

（二）构思与表达的矛盾

艺术构思是为艺术传达服务的。但是，作家、艺术家要将构思中形成的艺术形象诉诸纸上，两者能够互相适应，是并不容易的事。尽管你的构思显得十分周密，而在纸上表达时却经常出轨。正如郁达夫在一九三三年说的，“我们在构思的时候，想到了十分，但偶一疏忽，当表现出来的时候，最多也不过做到了三分四分，或简直连三分都写不到的事情，也是很多”①。即便是那些伟大的作家、艺术家，也难免碰到这一问题。托尔斯泰构思《安娜·卡列尼娜》时，本来想写一个高等社会中失足的“不忠实的妻子”，而经过了四年多的构思，他在创作表达时，竟让安娜卧轨自杀了。对此，他的老朋友加·安·鲁·萨诺夫埋怨他这样做未免过于残酷。托尔斯泰却回答道：“这个意见……使我想起普希金遇到过的一件事。有一次他对自己的一位朋友说：‘想想看，我那位塔姬雅娜跟我开了个多大的玩笑！她竟然嫁了人！我简直怎么也没有想到她会这样做。’关于安娜·卡

① 郁达夫：《再来谈一次创作经验》，见《创作的经验》，上海天马书店，1935。

列尼娜我也可以说同样的话。根本讲来我那些男女主人公有时就常常闹出一些违反我本意的把戏来：他们做了在实际生活中常有的和应该做的事，而不是做了我所希望他们做的事。”① 鲁迅构思《阿 Q 正传》时，并没有想到“大团圆”的结局，而当写了两个月，“实在很想收束了”。但“阿 Q 却已渐渐向死路上”走，终于，他把阿 Q 送去杀头了。他后来回顾说：“其实‘大团圆’倒不是‘随意’给他的；至于初写时可曾料到，那倒确乎也是一个疑问。我仿佛记得：没有料到。不过，这也无法，谁能开首就料到人们的‘大团圆’。”② 郭沫若构思《屈原》第一幕时，本来并没有存心要把宋玉“写坏”，“但结果是对他不客气了”，他出乎预料之外地“把宋玉拉上了场”。到了写第五幕时，他又“竟将婵娟让其死掉”，连他也“自亦惊奇”。这种“天开异想”，却恰恰是他“初念所未及的”。③

看起来，构思与表达是不平衡、有矛盾的，而实际上，这正是作家、艺术家对生活的理解和对形象的感受的深化，也是艺术构思的一次深化。对于这个问题，我们可以从两个方面考察。一方面，从人脑的生理机制来看，作家、艺术家在艺术构思中的大脑活动的整体性，是以自觉的表象运动为显著特征的。④ 正因如此，作家、艺术家在观念构思中的形象，还仅仅是以表象的形式存在的，尽管作家、艺术家

---

① 参见贝奇科夫《托尔斯泰评传》。

② 鲁迅：《华盖集续篇 · 〈阿 Q 正传〉的成因》。

③ 郭沫若：《我怎样写五幕历史剧〈屈原〉》，见《沫若文集》第 3 卷，人民文学出版社，1957。

④ 参见金开诚《文艺心理学论稿》，北京大学出版社，1982，第 158 页。

能够在自觉的表象运动中，抓住某个形象作为中心线索来进行想象，但往往不能很明确地注视形象本身活动的逻辑以及内在意义。这样，当他心灵中的形象一流出笔端，并沿着其本身逻辑进行活动时，这个形象就会跃出作家、艺术家的自觉的表现范围，进入艺术传整地把握形象本身活动的逻辑，那么，形象活动的逻辑将破坏作家、艺术家的原始构思，构思与表达的矛盾就不可避免地出现了。另一方面，艺术构思仅仅是整个艺术创作的一个环节，虽然在这一环节中，作家、艺术家有可能发挥或动用一切已有的、用得上的认识成果（包括表象性的和思维性的），具有“统觉”的性质，但是，它无法检验那些认识成果对于形成艺术形象具有多大的作用，因为这个检验只能由艺术传达来完成。况且，在艺术构思环节中，有许多与构思中的形象相关联的细节并能全部显现出来，而往往在艺术传达阶段上，它们才有可能随着作家、艺术家对形象逻辑的逐步把握，跃然于纸上。正如法捷耶夫说的，“从前想过的东西有许多都消失了，有许多却在写作过程中更有力地、更明晰地显露出来”①。这样看，艺术构思被破坏也是难免的。从这两个方面上理解，艺术构思与表达的矛盾是符合艺术创作规律的。许多优秀的作家、艺术家的创作实践表明，在表达阶段，艺术构思活动应该不是停止的，而是继续走向集中、深化和具体的。

如何处理构思与表达的矛盾呢？福楼拜的一个见解很值得我们重视：“我认为伟大的艺术家应该是科学的、客观的。努力设想自己处于小说中人物的地位，这是必要的，但是不能使小说中的人物来迁就

① 法捷耶夫：《和初学写作者谈谈我的文学经验》，见《苏联作家谈创作经验》。

自己。"[①] 这里指出的是要遵循形象本身的逻辑，让步于作品中的人物。事实上，艺术作品中的人物，一旦在作家、艺术家的艺术构思中形成，便获得了一种性格的定性，就有了一套性格逻辑，并按照这个逻辑展开。随着艺术传达中情节的不断发展、性格内涵的逐步显露，人物的性格逻辑就越来越具有独立性。这时，原来是不成熟的构思，或是原来的构思违背了艺术传达中的人物性格的逻辑趋向，作品中的人物就可能发生"哗变"，他"似乎就自己开始对原来的构思修改起来"[②]。所以，当构思与表达的矛盾出现时，既不要手足无措，也不要灰心丧气，只要老老实实按照形象本身的逻辑去描写人物的各种活动，创作一定是成功的。当然，如果在艺术构思过程中经过成熟的酝酿和深刻的思考，那么在表达过程中的变动就不会太大。法捷耶夫曾经为他的第一个中篇《泛滥》感到"不幸"，他认为那个作品的艺术构思是粗糙的，"只是把各种印象和思考集在一起再叙述出来"，结果导致作品的基本主题"很模糊"，结构松散。[③] 这个教训无疑是深刻的。

（三）生活改变最初的构思

艺术构思的过程，是一个不断认识生活的过程。从许多作家、艺术家的构思实践看，其最初的构思往往不能够成熟，而当他继续深入和认识生活的过程中，他会随时对自己最初的构思进行修正，使它逐

---

① 福楼拜：《给乔治·桑的信》。

② 法捷耶夫语，见《论写作》，人民文学出版社，1955。

③ 法捷耶夫：《和初学写作者谈谈我的文学经验》。

渐确切化、具体化，甚至有时会发生原则性的改变。托尔斯泰为什么放弃了写一个在高等社会中失足的“不忠实的妻子”的构思？因为四年多的构思中，他研究了农奴制改革后俄国生活中形形色色的现象及很多尖锐而激动人心的问题。屠格涅夫本来想通过“虚无主义者”巴扎洛夫的形象来揭露“新人”，而在最后的构思中，他却以《父与子》肯定了民主主义对贵族统治的胜利。

出现这种现象，并不奇怪。作家、艺术家对艺术的追求不仅仅停留在最初的构思上，构思是不断运动、不断走向成熟的。当作家、艺术家在最初的构思基础上，一面深思熟虑，一面继续认识生活，生活中出现的新现象，促使他对生活又有了新的认识，他就可能按照对现有生活的认识，去改变他的最初的构思。在这方面，茅盾构思《子夜》的过程，为我们提供了一个很好的经验。一九三〇年夏秋之交，欧洲经济恐慌波及当时上海的民族工业，一些以外销为主要业务的轻工业受到严量打击，濒于破产。为了转嫁危机，民族资本家加紧了对工人的剥削，甚至大批开除工人。茅盾当时在上海，目睹了这些现象，打算写一部长篇小说。在最初的构思中，他“有了大规模地描写中国社会现象的企图”，计划一方面写农村，另一方面写都市，通过农村的革命力量的蓬勃发展与城市的敌对力量的比较集中这两者的对比，反映出那个时期中国会合的整个面貌。同时，茅盾认为“数年来农村经济的破产掀起了农民暴动的浪潮，因为农村的不安定，农村资金便向都市集中”，这样“可以使都市的工业发展”。然而，经过一年多的构思过程，他觉得最初的构思计划过于庞大。此外，原来的想法并不符合实际，因为农村经济的破产大大降低了农民的购买力，因而缩小了商品市场，同时，流入都市中的资金不但不能促进生产的发展，反而增加了市场的不稳定性，这些资金都流入投机市场。这样，他改变了最初的构思，把原来的计划缩小一半，只写都市的而不写农村，并增加了原先没想到的投机市场情况这方面的内容。①

茅盾构思《子夜》的情形，在其他的一些作家、艺术家的构思实践中也出现过。这是因为，作家、艺术家在最初的艺术构思中，往往会存在一些想要实现、但最终无法实现的企图，尽管已有的认识成果并不都是完善的，它们有的本身还在受着实践的检验。无疑，作家最初的构思也在接受着检验。这样，随着对生活的认识的不断深化，生活会对他的最初构思进行改变。从这个意义上看，作家、艺术家的艺术构思确实需要一个过程，甚至是较长时期的过程。

当然，“统觉”也会使作家、艺术家一次性地完成对作品的总体构思。由于作家、艺术家个人的特点，各种极不相同的情况，都可以成为促使作品构思产生的推动力。如富曼诺夫构思《夏伯阳》，是在旅行时出其不意地产生的。但他的生活的全部经历，他的性格和世界观的素质，却是早就准备好了的。一九四六年夏天，丁玲去河北怀来、涿鹿一带参加土改，后来回到晋察冀老根据地时，“在一路向南的途中，我走在山间的碎石路上，脑子里却全是怀来、涿鹿两县特别是温泉屯土改中活动着的人们。到了阜平的红土山时，我对一路的同志们说，《太阳照在桑乾河上》已经构成了，现在需

① 参见茅盾《〈子夜〉后记》，《〈子夜〉是怎样写成的》和《再来补充几句》。均见《茅盾论创作》，上海文艺出版社，1980。

要的是一张桌子、一叠纸、一支笔了”①。丁玲经过土改的实践，创作素材十分丰富，使她一次性完成了小说的构思。我认为，一个作家、艺术家的艺术构思过程，如果能一次性完成，那当然是幸运的；而如果无法这样做，或对最初的构思没有把握时，那就必须重新去认识生活，努力去获取一种更具体、确切、易于表现的艺术构思。

在艺术构思过程中，灵感的出现是一个极为重要的问题。关于这相问题，我已有另文专论，这里不再赘述。我认为，灵感对作家、艺术家的艺术构思确实有重要之处，但并不是每一个作家、艺术家都必须靠灵感才能进行构思的。有些作家的确对“灵感”比较“迷信”，作家叶蔚林在一篇文章里说，“我常常在写完前一段时，还不知后一段该如何发展。奇怪的是往往就在这时，脑海突然像有电光一闪，冒出意想不到的东西，于是全局都活了，又可以续写下去了。我是颇迷信‘神来之笔’的。如果我在写一部作品时，老不出来‘神来之笔’，就觉得笨头笨脑的，提不起劲来，甚至产生厌烦感。如果我在写一部作品时，有几处‘神来之笔’，就兴奋不已，欢喜若狂，尝到了创作的最大乐趣；同时，我也就意识到这部作品有几分成功的希望了”②。实际上，对于作家、艺术家的创作习惯、构思方式，不可能作强一的要求，作家、艺术家以自己独特的脑袋进行构思，以自己独特的音调说话，这是十分正常的。在文学这台席面上，随着作家、艺术家们独具匠心的构思和创造，他们捧出来的是珍馐，还是酸菜，都

① 丁玲：《〈太阳照在桑乾河上〉重印前言》，见 1979 年 7 月 8 日《人民日报》。

② 叶蔚林：《脚踏坚实的土地》，《文艺研究》1983 年第 1 期。

可以占一个席位。正是在这个意义上，我们要容忍作家、艺术家的局限性，又要鼓励他们在构思和方式上搞“独家经营”，真正形成他们自己的特色。

一九八三年三—四月，北京—福州

原载于《文学评论丛刊》第22辑，中国社会科学出版社1985年版

艺术灵感试探

一

灵感，是美学领域里的一个命题。

这一命题，由古希腊的德谟克里特首先提出。在古代，灵感（inspiration）一词属宗教用语，与“天启”（神灵之启示）意通，指由超然物外的上帝所赐予的一种纯精神感动。这一说法始于古希腊的柏拉图，他的《文艺对话集·伊安篇》是一篇最古老的谈艺术灵感的文献。在当时的希腊，盛行的是摹仿说，人们认为文艺是现实世界的仿本。灵感说的兴起并通行，无疑夹杂有原始社会的迷信。但它是基于文艺不能如法炮制，其心理活动不是通常的理智，其来源不是技艺知识这一认识上。所以，其发展为近代德国浪漫派作家所崇重的天才说；而天才说正是伏根于灵感说。

两千多年来，人们对灵感这一命题的解说，有不同角度的理解和阐释。如神灵游、下意识说、梦境说、性冲动说和肌肉运动说等，还有所谓“花非花、雾非雾”的说法。当代英国的H. 奥斯本也发表了《灵感论》（见《英国美学杂志》一九七七年夏季号），提出灵感是无意识的，因而文艺作品也是无意识的产物。这种说法是不足取的。我认为在这种种看法中，较突出的还是神灵说和下意识说、梦境说。

柏拉图是神灵说的代表。他把诗人的创作狂热归之于人的不灭灵魂在与神的世界（即理念世界）的接触和回忆中所得到的感召。诗人由于“神力凭附着”，失去平常理智而陷入“迷狂”，从而“得到灵感”，唤起诗的节奏，产生出各种“优美”的诗篇。他认为，“诗人是一种轻飘的长着羽翼的神明的东西”，是“代神说话”的；因此“诗歌在本质上不是人的，而是神的；不是人的制作，而是神的诏语”（《文艺对话集·伊安篇》）。在《文艺对话集·斐德若篇》中，他还说这是诗人“不朽的灵魂从前生带来的回忆”。

对于柏拉图的神灵说，我们得从当时的历史状况来看，才能认清它的真实面目及其对后世的不良影响。一方面，当时神话的势力十分强盛，只有极少数人不相信“诗神”，而灵感说只是诗神信仰的一个必然结果。这种现象一直延续下来。如法国的白瑞蒙就宣扬“诗秘即神秘，诗本于神，而非本于人”；弥尔顿也认为自己的作品是神的恩赐；雪莱在《诗辩》中，更力图说明诗人的创作完全是受一种不可捉摸的“神圣的本质”的渗透和推动，而并非依靠诗人的“苦功和钻研”[①]；罗马的郎吉努斯在《论崇高》中，说“真情”的流露“如醉如狂，涌现出来，听来犹如神的声音”，他还举了古希腊阿波罗神的

① 《古典文艺理论译丛》第1期，第105—106页。

女祭司的传说来说明“神灵的启示”：这位女祭司走近德尔斐青铜祭坛，地面上有一个裂缝，据说有神灵的气息从裂缝中冒出来。女祭司感受天神的威力，像有神灵附在她身上一样，随即说出了天神的谕旨。①

另一方面，由于当时的心理学还没有发展起来，灵感的“迷狂状态”作为艺术创造的潜意识的酝酿，直至“兴高采烈神飞色舞的境界”（《文艺对话集·斐德若篇》），这些现象柏拉图认识到了，并且看到了它们对于艺术创作的某种作用。但是，柏拉图始终不能解释“迷狂”这种艺术思维活动中的直接性因素，反而把它说成“神智不清醒”。这种观点，是西方反理性的文艺理论的滥觞，而且造成了较深远的不良影响。就连近代唯物论的发祥地英国，对灵感的说明也掺杂有中世纪的神学观点，即从柏拉图因袭下来的神秘主义。十六世纪七八十年代，英国的洛吉、锡德尼和帕特南在诗歌创作问题上都主张灵感论，但他们心目中的灵感，是诗人受到所谓神谕启示后神经失常的兴奋状态。特别是帕特南在一五八九年发表的《英国的诗歌艺术》中说，优美的诗歌要得到发展，有赖于神授的本能，有赖于柏拉图主义者所说的迷狂。

对灵感的另一种较明显的错误解释是下意识说和梦境说。下意识作为条件反射在大脑皮层所形成的一种不稳定的、不自知的、极简单的反应能力，正如我们在街上边走边谈话，当汽车驶近时，我们会不觉地、下意识地转向路边一样，这是一种适应性的活动，并非是能动

① 《西方文论选》上卷，第125页。

的创造。如果以此来解释灵感，说它是本能的到来，这就从根本上抹煞了思想和理智在创作中的作用，把创造性的艺术创作贬低为一种自发的环境适应。心理学还告诉我们，下意识常常有可能表现出意识中酝酿的东西，正如艺术家反复实践会达到纯熟的程度。因此，当某一组行为一开始，就会毫不费力地、自动地继续下去，而无需第二信号系统的调节。斯坦尼斯拉夫斯基曾把这称为“通过意识来激起下意识的创作方法”①。但是，应该指出，这种创作中的“下意识”不是意识的否定，而是巨大的实践和高度意识活动的结果，不能把它与一般意义的下意识相提并论。

梦境说的解释是和下意识说有密切联系的。因为下意识与清醒的理智相对立，故下意识说，就经常与睡境和梦幻联在一起，从而把灵感理解为一种奇异的梦境。许多艺术家对此都有同样的说法。拉穆说：“真正诗人是醒着做梦的。”小泉八云在《文学解释》中也说：“你要相信你自己的梦中生活，要仔细地研究，并从中取得灵感。”②就连别林斯基也承认文学创作是“神秘的灼见，诗的梦游病”③。据说，弥尔顿的《失乐园》、瓦格勒的《莱茵河黄金三部曲》的开场调，英国诗人考洛芮基的《忽必烈汉》，以及我国刘克庄的《沁园春》、周邦彦的《瑞鹤仙》等，都是梦中完成的。这种现象，是有可能的，也是可以理解的。因为梦作为生活中的一种特殊形式的反映，在人的大脑还没有完全停顿工作时，可以在大脑皮层中复活过去反映

① 《斯坦尼斯拉夫斯基全集》第 2 卷，第 279 页。

② 转引自傅东华《创作与模仿》，第 65 页。

③ 转引自《文学评论》1980 年第 5 期，第 66 页。

外在世界时所遗留下来的痕迹，甚至会产生各种离奇古怪的景象。艺术活动是情感活动；艺术家的情感活动，往往比理智更缠绵、持续和难以抑制。所以他们容易在清醒的理智基本停止工作时，在某些较特殊的环境中继续保持兴奋，在白天思考中的问题，也会在睡梦中得到某些延续。但这只是其中的一个方面。而另一方面我们也应看到，梦境毕竟是经验仓库中部分印象的偶然联系，而且缺乏意识和理智的强有力的控制，不可能进行系统的创造，不能成为创作中最富于创造性的灵感状态。因为灵感中的情感不是梦境中那种“迷狂”、混沌甚至离奇古怪的情感，而是一种强烈的、积极的、有深度的“智性情感”。所以，把灵感归于梦境的创造，是庸俗的、被动的。我们只能承认梦境对创作的某些辅助作用，而不能承认梦境可以产生那种充满“智性情感”的灵感。

从上述两种解说来看，它们的主要错误都是脱离现实生活，否定了产生灵感的主、客观条件。那么，什么是灵感呢？灵感应该是发源于社会实践，开始于感性直观，受到艺术家理性的认识的一种心理活动和心理现象，是对客观事物的一种创造性的理解、发现和反映。考察艺术家们的艺术实践，灵感既不是什么上帝所赐予的“纯精神感动”，也不是“睡行症”和“白日梦”，而是艺术家们长期生活积累的一种触发。郭小川在给一位青年诗歌作者的信中强调：“最重要的是积累，生活、形象、思想、语言都要积累。像仓库一样，有了它，在受到某一触动之后，就会俯拾皆是。”① 的确，如果艺术家

---

① 见 1979 年 5 月 24 日《天津日报》。

一旦有所触动，而没有诸多的生活素材可供驱遣，纵使他焦思竭虑，把全部精力用去抓住灵感，贯注到构思中去，他的思路仍旧不能活跃起来，从而陷入“兀若枯木，豁若涸流”（陆机《文赋》）的呆滞状态。所以，那些强加于灵感的不可捉摸的飘忽神秘的所谓“属性”，是没有根据的。只有丰富的、深厚的生活积累，才是产生灵感的基础。列夫·托尔斯泰把这种生活积累称为“深耕我要在上面撒种的那块土地的预备工作”，是很有道理的。马雅可夫斯基每天花十个到十八个小时积累材料，就是这种艰苦的准备工作。我们可以把灵感的产生比作空中云层的放电，把生活积累比作带有电荷的云层，那么，灵感就是电荷撞击而产生的火花。正像云中电荷密度愈大，放电机会愈多一样，一个艺术家生活的积累、储藏愈厚实，就愈易于迸射灵感的火花，愈易于达到文思萌动、触绪成章的境界。

从人脑的生理机能来看，人脑的思维功能具有可以后天训练的性质，生活积累越多，其艺术敏感性也就越强。从生活积累到获得灵感有一个相当的过程，这个过程也就是人的大脑皮层由抑制到兴奋的过程。在人的大脑中，生活积累变成信息，在抑制状态下储存起来，当储存到一定程度（也就是有了相当的积累），某一新的信息降临时，这众多的信息就建立起联系，产生质变，大脑皮层逐渐兴奋，表现在情绪上就是极度激动的感情。这就是创作灵感的生理机制。不断地、长期地、反复地进行这方面的训练和培养，灵感就会经常不期而至。这是被那些卓越的艺术家的实践所证明了的。我国画家王式廓在酝酿素描《血衣》的构思过程时，早就对农民的思想感情和各种人物性格有所体会，但一直没有把画面的处理与情节的安排考虑好。后来，他偶然在一部连环画中看到“血衣”的故事，得到了很多启发，平时积累在脑子里的活跃着的农民形象，一触即发，都围绕着这个主要情节出现在腹稿中了。①

苏联的T. 波斯佩洛夫在《文艺学的科学性》中说：“人们所从事的每种事业能得到完美的实现都要求有相应的才能，甚至天才，而每一种劳动都能产生相应的灵感。”② 可见，灵感是和劳动联系在一起的，是和“学力”、“功夫”相结合的。当然，也有些艺术家可以靠某种刺激产生灵感。如马克思从燕妮身上汲取灵感，他在《致燕妮》一诗中写道：“燕妮啊，欢笑吧！你也许要惊奇：为什么我的全部诗篇，都用同一的标题《致燕妮》？世界上唯有你呀，是我的灵感的源泉，快慰之神，希望之光！你的名字哟！照耀着我的心灵之窗！”③ 巴尔扎克靠“成河的咖啡”支持他创作《人间喜剧》的灵感；郭沫若写《地球啊，我的母亲》时，趴在马路上，去接受“诗的推荡，鼓舞”。但这些都属于个人的创作习惯，是激发灵感的表面现象，更主要的还是要有艰深的劳动。唯心主义者在灵感问题上，就孤立地强调“妙悟”与“神来之笔”，而忽视了“学力”、“功夫”，这是错误的。

二

人们认识过程的基本规律，是从感性认识能动地发展到理性认

① 见《形象思维问题论丛》，第259页。

② 《国外社会科学》1980年第8期，第38页。

③ 见1979年8月23日《天津日报》。

识，又从理性认识能动地回过头来指导社会实践。实际上，灵感也像其他一切认识活动一样，都发源于社会实践，开始于感性直观。但它本身不是一种感性认识，而是一种理性的思维活动。别林斯基和车尔尼雪夫斯基在某些场合下，把灵感说成是一种“创作的直接性”，其实这种直接性也是经历了极其复杂的间接历程才在创作活动中出现的。它往往把艺术家认识生活方面的活跃想象力和艺术实践方面的敏锐表现力结合在一起，是艺术家沉潜反复的思索和长期生活经验的结果。对这些生活素材的反复思索，就包含着理性认识阶段，只不过它表现得更为敏捷、更为迅速，甚至有时压缩了许多中间环节。黑格尔在论述知识的直接性和间接性的关系时说过：“许多真理我们深知是由复杂异常间接思索步骤所得到的结果，是它毫不费力地直接呈现其自身于熟悉此种知识的人的心灵之前。”① 所以说，这种创作的直接性，是作家在为实现构思的写作时所进行的巨大分析工作中直接表现出来的，它照样离不开对种种生活现象进行急剧的选择、概括、聚合、熔铸、集中和提炼。如果把灵感发生的活动程序记录下来，应该是这样的：开始，文艺家被某一具体形象所触动，激起感情的渊薮，生活提供了思想；继而迅疾捕捉住这一具体形象，通过强烈的情绪，把以往的经验与眼前事物联系起来，并推向新的发现和创造。于是思路的连续，“神思方运，万涂竟萌”（刘勰《文心雕龙·神思》），终于爆发出灵感，从而迫使那些生活积累听命就范。可见，灵感从实质上来讲，是理性阶段的一种特别活跃的思维活动，是形象思维特别紧

① 转引自王元化《文心雕龙创作论》，第 222 页。

张、集中、敏捷的阶段。

怎样理解这种高度迅速、有效的思维活动呢？我想举出列夫·托尔斯泰创作《哈泽·穆拉特》时的情形来说明。列夫·托尔斯泰创作这部小说的起因是看到了一株牛蒡花。他在观察并动手采摘这朵牛蒡花的过程中，发现了牛蒡花干枝的坚韧、多刺，看到了它身溅污泥，几个枝杈已被折断，花也已被染成黑色。显然，这花曾被车轮压过，但它仍然歪着身子长着，支撑着生命。这些，最初形成他的感性认识。如果不是一位真正的艺术家，一般不会再从这株牛蒡花身上联想到什么。然而，托尔斯泰基于对这些感性特征的逐步了解，形成了这样一个念头：生命的力量多么顽强！“人战胜了一切，毁灭了成千上万的草芥，而这一棵却依然不屈服。”① 巨大的联想和综合，立刻唤起了托尔斯泰心中社会生活的内容和回忆。然而，从牛蒡花身上“透视”出某种社会生活中的类似性格——顽强不屈的人的性格，这还只是最初的触动。接着，托尔斯泰又在这个触动的基础上，把过去经验的回忆和眼前事物的联系推向新的发现和创造，继续进入理性认识过程，终于产生了一种特别迅速的质的飞跃，取得了小说的“绝妙构思”，出现了创作这一小说的灵感冲动。由此可见，从对具体形象的观察、感受到最初的触动，又从最初的触动到逐步形成生动具体的意念，这一系列过程显示了灵感的思维本质。然而，这一思维本质并不是像柏拉图所说的那种丧失理性的“迷狂”，而是始终伴随着具体形象的。正如别林斯基指出的：“真正的灵感永远是平静地进行观察的：它充分占有

---

① 见《读小说的创造》，第244—245页。

着对象，但却不让对象控制自己，虽然它是看到并感觉到对象的。”①

有人认为，艺术家对灵感在认识活动和创造活动中的质的飞跃，是很容易看出来的；而认识过程中对生活积累的不断认识的这个量的渐变，却是很隐蔽、无声无息的，以至于不被人们所觉察，因而人们对灵感会感到神秘。这是什么原因呢？一方面，艺术家是在大脑里储存着大量的生活积累信息的基础上产生灵感的，而一旦在灵感来临时，这些信息（在思维过程中逐渐产生量变）会因为艺术家高度紧张的精神状态和极其迅速的思维过程而暂时被遗忘或忽视；另一方面，艺术家在灵感到来之后，“在整个创作期间总是忙得不可开交，这时候，那个驱使他写作的精灵一直认为他值得忍受而且应当忍受那种被驱使的痛苦；这时候，他一直是热血沸腾，精神亢奋，情欲旺盛……”② 因为注意力的高度集中，全力以赴进行巨大的分析、综合工作，艺术家会暂时忘记生活积累触发灵感的准备过程和思想经历，因此，他也就不容易看出这个量的变化了。就这个问题来说，量变是潜移默化的，质变是显而易见的。理解了这一点，就不会对灵感感到神秘了。

灵感爆发是明显的，其情绪也是很强烈的，感情是很激荡的；同时因不同艺术家的情感、性格、气质的不同，会产生不同程度的多种多样的情绪特征。如鲁迅是在冷静而坚韧的沉思中开发自己的灵感源泉，而郭沫若在火山爆发式的灵感中，产生了《女神》。别林斯基这样

① 《别林斯基选集》第 2 卷，第 211 页。

② 《福克纳评论集》，第 257 页。

说明这些现象："灵感也有不同的程度，在每一个诗人身上都具有独特的特点：在一个人身上，它灿烂发光，像香槟酒般冒泡沫，像香槟酒般立刻就能使人沉入一阵子就过去的微醺；在另外一个人身上，它像一条清澈的、透明的河，在微笑着绿色的两岸中间缓缓地流着；在第三个人身上，它像尼亚瓜拉瀑布一样，隆隆发响，泡沫直冒，水花四溅，汹涌澎湃地一泻千里；在第四个人身上，它像广阔无边、深不见底的海洋一样，反映出苍穹。太阳、月亮、星辰、险恶的乌云，云层间一片昏茫和闪电……"① 这里，我们可以看到，灵感的爆发或快或慢，或强或弱，或外露或内含，等等，始终是伴随着强烈的情感因素的，这是灵感爆发的一个共同特征；另一现象是，由于注意力的高度集中，艺术家往往达到忘我的境界，因为这时一切分心和干扰都会惊走灵感。而且，我们还应该注意到：由于不同艺术种类的特点，有些灵感的到来是较内在和持续的，如小说、戏剧、电影的创作，这是由于它们构思时间相对较长，这种创作大多属于沉思创作；有的是外露、猛烈，而且往往来得快，去得也快，如诗歌创作，这是由于它们构思时间相对较短，这种创作属于即兴创作。当然，这是不能作机械划分的，有的长篇巨著，也有即兴创作成分，有的短诗小札，也有沉思创作成分。

马克思指出："被断定为必然的东西，是由纯粹的偶然构成的，而所谓偶然性的东西，是一种有必然性隐藏在里面的形式，如此等等。"②"如果'偶然性'不起任何作用的话，那束世界历史就会带有

① 《别林斯基选集》第 2 卷，第 474 页。

② 《马克思恩格斯选集》第 4 卷，第 240 页。

非常神秘的性质。这些偶然性本身自然纳入总的发展过程中，并且为其他偶然性所补偿。但是，发展的加速和延缓在很大程度上是取决于这些‘偶然性’……”① 从上面所引的托尔斯泰创作《哈泽·穆拉特》的过程说明可以看到，艺术灵感很大一部分具有不期而至、偶然机遇的特征。这是因为，艺术思维到了一定阶段，某些特定的偶然甚至某些刺激，能激起联想，活跃思路，触动艺术家的生活源泉。这样，就既可以帮助艺术家迅速地得到诱发，产生联想，直至压缩或省略了思维活动中的某些中间环节，加速对客观事物的必然性的认识，又可以以某些偶然情景或形象为起点，通过一连串的形象思维，而催发灵感的产生。罗曼·罗兰创作《约翰·克利斯朵夫》，就是由一次偶然的启示引起的。一八九〇年的春天，作者站在罗马城郊的霞尼古勒山上，看到晚霞和夕照下的罗马城，心灵不觉为之一震。刹那间，他仿佛望见克利斯朵夫这个人物从地平线上“站立着涌现出来，额头先出土，接着是眼光，克利斯朵夫的眼睛，身体的其余部分，慢慢地从容不迫地、年长月久地，都涌现出来了”②。就这样这部小说开始孕育，灵感悄悄来到作者身边。我国作家冰心创作《一只木屐》，就是看到海水里漂浮的一只木屐激发的灵感。这是由于作者当年在东京失眠的夜晚，经常听到无数日本劳动人民从窗前走过的木屐声，在那“只有瓦檐上的雨声，纸窗外的月色”相伴的寂寞里，它从作家“乱石嶙峋的思路上踏过”，把她“从黑夜送到黎明”（《一只木屐》）。可

---

① 《马克思恩格斯选集》第4卷，第393页。

② 罗大纲：《罗曼·罗兰在创作〈约翰·克利斯朵夫〉时期的思想情况》，《文学评论》1963年第1期。

见，作家的灵感，看似偶发，实出必然，迁想妙得，是来自长期的积累。

三

灵感在艺术创作中究竟有哪些作用呢？我认为有三个主要的作用。

第一，灵感在艺术创作中具有诱发的作用。诱发，是艺术创作中的一个十分必要的因素。往往有这样的现象，当一个人对眼前的事物司空见惯的时候，他不会去思考它、注意它，从中得到某种感受。这就是缺少诱发的因素。而一旦他获得了这个诱发的因素，甚至一个微小的刺激，这些司空见惯的生活现象便如“众水会涪万，瞿塘争一门”，向他头脑中已经疏通了的形象思维航道涌进。这个诱发，就必须靠灵感去完成。对于这个过程，作家王汶石有过这样一段生动的描述：“作家在生活阅历中，积累了大大小小数都数不清的人和事，经验和积累了各种感情，产生和积累了丰富的生活思想（这最最重要的一点常被初学者忽视），它们像燃料似的保存在作家的记忆里和感情里，就像石油贮存在仓库里一样，直到某一天，往往由于某一个偶然的机遇（比如听了一个报告，碰到某一个人和某人的几句闲淡，甚至于只是到了一个新地方或旧地重游，等等），忽然得到了启发，它就像一支擦亮了的火柴投到油库里，一切需用的生活记忆都燃烧了起来，一切细节都忽然发亮。互不相关的事物，在一条红线上联系了起来，分散在各处的生活细节，向一个焦点上集中凝结，在联系和凝聚过程中，有的上前来，有的退后去，有的又消失，有的又出现，而且互相调换位置，有的从开头跑到末尾，有的从末尾跑到中腰……”①这里面举出的许多机遇的启发，就是激发灵感的触媒。艺术家的生活积累犹如一堆干柴，诱发是一根火柴，火柴点着了，干柴也就燃烧了。吴道子作画，张旭草书，都从舞剑中得到的灵感的诱发；安徒生经常被森林里一块有花纹的树皮、一颗掉在地上的松球，或者一只蚂蚁所诱发，而编成一个个美丽的童话。又如上面我们所举的罗曼·罗兰创作《约翰·克利斯朵夫》和冰心创作《一只木屐》的例子，他们的创作灵感就是靠生活中的某一个客观现象诱发出来的。

第二，灵感在艺术创作中具有联想的作用。联想，可以触类旁通，可以产生对比，可以左右逢源。在艺术创作中，如果失去了联想和想象，艺术作品的生命就容易枯竭。灵感作为艺术创作中的一种积极、集中、迅速、敏锐的思维活动，它所产生的联想作用也是很显著的。灵感激发出来的联想与在苦思冥想中所追求的联想既有相同之点，又有不同之处。相同之点就是都从一个情景出发，通过形象推理、对比而得到另一个情景、另一个意象。不同之处是，前者由于情绪强烈，注意力高度集中，联想也就表现得特别敏捷、迅速、活跃；而后者相对地不如前者那么迅捷。所以，灵感引起的联想可以帮助艺术家更快地进入艺术构思。屠格涅夫在游船上看到一座小楼里的一个姑娘和老太婆伸头窗外张望的情景，就陷入一种“特别的情绪”之中，开展积极的思维活动，经过一连串推理的联想，终于构思出了

① 见《谈小说的创造》一书中王汶石的文章。

《阿霞》这部小说的人物和情节。①

有人认为，灵感引起的联想是消极想象。我认为不管是积极想象，还是消极想象，在灵感的触发下，都不取决于我们自己，都要随着形象的急剧引申、推理而开展思维活动。伏尔泰曾经说过："如果你要一百个同样无知的人去想象某种新的机器，一定就会有九十九个人什么也想象不出来，即使他们费尽了脑筋也无济于事。如果剩下的那个人想象出了某种东西，那他得天独厚不是显而易见的吗？这便是我们所谓'天才'，从这种天赋中我们可以看到某种灵感和神奇。"② 应该指出，有些艺术家在苦思冥想中追求联想，也必须让自己服从于形象本身的逻辑。

第三，灵感在艺术创作中具有综合的作用。艺术家在观察生活中，他的思维的触须所碰到的许多事物，有时看起来都好像是一些毫无意义的支离破碎的东西，有如一团乱麻。怎样去清理这些杂乱无章的材料呢？除了靠马克思主义的世界观、文艺观指导和艺术家本身清醒的理智、一定的功力修养来进行提炼、概括、综合之外，还有一个机会是抓住灵感。因为灵感对于艺术家来说无疑具有强烈的"吸引力"，而且可以说是一种精神上的"享受"，（当然，有时是"痛苦的享受"！如别林斯基在《论俄国中篇小说和果戈里君的中篇小说》中说的："灵感是一种痛苦的，可以说是病痛的精神状态。"）因此，对于艺术创作来说，有意识地对生活材料的清理，有时甚至会退居于感受、经验、激情、灵感之后。这是因为，"人不仅通过思维，而且也

① 《文学理论译丛》1962 年第 3 期，第 194 页。

② 《外国理论家作家论形象思维》，第 30—31 页。

用一切感觉在对象世界中肯定自己"[①]。这是一个方面。另一个重要方面是，灵感到来之后，在艺术家的脑子里，有时出现的是某个艺术形象的完整的雏形、某一部分完整的情节、某种彻底的结构线索，或者是作品明确的主题。有了这几个重要的比较完整的因素，就可以牵引那些杂乱无章的生活材料，逐步综合、提炼、概括。所以，灵感在这时的作用，就正如阿·托尔斯泰所说："在不可抑止的冲动的一刹那之间，一个完整的过程就出现在他的眼前：一个创作的思想；他观察过的所有的东西都获得了重大的意义。他在无比强烈的冲动下，把这些东西综合成一个完整的整体，用他所喜爱的胶液把它们粘合起来，并用他自己身上的火焰使它变得光彩夺目。"[②] 老舍创作《龙须沟》时，搜集到了不少关于龙须沟的生活材料，可是想了半个月之后还是不能下笔。后来他就回想起在这苦闷的半个月中，"时时有座小杂院呈现在我眼前"，于是，他从这小杂院回想到龙须沟的那些材料，"灵机一动"，"抓住了这个小杂院"，并"开始想如何把小院插上几个人——有了人就有了事，足以说明龙须沟的事"。[③] 老舍抓住了那"灵机一动"，就把关于龙须沟的生活材料综合起来了。可见，灵感激发的综合能力也是不可忽视的。

一般来说，灵感在艺术创作中具有的诱发、联想和综合这三个作用，是相辅相成的，可以同时发挥。而且，在进行这三种作用时，艺术家本身是充满着饱满的情绪特征的，是伴随着强烈的情感因素的。

---

① 马克思：《1844 年经济学—哲学手稿》。

② 阿·托尔斯泰：《论文学》，第 11 页。

③ 见《老舍论创作》，第 133—134 页。

这样，有人是不是会认为诱发是创作冲动，联想和综合是情感冲动呢？我想会的。但是，这两种冲动都是和灵感冲动有区别的。分清了这一界限，我们就更能认清灵感的思维本质，更机智地利用灵感进行创作。

灵感冲动，实质上是一种创造的冲动，表现的冲动。灵感冲动的主要意义在于为艺术家提供未来作品的大体轮廓，出现艺术家所能够做到的事情，出现作品形象的最重要的特征或是最重要的线索。所以，它与创作冲动、情感冲动是有区别的。在一般意义上来说，创作冲动只是一种由强烈的、单纯的写作愿望所引起的情绪紧张，仅仅是创作过程的第一步。这时，作者头脑中主要考虑到的是“我要写”的问题，而并不是像灵感冲动那样去动员所有知识、经验、智慧和想象力、理解力等因素来参加，它要求的是得到某种艺术成果，是较简单的情绪反应；而灵感冲动突然全部或局部地明确“怎样写”的问题，加速艺术家的理性思维活动，迅速获得某种艺术成果，因此它是一种复杂的创造。

情感冲动是什么呢？它一般是产生创作的准备时期用以推动构思的一种热情，它与创作冲动一样，仅仅是创作的愿望。它与灵感冲动的区别在于：后者是愿望的开始实现，是在认识上、对把握描写对象上、表达上的艺术自信的质的飞跃。情感冲动往往不能安静和持续，骤起骤消，而真正的灵感冲动并不完全排斥安静和持续，有处于沉思的状态，有所谓“沉思中的爆发”现象，所以它能保持相对持久的创作。从这些区别中我们可以进一步认识到，灵感是带有思维性质的，而不是一味的浑浑噩噩。尤其是当它处于特别活跃、紧张、敏速的理性阶段，就需要一段时间的酝酿、镇静，利用这段机会，急剧地动员所有的知识因素去追求某种艺术成果。所以，它既不像创作冲动那样单纯，又不像情感冲动那样来去匆匆，而是有它自己的特殊的思维活动方式，充满情感的复杂性、复杂性中的活跃性。基于这样的认识，我认为，灵感的活跃性不等于简单化，灵感的复杂性不等于神秘化。

四

灵感，有人认为是很神秘的。其实它并不神秘，只要认清了它的本质、特征及其在艺术创作中的作用，是不难驾驭它的。但是，我们也不能任意夸大灵感的作用，或者盲目迷信它，崇拜它，甚至以此来代替马克思主义世界观、文艺观对艺术创作的指导。因此，一方面，我们要根据灵感骤来骤去的特点，抓住时机保护、珍惜灵感，发展灵感成果，改变“十步九回头”（鲁迅语）的写作方式。另一方面，我们不能一味地以灵感取代构思，或者坐享其成，守株待兔，等待灵感的降临。黑格尔说：香槟酒是产生不出灵感的。

当然，以灵感代替构思的现象也是有的，如歌德这样评说拜伦：“他在创作方面总是成功的。说实话，就他来说，灵感代替了思考。他被迫似的老是不停地做诗，凡是来自他这个人，特别是来自他的心灵的那些诗都是卓越的。他做诗就像女人生孩子，她们用不着思想，也不知怎样就生下来了。”① 我们必须注意到，这个灵感代替构思，是仅仅就拜伦来讲的。拜伦是个诗人，灵感冲动是很激越的，这还跟他的气质、性格、思想及文学修养有关，所以说这样的现象也是不足

① 《歌德谈话录》，第64页。

为怪的。但是，就普遍意义上来说，灵感冲动是和正确的艺术构思连在一起的。因为从优秀的艺术家的创作实践看，他们肯定灵感，又不认为它是排斥理智的。他们认为思考是理智作用的表现，灵感和理智是能够统一的。如车尔尼雪夫斯基是肯定灵感的，同时，他也很注意创作中的思考（构思）。在他看来，作者完全沉潜到自己的思想的涌泉里的时候，也正是构思成熟、充满灵感的一刹那。这时，作者才能迅速地把它倾注到纸上去。契诃夫也说过："假如有个作家对我夸耀说，他写小说事先并没有认真构思，而只是凭灵感，那我就要说他是疯子。"[①] 灵感和构思应是相辅相成的。灵感加剧构思的推理速度，构思矫正灵感的思维角度，两者互为补充，相得益彰。

有人说，没有灵感时怎么办？没有灵感时照样可以构思，可以写作。因为灵感有时出现在艺术的构思阶段，有时出现在艺术的表现阶段，等等，在没有灵感的地方，可以沿着灵感走过的轨迹前进，或者以顽强的意志力去攻克难关。很难说，在那时新的灵感又会不期而至。歌德曾经说他的《浮士德》"不是自然流露"的作品，而是"用意志力得来的"，而恰恰《浮士德》就是一部杰作。契诃夫曾经对他的女友夸口：只要她要他写什么，他就能写什么，要是她叫他写这个瓶子，他就能写出一篇名叫《瓶子》的小说来。[②] 这里，显然他也可以不要灵感。所以，从这个意义上来讲，把灵感当作创作的唯一因素，是不正确的。我认为，有灵感时，就好好地利用它；没有灵感

---

① 《契诃夫论文学》，第 109 页。

② 见《回忆契诃夫》，第 181 页。

时，照样可以构思、写作。

灵感问题，是一个比较复杂的问题，曾经被政治风雨所扼杀，驱逐出美学领域，相关研究工作也就停顿下来了。近两年来学界又展开了新的讨论，出现了良好的开端。我们探讨这个问题，旨在逐步澄清灵感问题上的一些混乱和模糊认识，希望能对它做出较科学的解释，以更全面地认识和掌握艺术创作的规律。

一九八〇年十月于福州小柳村

原载于《文学评论丛刊》第 14 辑，中国社会科学出版社 1982 年版

第二辑

批评之象：视角与谱系

“五四” 文学批评背景与现代作家论的诞生

一 “五四”文学批评的两极

中国现代文学批评肇始于“五四”时期。“五四”文学批评的确有许多优秀的、值得借鉴的东西，例如注重思想内容，对于作品的时代精神和气息表现出特殊的敏感；注意学习国外的文学批评方法；能够及时发现和挖掘创作中的倾向性问题，等等。但是，“五四”文学批评在某些方面，也暴露了主观和客观相分离的缺点，由此形成了“五四”文学批评的两个极端。

一极是以胡适为代表的“客观”批评。胡适认为“中国旧有的学术只有清代的汉学可以当得起‘科学’的名称”①，因而他主张师法清代“汉学家”“用科学的研究法去做国故的研究”，“用‘为真理而求真理’的标准去批评各家的学术”，而抛弃一切“狭义的功利观

① 胡适：《清代汉学家的科学方法》，《科学》第5卷第2期，中国科学社，1919。

念”。[1] 这一极的文学批评主要表现在对于中国古典小说的考证和批评上。

另一极则是以周作人为代表的“主观”批评。周作人强调的是“主观的欣赏”，在这一观念的支配下，他将“主观的欣赏”之外的诸如“客观的检察”视为“假的批评”。[2] 这一极的文学批评主要表现在对于“五四”文学创作的批评上。

“五四”文学批评出现的这两个极端，客观上对中国现代最初的一段文学批评产生了影响。胡适致力于学术考证，所写的具体评论作家作品的文字并不多，但他以精细、客观、科学的方法去研究“国故学”，代表了近现代文学批评的一种倾向。当时的罗家伦把胡适归到章士钊一派去，认为这一派所作的批评和政论文字是真正既科学又公允，既精密又精彩，是一种“逻辑的批评”。其实，所谓“逻辑的批评”，就是考证法的批评。这种批评法形成了“五四”前后中国古典小说批评和研究注重考证的风气。当然，这种方法在近代小说评论不被看作一种学术研究的情况下，有其不可忽视的价值；但从总体上看，尤其从文学批评的角度看，它有时的确流于繁琐，甚至失之牵强，并且往往忽视了作品所反映的社会现实生活的深广度。茅盾早在1920年就指出：“研究版本何尝不是真学问，但是束缚太甚便成了偶像！”[3]。

以周作人为代表的“主观”批评的一极，在“五四”文学批评中具有较大的影响。这一极又可分为周作人等用“人道主义”标准批

① 胡适：《论国故学》，《胡适文存》卷二。

② 周作人：《谈龙集》，上海开明书店，1927，第49页。

③ 茅盾：《现在文学家的责任是什么》，《东方杂志》第17卷第1期。

评文学的一派，以及成仿吾等用浪漫主义标准批评文学的一派。周作人提出“人的文学”的口号，主张“文学是人性的，不是兽性的，也不是神性的”，文学应当表现人的精神世界的“内面生活”。这一主张使得周作人这一派的批评家，将“人类之爱”作为文学批评的主要依据。他们依然很容易挖掘出冰心作品中“爱的主题”；甚至还可以挖掘出写“灰色的人生”的叶绍钧作品中的“爱”的东西，如佚名就认为叶绍钧的作品除了描写“血与泪”外，还“描写‘爱’及对于损害者的同情”。[①] 另外，周作人这一派“主观的欣赏”的批评，还着重于在批评文章里抒发自己的主观感受，有时通篇不见一句分析作品内容的话语。如补碎的《王统照的“黄昏”》[②]，就是这样的文章。不注意艺术分析，而过多地带着主观感受去欣赏作品，是这一派文学批评家的不足。

成仿吾在“五四”时期主张文学应是“表现”，而不是“再现”，认为“再现没有创造的地步，唯表现乃如海阔天空，一任天才驰骋”，可见“表现说”文学观对于成仿吾这一派文学批评具有相当大的制约性。成仿吾在评价郁达夫、许地山的小说时，就说是“表现”社会生活，他反对把《沉沦》的主人公说成陷于“灵肉冲突”，而说成“社会生活的一个失败者”；他甚至建议许地山改写《命命鸟》，“由无意义的宗教救起，变为近代的情绪”。此外，这一派批评家还把《超人》、《命命鸟》等作品“都加了‘象征主义’的头衔”。当然，成仿

① 佚名：《隔膜集书后》。

② 见《小说月报》第14卷第9号。

吾这一派的“主观”批评，有时确实能够挖掘出作品的社会意义，但在总体上往往太固执于自己的艺术观点，容不得其他不同的艺术观点，因而，批评的单一化和片面性的现象仍然是比较严重的。

“五四”文学批评的这两个极端，客观上形成了当时人们认识文学批评的两种态度：一种认为文学批评无非是记录下欣赏者的印象和感想，因而批评是没有“圈子”的；另一种则将文学批评视同生物学研究，是实证的、客观的分析，它必然抛弃批评家的一切情趣和理念。由于后一种态度主要存在于对于中国古典小说的考证和批评中，它在对“五四”文学的批评所占的分量并不是太大，所产生的影响相对地说也没有前一种的深广。

“五四”文学批评的这种历史氛围，它本身所表现出来的现实情形和历史因素十分复杂。“五四”时期的先觉者在那时还不可能对于开始活跃并且不曾消歇的文学现象提供有力的解释，他们对于文学的批评以及对于批评本身的理解，都局限在一个比较朦胧的感觉范围内。其实，从世界文学的历史看来，这又是一种普遍的现象，《文学理论》一书著者之一雷·韦勒克在他的《现代文学批评史》著作中，认为十八世纪中叶是现代文学批评史的开端。这时的文学批评由于缺少一种稳固的理论框架，使得许多批评仅仅成为未经证实的意见，韦勒克将这种“未经证实的意见”称为印象主义的批评。同样，中国“五四”文学批评从一个比较严格的标准和要求来看，其中确实有许多批评也只能说是“未经证实的意见”。

“五四”文学批评的这种背景的产生有它特定的历史条件，主要表现在两个方面：一方面，出于当时的文学家对于新的文学现象的理解；另一方面，出于当时的文学家所受到的外国文学思潮和文学理论的影响。

“五四”时期的文学家对于当时文学现象的理解，最为独到而且深刻的，应当说是鲁迅。鲁迅自觉地将文学与民族的盛衰兴废紧密联系起来，尤其以“改造民族灵魂”为中心，形成了他的具有时代和民族特色的“为人生”文学观，这在现代文学史上是极富代表意义的。然而，当时另一些人对新文学现象的理解却从两个不同的方向溢出了正常的认识轨道。一个偏向突出地表现在胡适身上。胡适的《文学改良刍议》无疑在新文学运动的发生期起到了不可否认的重要作用，但是，他对新文学的理解存在比较大的片面性。他认为“五四”还不具备创造新文学的条件，甚至连他所提倡的白话文也被他排除在新文学的组成部分之外。出于这样的主观估量，他看不到新文学的黎明气象，很快便打出了“整理国故”的旗帜，带着一批人钻入故纸堆里去了。而另一个倾向表现在周作人身上，周作人将新文学反封建的具体历史阶段的内容指归在“人的文学”的口号上，提倡理想的“人的生活”，注重的是自我内面灵魂的审视与表现。他不主张文学表现社会心理、时代精神，认为这是“牺牲了个性”。这就使他从早期同鲁迅相一致的改造民族灵魂的文学观，退缩回去构制他的人本位主义文学观念体系，从而缓和了向封建文化的进击。

这两种文学观念对于新文学现象的理解的偏向，贯彻到新文学批评上面，便形成了“五四”文学批评的两个极端。

“五四”的文化革新和文学革新运动，在结束了历经数千年的中国封建文化、封建文学之后，输入、介绍和借鉴了外国文化、外国文学，在逐步建立的世界性联系中，各种文学样式的地位都作了初步的调整，并找到了各自的位置。从表面上看来，“五四”时期对外国文学的吸收是驳杂的，但这种驳杂来源于新文学阵营内部思想倾向的驳杂，以及对新文学现象的不同理解；但就某一个特定的文学家而言，他所吸收的东西是相对集中的。如周作人在留日期间，主要接触并接受了英国性心理学家靄理士将“人从社会的存在还原为自然的存在”的理论，从而强调了“人的文学”，要求表现人的精神世界的“内面生活”。这一理论支柱构成了他批评新文学的最高立点。又如郭沫若早期接受了克罗齐、柏格森、尼采、弗洛伊德、裴特、王尔德等的思想影响，但从主流意识上看，他主要还是接受了西方浪漫主义思潮的影响。这使得郭沫若早期的文学批评理论在饱含丰富深刻的见解中，也夹杂着一定的局限性。如他也提出了“批评没有一定的尺度”、“批评是一种没有利害的努力”之类比较偏颇的意见。

“五四”的文学家除了搬运世界各国的艺术经验和艺术理论外，他们还比较集中地转运西方的文学批评理论，从而呈现出五彩缤纷的文学气象。如郭沫若在1923年写的《瓦特·裴德的批评论》一文中，认为裴德（裴特）的批评表现出“自己灵性的复活”，是因为“他的批评主张精神之独立自主，他的批评是如实地观察对象发展的历史主义”，从而称裴德是“广义的文化批评家”。郭沫若对于裴德注重感受性容量的唯美主义批评方法颇为赞赏，认为“批评家都是以自己所得到的感应在一种对象中求意义”。捷克学者马利安·加里克曾经把郭沫若20世纪20年代的文艺思想分为三个阶段：一、唯美主义阶段；二、表现主义阶段；三、无产阶级文艺观阶段。虽然，我们不能完全赞同这种说法，但应该看到，郭沫若早期确实存在一个表现主义的创作时期，这种现象反映了“五四”文学家接受外国文学思想的不稳定性。郭沫若在1925年11月初版的《文艺论集》序言中就承认，一两年来他的思想，大体上“还是在浑沌的状态”。

这种状态具有一定的普遍性。“五四”文学批评尽管在某些方面暴露了主客观相分离的弱点，但从文学批评总体来看，它们呈现出一种对于文学批评意识的朦胧状态。当然，这种朦胧状态肯定隐含着许多未经发现的新质，从今天的美学总结来说，它无疑为当时的文学家提供了一个极好的发展机会。

二 “五四”文学批评新的评判支点

与“五四”初期的思想和艺术都还不定型的创作现实相适应，“五四”文学批评家们越来越明显地意识到，再也不能以近代文学评判模式中那种凝固的毫无生气的思辨，去对待那些已经客观独立于这种思辨之外的生动活泼的文学现象。因此，当时的郭沫若不希望评论家去做那种游离于文学现实之外的纯考据批评。他对胡怀琛“仅仅整齐陈语以缕述”的考据式诗歌评论不甚满意，认为“要研究诗的人恐怕当得从心理学方面，或者从人类学、考古学——不是我国的考据学方面着手，去研究它的发生史，然后才有光辉，才能成为科学的研究”。① 郭沫若的意见，实际上表达了“五四”时期一批先进的文学

① 郭沫若：《论诗三札》（一），见《文艺论集》，1921，第207页。

批评家共同的艺术追求，尽管他们各自的艺术视角有所不同。

由此，“五四”时期的一批文学家便深切地感到改变文学观念对于文学批评是相当重要的。作为“五四”时期最早进入文学批评阵营之一的茅盾，明确地认为“以文字为游戏为消遣”和“凭想当然，不求实地观察”这两种旧有的“对于文学的观念”，“实是中国文学不能进步的主要原因”。[①] 他不久后在《自然主义与中国现代小说》一文中，将这两种观念概括为“游戏”的观念和“文以载道”的观念，指出它们共同的要害是，都抛弃了真正的人生不去观察不去描写。“游戏”的观念“只写了些佯啼假笑的不自然的恶札”；“文以载道”的观念也只是以“圣经贤传让朽腐了的格言作为全篇‘柱意’”，去“附会他‘因文以见道’的大作”。从建立一种新的文学观念出发，茅盾这时对现代文学批评的愿望和期待，基本上着眼于文学与现实的关系这个范围内。他认为在当时对于文学理论的“常识不备的中国群众”中，“宣传文学批评论，尚嫌蹈空”，因而必须“从实际方面下手，多取近代作品来批评”。[②]

茅盾的“多取近代作品来批评”的意见，无疑反映了他对于批评对象的关注。正是在这一关注的基础上，茅盾接下去提出了这样一个观点：“批评一篇作品，不过是一个心地率直的读者喊出他从某作品所得的印象而已。”[③]

我以为这是早期的茅盾对于文学批评提出的一种美学观念。“五

① 茅盾：《一年来的感想与明年的计划》，《小说月报》第 12 卷第 12 号。

② 茅盾：《“文学批评”管见一》，《小说月报》第 13 卷第 8 号。

③ 茅盾：《“文学批评”管见一》，《小说月报》第 13 卷第 8 号。

四”的文学气象赋予批评家们从未有过的强烈的现实感，但如此活跃的文学气象很快地逾越出批评家们那种朦胧的美学意识的涵盖。这对于并未吸饱马克思主义艺术和美学理论乳汁的新文学批评家来说，自然是不足为奇的。然而，问题转向了另一面。这时的文学批评在某些方面，由于对引进的西方一部分概念和术语消化不良，而显得呆板。至于一个接着一个轻飘飘的、浮肿的结论——不是不切实际的桂冠就是毫无节制的贬词，更是时有所见。茅盾当时十分注意对《小说月报》上的创作的批评，但不无遗憾。他说：“就我们所接对于《小说月报》创作的批评而言，大抵非谩骂即皮相的称赞，直刺入内心的批评，简直没有。”① 还有的如成仿吾在评论鲁迅小说时，指责“《狂人日记》很平凡，《阿Q正传》的描写虽佳，而结构极坏；《孔乙己》、《药》、《明天》皆未免庸俗；《一件小事》是一篇拙劣的随笔”②，其态度粗暴得令人吃惊。此外，创作社和文学研究会围绕着作品评论（如对郭沫若的《残春》）、刊物评价（如对《创造季刊》一卷二期、二卷一期）曾打了无数笔墨官司。茅盾写于1922年5月的《〈创造〉给我的印象》一文，对于创造社个别批评家的过激微词，表示了自己的态度：“我终不敢自居于‘批评家’，（不论真假），所以仅题本文曰：‘《创造》给我的印象’，而不曰‘评论’。”这场轰动一时的关于“真假批评家”之争，使得一些批评家不免感到困惑。茅盾不无愤激地说：“国内的学术界内盛行‘严格取缔批评’的风气，竟认文学批评是几个

① 茅盾：《致周赞襄》，《小说月报》第13卷第2号。

② 成仿吾：《〈呐喊〉的评论》，《创造季刊》第2卷第2期。

老‘批评家’的特权。”在他看来，“要文学批评发达，先得自由批评”，批评并非“和司法官的判决书相等”，批评家也不是什么“大主考”。[①] 在这样的认识基础上，茅盾提出了“印象”批评的美学观念。

如果说，这在以前的茅盾仍然困扰在现代文学批评史初期对于批评意识的朦胧氛围中，他自己的批评意识也局限在一个较低的美学层次上，那么，这时的茅盾已经明显感到新文学批评充满着一种“质”，一种在现代文学批评史早期具有普遍性意义的“质”——“印象”批评。茅盾正是在这种“质”所构成的新的美学氛围中，找到了对于文学批评的美学观念；也就是说，他找到了一个既属于他自己又属于整个新文学批评的新的评判支点。

这个新的评判支点的建立并不是偶然的。“五四”文学创作无疑为我们提供了可观的“量”，并且提供了对于社会历史和社会现实的多样化描写。然而，由于当时时代环境、历史条件和人的认识能力的局限，作家们感觉范围和经验世界的狭窄，创作尚处于幼稚阶段。这个阶段在艺术形式上的一个明显表现，就是各类体裁作品基本上属于短制，这自然在对生活容量的把握上受到了一定程度的限制。对此，茅盾的态度是冷静和持重的：“近来多短篇，很有人不满意，……然而这恐怕也是时机未成熟的缘故，不见得是自要‘自设一个专做短篇的桎梏’。……据我个人所知，现在的创作者大都忙于生活问题，并不能专心去做长篇。”[②] 正因为短篇小说被限制在不大的生活容量中，

① 茅盾：《“文学批评”管见一》，《小说月报》第13卷第8号。

② 茅盾：《致汪敬熙》，《小说月报》第13卷第3号《通信》。

茅盾的批评的着眼点，也就放在作品对生活容量的把握上。茅盾当时由于工作的关系，“每天不能不看八九篇的创作；那都是些长逾五千字，短至一千余字的短篇小说”，但他明显地感到这些作品若按题材分类，或按描写方法分类，则是“出品虽多，变化太少”，题材、布局、对话，大概是“篇篇相似”，这就受到本来就受到限制的生活容量，变得更加狭小了。茅盾指出它的病根有二：一是“以做诗的态度去做小说”，显得“太执板”，没有变化，就像诗被局限在韵律上；二是“只看了别人的创作里描写的人生世态，而自己不先深入自己周围的人生世态大本营”，说到底，是“仅依书本，不尚实地观察”。①

如果从文学批评的美学判断来看，茅盾这时所指出的短篇小说创作中的缺点，其评判仍未能在较高美学层次上作出揭示。茅盾的目的仍然在于引导新文学创作者从各个侧面外向地审视社会生活，展现社会历史的广阔画面，“从现实人生中看见了一些含有重大意义的事”。茅盾及其他批评家所考虑的，自然还不可能是诸如现实生活为什么总是以其原始的丰富性向文学的有限性发出挑战，文学家对于复杂而混沌的现实在艺术上将采取哪一种更为巧妙、合适的分解和剔析方式，甚至对某一类题材作特殊处理等等属于较高美学层次的理性判断的问题，而是往往在于表达自己“对于某一作品的印象与鉴赏”②。

这几乎是新文学批评的普遍现象。确实，在当时的批评实践中，不少批评者自觉或不自觉地以自己的“印象”感受为主。关于这一

---

① 茅盾：《一般的倾向——创作坛杂评》，1922 年 4 月 1 日《时事新报》附刊《文学旬刊》第 33 期。

② 周作人：《谈龙集》，上海开明书店，1927，第 49 页。

点，郁达夫在《批评的态度》一文中指出，周作人当时在引用了19世纪法朗士关于印象批评的那句著名的话（即“灵魂在杰作中的冒险”）以后，“印象批评在中国目下的文坛上，颇具风行”。这里仅举一例：冰心早期的几篇作品发表后，评者蜂起，而大多数的评论都是出于作品给予人们的深刻“印象”和强烈触动。式岑在读了冰心《最后的使者》后，“本来做不来什么批评文字，不过一时忽然悟到，但又不知究竟对不对，所以写了下来”①。敦易起初以为冰心的《寂寞》是描写人生的隔膜或青年的悲哀，但当读了一遍知道竟是一篇儿童文学时，便有几分这样的感受：“我是一个浅于文学的人，本没有能力去批评创作；不过读过之后，心灵里受了极大的印象，觉得有些话要说，所以不自惭形秽，大着胆写下来。”直至写完了这篇批评文字，他仍然觉得“简直不是批评，不过是我所感到的，零碎地提出来”②。许美埙则直接致信茅盾，“声明”他读了冰心《寂寞》后所说的那些话“不过是为宣泄我的心感而已”③。不能否认，这样的“印象”批评有它自身的缺陷，但作为一种历史性现象，它在现代文学批评史早期，的确形成了一股特有的风气。尽管，它在当时还显得比较稚嫩，甚至于浅薄，然而有人后来回顾说，“在批评贫弱的中国，我觉得印象的批评比根本没有批评还来得高明些”④。

处在这样的文学批评氛围里，茅盾当然没有把自己独立于这种氛

① 式岑：《读最后的使者后之推测》，《小说月报》第13卷第11号。

② 敦易：《对于寂寞的观察》，《小说月报》第13卷第11号。

③ 见《小说月报》第13卷第12号《通信》，1922年12月10日。

④ 胡洛：《现阶段的文艺批评》，《文学大众》第1卷第1期。

围之外，而是使自己的文学观念和当时的文学现实相吻合。这就不免流露出他所受到的新文学“印象”批评的某些影响。就在《〈创造〉给我的印象》这篇文章里，茅盾直言不讳地谈到了张资平两篇小说“给我的印象”。对于张氏的《她怅望着祖国的原野》，茅盾的“印象”显得如此干脆：“我读完了那篇，就有一种不快的感觉，一种未饱餐时的不快感”；对于张氏的长篇《上帝的女儿》，尽管还在连载中，但茅盾却有些迫不及待地表达了自己所读的部分章节后的“预感”：“我大胆来卖张‘预约券’，这篇东西该是杰作。”此外，茅盾写于1923年的《读〈呐喊〉》，在谈到对《狂人日记》的感想时也说，“大概当时亦未必发生了如何明确的印象，只觉得受着一种痛苦的刺戟，犹如久处黑暗的人们骤然看见了绚丽的阳光”。这些，都可以看作茅盾的主观感受性，这使我们不能不注意到茅盾对于新文学“印象”批评的某种趋向性。正由于有了这种趋向性，茅盾提出的那个“印象”批评观念才具有一般的实践前提。

三　从批评本体论的调整到作家论的问世

从总体上看，茅盾早期的文学批评观念，在现代文学批评史初期这一特定阶段里，具有相对的稳定性；但它本身在随着文学和时代的变迁而产生的历史性传承的同时，其某些焦点也发生了一定的变化。解释这种现象并不困难，因为随着新文学创作的发展，文学批评在不失对整个创作坛的“全”的审视、判断和引导的前提下，不能仅仅停留在对文学现象的表层的总体直观上，而必须不断地保持批评观念的现实感并随时对它进行调整。

在这个意义上，作为正在摆脱“五四”文学批评意识朦胧状态的茅盾，他所理解的“印象”批评也开始摆脱过去的某些观念，进而把握在一个他所不断追求的视角范围内。这，就是不断地与革命现实主义相接近的文学批评观。

“五四”文学批评的幼稚性也许就表现在这里，相当一部分批评家将“印象”批评视为一种充溢着个人内在视觉的批评方法。周作人当时在《自己的园地》序言里，就把文学批评视为单纯“主观的欣赏，不是客观的检察”，从而把客观的检察完全剔出主观的欣赏之外，对此，郭沫若指出这是“失诸武断”的看法。1922 年 2 月，有位叫王晋鑫的读者投书茅盾，主张文学批评“只许各管各的主观的批评”，而不能“持一些客观的态度”，“不能批评，只是浑觉，——恍惚的模糊的浑沌的觉得那件作品似乎是能存立或不能存立，那件是坏是好或是更好……因为文艺的价值是只许个人主观的内心的浑觉”。茅盾并不同意这种看法，他在复信中认为，“‘浑觉’的批评法实际即等于不批评。我现在最信仰泰纳的纯客观批评法，此法虽有缺点，然而是正当的方法”①。

茅盾搬用泰纳的纯客观批评法，乃源于他对中国传统文学批评以及他自己所曾经倡导的“印象”批评的不满足。的确，当时的一些批评家过分强调主观印象，强调感情领悟，将冷静的文学批评纳入所谓“热烈的情绪”之中。就连文学研究会成员瞿世英也说：“我们并不

① 《小说月报》第 13 卷第 4 号《通信》。

是说‘批评’没有对的，是说一个人对于一种作品的兴趣与领会完全是主观的，是感情的领悟与感动而不是理性的分析。”① 这在当时确乎代表了一批人的意见。茅盾在1922年接触到泰纳的观点后，对于过去所提倡的“印象”批评便感到有所不足。他认为，泰纳根据“作家所属人种、作家所处时代社会现象、政治现象及个人环境，和作家所处时代及所居社会内的主要思潮”这样的“三段方式”来进行文学批评，虽然有“忽略了作家个性的重要与天才的直觉力”的偏颇，但是它们对于校正中国传统文学批评中“痴人说梦式的全然主观的批评论和谨奉古代典型而不敢动这二点而言”，更是“有益的方法”。②

茅盾的这个意见，更重要的是来源于他对当时文学创作情形的认识。随着“五四”以后形势的急剧发展，许多觉醒的新文学作家开始从“摩罗派”式的高亢战叫，转入深沉地审视人生。他们毅然冲出飘忽无定的个人感情的迷雾，把注意力转向广阔的社会，在创作方法上产生了由热情而伤感的主观表述转向扎实而凝重的客观描述的普遍性转变。茅盾敏锐地感觉到了这一点。他意识到，“五四”文学批评的直观性、印象性毕竟有它的不足，这使得一些评论家“一时看不见理想中的好花，而遂要举斧斫去一切嫩芽”；而另一些注重于抨击的评论家，则是“抨击却不免于乱击”。③ 茅盾认为，必须尽快调整文学批评的美学观念，因为单纯的直观性、印象性批评要对于眼前那些显示了现实主义深沉力量的作品作出完整的把握和评判，无论从力度上

① 瞿世英：《小说的研究》，《小说月报》第13卷第7号。

② 茅盾：《文艺批评杂说》，《文学旬刊》第51期。

③ 茅盾：《文学界的反动运动》，《文学周报》第121期，1924年5月12日。

还是从深度上说，显然都是不够的。

由此，当时的茅盾对于文学评判观念和角度的调整，便集中在批评论的本体意义上。也就是说，茅盾已经意识到，必须迅速重建一种全新的对于现代文学批评的美学意识。

这种美学意识表现出了茅盾对于现实主义批评观念的理解和深化。这其中突出的一点，在于茅盾明显地意识到，文学批评必须标示出作品把握和表现现实的深度。这实际上是一种对于革命现实主义批评的接近。我们当然看到，茅盾早期的文学批评把真实性作为审视作品思想价值和艺术价值的重要视角，这使得他能够最早认识和把握鲁迅小说的现实主义价值。20 世纪 20 年代初期，茅盾在《读〈呐喊〉》一文中认为，“作者的主意，似乎只在刻画出隐伏在中华民族骨髓里的不长进的性质——‘阿 Q 相’，我认为这就是《阿 Q 正传》之所以可贵，恐怕也就是《阿 Q 正传》流行极广的原因”；在他看来，“对于辛亥革命之侧面的讽刺”，《阿 Q 正传》“正是一幅极忠实的写照”。茅盾的评价，与鲁迅力求在小说中“写出一个现代的我们国人的灵魂来”，是极为吻合的。茅盾成为鲁迅小说的最早的知音，其突出之点也就表现在他对于鲁迅小说的现实主义价值的认识上。在本文中，我们列举茅盾作为新文学批评的一个典范，的确是因为茅盾无疑在当时起到了一名批评主将的作用。

当然，茅盾的现实主义批评观念也是在不断把握新文学作品的认识价值中得到深化的。不断行进的新文学创作对文学批评也提出了新的课题，作为一个自觉地以自己的思想去感受时代和社会的批评家，茅盾以文学批评的新的美学观念，打破了他原有的“印象”批评对于文学时代性的理解和把握的局限，也打破了现代文学批评史的局限。

茅盾写于1929年5月的《读〈倪焕之〉》，对于文学时代性的把握实现了一次具有本质意义的深化。茅盾深叹“五四”时并没有留下太多的表现那一时代的作品，而人们一旦看到《倪焕之》问世，便由衷地赞美道：“把一篇小说的时代放在近十年的历史过程中的，不能不说这是第一部”；而有意地描写一个富有革命性的小资产阶级知识分子，“怎样地受十年来时代的壮潮所激荡”，“这《倪焕之》也不能不说是第一部”。茅盾进而认为，《倪焕之》在表现“时代空气”与表现“时代给与人们以怎样的影响”这两个方面，的确是出色的；“但是倪焕之究竟是脆弱的小资产阶级知识分子，时代推动他前进，他却并不能很坚定地成为推进时代的社会活力的一点滴”。尽管如此，茅盾并不去苛责作家还未能完全达到时代性的高度，相反，他指出，倪焕之的“不中用”，“正可以表示转换期中的革命的知识分子的‘意识形态’”。确实，茅盾对于作家的艺术表现能力及作品的艺术内涵，有着一种既能入又能出的敏锐细腻的感受力。这点，他与那些由于对时代性缺乏认识而在批评实践中时常捉襟见肘的“批评家”是迥然相异的。由此，茅盾希望真正的批评家要面对文学现实中的各个具体问题，“从各方面去分析”，从而使自己的文学批评观念尽力与文学现实趋于同步。茅盾的现实主义批评美学观念，在新文学绵延不绝的推进中，不仅形成了历史性的贯通，而且导引着他不断走向新的审美机制及其文学评判位置。这，就是历史的批评和美学的批评相交融的位置。

茅盾的现实主义批评观念的建立，使得他没有停留在过去的批评实践水平上。他找到了与这一新的批评观念相适应的新的批评艺术表现形式，这就是他写作的一系列新文学作家作品论——《鲁迅论》、《王鲁彦论》、《徐志摩论》、《女作家丁玲》、《庐隐论》、《冰心论》和《落华生论》。其中，《鲁迅论》是中国现代文学批评史上最早的一篇作家论。我曾经在《中国社会科学》1983 年第 2 期发表了《茅盾的新文学作家论》一文，认为这些作家论，是茅盾在我国现代文学批评史上，第一次运用革命现实主义的批评原则，从历史的批评和美学的批评这两个方面，系统地、成功地对“五四”新文学运动的实绩进行了比较全面、准确的评论。从茅盾的作家论中，我们可以看出茅盾所运用的“史论”的笔法，使得历史的批评和美学的批评在微观的机敏上，显示了近距离研究的特长。

在中国现代文学史的第二个十年中，文学批评在对于作家作品专题研究方面，展示出了显著的学术成果。所以，有人称这一时期是现代文学批评史的作家作品论时期。其实，如此集中的文学评论现象的出现并不是偶然的，它无疑应当归功于左翼文艺运动时期对于马克思主义文艺理论的传播和建设，使得评论界出现了一个前所未有的极为活跃的气象。这是人们比较一致的看法。但我以为，新文学作家作品论的勃兴，特别是茅盾在这时比较集中地发表了一批作家论，还有两个比较重要的内在原因。

第一，革命文学的倡导使得当时的作家对于革命有着一股强烈的思想意识，但最初的倡导者们对于文学与时代、革命的关系的理解比较狭隘和片面，导致了文学创作的公式化和概念化。如彭康在 1928 年 11 月 10 日出版的《创造月刊》2 卷 4 期上发表的《革命文艺与大众文艺》一文，把文艺看作“文艺家对于现实社会的一定的见解及最期望的态度之宣传机关”，就显得过于简单化。一部分作家的进步思想与他有限的生活感受不能趋于同步，从而使得作品所要表达的思想与借以表达思想的生活具象描写之间出现了不和谐甚至断裂。1932年，瞿秋白、茅盾等人在为华汉（阳翰笙）的《地泉》重版作序时，就比较严肃地批评了公式化、概念化以及“脸谱主义”这些“在当时成为一种集团的倾向”。茅盾痛切感到，当时那些“指导文坛的批评家，非但不能校正这种倾向，却反而推波助澜，增长这种倾向”。茅盾的本意，在于考虑到必须迅速运用一种新的批评形式，对于当下的文学创作现实进行引导。在这方面，我们可以从《女作家丁玲》中看出。在这篇作家论中，茅盾对丁玲的《水》的高度评价，不仅仅在于赞赏丁玲的艺术表现才能，更为重要的是，茅盾以此指出，《水》的意义表明了丁玲“过去的‘革命与恋爱’的公式已经被清算”。这无疑透露了茅盾希望“清算”革命文学创作中的公式化和概念化倾向的本意。这，实际上就是促使茅盾写作作家论的一个原因。

第二，当时的新文学运动已经形成若干个创作方法有别的作家群，他们各自的创作个性也逐渐显露了出来。在他们身上，的确有许多属于文学史经验的东西需要总结。虽然，那时也陆陆续续出现了一批对于作家作品的评论，但从总体上看，都流于简单化和片面性。例如当时对于鲁迅作品的评价就很驳杂，片面性的意见比比皆是。茅盾认为这时的迫切任务，必须真正把握作家作品的文学史价值，从而给新文学的发展提供历史的启示。为了做到完整地把握鲁迅作品的深刻内涵，茅盾把已经出版的鲁迅作品“全体看了一遍”，以“窥全豹”，然后写下了现代文学批评史上最早的一篇作家论——《鲁迅论》。在这篇作家论中，茅盾说他并无其他的什么笔法，而是“率直的套了从前做史论的老调子”。“史论”的笔法，成为现代作家论中的一个重要评论方法。从文学批评的角度，尤其从看待、研究一个作家的角度，“史论”的笔法不仅仅在于对作家作品作出历史性的描述并且完成对它的全部结论，而是在于对作家作品的思想和艺术内涵进行历史考察和美学评价的同时，实现它们之间的有机统一，从而把文学批评导向一个新的美学高度。

对于茅盾作家论“史论”笔法的理解，我曾经在《茅盾的新文学作家论》一文中，将它们概括为历史的批评和美学的批评两个方面。实际上，这种笔法构成了中国现代文学批评史上作家作品评论的一个重要方法。作为作家论，对于新文学作家作品的近距离研究，其意义并不在于单纯地为复杂、丰富的新文学现象提供一系列的“微观解释”；事实上，现代文学史的每一种文学现象，其各个微观环节都不是孤立存在的，都有它们深潜的历史宏观性，并且都可能对于它们自身的发展进行悄然的干预。从这个意义上说，现代作家论的批评风貌，即便这些批评家所运用的笔墨方式仅仅集中在“近点透视”上，我们总能感觉到环绕在这些机敏、真切和细腻的微观分析中文学现象的全般性和艺术内涵的完整性。这样，我们就不仅能够发现现代作家论所隐含的历史宏观视角，而且能够发现它们所揭示出的深刻美学意义。

茅盾的新文学作家论

一　茅盾作家论的历史批评

茅盾在新文学运动的第一个十年，首创了综述一个时期文学创作倾向的漫评（如《春秋创作坛漫评》、《评四五六月的创作》），而在第一个十年后期至“左联”成立以后，茅盾又首创了一系列的新文学作家论，作为对新文学第一个十年创作实绩的一次重要的巡礼和总结。

茅盾在1927年至1934年间，利用创作《蚀》三部曲和《子夜》的空隙，对七位有代表性的新文学作家进行了研究，写了《鲁迅论》、《王鲁彦论》、《女作家丁玲》、《徐志摩论》、《庐隐论》、《冰心论》和《落华生论》。在这些作家论中，茅盾运用了“史论”的笔调，把作家的生活经历、思想发展与创作实际紧密联系起来，根据不同作家的不同特点进行具体地分析；茅盾实践了他自己对批评家提出的要求——“用文学批评的眼光来批评”①，他从来不囿于传统的观念及周围的偏

① 《讨论创作致郑振铎先生信》，《小说月报》第12卷第2号。

见，努力从作家作品中找出自己的印象；茅盾采取对照比较的方法，对新文学作家、作品从思想到艺术进行了一次相当深入而富于创造性的解剖。茅盾作家论的问世，排除了“蜻蜓点水”、“浮光掠影”的空浮的传统批评文风，充实了“五四”文学批评的内容和方法。因此，茅盾的作家论在我国现代文学批评史上的地位，是不容忽视的。

“五四”新文学运动是中国文学发展历史上由旧民主主义的改良文学转为新民主主义的现实主义觉醒的重要文学发展阶段。与这一发展阶段相联系，茅盾的作家论在我国现代文学批评史上，第一次运用革命现实主义的批评原则，系统地成功地对它的实绩进行了比较全面的、准确的评论。这种评论所表现出来的社会意义，既不同于旧民主主义时代单纯为了提高文学（主要是小说戏剧）的社会地位的批评；也不同于“五四”时代侧重于创作理论的探讨的批评。鲁迅在1922年写的《对于批评家的希望》和《反对“含泪”的批评家》中所指出的，“五四”文学批评的两种不良倾向：或则“到文坛上来践踏”；或则乱洒“眼泪”，“以眼泪的多少来定是非”。[①] 这些都为茅盾的作家论所突破。茅盾在1925年接受苏联的无产阶级艺术理论后所提出的，“自居于拥护无产阶级利益的地位而尽其批评的职能”，成为他的作家论的思想基础。在这一精神支配下，他确定了批评论的两种职能：“一为抉出艺术的真相而加以疏解，使人知道怎样去鉴赏；一为指出艺术的趋向与范畴，使作家从无意的创造进而有意的创造。”[②]

---

① 见鲁迅《热风》。

② 茅盾：《论无产阶级艺术》，《文学周报》第173期。

确实，他的作家论已经起到了这样的作用。

茅盾的新文学作家论，包含着历史的批评和美学的批评这两个方面的内容。本节着重考察茅盾作家论的历史的批评。

揭示新文学第一个十年中的创作基本主题，是茅盾的作家论中历史批评方面的第一个内容。1918 年 5 月，鲁迅的《狂人日记》作为标志着真正属于人民大众的、新民主主义的文学，在中国诞生了。它的出现，不仅在于掀起了一场对整个中国传统文学格调的革命，更在于传达了一个最先觉醒的知识分子对旧世界的批判的强烈呼声。它的广泛意义还在于，带领了我们的第一批新文学作家陆续走到鲁迅开辟的现实主义大道上。正如茅盾所指出的，《狂人日记》“宣告了中国的现实主义文学的发轫”①。这个现实主义文学的崛起，倘若说它只是激起广大新文学作家对旧世界“吃人”本质的揭露，显然不能全面地说明问题。“五四”前后，由于现实社会矛盾的复杂化、深刻化，使得“人们终于不得不用冷静的眼光来看他们的生活地位、他们的相互关系”②。鲁迅首先敏锐地觉察到这种社会关系的复杂变化，便从“摩罗派”式的高亢战叫，转入深沉地谛视人生。用鲁迅的话说，就是“真诚地、深入地、大胆地看取人生并且写出他的血和肉来”③。茅盾最早触摸到鲁迅这一跳动的脉搏，指出，鲁迅正在“拿着刀一遍一遍地”剜剔“老中国的毒疮”，对社会上“一切的虚伪”进行“无情的剥露”。因而，鲁迅的《呐喊》、《彷徨》描画出了一幅幅“老中

① 茅盾：《论鲁迅的小说》，香港《小说月刊》第 1 卷第 4 期。

② 马克思、恩格斯：《共产党宣言》。

③ 鲁迅：《坟 · 论睁了眼看》。

国的儿女们的灰色人生”的画面。这是中国“数千年传统的灰色人生”[①]。

从对鲁迅作品主题的揭示入手，茅盾在他的一系列作家论中，审视了新文学创作的一个基本主题。高尔基曾经指出：“十九世纪的欧洲文学和俄国文学的基本主题，乃是跟社会、国家、自然界对立着的个人。”[②] 这是从高尔基的人道主义的基点去看的。茅盾与他所提倡的“为人生”的文学观相适应，认为表现人们对旧中国灰色人生的深沉思索，以及表现人们在追求人生意义中出现的社会心理矛盾，是新文学第一个十年中的基本主题。在他的作家论中，充分表现了对这一基本主题的揭示。王鲁彦的小说表现了“工业文明打破了乡村经济时应有的人们的心理状况”，以及“乡村小资产阶级的心理”，作家“敏锐感觉所发见的人生的矛盾和悲哀”。[③] 他的短篇集《柚子》，就深刻揭露了一系列悲惨的现实人生，鞭笞了封建军阀的丑恶，表达了作者的愤懑和不平。丁玲的《莎菲女士的日记》中的莎菲，是一位“旧礼教的叛逆者”[④]。她痛恨和蔑视周围的一切，对违背她的性爱目的的一切束缚发出“叛逆的绝叫”。她追求光明，追求理想，尽管这些追求还是比较朦胧的，同当时的社会思潮并非完全吻合，但茅盾指出，丁玲的创作没有了冰心作品中那种“对母爱和自然的颂赞”的“幽雅”的情绪，而多多少少表现出了当时的女性在“心灵上负着时

① 茅盾：《鲁迅论》，《小说月报》第18卷第11号。

② 《高尔基论文学》，第124页。

③ 茅盾：《王鲁彦论》，《小说月报》第19卷第1期。

④ 茅盾：《女作家丁玲》，《文艺月报》第1卷第2期。

代苦闷的创伤”。[①] 这种苦闷正是当时的小资产阶级叛逆女性的那种普遍矛盾心理：寻找光明而又看不到真正理想的东西，也没有找到正确的道路，于是对社会就采取了变态的反抗表现。正是这样，茅盾明确地指出：“莎菲女士是‘五四’以后解放的青年女子在性爱上的矛盾心理的代表者!”[②] 庐隐的作品透露出了青年们“‘追求人生意义’的热情”，但这些青年们又只能在人生意义面前“苦闷的徘徊”，他们苦苦“‘找得’了人生的意义只是恋爱”。[③] 她的《海滨故事》表现的几乎全是一些追求人生意义的热情的然而空想的青年在那里苦闷徘徊，作品表现了人们对人生的思索，而这种思索又都穿上了恋爱的外衣。冰心在“弦梢上漏出了人生的虚无”——即“苦难的现实”，但她又把苦难的现实归结到缺少“美”和“爱”上面。[④] 她的《斯人独憔悴》、《超人》等作品，把“人生究竟是什么”作为问题来研究探索，然而她把世界上的人都是互相牵连的这一信念作为支配人生的力量，结果致使她笔下的许多青年学生在反抗压迫他们的封建势力时，显得那样软弱无力。诸如对封建家庭屈膝投降的《斯人独憔悴》中的颖铭兄弟，自暴自弃、含恨病死的《两个家庭》中的陈华民，皈依自然、投湖自沉的《月光》中的维因等，还有更多的却退缩到“人类之爱”里去。落华生在他的“那些小说里试要给一个他所认为‘合理’的人生观”，他的作品“正代表了‘五四’时

① 茅盾：《女作家丁玲》，《文艺月报》第1卷第2期。

② 茅盾：《女作家丁玲》，《文艺月报》第1卷第2期。

③ 茅盾：《庐隐论》，《文学》第3卷第1期。

④ 茅盾：《冰心论》，《文学》第3卷第2期。

期这一面的现象”，即“‘五四’落潮期一班青年苦苦寻求人生意义寻到疲倦了时，于是从易卜生主义的‘不全则宁无’回到折衷主义的思想的反映”。[①] 他的作品在表现人们对人生的思索上，是独树一帜的，既没有冰心作品中的“美”和“爱”的理想天国，又没有庐隐作品中的人物的苦闷彷徨。他笔下的人物对人生意义的思索只是听其自然，他们是实在的但又怀疑人生，是不悲观的但也不赞成空想。尽管，作家们导演出了一幕幕风格不一的人生活剧，然而，在革命民主主义的理性审判台上，他们以各自的角度，对旧中国的灰色人生重新进行审视和评判，重新估定人生的意义，并尽力去追求一种“合理”的人生意义。这一基本主题不仅贯穿在这些新文学作家的全部创作之中，而且，它成了新文学第一个十年的创作的一种基本色调。茅盾作家论的历史批评所显示出来的揭示新文学创作主题的这一内容，使作家论在总结新文学创作上获得了普遍的意义。

茅盾作家论的历史批评的第二个内容，是在考察新文学作家群的基本精神面貌中，揭示出他们向往理想、追求理想，而在表现理想时又感到苦闷彷徨的深刻的思想矛盾。当时茅盾还没能深入地从理论上去阐明作家的世界观与创作的关系，但已经鲜明地表现出他对新文学作家群基本精神面貌的把握，并且揭示了这一精神面貌对创作所产生的深刻影响。《王鲁彦论》一文里，茅盾在具有不同的面貌、不同的方言、不同的性格的作家群中，审察了他们的“一个共通的精神”：“努力要创造出一些新的美的，以

---

① 茅盾：《落华生论》，《文学》第3卷第4期。

点缀这枯寂灰色的人生”；还捉摸了他们的“一个共通的心”：“努力要诉出他们的悲哀，描画他们的希望，声述他们的理想，以期取得一个两个同样着人生苦斗的伤痕的心的共鸣。”王鲁彦的小说显示出了“我们中间已有了不少的希望未死理想未死的人们在那里滋长蓓蕾”[①]；丁玲笔下的莎菲，是一位不倦地追求着一种理想的性爱和“热烈的痛快的生活”[②] 的女性。尽管，莎菲还没有找到一个要求进步的青年所应该走的正确道路，但她的不甘心妥协和沉沦、对个性解放的热烈呼唤、对光明的执着追求的精神，是很能表现出当时的一些叛逆女性的思想性格的。徐志摩“是中国‘布尔乔亚政权’的预言和乐观的诗人”，他的诗“充满了诗人的‘理想主义’和乐观”，告示我们一个“新的政治，新的人生”的“婴儿”将要问世[③]；庐隐的寓言体小说《地上的乐园》作为“她的‘想望’的象征”，给了我们“一篇美丽的空想的‘诗’，而且是‘神秘’的‘诗’”[④]；冰心用唱歌一样的调子，用“微笑”去讴歌“美”和“爱”，讴歌“理想的人间世”[⑤]；落华生用“异域情调”的材料，要作品里编织着“他所认为‘合理’的人生观”的网，他作品中的“人物多半抱住了他们各人的‘理想’”。[⑥] 这种对理想的向往和追求的艺术笔触，真实地反映了当时相当一部分年轻作者们的心理状态：

① 茅盾：《王鲁彦论》，《小说月报》第 19 卷第 1 期。

② 茅盾：《女作家丁玲》，《文艺月报》第 1 卷第 2 期。

③ 茅盾：《徐志摩论》，《现代》第 2 卷第 4 期。

④ 茅盾：《庐隐论》，《文学》第 3 卷第 1 期。

⑤ 茅盾：《冰心论》，《文学》第 3 卷第 2 期。

⑥ 茅盾：《落华生论》，《文学》第 3 卷第 4 期。

面对强大黑暗的旧势力，心底却仍然珍藏着对美好的憧憬，仍然酝酿着一股要求个性解放的呼声。

然而，在新的社会变革的希望还没有成为现实的日子里，许多知识青年看不到达于新的希望所必须经历的曲折道路，所必须进行的艰难斗争，便陷于苦闷、彷徨。面对着黑暗势力，他们不满于现实而又不知道怎样改变这现实，于是，心中的美好的憧憬趋向缥缈，要求个性解放的呼声也被压抑成一曲痛苦的悲歌。诚如茅盾在《落华生论》中说的："那时候社会的内在矛盾虽然已经很深刻，可是解决这矛盾的新势力还没有现在那么坚强，一般知识分子望来望去没有路，就要怀疑悲观了。"这种伤感和苦闷在新文学的第一批创作中得到了突出的表现。茅盾以他如炬的政治眼光和艺术眼光，觉察了新文学创作中出现的这一普遍性的深刻的思想矛盾。王鲁彦的作品虽然显示出"作者的向善心"，想"作一个人类战士"，但这颗向善心又是"焦灼"的，只能在"冷冰冰的空气里跳跃"，而"找不到心安的理想、些微的光明"，这种思想矛盾充满了他的几乎所有的作品。[①] 丁玲努力刻画了莎菲对个性解放的追求、对理想的生活的向往，但也表现了作家自己的思想矛盾，这就是作品毕竟在主观上同现实革命斗争保持了一段距离。茅盾指出，"那时中国文坛上要求着比《莎菲女士的日记》更深刻更有社会意义的创作"[②]。茅盾分析道，丁玲来到"新思想"发源地上海，想寻找一种"理想的生活"，但当时的现实并没有使她

---

① 茅盾：《王鲁彦论》，《小说月报》第 19 卷第 1 期。

② 茅盾：《女作家丁玲》，《文艺月报》第 1 卷第 2 期。

的理想得到实现，因而她“感到失望”，“对于政治还不感多大兴趣，思想上她还是近于无政府主义”①，这种思想矛盾在“五四”时期的青年女性中是普遍存在的，它很自然地反映到丁玲的早期作品中来。因此，茅盾说，丁玲“是满带着‘五四’以来时代的烙印的”②。徐志摩由于不理解时代的复杂性和“人生的转变”，并且“见了工农的民主政权是连影子都怕的”。这样，他所想望的英美式的资产阶级的德谟克拉西的“婴儿”，便不但“生产不出来”，而且是“永远不会怀孕的了”。③ 庐隐起初还很有些“自己的想望”，但随着“五四”的落潮，她“也改变了方向”，在找不到出路时，便企图“游戏人间”。在她的十倍二十倍于初期数量的创作中，集中表现了“感情与理智冲突下的悲观苦闷”，这就使她的“挣扎着要向前‘追求’”的热情从此“停滞”了。④ 冰心在对于“苦难的现实”的注视后，又“感到无法解决”，于是当她“心中的风雨来了”时，便从“问题”面前逃走了，“躲到母亲的怀里”。因而，她的本来就虚飘幼稚的思想，也就愈显得缥缈和空洞了。⑤ 落华生虽然不曾躲在“理想”的象牙塔里唱歌，但他“对于人生的终极意义是怀疑的”，他不晓得他所编织的“合理”的人生观的网，什么时候会破，又怎么个破法。茅盾明确指出，在“五四”时期多半持有怀疑论和悲观思想的作家群中，“落华

---

① 茅盾：《女作家丁玲》，《文艺月报》第 1 卷第 2 期。

② 茅盾：《女作家丁玲》，《文艺月报》第 1 卷第 2 期。

③ 茅盾：《徐志摩论》，《现代》第 2 卷第 4 期。

④ 茅盾：《庐隐论》，《文学》第 3 卷第 1 期。

⑤ 茅盾：《冰心论》，《文学》第 3 卷第 2 期。

生是他们中间特别明显的一个”[①]。茅盾对这些作家的基本精神面貌的考察，立足于对作家的思想脉络的准确把握，这种把握是敏锐而精细的。在当时的文艺评论界，这样系统且敏密的考察，还是没有过的。

茅盾同时看到，新文学作家群所体现出来的那种深刻的思想矛盾，在创作中反映出来，必然形成一种带有浪漫主义倾向的创作特色；而揭示新文学创作中这种普遍、突出的主观抒情性特色，是茅盾作家论的历史批评的第三个内容。“五四”以后，由于革命的曲折和深入，“五四”早期的“问题小说”也逐渐为许多“个人”的东西所代替。不少青年作者在对人生思索的同时，开始借助个人的生活、个人的情感，表现出对新的社会变革的预感和对现实环境的痛恨。正如鲁迅所指出的，那时“是黄莺便黄莺般叫；是鸱鸮便鸱鸮般叫”[②]。因而，那时的文学创作，特别是小说创作就涌入了我国传统小说所少有的主情成分。许多作者从内心要求的角度反映生活。尤其是许多年轻作者如庐隐、冰心等，更是真诚地、勇敢地在作品里披露了自己的内心世界。茅盾不仅善于抓住关系到社会人生的现实主义重大主题，而且善于抓住新文学创作中这种浪漫主义倾向。

庐隐和冰心的小说，最突出地表现出主观抒情性。庐隐是被“五四”的浪潮从封建的氛围中掀起的“觉醒了的一个女性”，也是第一个“注目在革命性的社会题材”的女作家。她在“五四”时期创作的小说，“很注意题材的社会意义”。但当“五四”落潮以后，她在

① 茅盾：《落华生论》，《文学》第3卷第4期。

② 鲁迅：《热风·随感录四十》。

创作上唯一突出的这一特点，也随之“停滞”了，作品转入了“很浓厚的自叙传的性质”①，表现的是她自己。可以说，她的《海滨故人》中的露沙、《彷徨》中的秋心、《或人的悲哀》中的亚侠、《丽石的日记》中的丽石等，都是她的化身。用茅盾的话说，“也就是庐隐她自己的‘现身说法’”②。的确，庐隐从作为“五四的产儿”③，到“停滞”在“五四”的退潮上，其间所有的悲观苦闷的情绪，都从露沙、亚侠、秋心、丽石等人物身上体现了出来。冰心在“五四”早期，同其他作家一样“从现实出发”，写了《两个家庭》、《斯人独憔悴》、《去国》、《庄鸿的姊姊》等几篇颇有影响的“问题小说”。但当那学生运动的高潮过去，她便对于“现实”“临去秋波”了。④ 她在《冰心全集·自序》中也说：“眼前的问题做完了，搜索枯肠的时候”，便回想起自己的童年，开始表现自己的虚飘的理想。这种理想突出地表现在她的《超人》、《悟》等小说中。《超人》的主观抒情性极强，《悟》则几乎不需情节地抒发了她自己对生活的感受。茅盾说，《超人》和《悟》都是用“神秘主义”来解释冰心的“爱的哲学”。但这种“爱”仍然是玄虚的、“唯心”的，甚至“唯心”到“处处以‘自我’为起点去解释社会人生”。茅盾进一步指出：“在所有‘五四’期的作家中，只有冰心女士最最属于她自己。她的作品中，不反

① 茅盾：《庐隐论》，《文学》第3卷第1期。
② 茅盾：《庐隐论》，《文学》第3卷第1期。
③ 茅盾：《庐隐论》，《文学》第3卷第1期。
④ 茅盾：《冰心论》，《文学》第3卷第2期。

映社会，却反映了她自己。她把自己反映得再清楚也没有。”①

徐志摩是一位主观抒情性极强的浪漫主义诗人。茅盾对他的诗的“情感的无关阑的泛滥”作了深刻的剖析，认为他的第一个诗集《志摩的诗》“充满了诗人的‘理想主义’和乐观”，但当这个“理想主义”在现实面前碰得粉碎的时候，他就“忍俊不住在诗篇里流露了颓唐和悲观”；在他的第二个诗集《翡冷翠的一夜》里，“几乎完全是颓唐失望的叹息”。② 徐志摩的没落是时代的必然。中国资产阶级是一朵不结果的花，徐志摩的悲剧在于他对这朵花抱有太大的希望，结果是失望了。

茅盾作家论的历史批评的这些内容，体现了他的革命现实主义观点。茅盾成为中国现代文学批评史上运用革命现实主义批评原则的第一人。他不局限于某篇作品，而是把作品放在新文学运动广阔的历史背景上，与新文学创作的基本主题、创作特色等紧密联系起来考察，因而是一种历史的批评。这样的作家论为无产阶级革命文学的兴起，贡献了一份十分宝贵的经验总结。在此之前，周作人等的以“人道主义”为标准的批评和成仿吾等的以“浪漫主义”为标准的批评，都具有进步的民主倾向，但前者以“人类之爱”作为批评的依据，把作家一概打扮成世界的美容师；后者则往往太固执于自己的艺术观点，在批评时偏于主观。前者如顾颉刚把叶圣陶称为“对于人的本性都有眷恋的感情”，能“唤起世界的精魂”的作家③；后者如成仿吾认为许地山的《命命鸟》中的宗教色彩是“无意义的”，应该加以改写，

① 茅盾：《冰心论》，《文学》第3卷第2期。

② 茅盾：《徐志摩论》，《现代》第2卷第4期。

③ 顾颉刚：《火灾序》，《文学》第93期，1923年10月22日。

使其“变为近代的情绪”。[①] 茅盾站在革命现实主义的高度上所进行的历史批评，其客观效果确实是这两类文学批评所难以企及的。

二　茅盾作家论的美学批评

茅盾的作家论中，还有美学的批评一方面。

茅盾作家论的美学批评的第一个内容，是从真实性的高度上，衡量作品是否真实地反映了社会现实生活，是否“真实地评述人类关系”[②]。茅盾认为，鲁迅的作品显示出了“作者奏了‘艺术上的凯旋’”的才能，是因为鲁迅“只用了极简单的几笔，便很强烈的刻画出一个永久的悲哀”。他分析了《阿Q正传》、《伤逝》、《幸福的家庭》、《在酒楼上》等作品，指出《阿Q正传》写的“虽是十六年前的陈事了，然而现在钻到我们眼里，还是怎样的新鲜，似乎历史又在重演了”[③]。这里，他看出了《阿Q正传》所具有的社会历史的真实性。其实，早在1923年，他就指出《阿Q正传》“是一幅极忠实的写照”[④]。他还认为鲁迅作品所达到的真实性高度，不仅是“中国现在百分之九十九的人们的思想和生活”的真实反映，是一份时代的记录，而且能使“我们跟着单四嫂子悲哀，我们爱那个懒散苟活的孔乙己，我们忘记不了那负着生活的重担而麻木着的闰土，我们的心为祥

① 成仿吾：《“命命鸟”的批评》，《创造季刊》第2卷第1期。

② 《马克思恩格斯论艺术》第3册，第86页。

③ 茅盾：《鲁迅论》，《小说月报》第18卷第11号。

④ 《读〈呐喊〉》，《文学》第91期。

林嫂而沉重，我们以紧张的心情追随着爱姑的冒险，我们鄙夷然而又怜悯又爱那阿Q……”。[①] 同样，茅盾认为王鲁彦的《黄金》中对史伯伯的悲剧发展的描写，也足以使“我们怀着沉重的心，跟随篇中主人公走到无形的悲剧的顶点，结果使我们对于这个平平常常的老头子发生了深切的同情”[②]。茅盾认为丁玲“以一种新的姿态出现于文坛”[③]，她的才能就在于能够真实地描写“五四”时期那些叛逆女性的“矛盾心理”和“精神苦闷”，莎菲在“游戏式的恋爱过程中”，“一脚踢开了”那位以玩弄女性为能事、“不值得恋爱的卑琐的青年”，正是真实地表现了当时的叛逆女性的那种“心理摆脱”。茅盾说，“这是大胆的描写，至少在中国那时的女性作家是大胆的”[④]。此外，茅盾从社会生活的进展中来考察作品的现实主义是否深化、发展。庐隐的《月下的回忆》，真实地描写了日本帝国主义用他们的“帝国教育”来麻醉中国儿童，用吗啡来毒害中国成人的罪恶行径。茅盾说作者的心情是“沉重”的，她“是朝着客观的写实主义走”。如果作者“继续向此路努力不会没有进步”，但作者却由于“五四”运动的落潮而从此“停滞”了，使“我们很替庐隐可惜”。[⑤]

说茅盾是一位现实主义的批评家，并不等于说他只能理解和欣赏现实主义作家；实际上，即使对于像徐志摩这样的浪漫主义诗人，茅

---

① 茅盾:《鲁迅论》,《小说月报》第 18 卷第 11 号。

② 茅盾:《王鲁彦论》,《小说月报》第 19 卷第 1 期。

③ 茅盾:《女作家丁玲》,《文艺月报》第 1 卷第 2 期。

④ 茅盾:《女作家丁玲》,《文艺月报》第 1 卷第 2 期。

⑤ 茅盾:《庐隐论》,《文学》第 3 卷第 1 期。

盾也注意运用革命现实主义的批评原则，从真实性的高度上，去把握他的作品所反映的生活内容。例如徐志摩的代表作之一《我不知道风是在哪一个方向吹》，全诗共六节，每节四句，而头三句都是一样的，所以全诗实际上只有六句。对于这类诗，如果不是以一种真正的艺术眼光去看待，就很容易断定诗人所咏叹的，不过是那么一点微波轻烟似的伤感的情绪。茅盾则不同凡响地指出，它“是我们这错综动乱的社会内某一部人的生活和意识在文艺上的反映”，并且断言：“不是徐志摩，做不出这首诗。”① 因为徐志摩触及了当时中国社会的病，接触到封建礼教对人的个性的束缚，所以，他孜孜以求的是“灵魂的自由”。在他的大量诗作中，大都无拘无束地倾泻他个人的感情。而这种感情又包含着某些反封建、争民主、要求个性解放的合理因素。因而它具有一定的真实性。茅盾就是这样地能够比较准确而熟练地把握不同创作流派的作品的内容，从而考察它们的真实性。对照起来，“五四”时期成仿吾一派的以“浪漫主义”为标准的批评，就由于固执自己的艺术观点，而不能很好地容纳多种方法与风格。

对典型化的理解和把握，是茅盾作家论的美学批评的第二个内容。鲁迅的《呐喊》出版后不久，有位批评家按照自己定下的“表现”高于“再现”的标尺，认为作者“太急于再现他的典型”，而这种典型不是普遍的，不能“以部分暗示全部”，因而《孔乙己》、《药》、《明天》、《阿Q正传》等是“劳而无功”的“庸俗”作品。②

---

① 茅盾：《徐志摩论》，《现代》第2卷第4期。

② 成仿吾：《〈呐喊〉的评论》，《创造季刊》第2卷第2期。

茅盾与这种批评相反，他坚定地认为阿Q、孔乙己、单四嫂子、老栓等都是一个个成功的典型。早在1922年，他在给读者的一次通信中，就表达了他对阿Q这一典型的理解："阿Q这人，要在现社会中去实指出来，是办不到的，但是我读这篇小说的时候，总觉得阿Q这人很是面熟。是呵，他是中国人品性的结晶呀！"① 1923年，他再次肯定了阿Q这一典型的真实性、普遍性："我们不断的在社会的各方面遇见'阿Q相'的人物，我们有时自己反省，常常疑惑自己身上也免不了带着一些'阿Q相'的分子。"② 对阿Q这一典型的理解，不仅使茅盾逐渐深化了自己的典型观，而且使他后来在《鲁迅论》中，对鲁迅作品中的其他人物的典型性有了一个基本的把握，认为这些人物都是"老中国的儿女"，到处有的是，"说不定，你还在这里面看见了自己的影子"。卢卡契在解释马克思主义美学中的典型问题时，把典型看作一个时代最重要的社会的、道德的和灵魂的矛盾交织成一个活生生的统一体。鲁迅小说中的成功的形象系列，如阿Q便是这样的典型。阿Q从"不配姓赵"到"不配革命"，终至"不配活命"的整个生命的历程，不仅生动地再现了他性格上的一个独有的特征——"精神胜利法"，而且真实地再现了他本身所包含的广阔的社会内涵以及一代人的灵魂矛盾和悲剧命运。茅盾说："阿Q是'乏'的中国人的结晶。"③ 在他看来，像阿Q、孔乙己等的成功的典型，并不只是作为《呐喊》中的一个人物，而是当"他们的形相闪出在我的心前

① 《通信·答谭国棠》，《小说月报》第13卷第2号。

② 《读〈呐喊〉》，《文学》第91期。

③ 茅盾：《鲁迅论》，《小说月报》第18卷第11号。

时，我总不能叫他们为孔乙己，单四嫂子等，我觉得他们虽然顶了孔乙己……等名姓，他们该是一些别的什么”。这些人物不但在纸上出现，而且在当时的许多生活区域里，“满是这一类的人”。因而，这些人物是典型的，他们是“暗示全部”了的。鲁迅的全部技巧，就在于“能够抓住一时代的全部”①。

茅盾以他对艺术典型化的要求，审查了新文学创作的状况，觉察到像鲁迅作品中那种真实、深刻、生动的典型形象，在新文学作品中为数还不多。他认为，王鲁彦的作品虽然描写了“现代的复杂中国社会内的一层”——“乡村的小资产阶级”，并且“有着一个两个”这样的“代表”，但作者并未意识到这一点，所以并未抓住这一点“用力的描写”。这就使他的作品中的人物远不如鲁迅笔下的人物具有典型性。用茅盾的话说：“鲁迅的人物，为我们所热忱地同情而又忍痛地憎恨着的，在王鲁彦的作品里是没有的。”② 确实，艺术典型作为时代、社会和人的等等的一般性和特殊性的矛盾的统一体，它的产生的意义，在于把一社会集团、阶级、民族的代表人物所特有的特征体现出来。王鲁彦的《黄金》、《许是不至于罢》等作品的人物，虽然体现了乡村小资产阶级的心理特征，具有一定的代表性，但作者还没有在共性和个性的统一中，把握住这些代表人物所包含的时代的和社会的意义，所以他们不如鲁迅笔下的人物具有典型性。在这个立点上，茅盾只是从“代表”这个含义上来理解王鲁彦作品中的人物，而

① 茅盾：《鲁迅论》，《小说月报》第18卷第11号。

② 茅盾：《王鲁彦论》，《小说月报》第19卷第1期。

始终没有给他们套上“典型”的光圈，这充分反映了茅盾对艺术典型化的高度要求。出于这种要求，茅盾对新文学创作中的人物形象所包含的时代性意义的把握，确实是很严格的。例如对于丁玲的创作，他觉得丁玲的《韦护》，虽然“企图描写她那已故的好朋友剑虹女工的思想转变”，并且在小说结尾时，“特地改变了她的故友的事实，表示了革命战胜了恋爱”的主题，但由于对当时的“社会情形没有真切的描写”，因此对于女主人公丽嘉的描写还不够典型，作品留给读者的印象，只有“丽嘉那种热情的猾傲的个性”，而丽嘉的“政治认识”是“模糊的”①，转变的根据也就显得不够充分，作品中人物形象所代表的社会意义当然是大大减弱了的。

茅盾作家论的美学批评的第三个内容，是认真考察新文学作品的形式和内容的统一性。“五四”时期的文学批评，往往对作品中的时代气息有特殊敏感，而对作品的艺术形式注意不够。当时的茅盾已经比较注意作品的形式。他早在《读〈呐喊〉》中就指出：“《呐喊》里的十多篇小说几乎一篇有一篇新形式，而这些新形式又莫不给青年作者以极大的影响，必然有多数人跟上去试验。”在他后来的作家论中，就更能够圆熟地、深入地从形式和内容的统一上来进行美学批评。例如徐志摩的诗《我不知道风是在哪一个方向吹》，虽然如前所说，运用的是重复的手法，然而我们读来有如秋空中的一缕浮云，舒卷自如。这不能不归功于这首诗有较好的艺术形式。茅盾指出了“这首诗形式上的美丽：章法很整饬，音调是铿锵的”，认为它以“圆熟的外形，配着

① 茅盾：《女作家丁玲》，《文艺月报》第1卷第2期。

淡到几乎没有的内容”①，达到诗的内容和艺术的和谐统一。落华生的作品，让一般读者看了都会觉得怪异，因为作者喜欢用“异域情调”的材料。如《命命鸟》的背景在缅甸仰光，《商人妇》的背景在新加坡和印度，《缀网劳蛛》的背景则在马来半岛。然而，茅盾不这样看。在他看来，落华生的小说虽然带有浓厚的“异域情调”，但它的“动人的技巧”在于，作品在结构处理上都插进了一根“线”②，即各个人物都抱住了自己的“理想”。这个“理想”的依据，又是作者寄寓进去的“他所认为‘合理’的人生观”。作者以这样的艺术形式，然后通过独特的形象系列，曲折地表现了他对黑暗现实的否定。虽然作者对于人生抱有怀疑态度，使他总有意地和现实保持着一定的距离；但是，作者所采取的艺术形式，与作品所显示出来的内容是统一的。

茅盾十分注意从作家创作的历程，来考察作品形式的内容的统一性。庐隐早期创作的《海滨故人》，虽然把那个时代知识青年的苦闷、悲哀和精神上的饥渴表现得极为透彻，但在形式上却不是完美的。茅盾指出，像《海滨故人》这篇长达四万字的小说，作者没有很好地驾驭，致使“故事的结构颇觉杂乱，人物很多，忽而讲这个，忽然又讲到那个，‘控制’不得其法”③。自然，这还不能说是形式和内容的完美结合。然而，茅盾十分称许“庐隐作品的风格是流利自然”。这表现在，庐隐“只是老老实实写下来，从不在形式上炫奇斗巧”。他特别赞赏庐隐后期的作品如《归雁》和《女人的心》，认为这些作品几

① 茅盾：《徐志摩论》，《现代》第2卷第4期。

② 茅盾：《落华生论》，《文学》第3卷第4期。

③ 茅盾：《庐隐论》，《文学》第3卷第1期。

乎没有“前期作品内那些过多的‘词藻’”[①]。的确，庐隐的作品几乎都是从容不迫的，一切都像作者自己在诉说着对人生意义的追求那样徐徐流出。尤其在她的后期作品里，她所采取的朴实无华的艺术形式，恰当地表达了作品的内容，并无凝滞冰塞之感。

别林斯基指出：“只是历史的而非美学的批评，或者反过来，只是美学的而非历史的批评，这就是片面的，从而也是错误的。”[②] 茅盾作家论的历史批评和美学批评是紧密联系、互相对应的，是辩证统一的。茅盾在真实性、典型化、形式和内容的统一这三个审美观察点上，不仅建立了他的美学批评，而且展示了他历史批评的艺术内涵；同样，茅盾在审视新文学创作基本主题、作家基本精神面貌和新文学创作特色这三个历史观察点上，不仅建立了他的历史批评，而且表现了他的美学批评的社会意义。正是在这种辩证统一的基础上，茅盾的作家论才是对新文学创作实绩的一次全面的总结。

三　茅盾作家论的批评科学方法论

茅盾的作家论为什么能达到历史批评和美学批评的辩证统一？关键在于他有科学的批评方法。

前面说过，运用“史论”的笔调根据不同作家的不同特点进行具体分析，这是茅盾作家论的科学方法的一个特色。在茅盾所作作家论

① 茅盾：《庐隐论》，《文学》第3卷第1期。

② 《别林斯基论文学》，第262页。

之前，中国现代文坛上似乎还没有作家论出现。他在写作第一篇作家论《鲁迅论》时，就感觉到，如果像已经出版的一本《关于鲁迅及其著作》那样，题名曰“我所见于鲁迅者”，或是“关于鲁迅的我见”，“那自然更漂亮”，但他又实在不喜欢这类扭扭捏捏的长题目。在一番思考之后，他“便率直的套了从前做史论的老调子，名曰《鲁迅论》了”①。从此一发，他的《王鲁彦论》、《女作家丁玲》、《徐志摩论》、《庐隐论》、《冰心论》和《落华生论》等也就相继问世了。可以说，茅盾的作家论在历史批评方面的那些内容，跟他所运用的“史论”的笔调有着紧密的联系。

作为一个文学批评家，他要在有限的篇幅里，对一个作家的身世、思想和创作等进行一番有分量的评价，绝不同于像给作家写“评传”那样挥洒自如。他这把“史论”的史笔必须是十分严谨的，既要详细占有材料，又要抓住作家的最主要的本质特征，详略得当，不蔓不枝。茅盾十分注意在新文学运动的广阔的政治背景和历史背景上，考察新文学创作的基本面貌，而这种考察又是放在对新文学作家及其作品的具体分析上面。因而，他在评论时，侧重面有所不同。《女作家丁玲》代表了茅盾的作家论的一个显著特点，就是通过具体阐述无产阶级革命文学对一具曾经带有较浓厚小资产阶级情调的女作家的深刻影响的历史，生动地宣扬了无产阶级革命的巨大生命力和光辉的前景，从而体现了美学批评和历史批评的完整统一。这篇作家论客观地记录了丁玲的创作经历，勾勒出一位不断追求进步、奋发向上

① 茅盾：《鲁迅论》，《小说月报》第18卷第11号。

的新兴女作家的发展轨迹。但这些记录和勾勒，都是将丁玲的创作放置在现代中国社会和文化的广阔背景以及无产阶级革命文学发生、发展的过程中加以考察，科学地分析丁玲的创作成就与不足，从而使这篇作家论短而不空，立意深邃，内容极为扎实。而对徐志摩的创作的考察，茅盾以相当长的篇幅进行了精细的剖析。徐志摩是一位思想比较复杂也难以让人把握其艺术特征的诗人。当时有评论者往往不是刻意美化徐志摩的诗歌艺术，就是一概否定徐志摩的思想倾向。茅盾则运用他的“史论”的笔调，以纵写的方式，抓住徐志摩的第一期和成熟期这两个最重要的创作时期，深刻揭示出徐志摩的诗情从“横溢”到“枯窘”的根本原因，并不仅仅“因为生活平凡”，而是“因为他对于眼前的大变动不能了解且不愿意去了解”。[①] 这个结论，真是一针见血。同时，茅盾对徐志摩初期的思想，并不像20世纪30年代某些评论家那样彻底否定，而是历史地评价了徐志摩的“理想主义”是“中国‘布尔乔亚政权’的预言”[②]。茅盾当时的这种评论在今天看来仍是十分新颖、独到的。

对于冰心这样一位崇尚“美”和“爱”、酷好写“爱的主题”的作家，“五四”时期一些评论者对她的评价，几乎集中在她的作品的艺术性上，例如“清新的情调”[③]、“文字优美，气度谨严”[④] 等等，对她的思想发展的评价却很少见。茅盾却对冰心的思想发展和艺术发

---

① 茅盾：《徐志摩论》，《现代》第2卷第4期。

② 茅盾：《徐志摩论》，《现代》第2卷第4期。

③ 剑三：《论冰心的超人与疯人笔记》，《小说月报》第13卷第9号。

④ 赤子：《读冰心女士作品的感想》，《小说月报》第13卷第11号。

展过程进行了有机的分析，把冰心创作活动的“三部曲”同冰心的思想历程联系起来看。他认为，冰心在“五四”学生运动的浪潮冲击下，用“问题小说”唱出了她的创作活动的“第一部曲”；学生运动过后，她接受了杜威和罗素的哲学，又受到泰戈尔作品的影响，便转入神秘主义的“爱的哲学”，开始用“爱的主题”唱出了她的创作活动的“第二部曲”；在这以后，“世界的风云，国内的动乱”，再一次“吹动冰心女士的思想”，震动了她所挚爱、眷恋的家庭，使她对“爱的哲学”的幻想产生了动摇。茅盾说，从她这时创作的小说《分》里头，“我们仿佛看到一些‘消息’了”。自然，这个“消息”就是冰心真正开始用“滚针毡”式的“领略人生”的态度，去唱出她的创作活动的“第三部曲”。[①] 在“史论”的氛围里，既有作家思想演变和艺术演变的历史面貌，又有对这些演变的具有相当说服力的批评。对于茅盾的这些分析，我们确实不能很清楚地划分出哪一部隶属于“史”的范畴，哪一部分隶属于“论”的范畴。

茅盾的“史论”的笔调，并不是单调、划一的，他的文风极为生动活泼。在六篇作家论中，他采用了不同的叙述方式：根据对作家其人其文的印象一气呵成的，如《鲁迅论》；以看似闲笔、实则重彩，看似饶舌、实则有味的起笔引出全篇的，如《王鲁彦论》；以从作家生活的思想经历谈起，论作家的创作经历的，如《女作家丁玲》；以诗人的第一期作品和成熟期作品相对照，以多层结构、层层递进的剥茧抽丝来论证的，如《徐志摩论》；以作家的死的“偶然”和“不是

① 茅盾：《冰心论》，《文学》第3卷第2期。

偶然”的矛盾作为引子，逐渐步入论述范围的，如《庐隐论》；以作家创作活动的“三部曲”为主轴而转动的，如《冰心论》；以亭子间里的一席情趣别致、充满哲理的对话为论述方式的，如《落华生论》；真是千姿百态，变化不居。

茅盾的作家论的科学方法论的另一个特色，是不囿成说，以自己的批评眼光，努力从作家的作品中找出自己的“印象”。莱辛说过：“真正的批评家并不是从自己的艺术解来推演出法则，而是根据事物本身所要求的法则来构成自己的艺术见解。”① 茅盾的作家论做到了这一点。

早在1922年，茅盾提出过一个见解：“批评一篇作品，不过是一个心地率直的读者喊出他从某作品所得的印象而已。”② 这个见解，成了茅盾作为一个新文学批评家所经常运用的一种方法。他在写作《鲁迅论》时，未曾同鲁迅见过面。他看了几篇描述鲁迅肖像的文章，觉得“各有所见，而所见又不一定不同”。因此，他决定还是“从鲁迅自己的著作上找找我的印象罢”，并且谦虚地说：“‘批评’我是不在行的，我只顾写我的印象感想。”③ 确实，他从鲁迅的小说和杂文里，得到了许多比其他人更为深刻的“印象”。有位叫张定璜的写了一篇《鲁迅先生》，说道，鲁迅站在路旁边，老实、不客气地剥脱我们男男女女。茅盾则眼光过人地看出，鲁迅同时“也老实不客气地剥脱自己”，他“也严格地自己批评自己分析”④。有位批评者指责鲁迅

---

① 莱辛：《汉堡剧评》，《文艺理论译丛》1958年第4期。

② 《“文学批评”管见一》，《小说月报》第13卷第8号。

③ 茅盾：《鲁迅论》，《小说月报》第18卷第11号。

④ 茅盾：《鲁迅论》，《小说月报》第18卷第11号。

的《一件小事》是“一篇拙劣的随笔”①，茅盾对于这篇小说“却感到深厚的趣味和强烈的感动”②。茅盾也是最早认识到阿Q的喜剧性格和悲剧命运的，他对《阿Q正传》中喜剧性和悲剧性的交融这一重要的艺术特色的理解，更是他从《阿Q正传》中得到的一个深刻的“印象”。他说：“《阿Q正传》的诙谐，即使最初使你笑，但立刻我们失却了笑的勇气，转而为惴惴的不自安了。”③ 这是能够把握住鲁迅作品的现实主义本质的，在当时可以说是自出机杼的独特创见。

在其他几篇作家论中，茅盾也是努力从作家的作品中去找出自己的“印象”的。在看待徐志摩的“单纯信仰”说上，过去比较有代表性的是胡适的解释。胡适的《追忆志摩》④ 一文里，说徐志摩的“单纯信仰”只有三个词：“一个是爱，一个是自由，一个是美。”茅盾不赞同这种解释，他从徐志摩的作用《婴儿》里找到一句抽象的话“苦痛的现在只是准备着一个光荣的将来”，认为这才是徐志摩的“单纯信仰”。这个看法确是卓识。因为，徐志摩虽然追求的是有美有爱的自由的灵魂的生活，但这只是他的资产阶级个人主义。在徐志摩的早期作品里，他还努力“想象着一个伟大的革命”⑤，也就是他所努力追求的一个“光荣的将来”。茅盾这样分析道：“我以为志摩的许多披着恋爱外衣的诗不能够把它当作单纯的情诗看的；透过那恋爱

① 成仿吾：《〈呐喊〉的评论》，《创造季刊》第2卷第2期。

② 茅盾：《鲁迅论》，《小说月报》第18卷第11号。

③ 茅盾：《鲁迅论》，《小说月报》第18卷第11号。

④ 见《新月》第4卷第1期。

⑤ 徐志摩讲演稿：《秋》，良友《一角丛书》第13种。

的外衣，有他的那个对于人生的单纯信仰。一旦人生的转变出乎他意料之外，而且超过了他期待的耐心，于是他的曾经有过的单纯信仰发生动摇，于是他流入于怀疑的颓废。”[①] 茅盾的识见过人之处，在于他以自己的批评眼光从徐志摩的整个思想历程来看问题。对于王鲁彦的童话《小雀儿》和小说《毒药》，茅盾“不大喜欢”。他说，虽然“各人的趣味不同，许有人特别喜欢这两篇，但在自囿的我，总以为不如其他的各篇”[②]。当然，茅盾得到的这个“印象”是有充分的理由的。在他看来，《小雀儿》“教训主义色彩极浓厚”，致使作品“落入了浅薄的窝里”；而《毒药》也“太有意为之”，缺乏“感动的力量”。因而，他呼吁：“小说是小说，不是一篇‘宣传大纲’”，不能带有“太浓重的教训主义的色彩”[③]。一般说来，如果作品中得到的还只是初级的或总的表面印象，那么，这种印象可能是不定型的，并带有一定的游移性；而只有努力地从作品中去找出自己的最为深刻的印象，它才具有最大的稳定性，而且往往是一个独立的成功的见解。茅盾的作家论中出现了许多与众不同的新鲜见解，它们为什么具有很强的说服力？就是因为茅盾对作品的“印象”不是表面的、肤浅的，而是以一种深沉的眼光努力地去挖掘，并从历史发展上去判断它的可信性和深刻性。

茅盾的作家论的科学方法的再一个特色，是在具体的分析、评价中，运用了对照比较的方法。茅盾在“五四”时期写的文学评论文

① 茅盾：《徐志摩论》，《现代》第 2 卷第 4 期。

② 茅盾：《王鲁彦论》，《小说月报》第 19 卷第 1 期。

③ 茅盾：《王鲁彦论》，《小说月报》第 19 卷第 1 期。

章，就特别注意比较批评。有以作品的质量高低而列出四种“评例”进行比较批评的如《春季创作坛漫评》①；有按作品的不同题材分类进行比较批评的如《评四五六月的创作》②，由此养成了茅盾在文学批评上的良好的作风。后来，在他的一系列作家中，更是多方面地运用了比较的方法。

一是将外国思想家、作家同中国作家来比较。在这方面，西洋的批评学说对茅盾的影响很大的。1922 年，茅盾就提出“把西洋的学说搬过来”③ 进行文学批评。在《读〈呐喊〉》里，他借用丹麦文学批评家勃兰兑斯的观点分析鲁迅的作品，还以俄国作家梭罗古勃的《小鬼》中的“丕垒陀诺夫相”，来比拟鲁迅《阿 Q 正传》中的“阿 Q 相”。在作家论中，也普遍运用了这种对照比较的方法。诸如《徐志摩论》中，用意大利哲学家的“精神破产”论来比拟徐志摩最终对中国布尔乔亚政权的怀疑论；用墨索里尼并没有在意大利文坛创造出墨索里尼的文学，来说明徐志摩的精神“复活”也只能是一个谜；《冰心论》中，用法国作家法朗士在《伊壁鸠鲁的花园》里说的一句话：“不嘲笑‘美’，也不嘲笑‘爱’”，来比照冰心对“美”和“爱”的热烈追求，指出一个对“美”和“爱”虽不嘲笑，却是冷冰冰的，一个则把“美”和“爱”当作“灵魂的逋逃薮”。类似这种比较，茅盾比较经常运用在他对作家思想倾向的评论上，不仅提示出作家的思想根源，以及对产生这些思想倾向有较大影响的社会现象，而且使得

---

① 见《小说月报》第 12 卷第 4 号。

② 见《小说月报》第 12 卷第 8 号。

③ 《“文学批评”管见一》。

他对作家的思想实际的把握和分析具有相当的准确性和深刻性。

第二个方面是将同一时期的两位作家进行比较，从而看出各自的特色。这个特点比较明显地表现在《女作家丁玲》中。冰心和丁玲，是新文学第一个创作期中两位比较活跃的女作家。冰心的创作起步较早，在冰心已开始成名时，丁玲是不为人所知的。而在冰心的创作暂时沉默了一阵的时候，丁玲以《莎菲女士的日记》轰动文坛，并为人们所注目。但是，同是被“五四”运动浪潮掀起来的女作家，冰心和丁玲表现出了各自的创作特色。茅盾分析道：“如果说冰心女士作品的中心是对于母爱和自然的颂赞，那么，初期的丁玲的作品全然与这‘幽雅’的情绪没有关涉，她的莎菲女士是心灵上负着时代苦闷的创伤的青年女性的叛逆者。”① 茅盾的这个比较是符合冰心和丁玲的创作实践的，它不仅暗示了丁玲和冰心的“五四”时期的不同的思想感受，而且为下一步对丁玲的创作经历的全面提示作了一个必要的铺垫。可以说，这样的比较方法没有枝蔓，简炼而有力。

第三个方面是从作家的杂感、小品看作家的小说。在《鲁迅论》中，他认为鲁迅的小说不仅使你对旧中国的灰色人生激起无比的憎恨，而且使读者“不能不懔懔地反省自己的灵魂究竟已否完全脱卸了几千年传统的重担”。这个深刻的见解，完全来自茅盾对鲁迅杂感内容的深刻认识。他从鲁迅杂感中看出了鲁迅解剖旧中国灰色人生的思想动力，从而使他理解了鲁迅小说的艺术解剖旧中国灰色人生的艺术功力。他深有感触地说：“喜欢读鲁迅的创作小说的人们，不应该不

① 茅盾：《女作家丁玲》，《文艺月报》第1卷第2期。

看鲁迅的杂感；杂感能帮助你更加明白小说的意义，至少，在我自己，确有这种经验。”①《庐隐论》中，茅盾把庐隐的小说和小品文对照起来看。他觉得庐隐的有些小品文“似乎比她的小说更好”。因为在小品文中，“庐隐很天真地把她的‘心’给我们看。比我们在她的小说中看她更觉明白”。但茅盾仍然肯定庐隐“不掩饰自己的矛盾”的“这种又天真又严肃的态度在他的小说中也是一贯”的。茅盾引用庐隐的小品文《醉后》，是独具匠心的。这篇小品文中的一句话：“但是怯弱的人们，是经不起撩拨的”，使我们很自然地联想到庐隐的小说《女人的心》中的三位女主角。茅盾说她们虽然“都是幻想很旺”，但也都有“一颗‘禁不住挑拨的心’”。这样的比照，使人们更清楚地理解庐隐作品的思想内容，而且，使人们在一个更完全的意义上，认识到庐隐的“很浓厚的自叙传的性质”的作品所具有那种强烈的主观抒情色彩。

第四个方面是将同一作家前后期的作品对照比较。例如，《徐志摩论》的主旨在于揭示出诗人“怀疑的颓废”的思想完全成熟，以及诗的技巧上的“成熟”的整个发展过程。从这个主旨出发，将诗人的不同时期的作品作了对照比较。例如第一期作品《志摩的诗》中的《婴儿》和成熟期作品的《猛虎集》的比较。茅盾认为，《婴儿》里的感情和思想在徐志摩的第二期及成熟期作品里是找不出来的。虽然《婴儿》的艺术上“是幼稚的”，然而“在内容上，却是‘言之有物’，而且没有感伤的色调”。又如第二期作品《望月》和成熟期作

① 茅盾：《鲁迅论》，《小说月报》第18卷第11号。

品《秋月》、《两个月亮》的比较。这三首诗都是以月亮为题材的。在《望月》里，诗人借月亮来宣言“奋斗”，他“对于‘现实’还有热烈的希望”；而《秋月》充满了“悲哀的颓废的描写”，《两个月亮》却表现出了“真实”永远有缺陷的思想，诗人虽然感到“理想”具有“无边的法力”，但这“理想”“又表现得异常虚无缥缈”。这样，在一篇不太长的《徐志摩论》中，就使我们几乎一下子感受到徐志摩的思想和艺术演变的一切。

茅盾的作家论，其科学的批评方法的三个特色，都是“五四”时期的文学批评所少见的。它们标志着中国新文学批评方法的成熟，对于今天的文学批评来说，仍然是有许多可以学习的地方。茅盾曾经在1936年针对当时的一些公式主义、武断和偏执的文艺批评，提出了一个要求：“现在非常需要脚踏实地的批评家。而脚踏实地的批评家则须（1）认识‘此时此地的需要’，（2）多研究、多讨论创作上的实际问题，（3）努力向生活学习。”① 如果说，今天我们还有必要倾听他这个呼声，那么，他自己在文学批评上的实践，正是我们为实现他的上述要求而作的努力过程中的很好的榜样。

原载于《中国社会科学》中文版1983年第2期、英文版1983年第4期

① 《需要脚踏实地的批评家》，《生活星期刊》第1卷第14号。

论茅盾早期介绍写实主义自然主义问题

一

在讨论茅盾早期接受写实主义自然主义理论以前，有必要简单回顾一下二十世纪初至二十年代开始，欧洲资产阶级现实主义文学理论在中国的输入和流行情况。

二十世纪初，由于戊戌变法失败，中国资产阶级改良派的活动家们在政治权力上失去了凭藉，便致力于改良主义政治的宣传，他们开始认识到文学作品，特别是小说，可以作为暴露社会黑暗、宣传政治主张的工具。于是，一场“诗界革命”、“文界革命”、“小说界革命”的浪潮遂告掀起。一九〇二年，梁启超发表了著名论文《小说与群治之关系》。在这篇文章中，他首次向中国读者介绍“理想派小说”与“写实派小说”，指出，写实派小说能将人们“所怀抱之想象，所经历之境界”，“行之不知，习矣不察者”，“和盘托出，彻底而发灵之”。①

① 《饮冰室文集》第17册。

这可以说是有意识地搬运欧洲的资产阶级现实主义创作理论，指导中国小说创作的滥觞。其后，王国维在《人间词话》中指出："有造境，有写境，此理想、写实二派之所由分。"① 这又是利用欧洲的资产阶级现实主义、浪漫主义理论，批评中国古代文学的肇始。但应该指出，中国这些资产阶级的第一批文艺理论家，以芒鞋破钵，对现实主义、浪漫主义的认识毕竟肤浅，并带有比较浓厚的封建主义色彩。

"五四"前夕，以陈独秀为代表的一批资产阶级、小资产阶级的激进民主主义者，迎合新文学运动的倡导和兴起之所需，以欧洲资产阶级现实主义创作理论，参与指导这场新文学运动。陈独秀在一九一六年四月指出："写实主义自然主义，乃与自然科学、实证哲学同时进步，此乃人类由虚入实之一贯精神也。"② 一九一七年，他又在著名的《文学革命论》这篇文章中，以欧洲的资产阶级现实主义理论为助动力，标举"推翻陈腐的铺张的古典文学，建设新鲜的立诚的写实文学"的口号③，在新文学运动这艘艨艟起锚之际，铺开了一条很有代表性的航线，并吸引了同时代的一些具有初步共产主义思想的人进入这条航线。如李大钊在一九一八年底写的《什么是新文学》一文中，"所要求的文学"也是"为社会写实的文学"。④

有意思的是，后期梁启超对欧洲资产阶级现实主义流派的认识也推进了一大步。他在一九二〇年写的《欧游心影录》一书中指出，十

---

① 《蕙风词话 人间词话》，人民文学出版社，1960，第 191 页。

② 《新青年》第 1 卷第 6 号《通信》。

③ 《中国新文学大系·建设理论集》，第 44 页。

④ 《文学运动史料选》第 1 册，上海教育出版社，1979，第 165 页。

九世纪后半期“可称为自然派（即写实派）全盛时代”，自然派“专用客观分析的方法来做基础”，而且是“纯用极严格极冷静的客观分析，不含分毫主观的感情作用”。在写法上，“自然派文学，就把人类丑的方面，兽性方面，赤条条和盘托出，写得淋漓尽致，真固然是真，但照这样看来，人类的价值差不多到了零度了。……所以受自然派文学影响的人，总是满腔子的怀疑，满腔子的失望”。[①] 同时，他在《中国韵文里头所表现的情感》中指出，“写实主义”其“作法要领是要将客观事实照原样极忠实的写出来，还要写得详尽”，“专替人类作片段的写照”。[②]

上述所见，这些为西学东渐开了先河的中国近现代理论先驱，尝试用西域的资产阶级文学理论的血液，注入中土文坛的衰竭的肌体，以审察和研究中国的文学现象，阐明中国文学发展的艺术规律和特点。这种尝试，虽然未获得很大成功，但对这以后一些文学家的影响的迹象却甚是显然。茅盾处在当时中国“铁屋子”打破之际，也不可能不受到中国早期那些理论家的熏染。至少，这使他萌生了对欧洲文学的极大兴趣。

茅盾是在一九一九年初步接受欧洲资产阶级现实主义流派，并对其进行了一定的介绍的。这一年起，他潜心于欧洲文学，特别是俄国文学，在《学生杂志》第六卷第四至五号上发表了《托尔斯泰与今日之俄罗斯》一文，从文学对社会思潮的影响的角度，探讨了托尔斯泰对俄国文学的影响及其作为俄国革命的“最初之动力”这一问题，

---

① 《饮冰室文集》第 23 册。

② 《饮冰室文集》第 37 册。

这是他写的介绍欧洲写实主义（即批判现实主义）① 的第一篇论文，文章介绍了托尔斯泰、屠格涅夫、陀思妥耶夫斯基等人的写实主义创作方法，勾勒了一幅俄国文学史简图，为中国读者了解俄国革命动因提供了望远镜。虽然，这篇文章在当时并未凝为高响，但它表明了，“五四”一开始，十九世纪欧洲的批判现实主义文学就深刻地影响着茅盾，而茅盾也正从这里得到动力，叩开了文学之门。

一九一九年七月至十二月间，茅盾在《学生杂志》上连载了《近代戏剧家传》，介绍了近代世界戏剧舞台上涌现出来的“如雨后春笋、方兴未艾”的各种戏剧流派。但他主要还是从这些剧作家的作品对人生的态度如何这一角度上进行介绍的。这样，他既介绍了“完完全全写实，更不加一些人工”的现实主义剧作家高尔基和契诃夫的作品，也介绍了虽然是象征主义但“处处能解剖人生性质至极精极细”的表象派剧作家斯特林堡的作品。由此可见，茅盾早期对外国文学的介绍，出发点还是他的“为人生”的文学观。

茅盾真正开始系统地介绍欧洲写实主义自然主义，是在一九二〇年。他在一九三四年应《国际文学》编辑部之约写的《答国际文学社问》中也说：“大概是一九二〇年罢，我开始叩‘文学’的门。……我自己在那时候是一个‘自然主义’与旧写实主义的倾向者。”② 可见那

---

① 写实主义为现实主义之旧译（见《辞海》文学分册第二〇页）。过去有人认为写实主义指的是十九世纪欧洲的批判现实主义，有人却认为是苏联的社会主义现实主义。我以为，从中国二十世纪初一些思想家、理论家所接受的写实主义来看，主要还是批判现实主义。

② 见 1981 年 4 月 16 日《文学报》。

时，茅盾接受的不只是十九世纪欧洲的批判现实主义，同时接受了同一时代的产儿——自然主义。

这一年一月，茅盾提出，新文学是宣传新思潮的急先锋，“现在新思想一日千里”，艺术也要前进。为了赶上时代，在艺术上就要“探本穷源”，这就需要在介绍新派小说时，“应该先从写实派、自然派介绍起”。①

茅盾早期介绍写实主义自然主义文学的本意，还不仅仅在这里。茅盾晚年在回顾他跨上文学道路之后最早形成的文学观时说：“这种介绍只是一种‘预备’、一个‘过程’，最终目的是为了提倡新浪漫主义。这就是‘穷本溯源’的本意。”②

正是出于这种“本意”，茅盾在当时才不以写实主义自然主义为终极鹄的。他“主张先要介绍写实主义自然主义，但又坚决地反对提倡他们”。③ 在他看来，写实主义自然主义是“对于浪漫文学末流的反动，在文学思潮进化史中自然有相当的贡献。但决不能靠他去创造最高格的文学”。④ 他强调“写实主义不过是文学进化过程中的一段路程，决不是文学的极则”⑤，把写实主义看作文学发展史上的一段路程，“最高格的文学”则是新浪漫主义文学。他又在《〈小说月报〉改革宣言》中说：“同人以为写实主义在今日尚有切实介绍之必要：

① 茅盾：《小说新潮栏宣言》，《小说月报》第11卷第1期。

② 茅盾：《我走过的道路》（上），人民文学出版社，1981，第135页。

③ 茅盾：《我走过的道路》（上），人民文学出版社，1981，第135页。

④ 茅盾：《为新文学研究者进一解》，《改造》第3卷第1号。

⑤ 茅盾：《近代文学体系的研究》，载于《中国文学变迁史》，新文化书社，1921。

而同时非写实的文学亦应充其量输入，以为进一层之预备。”这里的“非写实文学”，实际上是指当时一些作者心目中比写实主义更高一级的新浪漫主义。从这一目标出发，他强调，“现在中国提倡新思潮的，当然不想把唯物主义科学万能主义在中国提倡，则新文学一面也当然要和他步伐一致，要尽力提倡非自然主义的文学，便是新浪漫主义了”。① 为什么呢？因为从思想上看，“浪漫的精神常是革命的解放的创新的”，“是有进步有生气”的；从文学的社会作用看，在那个廊庙蠹朽、人心迷乱的年代，“能帮助新思潮的文学该是新浪漫的文学，能引我们到正确人生观的文学该是新浪漫的文学，不是自然主义的文学，所以今后的新文学运动该是新浪漫主义的文学”。② 当时，茅盾把罗曼·罗兰看作新浪漫主义的杰出代表。直到二十世纪五十年代，他还说“当时使用‘新浪漫主义’这个术语的人们把初期象征派和罗曼·罗兰的早期作品都作为‘新浪漫主义’一律看待的”。③ 他对罗曼·罗兰的作品推崇备至，称引为中国新文学运动发展的一个榜样，一个楷模，是因为在他看来，罗曼·罗兰的作品表现了“受思潮之冲激”的人物形象，能使人们“进于新光明之‘黎明’”④，特别是《约翰·克利斯朵夫》具有“表现过去，表现现在，并开示将来给我们看”⑤ 的优点。缘此以观，茅盾提倡新浪漫的文学，有着两个目

① 茅盾：《为新文学研究者进一解》，《改造》第3卷第1号。

② 茅盾：《为新文学研究者进一解》，《改造》第3卷第1号。

③ 茅盾：《夜读偶记》，《茅盾文艺评论集》（下），文化艺术出版社，1981，第783页。

④ 茅盾：《“欧美新文学最近之趋势”书后》，《东方杂志》第17卷第18号。

⑤ 茅盾：《为所文学研究者进一解》。

的：一是推进新思潮的广泛传播，以拨出还萌在晨光熹微中的真正现代意义的文明境界；二是引导人们向上，弃颠踬怆痛的回首如遗，建立健全的人生观，做个有理想的人。

那么，茅盾为什么没有直接提倡新浪漫主义，而是先行介绍写实主义自然主义呢？这是我们所要讨论的一个重要问题。遵照列宁的教导，在分析任何一个社会问题时，“要把问题提到一定的历史范围之内”[①]。为了解决问题，“最可靠、最必需、最重要的就是不要忘记基本的历史联系”[②]。在对茅盾早期的文学思想及当时整个文坛的实际进行一次综合考察之后，我以为对这个问题的解答，可以从以下四个方面入手：

（1）这是从文学演进去看的。年轻的茅盾洞悉文学嬗变之履迹，认为从文学进化的迁演顺序看，要先介绍写实主义自然主义。茅盾考察了“一部西洋文学思潮史”，认为应该按部就班地把欧洲近代文学思潮在中国“演一过”。[③] 他这样分析道：卢梭打破了古典主义文学，力主宣扬性解放、爱情自由，他的作品对浪漫主义的形成产生了极大的影响；易卜生的社会问题剧，抹去了浪漫主义的色彩；左拉以他的创作理论，宣告了自然主义的崛起；梅特林克开了象征主义戏剧的先声！以至十九世纪末、二十世纪初新浪漫主义开始兴起。而在中国，当时“尚徘徊于‘古典’‘浪漫’的中间，《儒林外史》和《官场现形记》之类虽然也描写到社会的腐败，却决不能就算是中

① 列宁：《论民族自决权》，《列宁选集》第2卷，第512页。

② 列宁：《论国家》，《列宁选集》第4卷，第43页。

③ 茅盾：《答周赞襄》，《小说月报》第13卷第1号。

国的写实小说”。[①] 总的来说，中国“却还是停留在写实以前”，因此，要“尽量把写实派自然派的文艺先行介绍”。[②] 他说：“现在中国研究文学的人，都先想从介绍入手，取西洋写实自然的往规，做个榜样，然后自己着手创造。”[③]

（2）这是从当时的社会状况去看的。茅盾以他的“为人生”文学观为出发点，认为，只有写实主义能抨击“恶社会的腐败根”，对它不可不先行介绍。中国当时的社会背景，用茅盾自己的话说，“大可以用‘痛苦’两个字来包括”，“经济困难，内政腐败，兵祸，天灾”；“旧势力的迫压太重”，使人“思想迷乱”。[④] 茅盾主张广大作者要在“被迫害的国里更应该注意这社会背景”，创造出“表现社会生活的文学”。[⑤] 在茅盾看来，社会的腐败、人心的迷乱，并非一味药所可医好，因此可以同时提倡象征主义。但从文学对于社会的影响来看，“写实主义对于恶社会的腐败根极力抨击，是一种有实力的革命文学，表象主义（即象征主义——引者）办不到这层”。[⑥] 由于当时中国还未产生出真正的写实主义文学，因此有必要先介绍写实派自然派的作品，以资借鉴。

（3）这是从当时的创作文坛去看的。茅盾认为，当时的小说创作存在背离人生和不能深刻地表现人生的错误和缺点，所以，要使新文

---

① 茅盾：《小说新潮栏宣宣言》。

② 茅盾：《小说新潮栏宣宣言》。

③ 茅盾：《答黄君厚生〈读小说新潮栏宣言〉的感想》，《小说月报》第 11 卷第 4 号。

④ 茅盾：《创作的前途》，《小说月报》第 12 卷第 7 号。

⑤ 茅盾：《社会背景与创作》，《小说月报》第 12 卷第 7 号。

⑥ 茅盾：《我们现在可以提倡表象主义的文学么?》，《小说月报》第 11 卷第 2 号。

学不走回旧小说的原路去，必须先介绍写实主义自然主义。“五四”后的两年间，文坛上流弊不浅，约于二端：一是新派小说虽然也表现人生，但它们所表现的人生太肤浅，往往不能通过对一段人生的描写来揭示“另一内在的根本问题”。[①] 这些作者“为创作而创作”，追求理想化。这种弊病主要出于当时的许多类似“旧日‘某生某女’体”的恋爱小说，茅盾说：“我对于现今的恋爱小说不满意的理由却因为这些恋爱小说也都不是自然主义的文学作品。”[②] 二是旧派小说“以文学为游戏为消遣”，“凭想当然，不求实地观察”。[③] 可以看出，茅盾从文学与人生的关系这一根本问题去划分新、旧小说派，指出新派小说不能深刻地表现人生；而旧派小说完全背离人生，不去揭露现实生活中的黑暗和人世间的丑恶。鉴于这些弊病，茅盾深切感到，“固然大家都觉得自然主义文学多少有点缺点”，但是，对于当时那些“愈加‘理想化’了”的创作，“若不乘此把自然主义狠狠的提倡一番，怕‘新文学’又要回到原路呢”[④]；他进一步指出，“不论自然主义的文学有多少缺点”，对于校正“以文学为游戏为消遣”和“不求实地观察”这些弊病，“似乎是对症药”，“实是利多害少”，“所以我觉得现在有注意自然主义文学的必要”。[⑤] 一九二二年，他针对当时出现的一些“自由盲动的不研究文学而专以做小说为业的作者，和那

① 茅盾：《自然主义与中国现代小说》，《小说月报》第13卷第7号。

② 茅盾：《评四五六月的创作》，《小说月报》第11卷第2号。

③ 茅盾：《一年来的感想与明年的计划》，《小说月报》第12卷第12号。

④ 茅盾：《最后一页》，《小说月报》第12卷第8号。

⑤ 茅盾：《一年来的感想与明年的计划》，《小说月报》第12卷第12号。

些‘逐臭’的专以看小说为消遣的读者”，以为“惟有先找个药方赶快医治作者读者共有的毛病，领他们共上了一条正路”①。这个药方在他看来，就是自然主义的作品。

（4）这是从文学题材的选择和描写方法去看的。茅盾认为只有先介绍写实派自然派的作品，学习自然派作家用科学的原理作小说，才有可能克服内容单薄与用意浅显这两个毛病。当时文坛上一些有志于创作新文学的人，“都努力想作社会小说，想描写青年思想与老年思想的冲突，想描写社会的黑暗方面，然而仍不免于浅薄之讥”。茅盾指出，这“都因作者未曾学自然派作者先事研究的缘故。作社会小说的未曾研究过社会阅题，只凭一点‘直觉’，难怪他用意不免浅薄了”。总之，他们“缺了客观的态度”。茅盾认为，如果很执着地只在“社会黑暗”四个字上做文章，是绝难做出好作品的。于是，他主张向自然派作家学习，“把科学上发现的原理应用到小说里，并该研究社会问题，男女问题，进化论种种学说”，才能“免去内容单薄与用意浅显这两个毛病”。②

上述四个方面，照茅盾的意思，都是一种“预备”过程，他把这种过程称为“自然主义洗礼”的过程。只有经过这样一场必要的“洗礼”，中国文学才能走向新浪漫主义。当然，茅盾所介绍的自然主义，“并不是人生观的自然主义，而是文学上的自然主义”，从这一特定的内涵出发，他认为所要采取的，“是自然派技术上的长处”③，这

① 茅盾：《自然主义与中国现代小说》，《小说月报》第13卷第7号。

② 茅盾：《自然主义与中国现代小说》。

③ 茅盾：《自然主义的怀疑与解答》，《小说月报》第13卷第6号。

些长处就是求“真”、“实地观察”和“照实描写”。[①] 茅盾说：“许多新浪漫作品都是以自然主义的技术为根底的。”[②] 在他看来，利用自然主义技术上的长处，对中国新文学进行一番“洗礼”，即反对歪曲粉饰现实的腐朽、没落的封建文学，建立“为人生”的文学以及解决观察、描写方法等问题，是为建设新浪漫主义的文学创造条件的。

茅盾确实没有把写实主义自然主义认作全能的灵丹妙药，同时没有因它们本身的缺点而视其为草芥。一方面，他认为不能把写实派文学“高抬到天”，或者“恭维”到“极点”[③]，也“不能认为自然文学有多么重大”[④]；另一方面，他看出了“写实文学中所包有的批评精神和平民化的精神”，是可以为文学进化“添出新气象”[⑤] 的。从而确认，“无论写实主义有千万之缺点，其有功于文艺之进化，实不可磨灭”。[⑥]

可以看出，茅盾对写实主义自然主义的介绍，并不率性。他既不全盘接受，又不简单否定，而是有所批判，有所取舍。用他自己的话说，就是抱着一种“极诚恳而不夸大的态度”。[⑦] 也应该承认，茅盾介绍写实主义自然主义是下了决心的，信念是坚定的，他并不因为指

---

① 茅盾：《自然主义与中国现代小说》。

② 茅盾：《霍普德曼传》，《小说月报》第13卷第6号。

③ 茅盾：《文学上的古典主义浪漫主文和写实主义》。

④ 茅盾：《为新文学研究者进一解》。

⑤ 茅盾：《文学上的古典主义浪漫主文和写实主义》。

⑥ 茅盾：《为新文学研究者进一解》。

⑦ 茅盾：《主义……》，《小说月报》第13卷第9号。

出写实主义自然主义的缺点而对它们产生动摇。实际上，他指出写实主义自然主义的缺点，旨在随时克服那些不利于文学向新浪漫主义进化的因素，从而更加坚定地认为，写实主义自然主义的“洗礼”，将使新文学能够健康地发展。

如果说，茅盾从一九二〇年到一九二二年间，笃信“新浪漫主义”是新文学发展时方向，企图用罗曼·罗兰为代表的新理想主义的某种敢于反抗社会现实的情绪，“反响于人类理想”①，引导人们建立健全的“正确”的人生观，以推进新思潮的发展的话，那么，从一九二二年十二月发表《杂感——读代英的〈八股〉》一文后，他就瞩目于新文学要服务于革命民主主义运动这个总任务，遂逐渐放弃了对“新浪漫主义”的执着追求，也很少再提“写实主义”“自然主义”这类词语了。取而代之的，是他所坚信的恽代英的话：“现在的新文学若是能激发国民的精神，使他们从事于民族独立与民主革命的运动，自然应当受一般人的尊敬”；他主张文学家要“从空想的楼阁中跑出来，看看你周围的现实状况”，摒除“空想的感伤主义”和“逃世的思想”，努力去“激发国民的精神”。②

尽管，茅盾后来很少再提“写实主义”“自然主义”“这些旧理论”，但他并没有以此缚住了向现实主义道路迈进的脚步。就连他自己也承认，他早期那种倾向于旧写实主义和自然主义的文学观，“显然强烈地影响了”他“以后的文学活动”。③ 到了一九二五年，茅盾

① 茅盾：《“欧美新文学最近之趋势”书后》。

② 茅盾：《杂感——读代英的〈八股〉》，《文学周报》第101期。

③ 茅盾：《我走过的道路》（上），第136页。

发表了《论无产阶级艺术》一文，就一扫他早期文学观的某些偏颇，并且明确地以马克思主义的文艺理论和阶级观点对早期的文学观加以修正和补充，标志着他跨越早期的“预备”和“洗礼”阶段，在追蹑无产阶级文学蹊径的过程中，昂首朝着无产阶级艺术发展方向前进了。

二

在上一节中，我们遇见了一个很容易为人发觉的有趣的现象：茅盾时而提“写实主义”，时而提“自然主义”，时而又同时提出二者。在表面上看来，这似乎显得有些轇轕，或者，像一些研究者所说的“混同”，这种现象很值得玩味。

究竟应该怎样看待茅盾在介绍写实主义自然主义过程中出现的这种现象，确实是一个比较疑难的题目。在解决这类复杂的问题时，列宁为我们提供了一种极为有效的方法：“如果从事实的全部总和、从事实的联系去掌握事实，那末，事实不仅是‘胜于雄辩的东西’、而且是证据确凿的东西”。[①] 经过考察，我认为茅盾在运用写实主义、自然主义这两个名词时，常常不够讲究，不够严格。而实际上，他对写实主义和自然主义在文学真实性这个本质问题上的区别，还是有所觉察的，尽管这种觉察并不是彻底的，有时也确实是比较模糊的。

一九二二年上半年，在《小说月报》上展开的一场关于提倡自然

① 列宁：《统计学和社会学》，《列宁全集》第23卷，第279页。

主义运动的论争中，有人把左拉的自然主义作品称为“自然派”，而把其他各国文学家的自然主义作品称为“写实派”。茅盾不太同意这种分法，理由是：“一个作家有一个作家的特殊面目，谁也不能和谁完全相同，非至一个人独为一派为止。”在他看来，倘若要分类，就要“依着他们的荦荦大端的共通精神以为标准，而略去小小的不同”，并“请他们同住在‘自然主义’——或者称它是写实主义也可以，但只能有一，不能同时有二——的大厅里”。①

茅盾说的自然主义和写实主义有“共通精神”，指的是什么呢？他说：“自然主义的真精神是科学的描写法。见什么写什么，不想在丑恶的东西上面加套子，这是他们的共通的精神”，“这一点真精神至少也是文学者的ABC，走远路人的一双腿”。② 根据这个看法，联系茅盾早期的文学观，我以为茅盾的意思，是自然主义和写实主义在如实反映现实、反对粉饰生活这点上是共同的。

茅盾由此窥视了自然主义和写实主义的“共通精神”，并无可厚非。然则，在思维的同一河岸，绝不可能取一勺同样的水。问题的复杂性就在这里，茅盾的这一认识，同时促使他在对写实主义和自然主义的具体阐述中，往往失之于杂厕，发生了所谓“混同”的现象，这主要表现在两个方面：

（1）名词概念上的“混同”。茅盾曾在《小说月报》介绍晓风译

① 茅盾：《“左拉主义”的危险性》，见1922年9月21日《时事新报》附刊《文学旬刊》第60期。

② 茅盾：《“左拉主义”的危险性》，见1922年9月21日《时事新报》附刊《文学旬刊》第60期。

的日本岛村抱月的《文艺上的自然主义》一文时，认为“自然主义不妨看作写实主义的一部分”。由于茅盾把自然主义作为现实主义的一个流派来看待，导致了理论阐述中名词概念的“混同”现象：其一，认为写实主义也可称为自然派，他说：“写实主义在福楼拜尚不过是一种倾向，到左拉手里，才确立起来，到莫泊桑手里，才光大而至于大成。同时便也受到自然派的名号，以与易卜生、勃尔生、斯特林堡、白利欧、加尔斯胡德等人的问题的写实主义相别”。[①] 其二，把一些现实主义作家说成是自然派作家，在《自然主义与中国现代小说》中，他把巴尔扎克、福楼拜称为“自然派的先驱”；在《一般的倾向——倒作坛漫评》中，又把莫泊桑推为“自然派”[②]；在《俄国近代文学杂谭》中，他说：“契诃夫的擅长在短篇小说，他是自然派，人家称他可继法国莫泊桑之后。”[③] 显然，茅盾当时对写实主义和自然主义的概念是分不清的。

（2）从一般意义上看，茅盾认为自然主义和写实主义的描写方法大致相同。在他看来，左拉等自然主义作家那种“直接将科学的研究法，运用于创作”[④] 的写法，是一种“求真”的描写方法。这种“科学的描写法”，自然派作品如此，写实派作品亦不例外。他说，写实派“对于作品里的描写非常认真”，当时“中国不能有好的写实小说

---

① 茅盾：《文学上的古典主义浪漫主文和写实主义》。

② 见 1922 年 4 月 1 日《时事新报》附刊《文学旬刊》第 33 期。

③ 见《小说月报》第 11 卷第 2 号。

④ 茅盾：《“左拉主义”的危险性》，见 1922 年 9 月 21 日《时事新报》附刊《文学旬刊》第 60 期。

出世，实因这些‘小说匠’以假混真所致”。[①] 对于西洋小说，茅盾也是这样看的，他指出，“近代西洋文学是写实的，就因为近代的时代精神是科学的。科学的精神重在求真，故文艺亦以求真为唯一目的”；要达到这种“求真”，就要“重客观的描写”，因此，“眼睛里看见的是怎样一个样子，就怎样写”。[②] 而对于自然主义作品，茅盾认为它是用“纯客观的态度”，像左拉等人那样，“把所观察的照实描写出来”。[③]

不过，对于茅盾的这个“混同”现象，我们只能从一般意义上去看。如果认真考察并区别它们的特定内涵的意义，则不难发现，茅盾认为写实主义是“重客观的描写”，自然主义则是用“纯客观的态度”来描写，这两者不可同日而语，至少，在程度上不甚一致。“重客观的描写”毕竟不算于“纯客观”的描写，它允许加入作者的主观分析。普列汉诺夫很早就看出了这种区别，他指出：某些现实主义者（例如福楼拜）“认为自己的责任就是以客观的态度来对待他所描写的社会环境，正如自然科学家对待大自然时态度那样”，然而，“他对当代社会运动的评价却还是非常主观的”。[④] 虽然茅盾对这种区别也有所觉察，但他并没有特别去作进一步的阐述，而是在对写实主义的认识中，继续误入自然主义的永巷。确实，在其他的一些论述中，

---

① 茅盾：《“写实主义之弊病”?》，见1922年11月1日《时事新报》附刊《文学旬刊》第54期。

② 茅盾：《文学与人生》，松江暑期演讲会《学术演讲录》第1期。

③ 茅盾：《自然主义与中国现代小说》。

④ 普列汉诺夫：《没有地址的信，艺术与社会生活》，第232－234页。

他仍然把自然派的那种“纯客观”描写手法看作写实主义所应遵循的描写方法。他说：“文学上的写实主义与自然主义实为一物”，其区别仅在于，“写实派作者观察现实，而且努力要把他所得的印象转达出来，并不用理性去解释，或用想象去补饰，自然派就不过把这手段来推之于极端罢了”。[①] 这里，茅盾显然把自然主义的描写方法当作写实主义的描写方法了。至于那个“极端”，在茅盾看来，就是像左拉那样，对于“一个动作，可以分析的描写出来，细腻严密，没有丝毫不合情理之处”[②]。

茅盾所说的写实主义和自然主义“实为一物”，是就艺术的真实性是现实主义和自然主义的共同点而言的；但艺术的真实性同时是现实主义和自然主义的分歧点，这个分歧点明显地表现在细节描写上。在现实主义艺术中，细节描写始终是整体插写的一个有机组成部分，细节真实性的意义，就在于它有助于表现整体的真实性。而在自然主义艺术中，堆砌生活细节，并进行冗长的摄影式的描写，其精确和完整的逼真程度，使自然主义表现出不同于现实主义的艺术追求。左拉的那种令人目眩的细节描写，反映了这一艺术追求。茅盾道出了这个“极端”，这种看法是可取的。

我以为，除了上述所说的那个“极端”外，在茅盾早期的文学观里，对自然主义和写实主义在某些本质问题上的区别，也是有所觉察的。这可以从他的论述中看出来。

---

① 《通信》，《小说月报》第 13 卷第 2 号。

② 茅盾：《自然主义与中国现代小说》。

（1）对生活材料的选取不同。照茅盾的看法，自然主义和写实主义在观察生活、选取生活材料这一点上，虽然有共同的一面，即都强调艺术的真实性来源于生活，都必须以现实生活为基础。然而，它们也有不同的一面，表现在："依自然派的描写方法，凡写一地一事，全以实地观察为准"[①]，"事事必先实地观察便是自然主义者共同信仰的主张"[②]；写实派则不然，它并不"死抄实境"，"写实派作家所谓'实地观察'本来就不是定取实事做小说材料的意思，中国提倡写实主义的人，似亦未曾主张过"[③]。这个见解不失精当之处。年轻的茅盾看出了现实主义和自然主义在生活材料选取方面的区别，尽管还不能说是完全把握住了这一本质问题，但他在新文学初期能有这种见识，确实是不容易的。

（2）对生活的认识和作用不同。茅盾认为："自然派作者对于一桩人生，完全用客观的冷静头脑去看，丝毫不搀入主观的心理"[④]；而新文学的写实主义"描写社会黑暗，用分析的方法来解决问题"[⑤]。基于这一点，他观察了当时的一些写实派作品，觉得"所惜者"在于，"能抨击矣，而不能解决"。[⑥]

联系茅盾对自然主义缺点的揭示，我们就会发现，茅盾对写实主

---

① 茅盾：《一般的倾向——创作坛漫评》。

② 茅盾：《自然主义与中国现代小说》。

③ 茅盾：《"写实主义之弊病"?》，见1922年11月1日《时事新报》附刊《文学旬刊》第54期。

④ 茅盾：《自然主义与中国现代小说》。

⑤ 茅盾：《什么是文学》，载于《中国新文学大系·文学论争集》，第157页。

⑥ 茅盾：《"欧美新文学最近之趋势"书后》。

义和自然主义的认识有个不易为人觉察的区别。他认为自然主义“用分析的方法去观察人生表现人生”①，而写实主义“用分析的方法来解决问题”。二者用的都是“分析的方法”，所达到的目的却不一样。值得寻味的是，这个“分析的方法”在写实主义和自然主义看来，用法尤有差别。写实主义的“分析的方法”，带有作家的主观能动性，作家可以对所描写的事实进行道德、政治和美学的评价。对于描写社会黑暗的作品，作家可以通过分析提出解决或医治的办法。而自然派的“分析的方法”，纯粹是那种不厌其烦的冗长的细节描写，甚至对于一个动作，也要分析开来写。作家只要有剖析、演绎细节的能力，就算是天才，而不需要任何的主观能动性。茅盾正是从这里，看出了写实主义和自然主义的这种区别。

当然，茅盾早期对写实主义和自然主义在文学真实性问题上的区别，是有所觉察的，但这种觉察不是彻底的，有时显得模糊不清。这就使他在认识写实主义和自然主义的本质区别时产生了偏差。所以，应该指出，茅盾当时限于认识水平，没能准确把握写实主义与自然主义的概念，有时将自然主义看作写实主义的一部分，有时所说的自然主义又包括写实主义。这个局限，是极为明显的。我们只能说，茅盾早期对写实主义和自然主义的认识，是既清楚又不清楚的。一方面，他看出了写实主义和自然主义某些本质的区别；另一方面，则又囿于自然主义与写实主义有“共通的精神”，混淆了它们之间的区别。

对于茅盾在写实主义和自然主义问题上认识的“混同”现象，过

① 茅盾：《为新文学研究者进一解》。

去我们一般都认为这同茅盾接受欧洲资产阶级文艺理论有关。然而，与这种理论本质相联系的理论现象对茅盾的影响，则被我们忽略了。实际上，本质和现象不仅是对立的，而且是统一的。列宁说："本质在表现出来，现象是本质的。"① 正是由于现象和本质之间是统一的，我们才有可能通过现象而把握本质。从这个意义上说，理论现象和理论本质对人的思想的影响是一样深刻的。因此，我们在从理论本质上看待茅盾所受到的资产阶级文艺理论的影响的同时，还要考察历史上的理论现象对茅盾所产生的影响，这样，才能比较全面地看待茅盾对写实主义和自然主义的认识上的"混同"现象。

茅盾曾经在一九六三年十一月二十五日致曾广灿同志的一封信中提到："在写《子夜》之前的十年，我曾阅读左拉之作品及其文学理论，并赞同其自然主义之主张，但彼时中国文坛未尝有人能把自然主义，现实主义之界限划分清楚，当时文坛上，尚未见有人介绍马克思主义文学理论，当时创造社尚在提倡唯美主义也。"② 如果我们不是固守今天的观念，要求一个当时的文学家适应我们今天的理论，而是从茅盾当时的思想认识水平，以及当时国内外的理论现象出发，我认为茅盾的这个意见是合乎实际的。

当时国内外是一种什么样的理论现象呢?

我们知道，批判现实主义文学流派和理论主张，是十九世纪三十年代后在法国出现的。它的整个过程，卷入了两个方面的瓜葛：一方

① 列宁：《黑格尔〈哲学史讲演录〉一书摘要》，《列宁全集》第38卷，第278页。

② 见《中国现代文学研究丛刊》1981年第2辑。

面是没有完全和浪漫主义划清界线，从而把司汤达和巴尔扎克也归到浪漫主义里去；另一方面是没有和自然主义划清界线，有的人干脆把现实主义看作自然主义，如夏莱伊就说过："现实主义，有时也叫做自然主义，主张艺术以模仿自然为目的。"[①] 郎生在《法国文学史》里，也将写实主义作家福楼拜归到"自然主义"一卷里。

这是法国人的错觉吗？不是。法国人之所以把现实主义看成几与自然主义同其奥衍，是因为在当时的法国，现实主义和自然主义这两个本应该区别开来的流派，具有共同的哲学思想基础，这就是孔德的实证哲学以及泰纳根据实证哲学发展出来的自然主义的美学观点。

在十九世纪的法国，现实主义和自然主义所具有的哲学思想基础并无二致，从而导致了当时的法国人把批判现实主义和自然主义"混同"起来。从一个特别的意义上说，这是一种特定的理论现象。铜山西崩，洛钟东应，这种理论现象不可避免地随着十九世纪欧洲现实主义母体在中国的输入，在一定程度上影响了二十世纪初期中国接受这个流派和理论的一批资产阶级理论家和小资产阶级激进民主主义者，使他们在具体论述中，也把自然主义和写实主义混为一谈，从而在中国也形成了一种类似十九世纪法国的特定理论现象。如陈独秀就把写实主义和自然主义并提[②]；胡适在评论《红楼梦》时，说这部小说"只是老老实实的描写这一个'坐吃山空''树倒猢狲散'的自然趋势。因为如此，所以《红楼梦》是一部自然主义的杰作"[③]。其实，

---

① 夏莱伊：《艺术与美》，转引自朱光潜《西方美学史》下册，第 357 页。

② 见《新青年》第 1 卷第 6 号《通信》。

③ 胡适：《红楼梦考证》，《胡适文存》第 3 卷。

胡适所说的“自然主义”，在当时指的是“现实主义”。愉之（胡愈之）在一九二〇年初发表的《近代文学上的写实主义》一文中，就认为写实主义与自然主义没有大的区别，可以“概称作写实主义”。谢六逸在《西洋小说发达史》中也认为自然主义与写实主义没有本质的区别，“在自然主义里面，已足包括写实主义”。

不难想见，茅盾处于各种思潮纷至沓来的“五四”时期，在纯驳不一的理论氛围里对欧洲写实主义自然主义文学进行介绍，的确不可避免地要受到那种特定的理论现象的困扰。这正如恩格斯所说的，各个世纪的思想家都“不能超出他们的时代给他们划出的界限”。[①] 正是这样的困扰，使茅盾一时还不能分清写实主义和自然主义的界限。

我认为，茅盾早期所认识的写实主义和自然主义，是以现实主义占主导地位的。这不仅是他早期“为人生”的文学观的核心内容，而且是他之后的文学观发展的重要基础。茅盾主要是摄取了十九世纪欧洲批判现实主义的精华，虽然，不可避免地含有左拉的自然主义成分，但在他看来，是有价值的成分。他说：“我们若说自然主义有注意的价值，当然是说自然主义之科学的描写法一点有注意的价值。至于左拉的偏见是什么，毫不相干。”[②] 我觉得，一方面，茅盾注意“科学的描写法”，是为了要服务于如实反映现实、反对粉饰生活这个“为人生”文学观的实际要求，这就是他所认识的价值所在；另一方

① 见恩格斯《反杜林论》序文的另一草稿，《马克思恩格斯论艺术》第2册，第172页。

② 茅盾：《“左拉主义”的危险性》，见1922年9月21日《时事新报》附刊《文学旬刊》第60期。

面，也暴露了茅盾的认识的不彻底性：对这个“科学的描写法”的认识仍然是含糊不清的，把写实主义的“重客观的描写”和自然主义的“纯客观”的描写搅于一锅，认为它们是“科学的描写法”，使他对写实主义和自然主义在本质上的区别的认识，失之于肤浅和偏差。这是我们应该看到的。

三

就一个文艺理论家来说，对一种文学流派和理论的认识的独特性和深刻性，往往既表现在他对前人或同时代人接受这种文学流派和理论的发展具有多大的独创意义，也表现在对一种新的理论体系的建设具有多大的贡献意义。对于茅盾早期介绍写实主义自然主义的贡献，我以为应该这样看。

茅盾早期对欧洲写实主义自然主义的介绍，与他的前人和同时代人相比，具有历史进步性和发展性。

在中国这只东方睡狮刚刚觉醒的二十世纪初叶，反映着西方资产阶级文明和精神寄寓的欧洲十九世纪哲学思潮和文学流派，滚滚涌入门户方开的中国“铁屋子”。面对八音繁会、五色错呈的精神“舶来品”，中国思想界、文化界这块干海绵，在吮吸外来汁液时饥不择食，当时的《新青年》等刊物在介绍这些精神“舶来品”时，就出现了这种现象；同时，由于那时并未诞生具有特定倾向的文学报刊，也没有孕育具有明确目标的文学流派，西方文学思潮在中国的传播，仍处于幼稚、微弱的状态。而在“五四”之后，文学革命战果弥显，白话文在宣传上得到繁衍，外国文学在中国的传播已从汤汤滔滔的大江大河，注入汩汩潺潺的各条水系，规模越来越大；在介绍西方文学思潮方面，也比较集中地介绍现实主义与浪漫主义这两大文学主潮。茅盾在二十世纪五十年代时回顾说，“五四”时期，“主要是介绍了欧洲十九世纪中叶的现实主义的理论”①。茅盾正是在“五四”以后，才开始介绍欧洲的写实主义自然主义流派。与“五四”之前的一些理论家相比照，茅盾介绍欧洲写实主义自然主义的历史进步性和发展性，主要表现在两个方面：

（1）注意介绍的针对性、现实性，把介绍欧洲现实主义文学流派看作传播新思潮、批判社会现实的一种武器。

十九世纪末叶以来，中国由严复、林纾开一代风气之先，介绍、翻译了外国的一些哲学著作及文学作品；梁启超东渡日本后办的《新民丛报》、商务印书馆于一九〇三年出刊的《绣像小说》，也都介绍了一些外国作品。但这时的介绍带有相当的盲目性，到了《新青年》和《少年中国》创刊后，既介绍了托尔斯泰、屠格涅夫、陀思妥耶夫斯基、易卜生、莫泊桑等人的批判现实主义作品，也介绍了俄国象征派作家梭罗古勃、颓废派作家阿尔志跋绥夫，瑞典的神秘主义作家斯特林堡，英国的唯美主义作家王尔德等的作品。这时的介绍虽然汗牛充栋，却也漫无边际。陈独秀在《新青年》上著文，认为欧洲现实主义自然主义“乃人类由虚入实之一贯精神也”，观点过于笼统，未能指出它们在传播新思潮、批评社会现实中的作

① 茅盾：《夜读偶记》，载于《茅盾文艺评论集》（下），第805页。

用。而茅盾的明智和远见，就表现在这里：他开始瞩目于百余年的国耻与积弱终告湔除，开启理想王国的钥匙已经在握的“五四”时代，同时正视了那种泯灭是非、遁世无为的社会现实和国民性。为了在茫茫长夜里指其迷津，他选择了欧洲现实主义文学作品作为“用文艺来鼓吹新思想”① 的一种武器，有意识、有目的地进行介绍。他认为，“介绍西洋文学的目的，一半是欲介绍他们的文学艺术，一半也为的是欲介绍世界的现代思想——而且这应是更注意些的目的”②。当然，茅盾在这里并不是把作品的思想和艺术截然分开，在他看来，作品中的思想是通过艺术手段表现出来的，所以在介绍时，不是介绍纯艺术，而应该介绍那些蕴含着现代新思想，同时具有较高艺术水平的佳作。

然而，茅盾的眼光并不在这个认识范围内停留，他把对这个问题的思考的触角，伸向一个更为广阔、深远而又带着一种强烈的现实主义的境界，从而扩大了思想认识的空间。这就是：一面要介绍，一面要创造。创造的目的，与介绍的目的是一致的，都是为了传播新思想。他说，新思想“一方面固然要有哲学上的根据，一方面定须借文学的力量，就是在现实人生里找寻出可批评的事来，开始攻击，然后这思想能够‘普遍宣传’”③。这个见解体现了茅盾“为人生”文学观

① 茅盾：《对于系统的经济的介绍西洋文学底意见》，《时事新报·学灯》，1920年2月4日。

② 茅盾：《新大学研究者的责任与努力》，《小说月报》第12卷第2号。

③ 茅盾：《对于系统的经济的介绍西洋文学底意见》，《时事新报·学灯》，1920年2月4日。

的基本精神。

但也不能不看到，当时国内文学界正面临着西方各种文学艺术流派的渗透，一些理论家对批判现实主义的摄取，表现出了在理论上的消化和改造；而在创作上，除了鲁迅的《狂人日记》等作品第一次自觉地把其他流派的艺术原则熔化在现实主义熔炉之中以外，则少有与理论的消化和改造相呼应的优秀作品问世，表现出了创造方面的相当的差距。如茅盾所说的，“写实生义之真精神与写实主义之真杰作实未尝有其一二”，鉴于这种状况，他呼吁：“写实主义在今日尚有切实介绍之必要。”① 从这个立点上说，茅盾介绍欧洲现实主义流派的历史进步性，在于既是不止于旧现实主义对旧制度的单纯补失救偏，而是对旧制度的无情批判；同时不同于“五四”之前一些理论家的盲目介绍，而是把这种介绍看作传播西方新文化思潮的一部分，特别是以此为借鉴，在中国创造一种能表现当代新的思想和意绪的新的文学。

（2）注意理论联系实际，把介绍现实主义文学流派及创作方法与介绍具体作品结合起来。

一九一七年，陈独秀在《文学革命论》中提出他在文学上的“三大主义”，积极主张建设“国民”、“写实”、“社会”的新文学，指出新文学当以“今日庄严灿烂之欧洲”文学为楷模。这对新文学运动无疑产生了一定的推进力。陈独秀和胡适，都偏重于文学形式的改革，并作了相当的努力。自然，他们也都注意到文学内容的改革，但是，陈独秀所要建立的“写实文学”，仍然停留在表面的和直线性的

① 茅盾：《〈小说月报〉改革宣言》，《小说月报》第12卷第1号。

理解上，这是当时中国介绍西方文学流派时出现的一种严重的理论脱离实际的现象。“五四”以后，随着外国文学作品的大量输入，茅盾开始觉察到这一现象的不良和流弊，力求在自身的躬行实践中，克服这一弊端。

茅盾认识到，介绍作家的具体作品，是了解其所属的文学流派的一种最有效的手段。在他看来，“研究文学哲理介绍文学流派虽为刻不容缓之事，而移译西欧名著使读者得见某派面目之一斑，不起空中楼阁之憾，尤为重要”①。这个见解是深刻的。从茅盾的实践可以看到：他在介绍欧洲批判现实主义流派的某个作家的同时，对这位作家的作品也作了具体分析。例如在《俄国近代文学杂谭》中，他称果戈理有“提倡写实主义的功劳”，在于果戈理的《外套》显示出了“写实主义的开端”。为了具体阐述这个问题，他指出了《外套》的写实主义特色：“一是描写贫人的苦况，二是讽刺大官的妄作威福，三是贫弱者对于强暴者的报复”；并进一步指出，“这些特色都是俄国从前的文学所没有的。但有了《外套》以后，俄国文学便多少带有这色彩了”。②

茅盾的这一做法，的确是“五四”之前一些理论家不可企及的。他的过人之处，就在于把握了一种完全符合于理论来源于实践这一规律，即对具体作品的介绍和分析，不仅清晰地再现了一个文学流派的面目，而且通过对文学流派的理论和创作方法的介绍，能够使人们脱离对文学流派无从追索的认识困境，从而进入一种真切的、达于本质

① 茅盾：《〈小说月报〉改革宣言》。

② 见《小说月报》第11卷第1号。

的认识疆界。

茅盾早期对欧洲写实主义的介绍，为建立中国现代的革命现实主义理论体系做出了贡献。这一贡献突出地表现在，他以“为人生”的文学观为指导，从欧洲批判现实主义和自然主义文学里摄取有益的养料，结合中国新文学的创作和理论实际，为中国的革命现实主义理论体系建设提供了真实性、表现理想和表现个性的基石。

（1）真实性的基石。茅盾早期介绍欧洲写实主义自然主义文学，脑子里主要是批判现实主义的东西，离革命现实主义还有相当的一段距离。但他掇拾了批判现实主义中真实性的精华，即面对现实人生，注意研究社会问题，以现实主义的态度扩大真实反映现实的生活面。茅盾在介绍写实主义自然主义时发现，写实派具有真的精神，“在写实派说来，便是客观——观察——的艺术”①；他还指出，“自然主义者最大的目标是‘真’；在他们看来，不真的就不会美，不算善”②。基于这个认识，他结合中国新文学运动的实际，对文学的真实性问题提出了自己的看法。他说：“新文学的写实主义，于材料上最注重精密严肃，描写一定要忠实。”③

茅盾所要求的“忠实描写”，有两个重要环节：一是要有生活经验，从生活中汲取的材料才是真实的，才是“精密严肃”的。二是要把观察与想象结合起来，以求“综合地表现人生”。他说：“创作文学时必不可缺的，是观察的能力与想象的能力；

① 茅盾：《文学上的古典主义浪漫主义和写实主义》。

② 茅盾：《自然主义与中国现代小说》。

③ 茅盾：《什么是文学》。

两者偏一不可。”[①] 在他看来，文学不仅要“表现人生”，而且要“指导人生”，这就不能单靠“观察”，还要有“想象”，善于在作品中寄托作者的主观思想，以指示人生向更美和善的将来这个目标前进。因此，他在《波兰近代文学泰斗显克微支》一文中，特别赞赏显克微支“兼有浪漫主义和写实主义的精神，确确实实而又很有理想地有主张地表现人类的生活，喊出人类的呼求”[②]。这两个环节，实际上构成了革命现实主义创作理论在真实性问题上的稳定位置，而一环的移动，都会移动它的位置。茅盾对新文学写实主义创作方法的真实性要求，是符合革命现实主义的创作原则的，它应该成为我国现代的革命现实主义理论体系的一部分。

（2）表现理想的基石。革命现实主义要求作家必须用革命的精神指导创作，使这种革命的精神在作品中流露出来，也就是说，要把表现现实和表现理想结合起来。茅盾在指出写实主义文学“徒事批评”，使人看不出“前途的希望”[③] 的缺点时，认为要使新文学建设走向一种新的艺术境界，必须在作品中“或隐或现”地含有“对于未来光明的信仰”；因而新文学作者的“最重大的职务”，在于“隐隐指出未来的希望，把新理想新信仰灌到人心中”。[④] 这种新理想，在茅盾看来，应该是鲁迅在《故乡》里所显示出来的，“对于将来却不曾绝

① 茅盾：《新文学研究的责任与努力》。

② 见《小说月报》第12卷第2号。

③ 茅盾：《文学上的古典主义浪漫主义和写实主义》。

④ 茅盾：《创作的前途》。

望”，而努力追求“应该有新的生活，为我们所未经生活过的”[①]。虽然，这种新的生活、新的理想，在当时的茅盾心目中，还显得比较朦胧，但是，从一个开创意义上说，茅盾的论述对于补救当时一些作品对社会现实充满绝望、看不到斗争的前途的弊病，确实起了一贴清醒剂的作用。除了鲁迅之外，可以说在当时的文学家中，还没有人能像茅盾这样明确地对新文学提出表现理想的要求。

（3）表现个性的基石。革命现实主义的创作理论要求作家充分发挥自己的独创性，表现出创作的个性。茅盾在介绍欧洲写实主义自然主义文学的过程中，十分注意作家的创作个性。他认为欧洲“大文豪的著作差不多篇篇都带着他的个性”[②]。他看契诃夫的小说，“一篇有一篇的面目，决不相同”，但在契诃夫的作品中，却有一个共同的独特的创作个性，“就是能把大理想缩在绝小的篇幅里”。[③] 欧洲批判现实主义大师们独特的创作个性，所显示出来的作品中扣人心弦的感染力量，像磁铁一样紧紧地吸引着茅盾，使他对中国新文学创作提出了更高的要求。他看到，新文学创作坛上“西洋式的短篇小说陆续出来，数目已经不少，但有价值的却实在不多”，一般的缺点，“尚不在表现的不充而在缺少活气和个性”。[④] 他分析了形成此弊的原因，是这些作者“读了翻译的或原文的小说便下笔作小说，纯是模仿，而不去独立创造”。这是一个致命的弱点。因此，他要求作者在观察人生

① 茅盾：《评四五六月的创作》。

② 茅盾：《新文学研究的责任与努力》。

③ 茅盾：《俄国近代文学杂谭》，《小说月报》第11卷第2号。

④ 茅盾：《新文学研究的责任与努力》。

时要有“独立精神”，“先有了独立精神，然后作品能表见他的个性”。[①] 在我国现代的革命现实主义理论体系的建设中，茅盾把作家的创作个性放在极为重要的位置上，把它看作一部作品所具有的价值的潜在基因，与是一部作品的生命力的一部分，这个贡献无疑也是重大的。

当然，我们不能把茅盾早期的文学思想，都看成在欧洲资产阶级文学流派和创作理论影响下的产物。但是，茅盾从欧洲资产阶级文学的创作理论中吸取精华，补充他对新文学创作方法的认识，从而为建立我国现代的革命现实主义理论体系贡献了重要基石，这个事实应该得到承认。这样，我们才有可能比较恰当地去估计茅盾早期在介绍写实主义自然主义文学方面所花费的心血。

1982 年 8 月 16 日初稿完
9 月 17 日二稿完
1983 年 6 月 15 日三稿，福州

原载于《茅盾研究》第三辑，文化艺术出版社 1984 年版

① 茅盾：《新文学研究的责任与努力》。

香港文学的起点和新文学的兴起

一　香港文学的起点：《循环日报》与王韬

香港自古代以来，就以它独特的地理环境和人文环境，被纳入中国历史发展的框架；而它的文化传承和衍化，也受制于中华民族文化的影响，从而成为岭南文化的一翼。

1843 年 6 月 26 日，一纸《南京条约》，香港便割让于英国，从此导致了一个半世纪以来西方文化对它的长驱直入。英国政府开始从政治制度、法律制度、经济制度、教育制度以及文化措施等方面，试图以西方文化作为这块管辖地的主导文化，并全力扩展其对香港社会的影响。正是如此，西方文化的强大压力，就一直逼迫着香港，使它长期处于一种殖民文化的重压之中。

然而，从香港社会结构来看，华人毕竟占了 90% 以上的人口数量，由此构成了香港社会的主体。尽管西方殖民文化对香港实行了重压，但香港社会的文化基础，仍然是以岭南文化为主要形态的中华民族文化。这样，西方殖民文化对香港社会的侵入，便与作为香港社会基础的民族文化产生了激烈的碰撞和融摄。香港，便以这样的一个独特的文化格局，展现在近代以来的东方之土上。

这种文化形态，我们可以从香港近代的教育层面上去看。英占香港初期，港英政府对兴办学校并不热心。香港最早的西式学校是由英国教会人士开办的，它就是 1843 年从马六甲迁来的英华书院。这是香港的第一家英文书院，专门培养香港本地传教士，后来相继有其他国家的教会来此办学。同年 12 月，英国圣公会又在香港办起一所训练本地牧师的学校——圣保罗书院。中国早年的外交家伍廷芳博士，就曾经是圣保罗书院初期的学生。

从 1845 年起，港英政府才意识到教育的重要性，并开始对一些华人学校给予少量的经费补贴。港英政府关注教育，是出于巩固殖民统治秩序的需要，并把教育作为一种征服人心的手段。于是，从 19 世纪 60 年代起，香港教育事业的重点便由宗教教育转向世俗教育。1862 年 2 月，在香港立法局的资助下，由 4 所官立学校合并而成的中央书院（后改为皇仁书院）开学。这个书院集中体现了中西文化的交流和合璧的殖民地教育的本质。在这里学习的学生比内地同龄人更多地学到了比较先进的西方科学文化知识，眼界也更为开阔。像孙中山、何启、胡礼垣等一批中国近代史上的知名人物，都曾经是从中央书院毕业的学生。

从上述情况看，19 世纪香港的殖民教育，在本质上是为港英当局培养他们所需的各类人才，并扩大英国对华的影响。一些中国学生在那里所学到的西方比较先进的社会政治思想和自然科学知识，对于他们的资产阶级民主思想的形成，肯定是有影响的。这些学生积极投身变法维新运动和辛亥革命运动，对近代中国社会的变革做出贡献，尽管他们的行为并没有对这类西式教育的学校的性质做出改变，但客观上说明了中西文化的融摄与合流，造成了近代香港一种特殊的人文格局。这里，既存在一个完全西方化的以洋人为核心的上层社会，也存在一个依然保持中国文化传统，却又接受某些西方观念和文化习俗的中下层社会。

英占香港后，香港社会出现的这种中西合璧的文化形态，也反映在当时出版的新闻报刊上。

英国殖民官员、商人及传教士深深懂得报刊舆论在其殖民扩张过程中的作用，所以，香港最早出现的报刊是英文报刊，这其中有《香港公报》、《香港记录报》、《德臣西报》、《土蔑新闻》、《香港政府宪报》等。

香港早期的英文报刊在关注中国内地形势、抨击香港政府的腐败行为方面，做出了重要的努力。太平天国的领袖人物洪仁玕当时曾在香港外国牧师处读书，通过与外国传教士的来往，对香港英文报刊的内容有所了解。他在《资政新篇》中提出置新闻馆、新闻官的主张，从某个侧面也反映了早年香港英文报纸对中国先进知识分子的思想影响。

香港早年出现的英文报刊，影响了香港和中国内地；而且，世界上第一家用活体铅字排印的中文报刊，就诞生在香港，这对于中国近代报刊的发展，产生了重要的影响。英文报刊和中文报刊在近代香港的同时出现，在一定程度上表明了东西文化的交流和融摄的特殊格局。这些中文报刊主要有《遐迩贯珍》、《香港中外新报》、《华字日报》和《循环日报》。

《遐迩贯珍》是英国伦敦传道会所属英体书院印刷的月刊。该刊以“列邦之善端，可以述之于中土，而中国之美行，亦可以达之于别邦，俾各日臻于广见，中外均得其裨也”为宗旨，大量介绍西方社会科学、自然科学以及东西方文学，如《英国政治制度》、《花旗国政治制度》、《伊索寓言》、《失乐园》、《英伦国史总略》、《彗星说》、《地球转而成昼夜论》等。这些文章对于开拓中国知识分子的视野，起到了一定的作用。

《循环日报》是中国报刊史上第一家以政论为主，并反映香港华人舆论的报纸，也是中国人在香港创办的一张最著名的报纸，由王韬于 1874 年 1 月 5 日创办。

王韬（1828—1897），原名利宾，江苏吴县（今苏州）人，父亲是塾师。他 18 岁时考取秀才，以后屡试未中。22 岁到上海，在英国教会创办的“墨海书馆”工作，前后达 13 年之久。这期间，爆发了太平天国革命和第二次鸦片战争，他曾多次向一些反动官僚献“御戎”、“和戎”、“平贼”等策，并和艾约瑟等人一起编译了《格致新学提要》、《西学原始》等书，参加编辑上海第一个中文刊物《六合丛谈》。1861 年他回乡探亲时，正是太平军进攻上海之际，他又以“黄碗”之名向太平天国苏州当局上书，建议太平军力争长江上游，停攻或缓攻上海——这就是那一封著名的《上逢天仪刘大人察》。1862 年 3 月，此信在上海附近的王家寺为清军所缴获，清政府即以“通贼”的罪名，要求上海租界方面将他引渡治罪。经英国领事慕西士的庇护，他逃往香港避居，从此改名为王韬，字仲弢，号紫铃，别署天南遯叟。

初到香港，王韬协助英国传教士理雅各翻译中国经书，编辑《近事编录》，并任《华字日报》主笔。1867 年至 1870 年间，他随理雅各去英国译书，顺便游历了法、俄等国，濡染了西方的政治、科学、文化。他深切地感到中国非变不足以图存，产生了变革现状的强烈愿望。在伦敦，他写下了“高戴头颅思报恩，犹余肝胆肯输人”的诗句，充溢着欲与西方人争一高低的爱国激情。l870 年春他随理雅各回到香港。1873 年，由理雅各担任院长的英华书院停办，理雅各也返回英国。王韬便同该院买办黄平甫集股买下了英华书院印刷厂，将它改名为中华印务总局，并于 1874 年 1 月 5 日将该局改组为《循环日报》。

王韬对于当时香港和上海的其他中文报纸的状况深感不满，所以在《倡设日报小引》中指出，这些报纸“主笔之士虽系华人，而开设新闻馆者仍系西士，其措词命意未免逸庭”。“欲矫其弊，莫如由我华人日报始”。在《中华印务总局倡设〈循环日报〉通启》中，他自豪地宣称：“本局倡设《循环日报》，所有资本及局内一切事务皆由我华人操权，非别处新闻纸馆可比。”

《循环日报》初创时，新闻占篇幅的三分之一。这家报纸的最大特色是每日在头版头条位置发表一篇论说文章，评论洋务，鼓吹变法自强，这些文章大部分由王韬亲自撰写。王韬对报纸言论的重视，一是出于他所受到的西方报纸的影响，二是出于他强烈的民族意识和近代舆论意识。他明确提出，他办报是“以中国人论中国事”，“凡时势之利弊，中外之机宜，皆得纵谈，无所拘制”[1]；还指出，“旧报有裨于时政”，“报中所登之事，无非独抒管见，以备当事者采择而已”[2]。1874年至1884年这10年间，王韬撰写的这类文章达900篇以上。后来王韬从中选出180余篇，编成《弢园文录外编》共12卷，于1882年在香港排印。该书于1959年由中华书局出版，是中国历史上第一部报刊政论文集。这些文章集中反映了王韬的办报思想，希冀利用报纸这一舆论工具，纵谈时势利弊和中外机宜，宣传变革改良主张，以此影响国家当权者，影响时政。

王韬的政论文字深入浅出，言之有物，雄辩而富有感情，继承了我国古代杰出政论家的优点，又具有自己的风格。从他在《循环日报》上撰写的政论文章看，其政论主要是关于内政和外交方面的。

其中，在内政方面，他写了《变法》、《变法自强》、《重民》、《除弊》、《兴利》、《洋务》、《治中》等文章，比较系统地宣传了变法自强的政治改良主张。他在英、法等国游历时，受资本主义思想影响较大，逐渐形成了资产阶级改良主义思想。与同时代中国其他的知识分子相比，他对世界格局的观察和理解要深刻得多，变法自强的要求也强烈得多。

从文学史的意义来看，王韬为香港文学的诞生做了许多富有开创性的工作，他不仅是中国第一位报刊政论家，而且是香港报纸副刊的开创者。对此，忻东在《王韬评传》中有一段这样的描述：

---

① 见1874年2月12日和2月6日《循环日报》。

② 见1874年2月12日和2月6日《循环日报》。

……他又创《循环日报》副刊，“增幅为庄、谐两部”。所谓“庄部”，即“新闻、经济行情”。“谐部”即今白之副刊。王韬以他独特的文笔，在《循环日报》副刊上发表了不少诗词、散文，各种文艺小说与粤讴。这些文字对促进香港文坛和报界的活跃作用甚大。王韬的各类文学作品，以后也被文学史研究者收入各类书籍之中，成为近代文学史上的一份宝贵遗产。

在香港早期的中文报纸上，王韬可以说是创办报纸副刊的第一人。这不仅为香港的报纸开了先河，而且为香港文学的起点奠定了重要的基础。因此，香港资深作家刘以鬯在接受香港电台的采访时，谈到香港文学的起点，他说：“谈香港文学，应该从 1874 年谈起。”在他看来，香港文学起于 1874 年王韬与人合办《循环日报》并创办该报副刊。①

王韬对开创香港文学所做的贡献，除了自己在《循环日报》上发表大量诗歌、散文、小说和粤讴（两种用广东话表达的文学形式），以及序跋、书信、游记、随笔、小品外。应该说他所开创的《循环日报》副刊，不仅为香港文学的诞生，而且为香港近代报纸副刊的发展，都起到了一个不可忽视的作用。在这以后，1900 年创刊于香港的《中国日报》也开辟了“鼓吹录”副刊，1903 年创刊于香港的《世界公益报》办有副刊“无所谓”等，这些副刊对香港文学的发展以及促进香港新文学的萌发，都产生了不小的作用。所以，从王韬和《循环日报》的关系去看香港文学的起点，是有根据的。

---

① 刘以鬯：《香港文学的起点》，《今天》1995 年第 1 期。

二 旧文学在香港的植根

如果说，香港文学的起点从1874年王韬创办《循环日报》副刊时算起；那么，在这个意义上，香港文学主要的并不是由这块逸出中国主流社会之外的幽隐之地的本土居民创造出来，而是由内地迁来香港的非本土根生的“香港文人”移植来的。这个方面的例子，除了王韬，还有一批在辛亥革命之际避居而来的“前清遗老”的旧文人，像章行严、郑孝胥、林琴南等。因此，香港近代文学就其自身的旧学根基来说并不深厚，但这些文人所受到的文学传统的影响是深长的。它使香港文学成为中国文学历史的一个部分。

香港近代特定的中西文化融摄的格局，既使得它无可避免地要受到殖民文化的影响，也使得它保留着一种中国文化的传统。由于内地的“前清遗老”在香港的不断集结，中国近代的旧学思想包括近代文学也随之移入或植入，旧学队伍便不断地在香港这块曾经是辛亥革命的酝酿基地之一的土地上，愈发膨胀乃至变得庞大起来，从而可与香港的新文化运动相抗衡。这也就是香港新文学的萌发要比内地迟缓了10年之久的一个重要原因。

香港的旧文学主要表现在消遣、趣味主义和鸳鸯蝴蝶派的作品中，虽然香港早期的那些中文报纸有时也刊登一些旧文学作品，但是由于其篇幅和容量都很小，而没有被过多的注意。像王韬当年除了为报纸写政论文章外，也在《循环日报》和其他报纸上发表过一些旧体诗词和小说等，这些文学后来被鲁迅说成是“征曲海之烟花，话松滨之风才”，“所记载以文酒伎乐之事为多”（鲁迅：《致李中》），看来也有鸳鸯蝴蝶派之虞。关于这点，王韬自己也说：“余少时好为侧艳之词，涉笔即工，酒阑茗罢，人静宵深，一灯荧然，辄有所作”，“虽问名曲里，浪迹芳丛，月地花天，寄豪情于一醉，灯红酒绿，抒绮思于千言”（《艳史丛钞序》）。王韬在辑录《艳史丛钞》时，凡得10种，犹嫌不足，便以自己之旧作《海陬冶游录》3卷．以及近10年所记的“传闻之绮情轶事”3卷，余录1卷，汇为《花国剧谈》一书，以“备征海曲之烟花，足话沪滨之风月”，“芳踪胜概，足以佐谈屑”。从他为这本书所写的序言中，我们大约可以看出鲁迅对他的评价是恰当的。的确，他的此番“艳游”很有些怜香惜玉的况味：

> 花国剧谈即以此作。大抵采辑所及，剿撮居多，孟坚纪史半袭子长，扬云作文多同司马，斯固不足为病也。盖此不过为文章之外篇，游戏之极作，无关著述，何害钞青，以渠笔底之波澜，供我行间之点缀，不亦快欤？况乎删繁芜，乃能入彀，润以藻采，始可称工，本异巧偷，非同攘美。而是编命意所在，别有怅触，隐寓劝惩。慨自才媛薄福，易致飘零，名妓下捎，多嗟沦落。琼诸兰茗，徒艳同心之影，瑶台桃李，无非短命之花。或亦有将嫁而渝盟，已成而绝好者，妾徒有意，郎本无情，埋愁黄土，孤生前蝴蝶之魂，寄恨青燐，筑死后鸳鸯之塚，其可悲者一也。①

① 王韬：《花国剧谈自序》，《弢园文录外编》卷9，第249页。

当然，我们不能据此而把王韬归入鸳鸯蝴蝶派。王韬对香港文学乃至对中国近代文学的贡献，还在于他创作了《淞隐漫录》、《遁窟谰言》、《淞滨琐话》（又名《淞隐续录》）等一批类似于《聊斋》的短篇小说。这些作品虽然也谈鬼说狐，写妓女生活，然而它真实地反映了当时的社会现实，鲁迅在《中国小说史略》中称这些作品“一时传布颇广远”。

在香港旧文学的阵营里，王韬可以说是一个比较特殊的、具有开创性角色并具一定影响的人物。除了王韬，在香港的一些旧式文人，大都写了一些趣味主义、消遣主义的作品。

这些作品主要刊登在旧派文艺期刊上，以小说为主，内容有社会、娼门、哀情、言情、家庭、武侠、神怪、军事、侦探、滑稽、宫斗、历史、民间等类。这些作品标榜趣味第一，以描写男女之情、名人逸士的私生活、社会上的奇闻逸事为主要内容，其中以言情小说为大宗，从而使得当时的旧派文艺期刊成为鸳鸯蝴蝶派的重要园地。

香港的旧派文艺期刊，据统计，现存的有 7 种共 45 期，包括《新小说丛》、《双声》、《妙谛小说》、《文学研究录》、《文学研究社社刊》、《小说星期刊》、《墨花》、《小说旬报》和《人造一月》等。其实，在这些刊物出现之前，就有《小说世界》，虽然它和《新小说丛》同是 1907 年出版，但比后者要来得早些时候。因此，现在习惯上都把《小说世界》和《新小说丛》，看作香港最早的文学期刊。

然而，不管是《小说世界》，还是《新小说丛》，它们都是在 20 世纪开始后才登场。那么，从 1874 年起到进入 20 世纪时，香港旧派文学并没有形成特有的规模，而是零散地出现在一些报纸副刊上。就整个地域而言，香港的旧文学传统并不深厚，历史也称不上久远。所以，尽管有王韬等那些具有深厚旧学功底的人在香港，香港的旧派文学也未必形成具有自己独立面貌的文学，而是一方面受到西方文化的影响，另一方面只能是为中国文学传统一个组成部分。从这个角度上看，中国近代旧文学传统在19世纪香港的植根，并不具有独立的意义；并且，由于自身没有形成独立的运行体系，它在后来也就无法适应时代的发展而出现合乎逻辑的内在变革，而只能依靠内地文学的发展去对它进行外在的催生和推动。

因此，以1874年为起点的香港文学，中国旧文学传统对它的植根，只能看作香港旧文学的一种滥觞。香港的旧文学真正达到规模的，应该是在20世纪初香港开始出现文艺期刊以后；到了20世纪20年代，香港旧文学尚能将庞大的旧学队伍集结起来，成为对抗新文化、新文学运动的主要力量，这说明香港旧文学的重心是在20世纪初至20年代后期。这一时期香港的文艺期刊，不仅成为中国旧文学在香港延续的基地，而且成为国粹派在香港舞文弄墨的大本营。无怪乎鲁迅于1927年到香港青年会演讲时，竟“因为攻击国粹，得罪了若干人”①。

国粹派文人避居香港，以卖文为生，多数都是写一些谐趣狎伶的文字，这正好适合了当时一些低级趣味的期刊的需要。《小说旬报》可以说是这方面的一个代表。这个刊物虽然现在只存一期，但内容庞杂，以小说及谐趣诗文为主，其中有“谐语”、“谐录”、“谐文”，完

① 鲁迅：《略谈香港》，载于《而已集》，人民文学出版社，1973，第21页。

全是一派街谈巷议的消遣文字。仅从一些小说的标题，如《淫伶孽果》、《男娼》、《野锥家鸡》、《押伶鉴》等，便可知其内容。而文字更是浸淫了旧式诗词的骈四体裁，如《淫伶孽果》中是这样形容“淫伶”的：“训声铿然，回腰雅步，如弱柳轻摇，临风欲栩，横波流娣，尽能极妍。”这类描写，与该刊编者在“发刊词”中提倡的所谓“复绘形而绘声”的“刻画”，倒是相一致的。

在国粹派文人把持香港旧文学的20世纪初，香港也出现了几种由革命派创办的进步报纸副刊。它们是1900年1月25日创刊的《中国日报》，1903年创刊的《世界公益报》，1904年3月创刊的《广东日报》，以及1905年6月4日创刊的《唯一趣报有所谓》（通称《有所谓报》）。

《中国日报》由孙中山亲自倡办并领导，在出版日报的基础上，还出版了《中国旬报》。《中国旬报》从第11期改“杂俎”专栏为“鼓吹录”副刊。至1901年3月《中国旬报》停刊后，转到《中国时报》成为该报的文艺性副刊。该副刊以全新的内容，用文艺形式宣传革命思想，抨击黑暗社会，表现出了与那些消遣性的报纸副刊完全不同的思想品味。其中一则《官吏资格》的短文，形象地刻画了清朝官吏的丑恶嘴脸：“皮要厚，膝要软，嘴要硬，耳要大，辫要小，足要捷，手要长，发要短，头要尖，舌要弯，心要黑，牙要黄，眼要快，背要圆，须要劣，颈要缩，音要响，膀要粗。”嬉笑怒骂，既犀利尖刻，又痛快淋漓。

《世界公益报》和《有所谓报》都由郑贯公主编。前者除刊登诗词歌谣外，还刊载讥刺时政的漫画。后者的副刊“谐部”则设有落花影、前人史、滑稽魂、官神稽、官绅镜、金玉悄、新鼓吹、社会声、风雅丛等栏目，文字通俗，思想性强，被誉为“一纸风行，为省港名报之冠”。从1905年8月12日至23日，郑贯公在该报连载了一篇长篇论说，鼓吹利用文艺形式宣传反美华工的禁约运动，认为“彼讴歌戏本，为劳动家之所欢迎，若能寓以要言，鲜以真理，则裨益于拒约前途，非浇鲜矣”。同年9月6日，该报在副刊上发表了凤萍旧主所作的戏本《生祭三志士》，讴歌了拒约爱国运动。

在旧文学已经植根的20世纪初的香港，这些进步报纸表现出来的革命倾向，不啻是一种空谷足音。随着内地新文学发展浪潮的推进，旧文学在香港的营垒逐渐缩小，而新文学也逐渐开始酝酿和萌发了。

三　新旧文学的并行和交替

相对于内地的新文学运动，香港早期新文学的起步是较晚的。不要说是1917年的文学革命运动，就是声势浩大、影响广泛的“五四”运动，对于当时香港社会和香港文坛的影响，也是甚微的，甚至遭到抵触。这不能不说是香港早期文学发展的一个独特现象。

对于这种现象，同期的文学工作者侣伦回忆道：

“新文化”是不受欢迎的。“五四”运动给予香港社会的影响，似乎只有“抵制日本货”的概念，“文学革命”这一面的意义，却没有能够在这个封建思想的坚强堡垒里面发生什么作用。那时候，头脑顽固的人不但反对白话文，简直也否定白话文是中

> 国正统文字。这些人在教育上提倡“尊师重道”和攻读四书五经以保存“国粹”；看见有人用白话文写什么，便要摇头叹息“国粹沦亡”，对于孔圣人简直是“大逆不道”。①

对于香港的这一段历史以及文学状况，研究香港史的罗香林教授在《香港与中西文化之交流》一书中，把它称为隐逸派人士的怀古时期。其实，所谓的隐逸派人士，便是那些不满民国共和而避居香港的晚清遗老，他们“流连山海，吊古感怀，不觉形之篇集”。怀古实际上是一种复古的观念，为了复古，便要反对新文化。这些晚清遗老一进入香港，便构成了香港知识分子阶层的一部分。他们站出来提出复古，加上香港原有的旧文化势力，这就在相当程度上阻碍了新文化在香港的传播和发展。

在19世纪至20世纪之交，香港出现最多的是消闲和娱乐的文学。根据阿英在《晚清文艺报刊述略》一书中的介绍，1907年在香港出版的《小说世界》和《新小说丛》，我们知道该刊以发表创作小说为主，多为反帝反清的内容，诗词亦多鼓吹民族独立的意识；而后者以翻译欧美小说为主，用的是浅白的文言，虽有沟通中西文化之意，但仍以吸收西方文化为主。该刊的创作小说只有寓居新加坡的邱寂园写的历史小说《两岁星》，叙述乾隆皇帝与安南王阮惠交往之事。邱菽园也发表文学批评文字，他在《客云庐小说话》中写道：

> 《水浒传》得自由意境，《西厢记》脱果报范围，此两书在

① 侣伦：《向水屋笔语》，三联书店香港分店，1985，第3页。

> 中国集部，可谓别开生面，不徒占小说界优胜地位也。西欧学术，曾称小说家及文字，实倾于美的方面，有同符焉……

邱氏的文字接近于白话，在当时多少算是一种进步。然而，这种声音毕竟纤弱无力。当时香港的文化背景依然是旧文化、旧文学的大本营，文学期刊也多为国粹派舞文弄墨的地盘，新文学和白话文是难以进入的。尤其是辛亥革命后，香港作为殖民政府下的一个商埠，它在大量吸收西方文化的同时，并没有建立起一种健康的文化，反而多了一个维护旧文化、诋毁新文化的场地。这种视旧文学为正统、为国粹的现象，在当时整个中国的新文化运动中，显然是一个不和谐的音调，形成了一种背反。

这种背反后来集中反映在《文学研究录》杂志章行严写的《新旧思潮与调和》这篇文章里。

> 新旧相待者也。舍旧不能言新，若舍旧而一言新，则历史文字一概抹煞，所谓新者，必且回复上古原人之状况而后可。盖以社会进化之秩序，乃移行，而非超越。所呈现象，均是新旧杂揉，且以社会全体之忙，亦以是杂揉者为最适宜，字曰调和。空前绝后，有新无旧之社会，不特事实上不可能，而亦理境中所未有也。
>
> 今所谓新之最显著者，莫若新文学。夷考其实，不过欲以白话为一切文而已，夫白话非新也。

在章行严看来，白话文并不是什么新事物，它只不过加了个

“的”字而已，去掉了个“的”字，还不就是文言。章行严把白话文看得过于简单，而没有把白话文当作贯彻新思想新观念的一种通俗易懂的文体。这种看法，对于后来处于新旧交替时期的香港文学界，多少产生了一些影响，形成了一种错误的观念：

> 以为把文言转换成白话文，把对话写成独立行列，便是新的形式，也就是新文艺。①

《文学研究录》在第8期发表的罗五洲的一篇序言，反对提倡新文学，以为“白话横行，毁文者风靡，特痛文学之将亡”，从而表明“盖实痛文亡，而千古圣贤英哲所以修、齐、治、平之道，将与之俱亡也”。因此，罗五洲办刊物，是有“因文卫道之意”。这一观念，使得《文学研究录》成为香港国粹派反对新思想、新文学和白话文的一个重要基地。在此撰文的，还有章太炎、林琴南、周瘦鹃、胡朴庵、郑孝胥等人。

“五四”运动后，旧文学之所以能够在香港支撑了那么些年，并与新文学形成了一种鲜明的背反，基本原因有二。

一是香港当时特殊的社会政治背景阻滞了新文化、新文学的进入。英国占据香港后，殖民政府以所谓的“间接统治”原则，表面上标榜不直接干预华人社会，实际上对有利启发民族觉醒的新文化和新文学，抱持排斥的态度。由此，其便本能地利用中国传统文化里的旧质和落后部分，去压制进步的、新生的新文化和新文学。

① 侣伦：《向水屋笔语》，第9—10页。

二是香港当时的殖民教育方式也阻滞了白话文的流行。如前所述，欧化教育只让学生学外文，家长们也希望孩子将来能找到一份“洋行”的工作，中文于是成为“副科”；而国语方面，可据平可回忆战前活跃在香港文坛的岑卓云当时上学的情况，看出一二。岑卓云生于1912年，念小学时正是20年代，但学校的课本只限于《论语》、《孟子》、《古文评注》，而作文题目仍是八股式的“论赌博之害”之类。①

在20世纪初期的香港文坛，旧文学所处的正宗地位并未被新文学所代替。然而，“五四”新思潮和“五四”新文学所显示的时代新方向，所反映的历史新潮流，对于香港文坛的渗透，毕竟是从甚微之势，逐渐地产生一些潜在的影响，并且开始吸引一些作家和部分文学青年去接受新文学的熏陶，他们开始尝试运用白话文写作。

这一时期出现的《双声》杂志，由孙中山先生倡办的《大光报》于1921年10月主创。该刊的主编是思想较新潮的黄昆仑和黄天石，他们都是新思潮的青年作者代表。《双声》的主要作者，包括上海的徐枕亚、周瘦鹃、徐天啸、吴双热、许廑父等。而香港本地的一些年轻作者，以香港作为小说的背景，用半白话和白话文体写作。比如黄天石发表在《双声》第2期的小说《谁之妻》，表现了香港青年在国内反封建浪潮影响下，追求个性解放、争取恋爱自由的斗争。尽管小说运用的并非完全的白话，而是从文言文体中变化出来的半白话文体，被称为“放脚式”白话文，然而在当时的文化背景下，应该说是一种进步。

① 平可：《误闯文坛述忆》，《香港文学》1985年第1期，第97页。

与《双声》差不多同时创刊的《妙谛小说》，由《共和报》代理主办，发行到国内外，是20年代香港文学期刊流出国外的开始，内容亦多为“鸳鸯蝴蝶派”作品，但它与《双声》一样，也开始出现少量的白话文。比如第四期有西琅的《兵威压迫下的华侨》，叙述了一队士兵在“兵头”的率领下到乡下去“捉贼安民”的经过，诉说了华侨受到侨居国民族歧视的遭遇，小说的语言确乎比《谁之妻》更为“白”了一些。在《双声》和《妙谛小说》的推动下，香港的一些文学期刊，逐渐出现了文言与白话并存共处的现象，构成了香港早期新文学的熹微。

这一时期的香港文坛，处在新旧交替的一个转折点上，对于“五四”新文学的接受既有积极的一面，又有保守的一面。当时的文学期刊，比如《小说星期刊》，就发表了拥护旧文学的《四六骈文之概要》的文章，也发表了提倡新文学的《新诗的地位》的文章。比较典型的作者如罗丰铭，他自己不写白话文小说，但并不排斥白话文。他在《小说星期刊》上发表的《新旧文学之研究和批评》一文，就指出：“白话文之短处在乎不用文言，文言之月氏肚在乎能用白话。”可以看出其主张是折中的。《小说星期刊》可以说是香港新旧文学交替时期的一份重要文学期刊。从当时的情形看，这个刊物发表的大多是用典雅古文“刺绣”出来的有关风花雪月的故事，但也没有完全排斥白话文。从《小说星期刊》的立场看，尽管它采取了文言与白话共存、新旧文学观念兼收并蓄的态度，但也反映了当时香港文坛出现的一些微妙的变化，开始展示出香港文学进入了文言与白话之消长、交替的过渡阶段。后来的文学工作者描述这一经历时，说那是一种“不尴不尬的情形”，具体就表现“在同一报章的副刊上，或是一个刊物上，新旧文学的并行”①。

关于这一新旧时期的香港文坛，吴霸陵有一段话倒是作了恰当的概括：

> 觉得香港的文艺是在一个新旧过渡的混乱，冲突时期，而造成这个时期的环境，一方面就是上海和广州的新潮流入。香港的地域，仿佛处在前后夹攻的位置，青年的作者，最受影响，这是造成新文艺的原因；一方面就是香港这块地方，在现在以前，大家都不大注意汉文的，那一部分研究汉文的人，又不大喜欢新文学，更有一大部分的读者，戴着古旧的头脑，对于新文学，简直不知所云，故此见了一篇白话文的小说或是戏剧，诗歌，就诧为奇观，而热心新文艺的旧作者，就不得不保守了。
>
> 现在，香港的书报上的文艺，就是新旧混合的。……②

这确乎是一个新旧交替的时期，也是一个混乱和冲突的时期。当时香港爱好新文学的青年对此反应尤为强烈。他们在本港少数书店里买到由上海运来的新文艺杂志，接受新文学的熏陶，并开始为报纸副刊写作。这其中比较活跃的有谢晨光、侣伦、张吻冰、岑卓云、张弓、刘火子、李育中、易椿年等，他们是当时的《大同日报》、《南华日报》等副刊的作者。其他的如《大光报》、《循环日报》、《华侨

① 贝茜：《香港新文坛的演进与展望》，《香港文学》1986 年第 13 期。

② 卢玮銮编《香港的优郁》，香港华风书局，1983，第 26—27 页。

日报》等副刊，也开始容纳新文学作品。

新文学的进入无疑构成了香港早期文坛的一种可喜的景象，然而，正因为是处在新旧交替时期，旧的封建的乃至低级趣味的东西，仍然存在于香港这块土地上。《小说旬报》便是当时的一个代表。该刊以小说及谐趣诗文为主，沿袭了20年代香港报纸以谐部为副刊的风气。在这个刊物上发表的小说或非小说的文字，都写到香港地区伶妓之事，用的又是典型的旧式文人的骈四体裁，这种情调和文字所产生的负面影响，对于20年代香港文学的发展是一大阻碍。

基于这样的情形，贝茜在叙述香港早期新文学活动时就这样做了总结：

> 所以，可以说：香港文坛是纯然罩笼在残余封建势力之下，而香港的文化是畸形地发展的。新文学运动是在客观环境的几重压迫下，支持着命脉。①

四　香港新文学的真正兴起

香港新文学的真正兴起是在1927年以后。

这是一个不平凡的年代。北伐战争胜利，代表旧势力的军阀被打倒，代表旧文化的国粹派也开始放弃香港这个避居的堡垒。国内的新文学运动已经蓬勃发展，文学研究会、创造社、太阳社以及其他社团

① 贝茜：《香港新文坛的演进与展望》，《香港文学》1986年第13期。

的文学作品，渐次输入香港，香港文坛和文学青年感到了强烈的震撼。

当然，以内因来说，这样的现象的出现也不是偶然的，它在香港早期文学发展历史上，是一种必然性的结果。由于从20年代初期到中期出现了那些值得注意的变化，文言文、旧文学从处于正宗的统治地位，逐步向文白共处、新旧并存转化，从而开始了文言文与白话文消长、交替的过渡阶段。这种情形一直到1927年以后，香港文坛走出文白消长和新旧交替的混沌过程，才开始呈现出实力对比的明显变化。

1927年2月，鲁迅应邀从广州到香港，在香港青年会作了两次演讲，题目分别为《无声的中国》和《老调子已经唱完》。鲁迅回到内地后，写了《略谈香港》、《述香港恭祝圣诞》和《再说香港》三篇文章，表达了他对香港新思想和新文学发展的关注和信心。

鲁迅在香港的活动，对于已经初步接受了“五四”新思潮和新文学熏陶的香港文学青年来说，是一次极为深刻的启迪。同时，对于正处于文白消长和新旧交替过程中的香港文坛来说，其实力对比的变化也由于鲁迅的热忱鼓励，更展示出可喜的进步，从而使得香港文坛终于能够冲破旧势力的阻挠和多年的黑暗，迎来了1927年的香港新文学的兴起。

反映出香港新文学的兴起的标志，有以下几个方面：

(1) 报纸副刊展现出新文学的气象。从1927年开始，香港报纸差不多每一种都辟有新文学副刊，这里面有《大光报》的“大光文艺”，《循环日报》的“灯塔”，《大同日报》的“大同世界”，《南强日报》的“过渡”，《华侨日报》的“华岳”，《南华日报》的“劲草”以及《天南日报》的“明灯”等。对于这一时期的报纸副刊，贝茜这样评价：

这些副刊都是每天出版，而以崭新的姿态，涌现于古旧的封建氛围弥漫下的香港文坛，挺然地与旧文坛对峙。在几个热心于新文学运动的编辑人领导之下，用纯正的态度，充实的内容，妥适的题材的分配，沉着地进行，博得不少青年热烈底欢迎和倾向。而且有不少的文学青年在它们奖掖之下努力从事起文学工作来。总之……报纸的副刊是刻画了香港新文学发动期的光明一页，给人以忘不了的印象和记忆。①

报纸副刊向着新文学转化，这在当时的香港可以说是一种大幅度化的转向。根据贝茜的回忆，在这以前的报纸副刊，每天登载的都是“未刊完的古旧作品”，“新文学要想从其间不必说占一个地位，就是透一丝气也非常的难”。造成这种现象的原因，“大半是报纸方面为着适应一般小市民兴趣的要求”。而后来报纸副刊所发生的变化，除了那一时期在“政治上是个兴奋局面”，国内革命形势的高涨，也使得“香港青年的精神上是感着相当的震撼。把这冥顽不灵底社会中青年的醒觉反映于事实上的，是新的追慕和旧的破坏，而直接表现出来的正是变化”。② 这样，觉醒的香港青年表现在文化方面的行动，便是在报纸副刊上发表新文学作品，这就造成了报纸的副刊向着新文学转化的崭新的局面。

（2）第一本新文学杂志《伴侣》创刊。这一时期，香港的报纸副刊致力于提倡新文学，显得颇为热闹。然而，依然没有一个纯粹的

① 贝茜：《香港新文坛的演进与展望》，《香港文学》1986年第13期。

② 贝茜：《香港新文坛的演进与展望》，《香港文学》1986年第13期。

新文学刊物。直至1928年8月，才出现了被称为“香港新文坛第一页”的《伴侣》杂志。《伴侣》的问世，对于香港新文学的历史，无疑是一个新的标志。这既是一本纯文学杂志，也是香港第一本纯白话文刊物。它遵循的是通俗文学路线，具有都市文学色彩。该刊同仁在一篇文章中说：“在能力尚弱的我们，对于大众所需要的通俗文学的建设上，也想效点绵薄的微劳的……这一条路是中国文艺一条新的出路，从事文艺的朋友都应该分任点开筑的责任。”该刊为半月刊，由张稚庐主编。沈从文当时以“甲辰”为笔名在该刊发表小说《居住二楼的人》。该刊还培植了香港第一批新文学作者，如侣伦、张吻冰、岑卓云、谢晨光和陈灵谷等。可惜到了1929年1月，这份纯文学杂志只出版了8期，便因销路不佳、经济拮据而停刊。

（3）第一个文学社团“岛上社”诞生。《伴侣》停刊后，其作者由于思想接近，志趣相投，在精神上形成一种默契，于是组织了一个新文学社团——“岛上社”。侣伦对此回忆说：

> 那时候的香港的确是寂寞的：古老的封建文化笼罩住整个社会，透不出一丝新鲜气息。而这一群人所尝试的新文艺工作就像孤军突起似地挣扎在这个黑暗环境之中。①

“岛上社”成立后，编辑了一本名为《岛上草》的同人作品全集，后因故无法出版。后来，“岛上社”成员在香港《大同报》副刊编辑了一个“岛上”周刊。不过，“岛上社”在香港打得最响的一

① 侣伦：《向水屋笔语》，第33页。

炮，是1929年9月创刊的纯文学刊物《铁马》。该刊由张吻冰主编，内容仍以小说、散文、诗歌为主。该刊由于缺乏经济后盾的支持，只出版一期便停刊。但是，该刊在封二有一段类似创刊词的话，对于当时的香港文坛，无疑是振聋发聩的：

> 当你的灵魂正深深的沉醉在大自然的和谐，风来了，它发出的声音是那样的轻柔、婉娓，你将因了你的安静的灵魂的受了慰抚而悠然神往。
>
> 又，在漆黑的夜深，骤然的雷电交作，暴风雨来了，它发出了声音是那样的激昂，雄伟，从你的沉梦里它将震撼了你的灵魂——朋友，那正是悬挂在我们窗前的铁马。

《铁马》停刊后，香港的文学青年并未停止对文学事业的追求，于1930年4月又自费出版了文学杂志《岛上》，也只出了3期便因缺乏财力而停刊。

刊物的相继停刊，经济当然是一个方面的原因，而顽固的封建文化势力所维系的社会环境，也使得追随新思潮、新文学的香港青年在现实面前连连碰壁。鲁迅当年到香港演讲时就形容道："钉子之多，不胜枚举。"[①] 这也正如侣伦所说："主要原因是缺少了容许它们生存的社会环境。"[②] 尽管，香港的文学青年面对恶劣的社会环境左冲右突，勇敢顽强地追求，同封建旧文学旧文化势力作斗争，然而，由于

① 鲁迅：《致章延谦》，载于《鲁迅书信集》，人民文学出版社，1976，第129—130页。

② 侣伦：《向水屋笔语》，第21页。

新文学处于草创时期，思想准备和经验都是不足的，这就难免使得刚刚兴起的香港新文学出现了短暂的消沉。

消沉毕竟是短暂的。进入30年代，香港新文学处于一个转弯的时期，即进入另一个高潮。尽管文学刊物相继停刊，但文学青年的活动并没有停止，他们千方百计创办新的刊物，为新文学摇旗呐喊。

从1931年至1937年之间，又有《激流》、《春雷》、《今日诗歌》、《新命》、《晨光》、《时代风景》、《时代笔语》、《文艺漫话》、《南风》等刊物在香港问世。值得一提的是，《激流》并不像《伴侣》那样“以内容严整取胜，而是以态度之勇敢博得人的注意”。它的“香港文坛小话”一栏，“毅然地向所谓香港文坛算旧账，向‘旧文坛’的盘踞者作正面的攻击”。这样的精神，“为前此的刊物所未见”，“也是那时候不得不有的精神”。① 1933年，由于受到国内无产阶级革命文学的影响，香港文坛出现了以发展和巩固“普罗”文学为旗帜的《春雷》和《小齿轮》杂志。《小齿轮》由鲁衡主编，他把刊物列为工农革命文学的一部分。《小齿轮》刊登的主要是短篇小说、诗歌和散文，内容也是严肃的，但也只办了一期便停刊了。

这一时期香港的文学期刊，维持时间最长且跨越了30年代中期，作者群亦跨越了30年代香港文坛主力“岛上社”成员的，就是1933年12月创刊的《红豆》月刊，它一直到1936年8月才停刊。该刊是

---

① 贝茜：《香港新文坛的演进与展望》，《香港文学》1986年第13期。

香港文学期刊中最具文学色彩和学术气氛的一份刊物。它的作者群包括侣伦、李育中、芦荻、林英强、陈红帆、侯汝华等人。许地山也在《红豆》发表了《老鸦嘴》，为新文学助阵。

从创作的实绩来看，香港新文学最初的10年间，香港的文学青年从新文学的拓荒、萌芽到兴起，从脱出新旧文学并行交替的格局到走出混沌，迈向新文学的第一步，其创作的水平显然是在不断提高的。特别是30年代以后出现的作品，与20年代中后期相比较，题材日渐广阔，其中一些作品比较真实地反映了香港社会生活的某些侧面，具有一定的现实意义和认识价值。在艺术手法上，其对于形象的塑造和白描手法也逐渐趋向自然和熟练。虽然，在吸取外国文学营养的过程中，其还比较明显地出现模仿的痕迹，甚至于十足地欧化，但也有一些运用得比较自然的作品。

香港的新文学从1927年的兴起，发展到1937年，已经从当初的新旧两种文学力量对比，基本上走完了一段复杂而艰辛的转化过程，这也是新文学从渗透到取代旧文学的过程。在这以后，由于中国抗日战争的爆发，也由于内地作家的南来香港，而形成了香港新文学的另一个辉煌的局面，掀起了另一个文学活动的高潮，从而以相对独立的形态，汇入了中国现代文学的巨大潮流。

原载于《文学评论》1997年第4期

第三辑

解读之惑：敞开了什么

论随笔

一 文本形式：从散文到随笔

已经可以肯定，中国当代的随笔创作正在以一种前所未有的势头，在中国的散文创作领域里占据了重要的一席之地。尽管在这林林总总的随笔作品中，良莠不齐，然而它们所形成的特别自由的散文文体，使得随笔创作比起任何一种文本形式都要来得轻松、自如和洒脱，这的确不能不引起我们的注意。那么紧接着的一个问题就是，当代的中国随笔究竟是怎样的一种文本形式？它与传统的散文文本有着什么样的区别？

这个问题可能得从散文本身谈起。

多少年来，中国的文学研究似乎习惯了对散文保持一种不假思索的态度，散文创作经常被排除在批评家的视野之外。从文学批评的惯性思维来看，分析人物是老派批评家的特长，“解读”结构则是新派批评家的专利，而面对着既不塑造人物又不讲究结构的散文文本，无论新老批评家都觉得无话可说。其实，在今天这个所谓散文和随笔“走红”的年代里，对这个问题进行一点讨论，还是有必要的。

无论如何，随笔是散文文体发展过程中的一种文本形态。20 世纪以来各种文体变化得令人目眩，而散文仍然稳坐在它几百年以来的“钓鱼台”上：一种高度的简单。这种极为简单的文体，成为现代文学中唯一存活着的古典。有人索性把散文称作“随笔”，意即信笔由之，不加规范。然而，散文的简单正是散文研究的难度所在。事实上，尽管是这一类简单的文体，一旦被作为人类精神的一种表现形式，或者说作为人类文化的一种符号，它便包含了它的丰富的意义。所以，在某种意义上说，对它进行研究是对那些意义的破译。

从中国文学的发生学意义来看，人类最早的文字形式被分成韵文和散文两种，由此构成了诗与散文的中国古代文学传统。中国历来被称为具有悠久而深厚的散文传统的国度。散文的艺术生命力及其特别强大的沿袭品性，始终稳定着这一自由文体在文学发展的历史格局中的辉煌地位。长期以来的所谓“形散神不散”的古典式概括，构成了中国散文理论的全部艺术表达，由此而渲染了既可以令人自豪也可以令人沮丧的散文发展背景。

从严格意义上说，“散文”并不是一个精确的概念。中国古代的散文概念似乎比较单纯，比如《书经》，就被视为有别于《诗经》的文体，也就是散文。而随着生活的进化和人性的积累，散文随着人类感情形式的日趋细腻和复杂化，开始了自身的转化。《书经》中的对话形式经过舞台化而成为戏剧，其中的叙事形式也经过漫长而辗转的变化而成为小说。古代的笔记小说和传奇小说，最早还被认为是一种散文，一直到了小说出现文体自觉的时代，才从散文中分离出去，成为一个独立的文学品种而与散文“分手”了。这样，各种文体从散文中独立出去之后，剩下来的东西以及所有尚未独立的文字形式，都被广义地称为散文。所以，历史地看，散文实际上是其他文体的原生形态，而它自己很难说是一种严格意义上的文体。从前的散文孕育过小说和戏剧，现在的散文又孕育出报告文学和散文诗，散文的这种没有格式和规范的文体形式，决定了它相当广阔的自由度，从而成为所有文学种类中最无拘束也最见至情至性的文字。作家们可以在这里放弃任何文体学的目的和规则，想怎么写就怎么写；人们的才情和感情可以在这里避开任何的结构和组织，以它本来的面目任意显现。这样看来，对于散文作一番精确的概念表达，似乎是比较困难的；然而散文文体本身所包含的形式意味带上了一点哲学的意思：散文是人类精神的一种自由表达，是对秩序的一种否定。

中国20世纪二三十年代的散文创作，曾经是新文学中最重要也最有成绩的领域之一。那时的作家对于散文文体就有各种各样的概念界定，比如周作人称之为“美文”，胡梦华称之为“絮语散文”，梁遇春则称之为“小品文”，等等。这种把概念精细化的努力还是没有为后人所广泛接受。时至今日，散文仍然是一种笼统的称谓和混沌的叫法。

然而，散文概念的不确定性和笼统化，并不妨碍人们对散文的写作和阅读的兴趣。人们每每惊喜于散文对瞬间的、微妙的、飘忽不定的人类情绪的传神的表达，似乎感觉到了人类内心深处某种隐秘的被体现，从而经历了人性的一种恢复过程。郁达夫当年在《中国新文学大系（散文二集）·导言》中说，“五四运动的最大的成功，第一要算个人的发见”，“以这一种觉醒的思想为中心，更以打破了械梏之后的文字为体用，现代的散文就滋长起了。”“现代散文之最大特征，是每一个作家的每一篇散文里所表现的个性，比从前的任何散文都来得强。”中国现代散文正是由于有了这种“个人的发见”，才真正成为人们精神家园里一个朴素的和自由的空间。在这方面，包含中国文化精神和价值的意义的迷失与重建，构成了现代散文中最有魅力的内容。尽管“五四”时期早熟的“思想的发见”尚未达到审美的自觉，但它给后人留下了用散文进行文化批评的思想风度。从 20 年代“语丝体”杂感所具有的兼容性的文化景观，30 年代小品文所具有的独特的“话语方式”，40 年代学者散文的成熟，到五六十年代“杨朔模式”的流行，70 年代“革命性”批判文体的盛行，再到 80 年代散文主体意识的回归，90 年代文化散文的崛起，中国现当代散文的发展走过了一段令人难以忘怀的心路历程。因此，从一种特定的意义来说，散文的存在是现代文明中一个惊人的奇迹，散文的精神是现代文明中一种特殊的维持力量，因为散文使人们获得了某种思想力量、人文关怀以及精神上的休憩。

虽然散文文体的这种优越感是一种理论性的认识，它只是说明了一种可能；但是我们从现当代大量的散文作品中发现到，随笔性散文（简称随笔）是一种最能充分发挥作者品格的文体。比起传统的散文文本，它的文体结构比较随意，语言倾向于自然本色，笔致真切实在，并且没有那些不着边际的幻想和泛滥的抒情。像鲁迅、周作人、林语堂、梁实秋、丰子恺等人的随笔性散文，对于人类的精神结构和精神体验充满着感悟力和想象力，写得极有意趣。丰子恺有一篇随笔《野外理发处》，说到“平日里看到剃头，总以为被剃者为主人，剃者为附从”，而实际上不尽然：剃头司务为主人，而被剃者为附从。“因为在姿势上，剃头司务提起精神做工，好像雕刻家正在制作，又好像屠户正在杀猪。而被剃者不管是谁，都垂头丧气地坐着，忍气吞声地让他弄，好像病人正在求医，罪人正在受刑”。这一则极为普通的随笔，却有一种“万物静观皆自得”的从容和潇洒，以其情绪的自然和语言的亲切征服了读者。

所以，从文体学意义上说，随笔是一种闲聊式的、极其自由的文本形式。它的最大特色在于“人情世事皆文章”的品格，随意赋形，无拘无束，往往在“闲聊”中时而“道”出一点寓意，把生活中的意思不加修饰地传达出来。这种闲聊式的散文真正实现了随笔文体的本意，是散文精神的一种成功的实践。有一位评论家说：在一个需要闲聊的时代，随笔充当了读者最出色、最亲近的闲聊对象。这话或许不无道理。

二　闲聊性：随笔的自由神采

闲聊是什么？闲聊并不是庸常生活的一种简单的呼吸，它表明了人们为挣脱心灵的缠绕所做出的努力。闲聊的全部意义在于编织精神的童话，化解思想，以最轻松的形式去证实人类性灵的存在。这种概括也许过于玄乎。我注意到了作家忆明珠在他的《小天地庐漫笔》里的一篇《关于散文的聊天》，这篇“散文宣言”把散文称为“破罐”，颇有点“离经叛道”的意味，然而它对于我们所讨论的闲聊式散文，不乏有某种启示性。忆明珠说：“一只完好的罐子，可能引起主人的爱惜，不忍心用它盛乱七八糟的东西。‘破罐’，便无这个禁忌，它已经是个破烂货，那么任何破烂货也都可以用它来盛了。无论废铜烂铁，荆棘蒺藜、假语村言、嬉笑怒骂以至种种胡说八道，盛在散文的‘破罐’里，可谓‘得其所哉’！更不止可以‘倾以汨泉’，‘供养鲜花’的。”这实际上说的就是随笔，因为随笔这种文体承担不了多少理性的重负。硬要把随笔抬上理性的宝座，让它装载过多的理性分量，这似乎是不切合实际的。比如在对一个小场景、一次小邂逅的描写之后，便生硬地引发一段造作的所谓哲理或空洞的情感升华，这都可能使随笔成为一种被抽空了的文本。

闲聊式作为随笔的特点之一，在中国现代散文史上，一直是与倾诉性散文一起构成现代中国散文的完整与和谐的。前者以周作人为代表，后者以朱自清为代表；前者代表着对世界的“智”的态度，后者则代表着对世界的“情”的态度。现代作家的一些随笔，在闲聊式的叙述中，以他们独特的感觉整合和精神意味，表达了对于人生的美好所报以的会心，对于人生的缺憾所报以的坦然。这种达观的精神结构既摆脱了无病呻吟的矫饰，也避开了有病呻吟的感伤。它其实更见出作家的艺术功力，娓娓道来，无拘无束，不惊不乍，平实自然。出于这样的感觉，我想在这里说一说周作人的《乌篷船》。

说实在的，我第一次读《乌篷船》时，并不以为然，甚至一直到现在，我也不认为《乌篷船》是如何难得的漂亮文章。然而它吸引我的，乃是那种似乎在与你聊天的不慌不忙、娓娓道来的从容心境，一种故意用轻描淡写掩盖起来的思乡感情。读这篇随笔，你尽可把情绪放松，无须去思考“乌篷船”究竟具有什么样的象征意义。你只要有一种宁静闲适的心情，随着那左右摇晃的小划子，迎着岸边的泥土和小草靠过去，你就能在那些貌似平常的词句后面，看到有一种特别的情趣在流动着，就像浓荫下的一条暗溪，不知不觉地滋润了心田。周作人在描写乌篷船时那种平静的语气，那种似乎漠然而处的形容词，使人感受到一种平静恬淡的潇洒态度：“船头著眉目，状如老虎，但仍在微笑，颇滑稽而不可怕。”那脚划的小船，“仿佛是在水面上坐，靠近田岸去时泥土便和你的眼鼻接近”，“你坐在船上，应该是游山的态度，……困倦的时候睡在舱中拿出随笔来看，或者冲一碗清茶喝喝。”在1926年那样严酷的年代，周作人竟能有如此恬静的心情和淡然无争的情绪，在于他的那种随遇而安的人生态度。在故乡绍兴的山山水水中，他寻找到了一个适合于他的心态和意绪的精神空间。这种处世态度在表面上看来未免消极，但正是这样的“不积极”造就了“这一个”周作人。所以他后来干脆宣布：“我想写好文章第一须不积极，不管他们卫道卫文的事，只看看天，想想人的命运，再来乱谈，或者可以好一点，写得出一两篇比较可以给人看的文章。”

周作人的随笔，从乌篷船写到儿童玩具，从希腊的情歌写到日本的俳句，笔触所至，情趣盎然。当然，从历史的观点看，周作人过于专注个人性格的完成和文章的自如潇洒，似乎有点脱离了当时中国社会的现实。在今天的历史条件下，我们所要求的随笔形式，当然并不全是超然和脱俗，而还有对于人生的参与的一面。从理论上说，在闲聊中对性灵的追求是一种美学旨趣，对人生的参与是一种道义责任，这两种都应该是作家所具有的品格。文学史的事实告诉我们，许多作家正是这样做了的，我们从他们的各具形态的随笔作品中便可以看到这一点。

中国当代散文中最具闲聊式神采的当推汪曾祺了。汪曾祺被戏称为20世纪的最后一个“士大夫”，这是因为他的散文在较成熟的层面上，恢复了与明清散文和“五四”后闲适散文传统的联系。或者可以说，汪曾祺常常在闲聊式的散文中，提供了一种“文人”审美化的雅致的生存方式，从而使他的散文更多地具有了随笔性的特点。新时期的汪曾祺，在文学由“中心”而“边缘”的转化过程中，一直是一个“边缘化”的作家，从从容容而毫无失落感。他的随笔也因此显得酣酽醇厚，余味悠长，调子欣然而舒展。他有一篇随笔题为《锒铛》，说的是他写过一篇《杨慎在保山》，文章中引《康熙通志》说，杨慎70余岁时被人“以银铛锁来滇”。他对这则史料很感新鲜，以为“用银链子把一个曾经中过状元的绝代才子锁回来，可能是一种特殊待遇”。及至他后来读到了《升庵诗话》中的“银铛”条的考证，才恍然悟到《康熙通志》里是把“锒铛”误为“银铛”了。他于是这样写道：“想不到升庵（杨慎）这一条小考证，后来竟应在自己的身上。他大概没有想到自己竟至真的被人‘以银铛锁来滇’，‘造化如小儿，真能恶作剧’。”这则随笔写得平实无华，却让人读出些含泪的微笑来。

汪曾祺善于在随笔中写人，这可能得力于他长于写小说的缘故；而他写小说，又常常用散文的笔法，溶奇崛于平淡，全无斧凿痕迹。他的短篇小说《鉴赏家》，其中写到画家季匋民画了幅紫藤，去问果贩子叶三："好不好？""好！""好在哪里？""紫藤里有风。""唔，你怎么知道？""花是乱的。"几句简单的评点，句句搔到痒处。在随笔《金岳霖先生》里，他说到在西南联大时，有一次金岳霖被沈从文请去给同学讲《小说和哲学》。"不料金先生讲了半天，结论却是：小说和哲学没有关系。有人问：那么《红楼梦》呢？金先生说：'红楼梦里的哲学不是哲学。'他讲着讲着，忽然停下来：'对不起，我这里有个小动物。'他把右手伸进后脖颈，捉出了一个跳蚤，捏在手指里看看，甚为得意。"短短的一段白描，就把这位为人天真的大哲学家写得呼之欲出。汪曾祺主张随笔应该"写得平淡一点，自然一点，'家常'一点的"，"散文的作者最好不是'语言无味，面目可憎'的角色"。当然，他并不主张把随笔写得过于随便，那些看似漫不经心、随意而为的东西，实则是"苦心经营的随便"。汪曾祺的随笔，常常是承转无定法，不粘不滞，话不说完，意不写满。所以说，随笔尽管是一种闲聊，但要写好却不是容易的。茅盾就说，随笔这一体式"第一得题难，第二做得恰好难"，"太尖锐，当然通不过；太含浑，就未免无聊；太严肃，就要流于呆板；而太幽默呢，又恐怕读者以为当真是一桩笑话"。

郭风曾经在《文艺报》发表一篇文章，说随笔是一种"意之所至，笔墨随之"的文体，我以为这是深得随笔这一文本形式的精髓的。在现代生活节奏加快的情形之下，"民亦劳止，迄可小休"，人们"需要安慰，需要一点清凉，一点宁静……需要'滋润'"（汪曾祺语），于是，闲聊式的随笔大量出现是必然的。当作家被生活中的某个情景或某件小事所触动时，他可以放弃任何文体学的目的和规则，避开文体的秩序和结构，随着自己对“意思”的把握去驱使笔触的流动甚至像郭风所说的，可以从一个主题跳到另一个主题。我以为，这种闲聊式的随笔是散文精神的一种成功实践，它反映了我们这个时代和我们的读者对这种文体的理想。

但是也应该看到，从 90 年代起，随笔在不太景气的中国文坛上扮演着一个八面玲珑、春风得意的重要角色。从大大小小的报刊纷纷开辟随笔专栏专号，到大大小小的作家纷纷投向随笔创作，再到古今中外大大小小作家的散文随笔集纷纷出笼，一时间散文随笔热布满神州文坛，它甚至令不少的诗人和小说家眼红。当然，由此而引起文化界的批评也是相当激烈的。有位批评家就撰文指出：随笔在今天的繁荣，多少有点泡沫文化的意味在里面，这是一种包含着危机的虚假繁荣。他说：时下流行的随笔作品往往流于轻浮，无病呻吟，“没有风骨的随笔不仅使我们失去了生命的力量和意义，也使我们误读了我们的时代。很多随笔回避了时代复杂的精神内涵”。这种批评主要是针对那些沦为无聊的“闲话”和没有多少意义的“唠叨”的东西。的确，我们今天所需要的，应该是那些注重思想内涵和文化底蕴、透露着智慧的光芒的文化类随笔，以及情感真挚、人性高尚的随笔作品。

三　散文随笔化

我在这里所说的“散文随笔化”，从本意上说，“化”不过是针对散文创作中的一种现象而言。时至今日，散文和随笔似乎越来越难以区分了。如果从散文创作溶入随笔的那种“意之所至，笔墨随之”

的现象来说，“散文的随笔化”其实就是指的随笔这种文本形式。随着散文文体的不断变革，随着散文美学追求越来越趋于高度的自觉，传统的散文情思以及过分循规蹈矩的形式技巧，已经使得一部分散文作家意识到，具有真诚的精神个性和深度的文化内涵，才能使散文创作具有充分的当代品格和新的本体精神。在这方面，郭风早就主张用一种随笔性的文体写作散文，信笔由之，在形式上不加规范。这实际上指的就是随笔的文本形式。郭风将这种文体的出现称为“某种新的文学景象”：“这便是对于时代和历史的沉思；这便是作品中出现的忧虑情绪以及感奋精神，对于时局、世情、世态的特有的关注；这便是诤言以及告诫；这便是作品中出现人世阅历的丰富和具有历史见证的性质；这便是真实以及对于时代特有的思辨力量。”郭风对于随笔文本形式的概括，代表了随笔创作的某种景观。

郭风近年来的散文创作，基本上是在探索一种随笔性的散文文体，追求具有当代意识的情思、智慧和趣味，从而使他的个人创造性和美学情怀在对散文本体精神的推进过程中，得到高度自觉的体现。他晚年所作的《晴窗小札》以及《汗颜斋文札》，运用的文体形式主要也是随笔，这实际上可以说是对“散文随笔化”所进行的一种成功的实践。郭风的作品展示了一种充分自由的思想和完整的人格表现，逼近人的本真和率性。他站在城市的窗前看到大雾笼罩下的那些朦胧的轮廓，不由念及40年代在闽北山村就读以及70年代举家移居闽西北时所见的雾景，想到“不论是早年（或者说过去）以及目前所见的雾景，似乎都出现这样一种情味，即外部真实世界所存在的事物因雾霭弥漫而出现了原来所没有的情味。人们在这种情味中思索自己已经认识或未经认识的事物时，都会感到一种重新创造事物意象的愉悦，或者取得本来事物不曾包含的新鲜含意的愉悦”（《雾》）。他不会喝酒，却爱喝茶。然而他是“什么茶都能泡一壶，斟入茶盅中，喝得津津有味”。在外人看来，这也叫喝茶？其实他是在追求着一种“随意”，他说，“我在想在随意中，求得生活的平安，并借此减少无谓的苦恼”（《随意》）。这种“意到笔到”的联想，看似十分随意，实则袒露了一种极富文化内涵和个性品味的心迹，在一片老年的风景中展现了新的精神张力。已故作家俞元桂也极善于在随笔作品中聊天，常常于不经意中随遇兴怀，庄谐并出，妙趣横生。他的那一篇《理发》，其中有这样几句：现在的理发，刮脸时，“胡须部位颇为认真，其他的额头、脸颊、耳廓等地可谓粗枝大叶，有时用剃刀一抹，带些写意手法”；而过去的刮脸，“师傅神色庄重，先在你的鬓边、后枕部位小心地剃着，高兴时用剃刀在后脖子上跳动几个来回，好像打了许多省略号，麻痒痒的”。这种极有“意思”的情景描写，不能不使人跟随着那一片洒脱的幽默，渐入乐天知机的人生境界。

在这里，我愿意提出散文文体变革的背景之下，福建的一些中青年散文作家的创作。这些散文家致力于创造属于他们自己的随笔天地，他们不屑于所谓“结构严谨”、“主题鲜明”的规范，而是把自己独特的精神个性寄寓在具有闲聊神采的随笔文体之中。舒婷的《传家之累》，是一篇颇具意味并极为传神的作品，娓娓而谈，在闲聊式的描述中闪动着浓郁的情趣，令人忍俊不禁：“春卷在厦门，好比恋爱时期，面皮之嫩，如履薄冰；做工之细，犹似揣摩恋人心理；择料之精，丝毫不敢马虎，甜酸香辣莫辨，惊诧忧喜交织其中。到了泉州，进入婚娶阶段，蔬菜类炖烂是主食，虾、蛋、海蛎、鳊鱼等精品却另盘装起，优越条件均陈列桌上，取舍分明，心中有数。流传到福州，已是婚后的惨淡经营，草草收兵，锅盔夹豆芽，粗饱。”这篇作品对于传统散文格式的突破，在于把本应没有格式的散文文体成功地作为人类精神的一种实现形式，在闲聊的笔意之中完成了对文化意义的发现，行文如行云流水，不矜持作态，不刻意雕饰，别有一番情致，在漫不经心的随意性描述中，完成了对于人生的一种极具会心的剖析，其心态是十分自由的。

在当代文学语境中，“散文随笔化”的观念形态无疑给既有的随笔文本形式带来了一派生机，由此而产生的随笔作品，在语言运用上正愈来愈朝着幽默和睿智方面发展。尽管，一些作家所描写的大都是自己身边的生活事件以及自己亲身经历过的事情，但其间内敛着对于社会、历史、人生及文化评判的意味。这种意味仿佛并不特意蕴含于颇为明显的哲理倾向上，而是借助随笔语言的操作不时地闪现出来。福建的一批颇具实力的作家，他们的随笔作品在相当大的程度上表达了对于文化命运的焦虑、忧患和关怀，以及对于重构人文精神的心态。在这方面，我还愿意提出三位在福建乃至全国颇有影响的作家，他们是朱以撒、南帆和陈震。朱以撒近年来的散文创作，基本上从中国传统的书法艺术角度切入，在历代书法家的圈子里转悠。可以看出他的转悠有一种别的作家所没有的灵性和逸趣。在《北朝，北朝》、《归来兮，唐风》、《晚唐遗梦》、《如水》和《心经・简洁》等一批作品中，他都处在一种“走在寻找的路上”的感觉。他在寻找什么呢？他说，是在“寻找那能使我心灵荡漾的舟楫”。在他看来，“信笔写点散文以为心灵散步”。我觉得，“信笔”无疑是他的一个重要的观念；由此我发现，他的这些散文可能更多地具有随笔的意味。尽管他的每一篇作品都写得相当精致，然而那种如水的气韵常常是像书写时的灵气那样“腾地”涌了上来，自如、从容而不凝滞。他自己就这样说：“行云流水，这是我一直向往的艺术境界，它意味着在时空的穿越中，达到了从容随缘无所羁绊的层次。”这的确形成了他的散文在一种随笔化的意趣中浑然天成的风格。南帆的随笔则更多地追求一种机智和哲理，他的感悟力和辨析力常常给人游刃有余的感觉，并且总是保持一种对于文化和文明的追索和感怀。他在《城市与山》这篇随笔里写道：“为什么不稀罕山呢？因为山总是在那里，从不消失。山是极其守信的，它不会有失约的时候。即使整个城市都入睡了，即使风狂雨骤，山也依然静静地屹立在那里，瞭望着远处。我从此体会到了‘山盟’一词的分量。”在这一段语言中，我时时感受到有一种人文关怀。在我看来，文化的分量在南帆的视觉里，始终被镶嵌在某种生命意味之中。的确，一旦文化变成了生命，就连山峦也会浸润着一种深刻的人文意义。而陈震的不少散文看起来更像是随笔，其中所包含的幽默和睿智，同样表明了人类心灵在穿透人生之后回复到本真的超逸和淡泊；而所有那些东西，又是作家在把握了随笔的文本形式后才具有成熟的自由之美。陈震有一篇《说“嗜欲”》，对于嗜欲者的心态解剖极具神采：“一些怪僻嗜欲，只要不强施于他人，不伤风化，倒不失为繁华的点缀。有时候，我们还能从他人的癖欲中获得某种利益。我的一位亲戚有洁癖，某次不慎，我误穿了她的拖鞋，她就把拖鞋送给我了。后来我发现，凡被人啜过的茶具，她必得千洗万刷，最后用酒精消毒。我曾经边嚼花生米，边轮番吻她的茶杯，她果然像妙玉，把‘肮脏’的茶杯连托盘都送我了。我从此恨她没有一方好砚，如果有，我一定要边夸好砚，边迅速地吐唾磨墨，好让她像倒霉的米芾，白白让我把砚骗走。这种行径，大约可以叫做乘人之‘欲’罢。”乍一看，这颇有点恶作剧之举，实际上，这种笔触对于某些人的心态乃至某些现象的剖析是相当精细的。陈震的另一篇随笔《度量衡随想》，对于时下一些真假善恶的“标准”持着这样的怀疑态度：“当年鲁迅先生恐怕也遇到这种情况，所以作了篇‘估学衡’的文章，既不用尺也不用秤，只是约略一估，并不太精确。太精确反倒不精确。先生以为衡器之类已经太多太烂，不如简单方便的‘估’，我们今天才晓得那正是模糊数学的妙用。到了某种境界的人，在处理尺寸轻重这类事儿上一般都不用手，也不是用额下那双眼，而是用内心里那双眼。”可以看出，当代随笔形式所具有的闲聊式神采，已经更多地深入文化的深层意味上来，与那些皮相的、泡沫式的精神唠叨和空虚的、浮躁的表白相比，它们更能显示出文本的风骨和语言的睿智。

无疑，在当代文体变革的情形下，随笔将是一种最为自由也最为活泼的文本形式。当然，这只是对传统散文秩序的某个方面的摇动，我们不可能去进行那种彻底的叛逆。传统仍然是需要的。我们所要继承的，也正是“五四”散文最值得继承的个性和智慧的传统。鲁迅曾经说过：“散文的体裁，其实是大可随便的，有破绽也不要紧。”我想，随笔也好，“散文随笔化”也好，对于这些最具个人化的文本形式，在思想上的不断创新以及在艺术上的不懈追求，才是我们所要追寻的终极目标和价值取向。

沉思在理性自由中的文学灵魂

——刘再复文艺理论述评

一

1871年底，德国巴塞尔大学年轻的古典语言学教授尼采的《悲剧的诞生》出版了。这本书的问世，震动了整个德国学术界。在这本书中，尼采从希腊神话里挑出酒神狄奥尼索斯和日神阿波罗这两个形象，来譬喻使艺术得以形成和发展的两种根本力量，从而提出艺术源于酒神和日神的二元冲动的原理。尼采认为，酒神冲动和日神冲动是“无须人间艺术家的中介而从自然界本身迸发出来”的两种艺术冲动。酒神冲动毁掉和否定个体生命，而对世界之生命意志进行肯定；日神冲动产生、肯定和美化个体生命，把毁灭人生的力量纳入肯定人生的轨道。这两者都表现了自然界本身生命意志的强大和力量的充溢，如果按照席勒的精力过剩说和游戏说，则是不折不扣的艺术冲动。在尼采看来，梦和醉作为日常生活中两种基本的审美态度，是自然界本身的二元冲动。日神冲动表现为梦，酒神冲动表现为醉。由模仿日神的梦的状态产生了造型艺术和史诗，由模仿酒神的醉的状态产生了音乐和抒情诗，由两者的结合产生了希腊悲剧。

酒神和日神的二元冲动原理不但是尼采对于艺术本质的说明，而且包含着尼采对全部重大艺术哲学问题的见解，并由此产生、发展出了后期的权力意志理论。在尼采之前，人们从批判近代社会理性与感性的脱节出发，主张用感性和理论相和谐的精神去解释古希腊的人性和艺术。尼采却不同，他要给古希腊的人性和艺术以一种非理性的解释，用极端的态度批判近代社会的理性至上，从而为后来西方艺术向深层心理进展开拓了道路。

当然，对于审美和艺术中的二元性辩证现象的重视并非自尼采始。在尼采之前，就有席勒提出的审美源于人的感性冲动（生命）和形式冲动（形象）双重天性的统一（游戏冲动），谢林提出的审美既是陶醉又是自觉的观照，以及黑格尔在解释整部艺术发展史时所运用的理念和形象二因素的对立统一原理。据海德格尔考察，雅可比、布克哈特和荷尔德林都论及了希腊艺术的二元性。

历史横亘了110多年。刘再复的《性格组合论》和《论文学的主体性》的相继问世，同样是震动了中国学术界。作为一位处在中国当代文艺理论变革前沿的探索者，刘再复没有忘记西方先哲们在艺术哲学领域里对于审美和艺术中的二元性辩证现象所作的耕耘，更没有忘记中国现代一位伟大而深邃的求索者——鲁迅的许多像星光闪烁的思想的启示。1980年的一个春夜，刘再复写完了《鲁迅美学思想论稿》的后记，面对着辉煌的夜天，顿然有一种奇异的东西在他身上颤动、奔突、呼唤，胸中燃烧着一种继续创造的欲求。他想，我们身外是这么一个神秘的浩茫无际的宇宙，而我们身内不也有一个难以认识穷尽的、充满着血的蒸汽的第二宇宙吗？人的内心世界的确是一个神奇的宇宙。今天，人可以在遥深的第一宇宙中去探求奥秘，不也可以在自身的第二宇宙中探求更多的未知数吗？

刘再复所孜孜探求的，正是人作为主体的一个独立的神秘世界。它就是第二宇宙（内宇宙），那里蕴含着精神主体的无比强大和丰富的力量。

纵观刘再复的性格组合论与文学主体性理论，我们发现，作为一个清醒的文艺理论家，刘再复十分注意从理论研究的宏观审视中吸取历史的经验教训，保持一种积极进取的学术竞技状态和自由活泼的学术心理状态，具有一种崇尚真理、追求真理的勇气，敢于打破理论陈规，激发起踏着荆丛草莽而向前征战的冲动，挺进到人的内宇宙中去，以新颖独到的理论见解，深化了“文学是人学”的命题。

我认为，在刘再复的文艺理论体系中，性格组合论和文学主体论是一种完整的统一的互补结构。刘再复从人的二元性辩证现象（即人的双元宇宙）出发，研究了人的性格结构和人的实践结沟，然后以前者建立起性格组合论，以后者建立起文学主体论。性格组合论把文学中的人放在自身性格系统的二极对立中进行考察，文学主体论则把文学中的人放在实践系统中主客体的对立中进行考察，它们共同构成了文学的人的本体论的完整理论。这是由人的双元宇宙的发现带来的对人的二重性的探求的辉煌成果。刘再复的学术思想表明：文学的人学原则是以人类生活的完整概念——人自身的性格运动和人的实践过程的统一，亦即个性和社会性的统一——为基础的。由此，形成文学的人学原则的二重性，即人的个性灵魂学和人的社会关系学。

人的双元宇宙的发现带给刘再复的学术探索的理论意义在于：他把整个文学研究从表层结构引向深层结构，从群体理性引向个体个性，从外部描述引向内部展示，从客体观照引向主体参与；从而，把文学看作实现人的自由人性、人的自由本质的价值形态，看作人的历史发展的审美展示。总之，刘再复的文艺理论体系开辟了一种新的逻辑思路——价值论的视角。

这是一个具有当代意义和即将构成文学史意义的学术视角，也是建设我国文艺理论体系的一个新的生长点。多少年来，我们的文艺理论构架基本上建立在苏联的模式——哲学认识论的基础上，认为文学的目的就是对生活本质的反映和认识，反映是目的，而人的能动性只是表现这种反映和认识的手段；物是出发点，是思维的中心。然而正是在这里，我们的文艺理论体系缺了另外一大半——价值论。从价值论的角度看，文学的真正目的是人的本质的全面而自由的实现，它要创造出一种符合人性价值的生命的秩序。在这里，人是思维的中心，是出发点，文学的认识内容和再现因素仅仅是一种媒介或载体。因此，刘再复由人的双元宇宙的发现引起的对人的二重性的深入探索，表明了他努力运用价值论的体系，去填补旧有文艺理论只有认识论的体系的重大缺陷。这种学术自觉和学术勇气使刘再复的文艺理论在当代文学史上赢得一个重要的历史地位，它标志着我国当代文艺理论研究提高到了一个新的水平。

二

在刘再复的文学主体论和性格组合论颇遭异议的时候，我始终坚持这么一种观点：刘再复近年来提出的一系列理论、方法，并没有离开马克思主义的唯物主义，而且，没有以自己的某种意志能力、自己的某种主观倾向去凌驾于一定的自然关系和社会关系，去随意支配外部世界。恰恰相反，刘再复的学术观点是对于现实的积极思考的结果，是对几十年来我们的文化心理和民族精神的发展过程进行深刻反省和自我批判的结果。正因为此，刘再复在理论上所作的贡献，就不仅仅是文学方面的意义，它还反映了我们时代精神的折光，符合着时代进步的要求。

作为一位具有全方位的思路的学者，刘再复对于现实问题的关注，不是作为某种矫饰的应时的点缀，而是作为他思考文学现象的一个重要的出发点。近年来，刘再复一直在他的文章和讲话中指出，我国正在发生伟大的历史性变革，这种变革的时代精神一定要影响到文学研究领域，在我国民族生活重心转移之后，各个精神生产部门都要求按照自己的规律前进，即转向自身的建设。文学当然也不例外，它也要“回复到自身”。这个“自身”对于文学研究领域来说，就是应当构筑一个以人为思维中心的文学理论与文学史的研究系统。

刘再复的这个观点，我以为至少是出于以下两个方面的现实的考虑。

（1）在经济和社会体制变革的背景下，人们的心理如何适应改革的要求，挣脱旧框框的束缚，最大限度地发挥能动性、自主性和创造性，是一个首先要解决的问题。刘再复在接受某报记者采访时谈到，当前的经济改革要真正深入人心，必须从历史合理性方面进行完整、系统的理论阐述，使人们从心灵上接受改革，增强对改革的心理承受力。因而，我们的文化宣传要成为改革和现代化的文化动力，从根本上改变封闭狭隘的心理结构，培养具有现代意识的、健康的文化心理结构，使精神文明从一种外部规范转化成人的内在精神要求。又把自己的主体力量外化为推动社会前进的力量。在这里，刘再复所要强调的，是要“搞活”人自身，强化人的自主性、进取感和创造精神，选择历史提供的最好的可能性，成为历史的主人。

（2）长期的文化专制和封建、愚昧思想的束缚，使人的个性趋于泯灭，人的主体性不断失落。刘再复在《文学研究应以人为思维中心》里谈到，解放后一个很长的时期，我们把社会人的本质片面地规定为阶级本质，这样，就只是把人当作阶级结构中的一个消极被动的固定点。这就发生了本末倒置，即见物不见人——人服役于物，而不是物服役于人，人失去了自由创造的本质。作家成了执行某种阶级斗争任务的工具或是直观地反映现实的工具，作家笔下的人的一切个性都消融于阶级斗争的工具性之中。在这里，刘再复所要改变的是这样一种畸形现象：人为地把人自身贫乏化，导致了文学的贫困化，也导致了民族精神世界的僵化。

从这两个方面看，刘再复的文学主体论和性格组合论的提出，是有广阔的改革背景和文化背景的，并且，是有着时代的具体性和时代的正义性的。刘再复的理论探索显示出这么一种深层意义：历史的规律不是自动显示的，而是人的主体实践去揭示，去掌握的，人不能满足于充当客观条件制约下的一个“螺丝钉”，人可以驾驭历史，改变历史，可以在历史提供的各种可能性中做出有利于自身发展的选择。

在历史的反思中刘再复认识到，社会历史发展的真正生机在于恢复人的主体性地位，在于改造人的主体素质。这样，在刘再复的性格组合论和文学主体论中，始终贯穿着一条主线：反对把人视为工具的物本主义，坚持马克思主义的主体哲学。

马克思主义的哲学既是唯物主义的，又是人道主义的。因此，马克思主义的世界观是包括了对人的认识的。按照马克思的思想，共产主义社会不仅要使每个社会成员贡献出他的全部能力，而且要培养、开发和发展每个人的全部能力。这也就是马克思所反复强调的，共产主义社会的基本原则是“每一个人的全面而自由的发展”。可是在过去很长一段时期内，由于“左”的错误思想的干扰，我们对这个原则既没有很好地理解，更没有很好地宣传。我们考虑问题的方法，不是从“现实的、有生命的个人本身出发”，并把人作为思维的中心，而是以“物”为出发点，把“物”当作思维的中心。其结果是造成了人的主体性的失落，人的自主性、能动性和创造性的压抑，人的价值观念的淡薄甚至趋于泯灭。这是一个方面。

从另一个方面看，我们过去也谈人道主义，但由于我们是在一种政治泛化的框架下谈的，把政治参照系当作唯一的参照系，所以我们对人道主义是一种不完整的理解：对人道主义的要求仅仅是把人当作被动的人。说得具体一点，历史的五种形态（原始社会、奴隶社会、封建社会、资本主义社会和共产主义社会），既然革命导师已安排好了，我们只要做一颗历史轨道上的螺丝钉就行。我们没有考虑到在认定社会发展的总方向之后，仍然必须努力创造，积极选择，仍然可以有自己的各种价值追求和各种人生设计，仍然需要自我实现。这样，人道主义就变成了一种被动态的人道主义。

上述两个方面的弊病，与马克思主义的人的哲学是相违背的。因此，重新理解马克思主义的人的哲学的本质，恢复人的主体性地位，成为马克思主义理论工作者义不容辞的历史使命。在这个意义上，刘再复的性格组合论和文学主体论在理论上的一个重要贡献，就是根据马克思主义的人的哲学，从历史高度上肯定人的价值，把世界看作人的世界，把历史看作由人去驾驭、去创造的历史，从而“搞活”了人的观念，确立了人的主体性地位，强化了人的自主性、能动性和创造精神。这样，在刘再复所构筑的文艺理论体系中，无论是在讨论对象主体、创造主体和接受主体的不同的个性活动原则，还是在解剖人自身的文化心理和个体身心的结构面时，都能时时把握住马克思主义的人的哲学的基本观点，冷静地对我们民族的文化心理和民族情神、对人在社会发展中的客观历史进行深刻的反思和深入的研究。从而，在理解具体的文学活动过程中，刘再复把恢复人在文学中的主体性地位，看作在文学领域中把人从被动存在物的地位转变到主动存在物的地位，克服只从客体和直观的形式去理解现实和理解文学的机械决定论的一项巨大的主体建设工程。

有人曾经问过刘再复，你反对物本主义，是不是在主张费尔巴哈的人本主义？刘再复这样作了回答：当然，我也吸收费尔巴哈的人本主义思想中的合理成分，但我主要是接受马克思的实践哲学和关于人的“自我实现”及“主体的物化”等思想。我以为这个回答是准确的。在费尔巴哈的人本主义思想中，他认识到了人既是客体，也是主体，这是合理成分；但是费尔巴哈只是把人看作认识世界的主体，而没有看到人也是改造世界的主体，因此，费尔巴哈没有把人的实践活动和人的社会历史纳入客观世界的范畴。这样，费尔巴哈对人的主体性只是理解了一半，而忽视了另一半：现实事物是人的活动的产物，是人的“主体的对象化”。马克思在《德意志意识形态》中，批评费尔巴哈“没有看到，他周围的感性世界决不是某种开天辟地以来就已存在的、始终如一的东西，而是工业和社会状况的产物，是历史的产物，是世世代代活动的结果”。正是表明了这个意思。在《关于费尔巴哈的提纲》里，马克思又批判了包括费尔巴哈的唯物论在内的从前的一切唯一吻论，“只是从客体或直观的形式去理解”事物和现实，而“不是从主观方面去理解”。马克思对费尔巴哈的批判，启发了刘再复对于文学研究状况的思考。在《文学研究应以人为思维中心》一文中，刘再复强烈地意识到，我们的文学研究坚持了唯物主义，但是奇怪地沿袭了旧唯物主义“只是从客体或直观的形式去理解”事物和现实的方式去理解文学，这样，就不能把文学现象看成是人的感性活动，当然也不能从实践方面、主观方面去理解文学活动。刘再复的这一思考是相当清醒的，这样，就使他在批判地吸收费尔巴哈的人本主义思想中的合理成分，并且更主要地接受了马克思关于人的“自我实现”的思想的过程中，力求以对文学主体性的深入研究，纠正过去的文艺科学中客体绝对化的倾斜，使研究重心从外向内移动，从客体向主体移动。

三

我在前面已经说过，刘再复的性格组合论和文学主体论是一种统一的互补结构，由此形成了他的一套完整的文艺理论体系和文艺观。因此，在对于刘再复近年来的文艺理论探索的价值进行估计时，我认为应该将性格组合论和文学主体论作为一个整体来看待，这样，才能比较全面地把握刘再复近年来所形成的理论建构，从而总结出一些带规律性并且具有启发性的东西。

在我看来，刘再复近年来的文艺理论探索，不仅仅是对于旧的文艺理论命题的一种有力的反驳，而更为重要的，他着眼于对已有命题的深化与新的理论的建树。刘再复的理论探索突破了旧的文艺理论的一般认识论框架，就在于他深刻地认识到文艺具有它的特殊本质，它作为“自由的精神的生产”的产品，体现着充分自由的人的本质力量，因而具有一定的超越现实的功能，它所创造出来的世界也是一个超越现实的属于文艺自身的精神世界。因此，刘再复的文艺理论深刻地阐明了文学的超越性及其人性主题，它主要体现在三个方面：

（1）文学作为自由人性的存在方式，它首先是一种价值形态；

（2）文学作为最普遍的人道精神的表现方式，它必须注重个体主体价值与个体精神追求；

（3）文学作为理性非自觉意识的创造功能的特殊方式，它旨在开掘人的深层心理的复杂结构。

这三个方面，可以说包括了刘再复近年来文艺理论探索的基本内涵。我们过去的文艺理论体系，逻辑前提是哲学认识论，即把艺术审美系统纳入哲学反映论的框架中来思考，这样就导致了审美主体与审美客体的关系被规定为反映与被反映的关系、精神与物质的关系、意识与存在的关系。这个逻辑思路决定了文学艺术只能是用形象反映社会生活的一种意识形态。而实际上，文学活动不仅仅是一种认识活动，它更是一种审美活动，一种人类在长期的历史实践发展起来的主体对象化的创造价值活动；文学的世界不仅是作家对人类生活的客观必然性的认识，更是作家创造人的自由本质的超越一般现实的象征境界。刘再复的理论探索正是在这方面显示出了一个常常被人忽略和遗忘的艺术原理：自由人性是文学艺术的灵魂，恢复并发扬以人的自由创造为基本内涵的主体精神，是文学获得生机的基本途径。

刘再复在《论文学的主体性》中提出：人的主体性包括实践主体性和精神主体性。文艺创作强调主体性，包括两层基本内涵：一是把人放到历史运动中的实践土体的地位上，即把实践的人看作历史运动的轴心，把人看作人。二是要特别注意人的精神主体性，注意人的精神世界的能动性、自主性和创造性。我认为，刘再复的这一观点不仅是重新肯定了“文学是人学”这一命题，即肯定人的实践主体的地位，而且是开始对“文学是人学”这一命题展开反思，以强调人的精神主体性来进一步深化这一命题。“文学是人学”是一个不朽的命题，它的深刻性也就在于在文学领域里恢复了人作为实践主体的地位。但是，随着历史的发展和文学的不断前进，随着人自身不断地丰富和人对自身认识的不断深化，人们便开始意识到在文学中仅仅强调实践主体的作用，即仅仅表现人的行为是不够的，还必须寻找人的更加深邃的东西。这样，人们就在对于“文学是人学”的命题展开反思过程中发现了这个命题的不足，并力求在承认人的内宇宙，承认文学是人的灵魂学、人的性格学、人的精神主体学等方面深化这个主题，实现主体价值。

刘再复近年来的文艺理论探索，都是围绕着实现精神主体价值这一轴心展开的。性格组合论侧重于对象主体的精神价值，文学主体论侧重于创造主体的精神价值，它们以一种统一的互补结构向人们展示了：文学作为自由人性的存在方式，首先是一种价值形态。这种价值形态主要表现在两个方面：一方面，它注重对象主体的价值生活；另一方面，它尊重创造主体的自由创造力的充分发挥。

长期以来，在我们的文学领域里，对人的研究是相当薄弱的。一谈“人”，就有被扣上地主资产阶级人性论的帽子的危险。因此，研究人只允许讲人的实践论，而不准讲人的本体论，一讲本体论就涉及人性的深层，就涉及主观心理世界，就有被说成是人性论的危险。在这种文学观念的支配下，即使出现了一些谈论本体论的文章，也只能描述本体的表层的处于静态中的人性现象，而不敢涉足本体的深处的非稳态和潜意识，不敢表现人性深层中的灵魂搏斗，等等。这导致了我们只注意人的时间生活和空间生活（即注意人的外观行为），而很少注意人的价值生活（即注意人的主体需求和内在精神）。刘再复十分敏锐地意识到这一点，他的性格组合论和文学主体论，正是试图踏进人的本体研究，促使我们的文艺创作能够勇敢地向人性的深层挺进，更辉煌地表现人的魅力。我认为，刘再复提出要特别注意人的精神主体性，实际上就是注意人的本体深层的价值生活。对于对象主体来说，价值生活表现在性格深层世界中互相对立的性格力量的拼搏和由此产生的不安、动荡、痛苦等等的情感颤动，也表现在人的形而上的“灵”方面的欲求，即精神方面的欲求和文化方面的欲求。而对于创造主体来说，价值生活表现在作家内在精神主体的运动规律，作家必须超越低境界的精神需求，而进入自我实现这一最高的精神需求境界，达到精神世界的充分展示。

在《性格组合论》中，刘再复所要揭示的，是研究人物的性格内在的矛盾性。从而发现人性深层的价值生活的无限深广性和人性世界的无限丰富性。《性格组合论》在提出人物性格的二重组合原理之后，对于人物性格二重组合的若干基本结构类型（如悲喜剧性格、崇高与滑稽性格、崇高与怪诞性格以及崇高与秀美性格等），对于人物性格二重组合的实现过程，对于人物性格二重组合的哲学依据，以及对于人物性格二重组合的心理基础等方面，进行了全方位的深入探索。这种探索使我们认识到，文学的世界是一个充满自由人性的世界。在这个世界中，作为对象主体的人物形象要能够打动人心，使人们能够在人性更深层次上实现心理对位效应，发现自己心灵深处的矛盾运动形式，从而产生强烈的共鸣，获得更高的审美价值，这就需要把握人物深层的价值生活，表现人性的深度。在我看来，性格二重组合原理所把握的不是表层的本体的价值生活，而是深层的本体价值生活。这种深层的本体价值生活，包含着自由人性各种形态的深层矛盾，同时包含着这些深层矛盾在文学作品中的实现过程。这是《性格组合论》对于长期以来形成的，至今仍未被充分注意到的一些基本观念的重要反驳的变革性意义之所在。

例如刘再复所深刻论述的性格组合的实现过程这一章，它的变革意义除了对过去的“正面人物”、“反面人物”、“中间人物”的简单化划分提出质疑外，还在于从文学作为自由人性的存在方式的角度，对于人物性格深层矛盾对立在文学作品中的实现过程，在人的本体深层的价值生活层次上做了合乎人性内在意义的探索。这种探索表明，人物性格的二极因素，不是善恶的简单的线性排列；而人物性格的二重组合过程，也不是善恶的线性排列过程和性格二极内容的机械拼凑过程，它是各种性格元素通过情感中介围绕性格基本特征的模糊集合过程。这个模糊集合过程最充分地反映了自由人性的深度。因为从人的本性来看，构成性格整体的各种元素往往不能按照同一确定的方向运动，而正是这种非同向发展的各种性格元素，才形成了人物性格的模糊性。一个人有时可能像他自己，有时又可能不像他自己；有时忠实于他自己，有时又背叛他自己。性格的这种双向性是过去所谓“正面人物”、“反面人物”、“中间人物”等概念所无法说明的。“正”、“中”、“反”划分的简单化，就在于对作品中的人物只是作单一的正面性格元素的明确集合与反面性格元素的明确集合。而实际上，人物性格的丰富性、人性深层的复杂性，这些最能体现人的自由本质的东西，都不是线性排列和机械组装的那种所谓“明确性”所能完整、真实地体现出来的，相反，它们正是以模糊性和多义性，使人的性格运动形成一种合乎自由人性和价值生活本质的极为复杂的动态过程。

刘再复在《论文学的主体性》中，从创造主体的角度，论证了主体性问题的一个核心：作家的全部价值生活，就在于他必须最大限度地实现他的自由本质，即全面地发挥他的个性创造力和非自觉意识的创造功能。也就是说，作家应该不屈服自己心灵之外的各种压力，敢于面对人，面对真实的、复杂的世界，把人按照人的特点表现出来，把人之所以成为人的那些价值追求表现出来。在过去相当长一段时期内，我们的作家只能是阶级理念的代言人，他的一切行为和心理都是由阶级斗争所派生的。作家不能自由地倾吐自己心中的语言，不能为他笔下的人物洒热血、抛眼泪，而往往是在心灵之外的压力下违心地写作，主体意识被压抑在心理的最底层。这种不正常的现象导致了作家的价值生活的丧失，当然也就谈不上作家精神世界的充分展示。

刘再复认为，作家主体性的最高层次，就是作家的自我实现。刘再复进而把作家的自我实现分为浅层自我实现和深层自我实现两个层次，前者是作家精神主体表层结构的外化，后者是作家精神主体深层结构的外化。根据这一理论，在我看来，作家只有在精神主体的深层结构上实现自我，才可能使他的价值生活得到全面的展示。这种展示的特点，是作家全心灵的实现、全人格的实现，也是作家的意志、能力、创造性、能动性和自主性的全面实现。在这里，作家的主体意识对于作家自身是极为重要的。当作家意识到自己主体地位，意识到自己的创造性、自主性和能动性，他就认识到自己的价值生活的全部意义，从而才能发展自己的潜能，实现自我。在《论文学的主体性》中，刘再复指出，作家必须超越生存需求层次、安全需求层次，归属需求层次和尊重需求层次，而进入最高层次——自我实现层次。这种超越过程，是作家的心理和内在自由意识的不断升华的过程，由此表现出三种特性，即超越世俗观念、生活常规和传统习惯性偏见的束缚的超常性，超越世俗世界的时空界限，具有巨大的历史透视力和预见性的超前性，以及超越“封闭性的自我”，不屈服于一己利益的诱惑，把自我的感情推向社会和人类的超我性。我认为，刘再复的这些观点，正是从人的精神主体性的深层意义上，把握住了作家作为创造主体的全部内在价值生活的本质。作家的价值生活的本质，并不仅仅在于作家能够在理性层次上充分认识到客观生活的内容，更重要的是作家能够用自己的整个心灵、全部人格，把自己的精神世界中的一切最伟大的创造力，全面而自由地发挥出来，这样，作家才能透过人物性格的表层的东西而完成一种艺术发现，写出人物的灵魂的深度，写出人性深层的价值生活。

刘再复对于对象主体的价值生活和创造主体的价值生活的深入探索，其理论意义表明，文学超越现实的功能，就在于它最充分地发挥作家的自由创造力，同时最充分地揭示人物性格的深层内涵和人性深度。这二者的充分实现，使得文学真正地以自由人性的存在方式，成为一种价值形态。这就是刘再复从文学必须回到自身的意义上，对文学本质论所进行的一个突破性的重要探索。

四

李泽厚在《关于主体性的补充说明》中提出，主体性的概念包括有两个双重内容和含义。第一个“双重”是“具有外在的即工艺——社会的结构面和内在的文化——心理的结构面”。第二个“双重”是“具有人类群体（又可区分为不同社会、时代、民族、阶级、阶层、集团等等）的性质和个体身心的性质”。李泽厚认为在这两个“双重”含义中第一个方面是基础的方面。“人类群体的工艺——社会的结构面是根本的起决定作用的方面。在群体的双重结构中才能具体把握和了解个体身心的位置、性质、价值和意义”。在我看来，李泽厚提出的关于主体性的实践哲学，是以作为主体的人（人类和个人）为探究对象，来研究人类的本体。因此，李泽厚的主体论主要是讲人类主体性，并以此阐明作为历史总体的人类社会实践所创造的人类物质文明和精神文明的发展历程。

刘再复所研究的文学的主体性，在目前这个阶段主要是讲个体主体性，也就是李泽厚所说的第二个“双重”的第二个方面——个体身心的性质。李泽厚认为，主体性的人性结构作为人类群体超生物族类的确证的普遍形式，它们落实在个体心理上，是以创造性的心理功能而不断开拓和丰富自身，而成为“自由直观”（以美启真）“自由意志”（以美储善）和“自由感受”（审美快乐）。我认为，刘再复的文学主体论的核心就是研究个体的创造性心理功能和个体的自由人性结构。由此出发，刘再复近年来的整个理论探索的一个重要意义，是把人道主义推向两个更深的层次：一是对个体主体价值的重视，一是对个体精神追求的尊重，从而把文学作为最普遍的人道精神的表现形式和一种价值形态的自由人性的存在方式。

文学的目标在于追求个性的丰富性。一个无视个性丰富性的作家，他不可能了解和把握个体的自由人性结构以及个性心理功能，他是肯定要失败的。新中国成立后的一大批文学创作，以集体理性代替个体个性，以物质性的观念代替个体精神追求，从而导致许多文学形象成为过滤掉“个性”的纯金，许多作家成了共性观念的形象注释家。刘再复在《论文学的主体性》中，分析了文学对象主体性失落现象的三个方面：（1）用“环境决定论”取消人物性格自身的历史；（2）用抽象的阶级性代替人物活生生的个性；（3）用肤浅的外在冲突掩盖人物深邃的灵魂搏斗。我认为，刘再复所指出的这三个方面，集中到一点，就是文学对象主体性失落的根本原因在于个体主体价值的失落和个体精神追求的失落，因而，我们的文学也就失去了人性深度。

个体主体的价值是刘再复的文学主体论的一个重要核心。在刘再复的文学主体论体系中，所谓对象主体性是指作家要尊重描写对象的个性活动原则，所谓创造主体性是指文学创作要充分发挥作家的个性力量，所谓接受主体性是指文学欣赏要发挥读者的个性再创造力。而从《性格组合论》来看，刘再复所把握的对象主体也具有一种觉醒了的、全面发展的艺术个性。这种艺术个性不仅是个性独特发展的独特形式，而且是主体发展的标志。它所具有的人性深度，它所提供的二重组合内容的对抗性质，能够使读者产生出跟随着形象在内心世界中拼搏的心理能量。这表明，性格二重组合的意义，不在于它的表层观念而在于它的深层观念，在于它展示了人物性格深层结构中的矛盾拼搏的动态内容，即个体选择时的痛苦内容。因此，从某种意义来说，性格二重组合的深层意义，就是对真实的人性世界的尊重。这种尊重，不仅在于不屈服于神的压力，也不仅仅在于承认人是有缺陷的，而在于透过性格表象，去把握人的缺陷以及有缺陷的人的人性世界。关于这点，刘再复在《性格组合论》中进行许多有说服力的论证。在他看来，深层意义上的性格二重组合，对于孔乙己这类人物，是揭示其性格深层世界中不洁白中的洁白，也就是像陀思妥耶夫斯基那样，揭示“穷人们”在罪恶掩盖下的“洁白”；在写另一类人物时，则应当揭示其洁白中的不洁白。如果仅仅停留在性格的表层，简单地把性格表象分离为既有优点也有缺点，那只能是一种简单的性格二重因素的组合，并且很容易被庸俗化，或被变成一种简单的公式。因此，具有较高审美意义的性格二重组合，不是来自表层性格因素的“杂多”，而是来自性格深层结构中具有二极性特征的内在矛盾运动。

我以为，性格深层结构中的二极性内在矛盾运动，它所构成的性格二重组合，才是最能体现出个体主体的价值的。我们过去的文学作品中的不少艺术形象，之所以成为集体理性化的“典型”，就在于没有写出人物性格深层结构中那种最能体现出个体主体价值的内在矛盾运动，即个性活动。刘再复在《性格组合论》中分析道，法捷耶夫的《毁灭》中的美谛克，在当了逃兵之后，内心仍然充满着激烈的搏斗，充满着痛苦。他在对自己的行动感到惊讶，对自身价值的失落感到恐怖时，拿起手枪来想处决自己；但当他对自己极端厌恶时，他又发现自己是可爱的，连最可厌的背叛也是可爱的，他审判着、拷问着自己，也同情着、宽恕着自己。法捷耶夫正是在旁人只看到一种东西的地方，看到了两种互相搏斗的东西。只有在这个时候，我们才看到美谛克的个性。二重组合原理所以能提高我们对人性世界的认识也在于此。我国传统中把人分为“君子”、“小人”，一个人只有一种声音，一种人性世界只有一种图景，这不是对人性的深刻认识。只有听到人性世界中的两种声音，看到人性世界中的内、外图景的无限丰富复杂的眼光，才是深刻的眼光。

文学作为最普遍的人道精神的表现形式，不仅体现在对于个性主体价值的尊重，而且体现在对个性精神追求的尊重。过去，由于我们把人物形象不同程度地塑造成为集体理性化的“典型”，这既剥夺了人物形象的个性主体价值的内容，也剥夺了人物形象的个体精神追求的内容。人不能有精神和文化方面的欲求，也不能有带情绪性、情感性等种种内心情欲（广义情欲）。因此，恢复人在文学中的主体性地位，其中的一个重要方面是要尊重个性的精神追求，它主要表现在人的个体欲求上。

按照刘再复的观点，个体的欲求（也叫情欲）是性格世界的重要组成部分，是性格追求体系的生理心理动力。在《性格组合论》中，刘再复把情欲分为低层次的感情欲望、中间层次的情绪记忆的经验以及最高层次的社会性情感。在这里，感情欲望以“欲”为主，可回忆的情绪经验以“情”为主，社会情感则是在“情”中渗入了“理”。而实际上，这三者是不可分的，情与欲之间、情与理之间的界限是模糊的，它们的互相交汇与对立统一，构成了活生生的人的心灵世界。刘再复认为，从情欲的结构来看，它具有动物性和社会性的二重性；从情欲的功能来看，它具有本能的情绪活动与理性的规范的矛盾二重性；从情欲的系统性质来看，它具有善恶、美丑、正邪、利弊、崇高与卑下、圣洁与卑鄙的二重性。因此，一个人物形象，只要展示出心灵深处的真实图景，它就必然表现出二重性特性。刘再复的这一理论表明，情欲的矛盾二重性，表现了个性精神追求的心理功能的复杂性。如果忽视了这种复杂性，把人物性格都纳入鲜明的价值判断中，或者都纳入社会群体理性的规范中，就不可能表现出具有较高审美意义的性格美。只有在千变万化的复杂组合中，即在自然性与社会性、情与理、善与恶交叉的模糊地带中，充分尊重人的个性欲求，才能揭示出无限丰富的人性世界。

在《性格组合论》中，刘再复既探讨了人的情欲的矛盾二重性，又探讨了人的合自然目的的形而下的欲求与合文化目的的形而上的欲求的二重性。实际上，它们都可能构成人的心理世界的内驱力，从而推动着人的性格运动。从这个意义上说，个体的精神追求不仅是人的特殊性所决定的，而且是人性深层的矛盾内容所决定的。刘再复的理论探索的深刻性，就在于他不仅研究了个性精神追求的行为，而且研究了产生这些行为的心理机制。而正是后者，更深刻地显示出性格的深层观念，或者说是动态的性格观念。我认为，文学的最普遍的人道精神，在于以全面发展的个性——即全面发展的个体主体价值和个体精神追求，来对待人类世界；以全面发展的个性，来把握文学人物的性格世界，从而对他们倾注纯真的感情。在现实关系制约下，个性往往不可能获得充分发展，个性价值要求也往往为了适应现实规范而受到抑制。而在自由的精神生活中，文学主体可以摆脱现实关系的限制，按照自己的独特的审美理想——个性的价值观念和个性的精神追求进行自我创造，以超越现实主体，全面而自由地实现自己的理想人格，实现自己的艺术个性。刘再复近年来的理论探索，正是在这个意义上，为我们能够真正地理解人提供了重要的理论阐明。

五

刘再复的文学主体论揭示了这么一个艺术原则：作为创造主体的作家，当他的精神主体深层结构的外化，达到了全心灵的实现，同时达到了意志、能力和创造性的全面实现时，他就会超越知性意识的限制，直接地以审美意象掌握住世界人生的总体，从而把自己的整个生命和灵魂天然和谐地注入作品之中，体验到存在的真正意义。这种意识就是审美意识，也是理性非自觉意识。

文学并不等同于一般的意识形态，诸如政治、道德、法律、宗教观念等，它是知性意识和文化，是一定的阶级意识的体现、文学是人类审美意识的体现。它突破一般意识形态的局限，表达了全人类的自由意识。因此，文学对世界人生价值的总体把握是一种理性把握，但它又是以全面发展的主体的身份，实现自身的自由意识和人道主义的思想感情。这就是文学作为理性非自觉意识的特殊方式。对于作家来说，他对人类生活和心灵的深刻特征的发现和表现，绝不是仅凭自觉意识的反映和理智的思维所能完成的，而必须是全人格的跃动，全生命的创造，全身心的感悟，必须是理性积淀为感情，思维积淀为直觉，在这里，理性非自觉意识的创造功能充分发挥了它们的作用。

在《性格组合论》中，刘再复把作家的理性非自觉意识的创造功能，剖析成为作家的理性调节与作家的感性心理结构。刘再复认为，一个有清醒头脑的作家，他在描写变态性格的时候，应该具有充分常态的眼光。作家必须对笔下的人物性格、人物心理进行理性的调节和情感的补充。他在不违反性格逻辑的同时，有权利挖掘人物灵魂深处潜在的性格因素，选择人物性格的运动方向，调节性格发展过程中所呈现出来的复杂现象。而一旦作家激情汹涌，他并不完全受自己的理智所支配，在创作过程中往往处于非自觉状态，有时会完全忘却原先预备对付人物的一套观念，但这时仍有潜意识层次中的理性在起调节作用。因此，我们所说的“理性调节”，便包括这一层次的理性。

作家的感性心理结构与作家的理性调节始终是紧密相关的。在刘再复看来，作家感性心理结构的最高层次是审美直觉层次，这是作家的先天条件与后天条件综合的结果，是感觉层次和经验层次的升华。在这一层次上，作家的创作过程虽然进入一种非自觉状态，但实际上，积淀在作家头脑中的理性在起着潜在的调节作用。在非自觉性状态中，支配作家的不是一些既定的、自己充分意识到的各种理念以及既定的目的和既定的美学观念，而是由这些理念、观念和原则所化成的作家灵魂中的一种直觉的力量。因此，作家的感性心理结构，是一种积淀着理性和非自觉性的感受方式和表现方式。

我认为，刘再复所提出的作家的理性调节与作家的感性心理结构问题，是当代文学理论发展的一个重要支点。我们过去的文艺理论，把文学艺术规定为用形象反映社会生活的意识形态，把人类为什么需要文学艺术规定为认识生活和教育人民，把什么才是优秀的文艺作品规定为用先进的世界观反映社会生活本质的作品。这样，审美主体与审美客体的关系全被规定为反映与被反映的关系，只有生活决定艺术，艺术只能从属于社会的政治经济关系。这种理论完全抹杀了作家的理性非自觉意识的创造功能，把作家的理性调节视为单纯的自己充分意识到的某种理念或某种抽象的概念的调节，而不可能有潜意识层次的理性调节。因此，作家所塑造的人物性格成为观念的化身，也就是黑格尔所说的，成了“抽象的寓言品”。而刘再复提出的理性调节与作家的感性心理结构的观念，正是在作家的审美心理结构问题上，冲破旧有文艺理论体系的社会理性规范，揭示了作家的理性非自觉意识的创造功能。这种创造功能以敏锐的感性能力为特征，但是它也积淀着理性的东西，即帮助作家把感受到的东西加以理解，深化自己的感觉。它在感受过程与表现过程中虽不起支配作用，但它的调节作用和深化作用是不可忽视的。

作家的理性非自觉意识的创造功能对于文学创作的意义，在于它能够最大限度地、最深刻地揭示人物深层心理的复杂结构。在人的性格世界里，蕴藏着“杂多”的性格因素，但它们只是性格深邃性的一个前提条件。只有当这些“杂多”的性格因素进入性格的深层结构，并形成性格深层世界中互相作用的两极，表现为对立统一的运动过程，即把表层的复杂性变成深层的复杂性，才能显示出灵魂的深邃，性格才能真正表现出无穷的丰富性。因此，人的性格深层世界里的全部性格运动，都是一种二极性对立统一的矛盾运动过程。按照刘再复的观念，性格的深邃，就是揭示灵魂深处这种不断地突破自己（不像自己）又不断地回复自身（像自己）的双向逆反运动过程。我认为，这是人的复杂个性进入人的性格世界中所表现出来的一种双向可能性，他可能是美的又是丑的，可能是善的又是恶的。而作家的理性非自觉意识的创造功能，就要去把握并揭示人的性格深层世界的这种双向可能性。作家的理性非自觉意识之所以是一种审美意识，就在于它既是对人的自由本质的理性把握，又是保持对描写对象的尊重，赋予人物精神主体性，允许人物按照自己的性格逻辑和情感逻辑发展的一种非自觉意识状态。正是理性把握和非自觉意识的双向结合，才使得我们的文学充满了人道主义的思想感情。我们可以敬爱好人，同情小人物、受难者，甚至对恶人也不单纯是憎恶，而是渗透了审美的怜悯。刘再复近年来一再呼吁应当把审美法庭和政治法庭区别开来，以开放的审美眼光来看待人物性格。这是极有见地的。在我看来，作家的理性非自觉意识所具有的眼光，同样是一种审美的眼光，而不是政治的眼光或道德的眼光。只有审美的眼光，作家的理性非自觉意识才可能成为一种审美意识。

如果说，刘再复在《性格组合论》中，主要是从对象主体的角度来阐述人的性格深层世界的二极性对立统一运动，要求作家必须具备以审美直觉为主的感性心理结构和理性调节功能；那么，在《论文学的主体性》中，刘再复则主要从创造主体的角度来阐述作家在自我实现的创造过程中所具有的非自觉意识的状态。刘再复认为，作家的创造过程，可以说是一个自我——超我——无我的过程。在这时，作家既有自我，又超越自我，而重心在于对他人的爱，并且把这种爱不断地推向更深广的境界，最后达到一种高度的超我境界，这就是“无我”境界。达到这种境界的作家，他能够热烈地爱着、同情着，而自己毫无感觉。这就是作家的最高程度的自我实现。

我想，刘再复如果仅仅停留在这一层次，只是对作家的自由意识作了发挥，那无论从论述的深度还是论述的新意来说，都将有所欠缺。然而，刘再复并不满足于此，他那种阐扬真理而无所顾忌的理论家勇气，促使他的理论触角继续伸向一个更深的层次，这就是把作家主体性的实现推向作家所应具有的高度的使命意识——深广的忧患意识。但是，刘再复并没有把作家的使命意识简单地规定为某种政治性使命，而是从文学的人道主义精神出发，要求作家必须具有与人世间的苦恼相通的博爱之心和以人民之忧为忧的人道精神，并把这种广义的忧患意识看作古今中外优秀作家最核心的主体意识。我以为，刘再复所把握的这种广义的忧患意识，可以说是作家自由意识深层的一种独特的灵性。这种灵性一旦与人间的心灵相通，它就能以一种真率和坦诚的胸襟，认真地、清醒地审视、对待世界和现实生活的进程，既看到其中的真善美，也看到其中的不足和缺陷。从心理角度来看，这同样是一个自我——超我——无我的过程。用刘再复的话说，作家的精神主体性发挥到最高度的时候，在心灵上简直把自己代替了“上帝”，这个“上帝”就是情感上的一种向往。达到了这种境界的作家，他的历史使命感从外在的完成方式变成为内在自我完成方式，实现了对自我本质的真正肯定。这样，历史使命感就化作自己的热血、自己的眼泪，他的整个心理状态就达到“无意识”状态。

作家的非自觉意识的创造功能对于接受主体来说，无疑是提供了一个广阔的想象空间和审美再创造空间。在《论文学的主体性》中，刘再复把艺术接受主体性的实现，表述为欣赏者超越现实关系和现实意识，从而实现人的自由自觉本质（即人性的复归）。在这里，作为艺术接受者的高级部分的文学批评家，他的主体性实现的关键性超越，在于超越作家的意识范围，发现作家未意识到的作品的价值水平以及作品的潜在意义。在这种超越过程中，批评家以自己独特的审美观念（其最高层次是审美理想）来解释作品，并在其中注入自身审美理想的投影，使得作家在创作过程中涌现出来的一些非自觉的东西变成自觉的东西，即使原来作家未意识到或未充分意识到的东西上升为自觉的充分意识到的东西。因此，作家的非自觉意识的创造功能，不仅对于对象主体来说是深刻揭示人物深层心理的复杂结构所必需的，而且对于接受主体来说，是实现审美再创造的自由自觉本质所必需的。

六

我常常觉得，刘再复近年来对人物性格二重组合原理和文学主体性问题的探索，他所构筑的以人为思维中心，恢复人在文学中的主体性地位的理论体系，是容易把握而又难以把握的。容易把握的是在刘再复的理论探索中，处处回荡着高扬人的历史主动性和创造性，呼唤文学的价值的变革精神，处处生发着对于“文学是人学”这一不朽命题的深化的理论生机；而难于把握的是，刘再复的整个理论探索的内涵确实太丰富、太宽阔，也太深邃了，我们要从中得到的启示性的内容甚至可以比他的理论展示要多得多。正因如此，我以为要彻底把握刘再复的理论体系的全部内涵，为时毕竟过早。目前，刘再复还在对这些理论问题不断进行新的探索，我们当然可以不断地品尝那一棵圣树上结出来的累累硕果，而我们在品尝之余所得到的许多深刻的启示，将激励着我们跟随着探索者的足迹，去共同构筑一个新的文学世界。

我应当承认，我对刘再复的文艺理论体系的把握可能是很不准确的，我只是在一个探索者的翻腾的思想大海的岸边，拾取几个美丽的贝壳，而这当然无法反映那多层次的、浪花奔涌的思想大海。同时，由于篇幅所限，我只是就刘再复近年来的文艺理论探索（主要是他的《性格组合论》和《论文学的主体性》）进行了一些评述，而对于他在这之前的研究成果如《鲁迅美学思想论稿》则没有顾及。但是，在我看来，从《鲁迅美学思想论稿》到《性格组合论》，以及《论文学的主体性》等，刘再复已经从研究的平面化走向立体化，并进入多元性的思维空间，逐步实现了超越自身的思维定势，超越自身精神蜕变中的痛苦，以及超越自身的知识文化结构的自我的超越，从某种意义上说，这也是他的自我本质的一种实现。我以为，沉思在《性格组合论》和《论文学的主体性》中的刘再复，是一个充满觉醒了的良知，负载着民族的灵魂和人的尊严、人的价值而前行的探索者。在他所踏行出来的道路上，潜藏着他自己的心灵和他对文学的真诚与挚爱。他所呼唤的文学的灵魂，反映着我们民族从炼狱中升华出来的灵魂、他所寻求的文学轨迹，包含着我们民族从历史反思中奋然前进的轨迹、他所探求的人的真实世界，预示着我们民族将从文明复兴中构筑起来一个新的价值世界。

正因如此，我很同意有人曾经提出过的一种看法："我们的理论界对刘再复同志在理论上的勇气、开拓性的意义和取得的实际成就，估价似乎不足。"我觉得，我们的理论界在开展不同意见的争鸣时，缺少一种建设性的思维。不可否认，刘再复近年来提出的理论观念，有不周密之处，但这主要是论证过程中的失误或欠缺。对此，在学术范围内开展正常的学术争鸣，是非常必要的。我想，从建设我们时代的文艺理论的需要出发，对于刘再复的理论探索的开拓性意义和学术价值做出充分的肯定和积极的估价，在当前也许更有必要。

这，就是我撰写本文的动机。

1986 年 11 月 19 日写毕于福州

原载于《当代作家评论》1987 年第 1 期

从自己血管里流出来的

——刘再复散文诗评述

读过刘再复的《鲁迅美学思想论稿》的人，除了击节于其中钩源攫微的探索、逻辑严谨的思辨外，无不为它的行云流水般的流畅、龙瀑穿石似的激情以及充满哲理的机警所折服。这要得益于什么呢？我可以说，应该得益于他的散文诗创作。

他被钉在散文诗的十字架上了。当他背上这个十字架，走在学术研究道路上时，我们同时在他的论著中感受到了理性的炽热和激情的奔泻。

他是勤奋的。短短的几年，就出版了《雨丝集》、《深海的追寻》、《告别》三部散文诗集，第四部《太阳，土地，人》即将出版。此外，香港正在编印他的另一部散文诗集《洁白的灯心草》。

他的散文诗是一个学者的诗。写这篇评论，我却始终静不下心来，因为首先使我深深受到触动的是，他——

在大地母亲的怀抱里歌唱

我们都是炎黄子孙。我们都是大地母亲博大、仁厚的怀抱里成长起来的。睥睨今古，我们不知多少次听到了关于母亲的礼赞。而现在，我们又听到这样一种礼赞：

> 大地母亲呵，听我说。
>
> 无论是翡翠色的今天还是虹霓色的明天，我都不会灰心，不会沉沦。我知道，即使一切都抛弃我的时候，你是不会抛弃我的。任何时候，你都会用你深广的仁慈负载我的心灵，舔干我的眼泪；任何时候，你都会用你暖烘烘的胸脯把我拥抱，让我在你的怀中驰骋自己旖旎的幻梦，雄奇的展望。任何时候你会等待着我，等待着我强健与勇敢的消息，前行与探求的足音，即使是我的死，我的残骸，你也会把它亲吻，把它珍藏，并在你的绵绵青山上，赠给我许多芳草，或者把我化作幽香的尘泥，护卫着那些洁白的小花。

这是刘再复的礼赞。我甚至觉得与其说这是一曲礼赞，倒不如说它是一支人生组曲。因为它既包含着对母亲的怀念，也包含着对母亲的希望和期待。刘再复曾经谴责自己，他有过“忘记自己是大地的儿子”的时候，他“追随过那种淹没‘生’的、制造‘死’的狂潮，在追随中失落过爱，失落过正直，失落过故乡纯洁的泉水所润泽的同情心”，在那种理性哭泣的岁月里，他的躯壳只负载着个精神荒凉的世界。虽然，他向无辜者呐喊过，而且这呐喊留下了深沉的思索，但是，那种积淀下来的思索毕竟还是静止的，而尚未向内心的理性世界展志出富于启发意义的伦理思考。只有在十年动乱之后，我们的民族发生了深刻转换，刘再复自己也“不仅从青年时代迈向中年时代，而且从有目的时代转向较为自觉的时代”。在这个人生旅途的转换站里，他经历了“思想情感上的一次切实的扬弃，感受到内心苦乐参半的挣扎”。这是一条从现实生活过程走出来的轨迹，标志着不仅是刘再复而且是我们所有走过那段路程的人的一次理性的发展、进化。正如马克思和恩格斯在《德意志意识形态》中所说的，从人的“现实生活过程中我们还可以揭示出这一生活过程在意识形态上的反射和回声的发展”①。

于是，刘再复向大地的母亲深深地忏悔了。但这绝不是宗教徒那种无条件的忏悔，也绝不是灰心和沉沦，而是一种向过去告别的恳切内省的自觉，一种勇于解剖自己的内心世界的自觉。他“告别了幼稚、脆弱、愚昧，告别了盲目的狂热，荒唐的迷信，以及缺乏学识、创造性、独立性的空洞的人生”，甚至彻底告别了孩提时代的稚嫩和冲动。他一面抚慰受伤的大地母亲“需要休息”；而另一面，他知道，“明天有许多动人的憧憬需要安排”。就这样，他把“告别”推向“此去的人生”上来认识，决心与生活争夺自己的思索、自己的权利、自己的职责；“偷来时光”，咬住每一个白天与夜晚，拼命提取前人留下的精华，补充着被生活蒸发掉的一切。确实，这是一种真正的“熟

① 《马克思恩格斯全集》第三卷，人民出版社，1960，第30页。

了的告别”。

正因为这样，刘再复才深切感到大地母亲的仁厚，相信她不会抛弃他的；他才会深切感到大地母亲是真正的“爱之神”，相信人间总有流不尽的光明与温暖。因此，他决心以“一腔报国的鲜血”，一种独立的人格去献身社会；他热爱生活，拼命开拓，让自己的生命“随时发出芬芳”。在这个庄严而宽阔的音阶上，他唱出了一支支关于太阳的歌，关于土地的歌，关于人的歌。渗透在这些诗篇中的伦理思考，并非情绪的无意识拼凑、堆积，而是富于深刻的启发意义，具有内在的思想脉络。例如，刘再复也评述人，尤其是评述历史人物、学者。他比较侧重于人的具体的内在崇高价值。但有一点他是牢牢记住的，他决不去抽象地谈论人的价值，而是把人放在大地母亲这一角度上进行评说。对于在特定的历史条件下对祖国、人民和人类做出卓越贡献的如鲁迅、马寅初、孙冶方、傅雷等，他就尽情歌颂；对于落后于时代的如辜鸿铭等，他怀着善意地进行严峻地鞭笞；还有，对于那些“人生只有半截子辉煌”的人如严复，他就将其放在革命理性的审判台上认真审视。由于他在大地母亲的怀抱里歌唱，这些诗篇中所焕发出来的理性的激情就不能不使人感到澎湃而深邃。

刘再复为什么对大地母亲如此一往情深呢？因为他是——

在榕树下澄清的空气中呼吸

刘再复是福建人。他对故乡有着一种特别深厚的感情。倘若说，每一个思念故乡的人，心里都装着一个故乡的灵魂，那么，刘再复思念的是怎样一种故乡的灵魂呢?

他说：榕树。

对于一个富于民族自豪感和民族自信力的人来说，热爱故乡，也许是顺理成章的。我们过去往往习惯于将那种对于故乡的爱，仅仅停留在表面化的心理意识上，这确实难于挖掘出更加深沉因而也更富有诗意的对于故乡的爱，从而也就难于在对大地母亲的爱恋的灵魂中，注入一些更臻清新的气息。刘再复从辽阔茫茫的闽乡大地上感受到了一种充满生命的活力的美，于是，他找到了不倦地在演奏着“一支青绿色的”、“铁流似的”生命进行曲的灵魂象征——榕树。他这样描述一位北方朋友对于榕树的印象：

> 他感到自己的生命被另一种强大的生命所照明，所溶解，所征服，他觉得自己完全被这种强大的生命所俘虏，并且被剥夺了身上的渺小、卑琐、颓唐与消沉。在树下澄清的空气中。他觉得自己的灵魂升腾起来了，仿佛也变成一只扇动着翅膀的绿蝶，也在这个充满生命的葱茏世界中快乐的翔舞。

我们似乎也可以将此看作刘再复的印象，尽管他“比这位北国的友人更了解榕树，生命里积淀着更多的榕树的碧叶”。他们对于榕树有着一种共同的感觉：生命。

这样，刘再复就找到了一个归宿：“凡有生活的地方，都有生命的金字塔。”

在榕树下澄清的空气中，他拼命地在呼吸。这是一个强大的生命在对另一个生命的吸引。但这不仅仅是一个灵魂对另一个永恒的灵魂的崇拜，而且是一个渴望正直、渴望不屈的人对生命的真愫的追求。于是，他踩着这一支充盈着青春活力的生命进行曲，行进了。他无暇叹息，无暇回头欣赏自己的脚印，而像一头牛那样，“只管噗嗤噗嗤地往前走”。

无疑，诗人从鲁迅身上吸收了那种锲而不舍的拥有超常韧性力量的“过客精神”，他还从爱因斯坦身上摄取了那种“良心比头颅还大”，“不承认任何偶像，包括不承认自我的偶像”的独立人格。这就使他在向“此去的人生”的行进途中，每一步都是这样的神圣：

> 可以踏着沙去，可以踏着水去，可以踏着霜去，可以踏着雪去，但不能踏着无辜的花草而去，更不能踏着别人的身躯而去。

只有具备独立人格的人，他才能呼吸到这种生命的芬芳，使自己的灵魂升腾于这个充满活力的葱茏世界。

诗人的心灵之所以崇高，不仅在于他“在品格和智慧的宝玉所建筑的世界里选择我心头的星空”，还在于他透视了古远与今天、荒凉与繁华、野蛮与文明、原始与现代之间的一座神奇的千秋桥梁之后，终于看清这个世界的两种特质：一是鲁迅所说的路是人走出来的；二是奴隶创造了世界。他把开垦大地的奴隶看作“勤勉而仁慈的母亲”。他由衷地盛赞道：“你确实是力量和智慧之神，任何英雄豪杰，离开你的博大而深广的爱，都是弱小的。”

这已经不是单纯的对于古希腊英雄安泰那支歌的复沓，而是一种着眼于像母亲那样“生长与创造”的变奏了。因为诗人觉得自己的“血脉里也奔驰着母亲给我的强大的生命与爱情的基因”。正是这样，他感应到了："站立着生活，毕竟是我的天性，创造着生活，毕竟是我的气质，为一切正在萌动的生者和一切正在孕育的方生者呐喊，毕竟是我内心深处燃烧的渴望。"我们说他的散文诗处处洋溢着生命的芬芳，并不过分。

作为一个学者，刘再复的散文诗确实具有一般学人的气质，同时具有一种独特的思维结构。他与一般散文诗人所选择的美学镜角是不同的，老作家聂绀弩在题《太阳，土地，人》的诗中称赞云："家数自成始丈夫"。这是为什么呢？因为他对生活的思考的角度是为他所独具的。他说他——

"倚着长城和天安门城墙思考"

有人曾对这句话解释说，刘再复是把我们民族的历史和我们国家现实的精神需要结合起来思考的。这是很有见地的。确实，一个有才华的诗人，他不能把诗的触角一味伸向历史而不顾社会现实雄壮的跫音；而同时，单纯地把诗的触角探进现实，无视历史的进程，则往往容易流于平面，不能向纵深拓展。这似乎是一个不成问题的问题，然而它又往往被许多人忽略了。在当代散文诗理论还没腾出足够的精力，详细探讨如何在散文诗创作中贯彻这种艺术辩证法时，也许我也无法在这里把这个问题阐述清楚。但我想从刘再复的散文诗，特别是他的《太阳，土地，人》中的部分作品，来谈谈我对这个问题的一点理解。

我们并不因为许多散文诗人对散文诗创作中的历史与现实这一问

题的注目不够，而觉得它是无关紧要或者是难以圆说的。恰恰相反，我认为这是一个饶有趣味而且关系到散文诗命运的比较重要的问题。如果说刘再复的散文诗在思考角度上有独创性的东西，无疑，这种东西就是历史与现实在诗人意象结构思维中的新的组合。

由于生于斯、长于斯的缘故，我很爱读刘再复的那一组《故乡人物志》，这不仅因为它对活跃在中国近代历史舞台上的一些福建籍的著名人物，从外表到心灵作了深刻的解剖，而且因为它在把握历史与现实的关系上有一副新的艺术视角。它直搏内核、一针见血地深刺了历史的“肖小”，发掘了感应现实的警世意义。他写《辜鸿铭的辫子》，是一条“几千年编织成的根”。这种传统的“盘根错节”，使他自己禁锢起来，做着“冗长而残缺的梦”。诗人由此向现实敲了一个警钟：中国要改革，首先要改革那种旧的民族意织和民族性格，只有这样，改革才能彻底。他写林则徐虎门销烟，“烧掉了沉醉、麻木与屈辱”。但诗人所坚信的是，“即使民族处于醉与麻木的时候，也总有不醉不麻木的儿女，举着大火，去作真实的拼搏，用肝胆的光明，去照耀母亲前去的道路”。这不是使我们很自然地想起我们曾经有过的那一段狂热、愚昧、荒售的岁月吗？在那样的岁月里，确实是不乏清醒的马列主义者的。因为“拥有这火的民族，永远不会沉落”。他写李贽“看熟了丑恶的世态，对从来如此的观念无情地怀疑，写下的文字不去准备收获桂冠。为了真理，他把生死置之度外”。这又是一种独立的人格。它告诉我们：“思想家死了，但思想并未同死”。因而，诗人在李贽墓边看到，“这郊外坟前的小径上，不是依然走来踏着小草的一代又一代的人吗……”这就是现实，一种从历史深处看出来的现实。

历史与现实，在刘再复的散文诗里，是如此地融合无间的。这不是生硬地在历史的画像里签上现实的名字所能达到的，这是艺术思维通过意象的组合、情理的默契，把历史转化为现实，同时把现实融入历史的结晶。当然，历史毕竟是历史，尽管它的本质是深刻的，但它还不可能把诗人的独特思维结构完全囊括进去或替代起来。这就需要在历史深处找出能够感应现实神经的某些本质的东西，移入诗人独特的思维结构的框架。这是不容易做到的，尤其在篇幅很小的散文诗里，要做到这一点，以“一叶”反映“一世界”，不付出相当的代价是难以奏效的。

艺术是需要克服困难的。历史与现实在作品中的完美结合与否，对于艺术创造者的思维结构是一场十分严峻的考验。这场考验不仅关系到作品的艺术生命问题，而且关系到艺术创造者能否创造出一种脱颖而不俗、富有前途的新的艺术内质问题。同样，这些问题也已经郑重地提到了刘再复的散文诗面前了。人们该如何看待呢？

有人说刘再复的散文诗继承了鲁迅《野草》的一个曾经被忽略了的方面，即以理性的光辉照耀诗的情思，增强散文诗的艺术感染力。这个评价我赞同。但是，说刘再复的散文诗“理胜于辞”，并且说这“理胜于辞”的缺点，“在于他急于要告诉读者蕴藏在生活中的真理”（见《读书》一九八三年第十一期楼肇明同志文章），这似乎与诗人的意图及作品的本来面目有点相左。关于这个问题，我们接下去还要讨论。这里，请先看刘再复在《榕树，生命进行曲》里这样道出了他怀念故乡的榕树时的情景——

“情感的潺潺，思想的潺潺……”

这句话也许容易被人忽略。但它几乎可以原封不动地搬来说明刘再复散文诗的特点。我想，没有更恰当的字眼能比这更准确地描述他的散文诗的特点了；而这，当然也可以作为对“理胜于辞”这类微词的最好回答。情感和思想的合流，潺潺注入了刘再复散文诗的充满着生命力的叶脉。这是刘再复的散文诗所展现给我们的一个事实。

曾经有不少同志问过刘再复写散文诗的感受。他总是说：写自己血管里流出来的东西较容易，当然，从自己心中流出来的，也不能是心理自然主义，还应当经过理性的整理，所以我的散文诗总是带着理性的炽热。

刘再复是研究鲁迅的学人，跟一般人比起来，他对鲁迅可能更怀有一种赤诚的爱。鲁迅说过：“从喷泉里出来的都是水，从血管里出来的都是血。”① 而刘再复说他是“写自己血管里流出来的东西”，可以看出鲁迅的伟大人格在他的研究者身上所萌发的新的人格力量。而我们现在的主要任务是，从刘再复的本来意图去看他的作品的艺术内质，以及这种艺术内质对于开拓散文诗的新的创作领域和散文诗的发展前途将起到多大的作用。

在谈这个问题之前，有必要先讨论一个已经摆在我们面前的比较复杂的问题，即艺术创作中的情与理问题。从这几年的散文诗创作来

---

① 鲁迅：《革命文学》，载于《而已集》，人民文学出版社，1973，第112页。

看，这个问题已经越来被明显地表现出来了。

过去，我们曾经被一些作品中空洞的、乏味的说教所恼怒，这似乎也给人们造成这样一种习惯性心理，凡是作品中的理性成分，就可能是说教了。这种习惯性心理至今还比较顽固地存在着。应该说，作品中的理性成分，可分为有哲理内涵的和干巴、枯燥的，同时可分为有情感因素的和失却情感因素的。如果作品中的丰富的哲理内涵和充沛的感情色彩是并行不悖而且互为补充的，那么，可以说这样的作品有一定的价值意义。刘再复的散文诗，特别是他后几部散文诗集留给我的一个深刻印象，就是作品中的情感温度随着理性的炽热而升高。

从心理学来看，艺术家在创作过程中的心理状态是整一的，也就是说，他的心理结构完整、丰满而充实，审美注意中心也高度集中。这种心理结构的完整性，不仅表现在对外界事物的感性认识上，而且表现在由此而上升的理性认识上。感性认识和理性认识越统一、情感和理智越统一，作品中所流露出来的情感就越深厚、稳定，同时具有较高的效能。特里·伊格尔曾在《马克思主义文学批评》一书中指出：杰出的作家总是以一种“统一的”但“不一定是自觉的”独特方式，把他们所属的阶级或集团的世界观转化为艺术。这说出了情理统一的问题。当然，不管怎么说，在文学创作中，“情”应是第一性的；但是，有理性的温热，不仅不会影响“情”，反而会使“情”趋于深化。

现代脑生理学研究证明，人的思维、情感、意志在大脑是分别有控制中枢的。大脑左右两半球具有侧重语言概念和形象活动的不同特点，它们之间并非“老死不相往来”，而是有海马回、胼胝体把它们联系起来，从而保证了大脑两半球的协同活动。从这点上看，文艺创作中融情入理、寓理于情的现象是正常的。刘再复说他的诗是从自己血管里流出来的，这里，情感的流泻就有一定的连贯性。但它与心理自然主义的区别在于，前者经过了理性的“整理”。这种“整理”，也是在脑生理的正常协调下进行的，它不可能超越脑生理活动的制约。因此，简单地用“理胜于辞”来解释这种现象，容易出现以偏概全的毛病。

为了更加具体地说明这个问题，我想以刘再复的《爱因斯坦礼赞》这组散文诗为例。在这组散文诗中，诗人在形式上所作的新的尝试，无疑就表现在情理统一上。在大海般奔涌的激情中，升华起来了许多深刻的社会人生哲理。诗人大胆摒弃了过去散文诗创作中的传统描绘手法，而在对那位“思想像美丽的天体在太空中运行”的老人的礼赞中，不断地将那一回回被激起的“胸中的热血”浓缩为一种奇警的思想，从而升华到哲理的高度，它是那样的凝炼而富有层次。爱因斯坦是“以人的资格而献身”的，但诗人没有停留在对爱因斯坦为这一献身所做出的种种可歌可泣的行为的一般性礼赞上，而是在感情喷发的最高峰处，凝结了一个极为深沉的哲理：“科学释放着生命太阳所埋藏的智慧的核能量，自己也有了光明的、伟大的魂魄。”这种睿智，使我很自然地产生了这么一种意识：散文诗中的哲理，不是也可以像喷薄的感情在散文诗的太空中自由运行吗？在这里，“理胜于辞”似乎是难以自由运行的。因为“理胜于辞”在某种意义上说是一种说教，它是游离于艺术感情之外的。

高尔基曾经就契诃夫的《万尼亚舅舅》和《海鸥》给作者写了

一封信，信中称赞这两个戏剧“把人从现实中吸引到哲学的概括上面”①。我想，这个评价，完全可以借来作为对刘再复散文诗的评价。无疑，不论从刘再复的《爱因斯坦礼赞》来看，还是从他的其他作品来看，哲理性都比较强。但这是否就是“急于要告诉读者蕴藏在生活中的真理”呢？我想应该不会是这样的。因为哲理内涵是艺术对现实的一种哲学概括，也是艺术感情升华到一定高度上的一次凝结。它与说教是完全不同的。只有说教，才是急于向读者宣布蕴藏在生活的真理的。说教把情与理相分离，而哲理内涵是情理统一的。

散文诗创作发展到今天，领域不断地在扩大，艺术手法也日趋多样化。但刘再复的散文诗，特别是他那组《爱因斯坦礼赞》，已经在向散文诗创作走向一个更加广阔的领域，透露了“春的消息”。我认为，刘再复的尝试显然是成功的。这种成功的标志，并不在于朗朗在目地去昭示生活中的真理，而在于从现实的描绘升华到哲学的概括，思想的潮水与感情的潮水同时走向一股新的艺术意象的合流。历史已经走到知识爆炸、信息爆炸、科技发展的当代时期，人类的大脑思维也已经越来越具有丰富而充实的高级智能结构。因此，人们对艺术的欣赞要求，包括对散文诗的欣赏要求，必将不会满足于传统的描绘手法，而是逐渐涉入哲理与描绘、思想与情感的同步渗透的新的意象领域。这是历史发展的一个必然现象，也是人类思维发展的一个必然

① 高尔基：《给安·巴·契诃夫》，载于《高尔基书简》上卷，人民文学出版社，1962，第19页。

现象。

在黑格尔看来，对杰作的真正体验比创造杰作的行为更为重要。然而，对于刘再复散文诗的欣赏和评价，我可以说自己还没有完全从“体验”的氛围中挣脱出来。也许，是大脑中的信息反应迫使我不得不写下这篇文字。情之所钟，看来是难免的，只好等待着人家去评说了。

面对长辈的历史

——读南帆《关于我父母的一切》

2004 年春季，我读得最为痛快和沉重的书，就是南帆的这本《关于我父母的一切》。

南帆“面对的是长辈的历史”。对于我们每个人来说，面对长辈并非历史的偶然，而是一种历史的必然。南帆说，这是“某种历史的急迫性”。在南帆看来，这种“提早开始”的急迫性，在于发生在长辈身上的那一切，是我们“必须分担的历史之谜”。历史无疑是沉重的，发生在南帆父母身上的那些往事，同样没有摆脱历史留给他们的重压。于是，我们在这本书里听不到太多的笑声，而叹息正在穿行这本书的始终。

的确，长辈对于我们并不陌生，但我们是否真正面对陌生的长辈们的历史呢？“逝者如斯夫”——孔子在川上的那一声叹息，难道只是一种遥远的过去？难道只是让我们轻易地滑过思想的那一把犁铧？南帆，也许只有这个智者南帆，发现“时代”这个大词已经牢牢地烙在他的父母身上了。

我逐页地翻阅南帆，翻阅南帆可能看到的以及可能随时被他重新发现的世界。

我们这一代人所面对的父母的历史，正在不断地下沉。朱自清笔下的背影留给我们的，难道不也只是一抹丧失重量的轻盈闪烁的影子么？我们这个时代正在濡染着一种大面积的社会病，这就是鲁迅当年所说的中国人的健忘症。眼花缭乱的时尚，时时在吞噬着我们的内心，阉割着我们的激情。此刻，我们还能在心底重构一回父辈们沉重的历史么？

我之所以激赏南帆，在于他以一种相当冷静和理智的笔触，去感受和描述“时代”这个闪烁在他父母身上的大词。“时代”是一座偌大的历史棋盘，他的父母不过是这个棋盘中渺小的棋子，他们的经历的确谈不上什么惊心动魄，但他们的浮沉起伏成为子女成长历程中深切的精神背景。南帆没有刻意地对他和父母这两代人的生存状况进行对比描述，因为对于揣测大于感知的子女来说，父母的历史永远是一个特殊的角落；然而，由父母亲这代人一块块砖头垒起来的日子，被南帆探寻的目光踩进来了，并且踩出了一段既陌生而又可感可触的历史。这也许就是历史的可能性。属蛇的父亲奋斗了一生，仍然被缠绕和吞噬在“革命”这个汹涌澎湃的大词之中。就连那位使父亲的情绪变得相当复杂的L君，与父亲的关系照样是一段纠结不清的历史记忆。但南帆始终没有去见L君，他担心让父亲伤感。而在疼痛的飓风中终于扯断生命的最后一根弦的母亲，当然不是如同壮士断臂、刮骨疗毒那般历史愿意铭记的伟大疼痛，她的疼痛如此激烈又如此渺小，只能让父亲说出了眼泪：为什么要如此折磨母亲呢？父母亲的那些镂刻着情感创伤和记忆皱褶的人生经历，那里面所埋藏着的苦涩和无奈，在南帆的笔下，究竟是一种喟叹，还是一种沉思？卑微的父母是挤不进那种“巨型景观”的“历史”长卷之中的，但人的命运的这种悖论同时提示我们，人的内心世界的被发现，无论是昂扬或沮丧、坚忍或文弱、高大或卑微，都将眷注并烛照着每个人的记忆和思想。事实上，南帆在这本书里，留给我们的，就不仅仅是一种描述，而是一种对于“我们”的历史的拷问。

“人心皆有诗”。对于我们这一代人来说，长辈的历史似乎是遥远的过去；但南帆相信：这一切仍然与我们息息相关。在历史记忆中，人的未可自作宰制的命运，随时可能外骛为对于生存观念的一种深沉的讲述。的确，南帆的讲述没有那种虚灵的东西，也没有那种空洞的“诗意”，他所有的阐述和追问，都在理性地构成我们这一代人和父辈们的一种精神沟通和情感对话。在我看来，这就是最彻底同时是最富有诗意的对于长辈的历史的触摸和抚慰。

我清楚地记得南帆送我这本书时，眼里掠过的那种凝重的神情。南帆说他父亲大约不会有什么故事了。那么，接下来出场的也许正是南帆自己。他会给自己留下什么样的故事？

是的，后人该怎么面对我们的历史呢？

2004 年 3 月 3 日

南帆批评：敞开了什么

——读南帆《向各个角度敞开》

《向各个角度敞开》是南帆从各个角度和维度对当代文坛的评论和争辩。这部集子不同于南帆过去那些充满密集的理论概念的著作，而是以坦率、犀利的学术语言，引导批评家进入争辩的氛围。批评的活跃、批评的突破乃至批评的独立，都可以在这部著作里感受到。

南帆意识到，当代批评对于文学的介入正在削弱，批评家之间缺乏正面的思想交锋。的确，在南帆的所有评论中，我们看不到吞吞吐吐、虚与委蛇，而是开宗明义、一针见血。事实上，当代文学的活跃有待于批评的活跃，文学生力军的源源不断，表明了文学还在持续地发展。这里，就难免出现分歧和悬念。批评家的发言和争论，永远是文学这一值得争辩的题目的活力所在。他们的声音，他们的争辩，构成了当代文学批评的全部活跃性。

《向各个角度敞开》是一部以活跃的学术语言和明晰的理论观念，展开文学争辩的著作。全书分为五个部分：媒体时代的作家；小说与历史；散文的境界；艺术与技术；文学的语境。这些角度敞开了文学的各个方面，开拓了当代文学及文化批评的理论视野，从而展示了南帆作为一位具有扎实理论功底和思想量级的批评家的实力。

南帆认为，当代批评疏远文学的一个表征是作品文本分析的减少，批评抛下文学享清福去了。近年来，南帆一方面批评了文学研究的“大概念迷信”，另一方面深刻感受到作品文本对于批评的重要，从而必须加强对作品文本的分析。深入解读作品，无疑是批评家与作品文本的短兵相接。作为一位时时触摸文学体温和脉搏的批评家，南帆摆脱了理论的懒惰，将思想触角再度触及作品深处。他从李洱的《花腔》中，读出了小说和历史的一种紧张：小说作为一种虚构，在模仿历史话语的同时狡猾地背叛了历史；而叙述作为历史话语的建构，却使得历史话语无法返身到叙述层面上来。南帆机智地表达了自己的一个见解：《花腔》是以历史面目出现的小说，也是以小说出现的历史。同样，南帆在张炜的《丑行或浪漫》中，读出了相对于城市的大地的博大而神秘的脉动；在王力达的《厄运》中，他读出了在一个离奇的爱情故事背后潜藏着的血腥和厄运；甚至在奥威尔的《一九八四》中，他读出了在恐怖和专制之下的一种深刻的文化反抗。所有这些，让我们意识到南帆在这部著作里，对于文学“大概念迷信”的深层的突破，他以敏锐深刻的学术话语，撩开被遮蔽了的作品的全部生动性和丰富性。可以说，不回避正面的交锋，一直是南帆批评的语言风格。南帆这样说：风格也是力量。

对于媒体时代的作家的深刻关注，是南帆近年来批评的一个学术视点。大众传媒的活跃，将许多文学的报道、评价、辩论都置于它之上，这无疑构成一种新的文化资本。南帆认为，在这样的情形之下，批评如何操持相应的语言登陆大众传媒，有力地发出自己的声音，就成为文学批评的实践面临的崭新问题。在这部著作里，南帆对于媒体时代的作家作出了深刻的理论判断：尽管在大众传媒中，文学可能变成了一堆消息，但是置身于媒体之外的作家，仍然充当着社会肌体之中的文学神经，他们的存在既没有否定大众传媒，也没有因为媒体的包围而丧失属于他们自己的重心。基于这样的学术视点，南帆对于时尚的概念和文学的时尚，对于游戏感的文学症候，对于没有方向感的文学暴烈和粗野，甚至对于某些网站发动的文学投票现象等等，都作出了相应的批评回应。这一批文章，是南帆对于当代文坛的一场激浊扬清。由此，南帆对于学院派批评家的定位作出了新的价值判断：他们不仅是一个知识团体，更重要的是一种理论形式。学院派批评家要走出自己的学术困扰，就要将活的文学纳入自己的视野，在文本分析的基础上，去思考如何真正启动思想，支持思想持续地向纵深展开。

在南帆的这部著作里，以相当的篇幅讨论了由作品文本分析引出的话题："文化研究"以及学术体制与文学的历史语境的关系。收在这部著作里的《四重奏：文学、革命、知识分子与大众》，是南帆的一篇重要的学术论文，发表后得到了学术界的充分肯定。这篇长文从解读文学史的角度，深刻论述了20世纪文学、革命、知识分子与大众之间的关系演变史。南帆在对文学史解读及作品文本分析之后，引出了相应的文学和美学谱系，这个谱系究竟要打开什么，南帆是清楚的。我以为，南帆进行了这样的一系列研究，在于打开文学研究的一个新的独立意义。作为文化研究的一部分，无论是文学批评自身的活力，还是文学批评与特定的历史相互对话的能力，文化都必须承认文学的自律。文化的庞大的意识形态体系指定了文学可能拥有的位置，而文学又必然在自己的位置上发出声音。这才是历史性的一种平衡结构。南帆对于文学所作出的文化学研究，无疑说明了这一点。

可以肯定，《向各个角度敞开》具有相当的思想容量以及思维回旋的空间。这部著作充满着南帆式的争辩和南帆式的机智，见解犀利而坦率，态度冷静而理性。无论是分析的精微还是思想的质量，他的观点都难以被轻易地淹没。在文学还在持续性地突破的今天，南帆并没有以局外人的方式超然地研究和批评文学；相反，他置身于文学现实和作品文本的实际，以自身的思想量级和艺术分析向各个角度敞开，冲击了当代批评模式的遮蔽，从而抵达了文学的深部。

这种抵达，毋宁说是文学本位和文本分析的回归。

2006 年 3 月 20 日

当代散文的一个亮点

——余秋雨《山居笔记》中的文化感受

余秋雨《山居笔记》的问世，是他对于当代散文文化精神的又一次有力的掀动。可以看出，这种余秋雨式的文化与心灵的双重旅行，在这本散文集里具有了更加凝重的意象密度和思想密度，并且具有了一种摆脱传统散文规范的美学力度。

其实，在余秋雨的《文化苦旅》出版以后，人们对于他的散文的亮点已经给予了极大的关注。如果说在余秋雨的《文化苦旅》中，日神精神显得比酒神精神更为突出的话，那么，《山居笔记》里所透露的这两种精神的和谐，则再度显示了余秋雨对于自我人格智慧的反思、对于民族文化性格的观照以及对于散文文化品格的自觉的睿智和魅力。

对于余秋雨来说，“山居”不过是一种隐喻，一种莫名的力量对于他的新的文化苦旅的“提醒”。这种提醒使得他与历史的对话有了一种旷古的宁静。在这样宁静的心理环境中，他开始拷问历史，拷问人生。于是，他从承德避暑山庄清澈的湖水里，不仅看到中国清代王朝的沉重的背影，而且看到王国维无法推开山庄紧闭的大门，最终自沉在颐和园里的面容和身影。他不禁轻轻地叹息了一声："一个风云数百年的朝代，总是以一群强者英武的雄姿开头，而打下最后一个句点的，却常常是一些文质彬彬的凄怨灵魂。"正是有这样深远的目光，余秋雨从另外一个侧面窥视到隐匿在历史暗角里的那一群被历史学家忽略了的小人。小人在中国历史的各个道口路边形成了许多暗角，使得本来就已经十分艰难的民族步履，更显得趔趄、错乱，甚至晕头转向。余秋雨这样告诉我们："小人最隐秘的土壤，其实在我们每个人的内心，即使是吃够了小人苦头的人，一不留神也会在自己的某个精神角落为小人挪出空地。"多么可怕的历史暗角！在这些暗角里，即便像苏东坡这样的大文豪，也会被同时代的那些品格低劣的文人你一拳我一脚地围攻得无处藏身。"东坡何罪？独以名太高。"苏东坡弟弟苏辙的这句话，倒是道出了当时的文痞小人糟蹋苏东坡的个中缘由。最终，苏东坡当然只能去做那种左冲右突的突围了。在《苏东坡突围》一文中，余秋雨说苏东坡完成了一次永载史册的文化突围。这就是余秋雨式的目光，他把中国历史的明处和暗角一一指给我们看。在《山居笔记》中，余秋雨触及了历史所遗留下来的那些文化难题。作为作家，余秋雨并不像历史学家那样一笔一画地描摹历史，他以审美的理念和文化的目光重新审察历史。用他自己的话说，他是在历史和文学的边缘地带作一番"边缘试验"。很显然，这种"试验"已经深入了中国历史的深处，并且毫不犹豫地触摸到了人类心灵史中的重重皱褶，由此构成了他的散文的一个具有相当的思想和艺术量级的亮点。余秋雨这样袒露他写《山居笔记》的心迹，——"大多是触摸自以为本世纪未曾了断的一些疑难文化课题”。无疑，这是一种襟怀的成熟。

余秋雨对于自己的思想、感觉和智慧具有足够的自信。他的思想起点建立在他的文化感受的层面上，由此展开了多重的思想层面。他乐于以自己的目光穿透历史，却没有轻易地让思想停留在上面，而是将自己独特的文化感受从传统散文的盲区背后浮现出来。这就是余秋雨散文基本的话语方式。《抱愧山西》一文，余秋雨以文化人的感受力寻找一种“海内最富”的山西精神。他从一部《山西票号史料》中，看到了当年“走西口”的队伍是怎样奔赴那个“号称海内最富”的山西的。这些在余秋雨过去的视角里，曾经是个盲点；对于传统的散文来说，亦是一个盲区。然而余秋雨终于醒悟了，他以一种几近宗教般的忏悔心理，呼唤那个曾经在他心底失落了的山西，找回了一个文化人对于既有的商业文明的真正感受。这就是属于他自己的文化感受，由此成就了他的散文的一个亮点。同样，在那块古代称为宁古塔的土地上，他用一种虔诚的目光向那些远年的灵魂祭奠。这块著名的北方土地，曾经流放了中国的人道、公德、信义、宽容与和平。“万方新雨露，吹不到边城”，中国古代那些被流放到这里的文人，在饱受世态炎凉之后，是怎样在流放的苦难中显现人性，创建文明呢？余秋雨说，这全凭着“他们内心的高贵”。这是一种最让人动心的“苦难中的高贵”。这块积淀着中国丰厚历史的流放者的土地，在中国的散文传统中曾经不也是一个盲区吗？当余秋雨的目光停留在这里时，我们有理由相信他敏锐的文化感受力，无疑将和那些流放者的灵魂一道，穿透苦难，从而到达那种呼啸在生死存亡线的边缘上的高贵。的确，余秋雨在《流放者的土地》中所要告诉我们的，除了这种极其强烈的文化感受外，还是文化感受。

可以肯定，《山居笔记》将再度让人意识到，余秋雨散文的思维方向和话语方式依然是以浓厚的中国文化背景作为支撑的，并且竭力去企及某种新的精神高度。也许可以说，当代散文的一个亮点，点燃在余秋雨文化感受的目光里，也将升华在余秋雨文化感受的目光里。余秋雨到了中年才开始写散文，这种迟到其实是相当成熟而可爱的。黑格尔说过："密涅瓦的猫头鹰要等黄昏到来才会起飞。"在余秋雨的散文中，我们不是感觉到，余秋雨的文化感受同样具有鹰的锐利而敏捷的目光么？

1998 年 9 月

从《丧家狗》读《论语》

阅读经典，无疑是近几年的热门，但对经典的解读始终是个问题，尤其是对有中国文化圣经之称的《论语》的解读，更是个大问题。有学者说要读原著，但对一般读者来说，原著不是都容易读懂的，这就需要导读。目前流传的解读《论语》的著作，有杨伯峻的《论语译注》、钱穆的《论语新解》、南怀瑾的《论语别裁》、李泽厚的《论语今读》、黄克剑的《〈论语〉解读》等。这里既有“六经注我”，也有“我注六经”。杨伯峻从训诂的角度梳理了文字，南怀瑾的好读、李泽厚的解读富于哲学意味。但我个人认为，只有钱著和黄著，才真正做到了“直明《论语》本义”。

我为什么推荐李零的《丧家狗——我读论语》？我觉得这是一部写得既通俗而又用心的书。李零的语言犀利，他笔下的孔子，是一条“怀抱理想，在现实世界找不到精神家园”的郁郁不得志的丧家狗，奔波一生而无所得。李零解读《论语》，引发了学术界的分歧，遭遇到一些激烈的批评。《丧家狗——我读论语》被评为第四届国家图书馆文津图书奖，就在于它的解读具有一定的合理性，适应了当今中国大多数读者的阅读心理，说明白话，讲明白道理，三言两语，胜过滔滔大论。在我看来，它的确是一部极其纯粹和干净的书，书中充满着思想的力量和东方式的睿智。

在现存子书中，《论语》是很特殊的一类。它用结构松散的语录体编写而成，以“学而”开篇，以“尧曰”终卷，凡二十篇。后来的《荀子》一书，沿袭《论语》结构，也以“劝学”开篇，以“尧问”终卷。孔子一生“述而不作”，《论语》是孔门后学辑纂之书，记录了孔子应答弟子的问题以及与弟子的交流心得，是领略孔子思想最重要的文献。《论语》历代注家者众。李零读《论语》，抱的是“去政治化，去道德化，去宗教化”的观念。在查考词语，通读全书的基础上，既打乱原书顺序，以概念为线索，横读《论语》；又打乱原书顺序，以人物为线索，纵读《论语》。最后，著者从一个知识分子的内心感受出发，思考了知识分子的命运。这也就是李零对孔子的一种知识分子想象。这种想象究竟是不是合理，我想都蕴涵或寓托了著者对《论语》切入其境而道有所契的一种生命化情思。这本书在解读《论语》之前，对孔子本人，对孔门弟子及其他，对古人和今人怎样读《论语》，都进行了详细的导读；最后，又从“圣人”、“真君子”以及孔子的精神遗产等三个方面作了总结。这种视野开阔的疏解确乎能够让读者比较完整地认识孔子，理解《论语》。全书恣意汪洋，深入浅出，尽力达到孔子所谓的“信、雅、达”的境界，还原出一个智者的孔子形象。尽管李零对于《论语》的个别字句的解释还有值得商榷之处，但是这种不伪饰的治学态度是应该肯定的。

从《丧家狗》看《论语》，孔子究竟是个什么样的人？在一个礼崩乐坏的时代里，孔子试图恢复周礼那一套繁缛的东西，也许是不合时宜的，但其言其行对于做人、做事、做学问，确有可汲取的人格营养。剥掉所有罩在孔子身上的光环之后，我们把他从“圣”拉回到“人”的位置，孔子就被还原为一名坚韧的、有创造力的思想者。他以知其不可而为之的态度坚持着自己的理想，尽管有些地方显得可爱而又可笑。孔子的悲哀，其实是时代的悲哀。孔子长叹“凤鸟不至，河不出图，吾已矣夫!”凤鸟不至，即天下不能太平，无法回复礼仪正道。列国皆不能重用孔子，这才有了孔子变为“丧家狗”之说。孔子一生，绝望于自己的国家，周游列国，唇焦舌燥，颠沛流离，却一无所获，其晚年时时伤心，丧子，哀麟，由死回亡，让他哭干了眼泪。如此无所归依，恰如杜甫形容自己的“昔如纵壑鱼，今如丧家狗”。孔子的时代是中国历史上经历的一个深刻变化的时代，在这样的时代里，孔子成为丧家狗，乃是大道隐没了。在先秦诸子看来，他们的学说也许不是最好的，但是他们为之痛哭流涕长太息的，却是那已经隐没了的大道。

在“《论语》很火，孔子很热”的时候，李零能够以“丧家狗”的视角来解读《论语》，重新厘定孔子的本来面目和形象，无疑是别具意味的。李零说他读《论语》，感受只有两个字：孤独。孔子很孤独，也很无奈。历史走到了现在，孔子一直只是个符号，一个孤独的符号。但孔子说“德不孤，必有邻”，有道德的人并不孤立。这也就是孔子修身立世的理由，他孤独，但不孤立。孤独的孔子有三千弟子和七十二贤人，其实是不寂寞的。李零说在孔子身上，看到了中国知识分子的宿命。我不止一次地读《论语》，觉得那里面的确没有虚伪，学生顶老师，老师骂学生，一切都在阳光下进行。于是，我就居然从那里面读出了“阳光”二字。孔子孤独的灵魂里的确有属于他的光亮。孔子的道德被讲了数千年，越是礼崩乐坏，越在讲道德。结果，孔子的道德就变得很脆弱了。我想了许久，原来道德不是讲出来的，道德靠每个人心里光亮的照耀。我们每个人都是一束阳光，每一束阳光都有照亮的理由。尽管孔子也只是一束孤独的阳光，然而被他照亮的，是一个世界。

领受《论语》含蕴的智慧，谛听孔子肯綮的训诲，也许是我们今天阅读经典的一个目的。孔子说：“学而时习之，不亦说乎?”在《论语》“热读”的当下，以庄重和从容的态度重温经典，时时践行，不也是一种令人愉悦的乐趣么?

2009 年 2 月 15 日

樱花与橡树的变奏

——季仲《沿江吉普赛人》的爱情形式

在季仲的长篇小说《沿江吉普赛人》（上海文艺出版社 1996 年版）里，樱花与橡树仅仅代表了作品中两种不同的爱情形式，然而它又不是无足轻重的。恰恰相反，爱情线索在这部小说中的浓墨重彩，不仅给读者留下了最深的印象，而且是那个“多少年后”重新启动的“沿江吉普赛人”故事的所有纠结的关系所在。也许，我们不应当把这部小说当作纯粹的爱情作品来看待，但是无论如何，作品中许多的人物关系是借助作家所设置的爱情线索来实现的，尤其是作为主人公的程光华的形象也是依靠其爱情故事而得以完成的。

作品的第一章以“新的流浪”为题，从表面上看起来叙述的将是一个新的故事；其实，作为“沿江吉普赛人”，“流浪”不过是一个历史行动的继续，是一个拥有久远的历史渊源的老故事的延伸。在这里，时间成为新老故事的连接和延续的契机，重要的是老故事的稳定因素与新故事的变化因素已经发生了变奏。——这，至少是我在小说的阅读之后所产生的一个复杂印象。在我看来，流浪和变奏即是这部小说的一个主题。

的确，作为一个流行已久的称呼，“沿江吉普赛人”在流香溪近20年的“流浪”印迹，并不具有多少新鲜的故事；质而言之，“沿江吉普赛人”的现实在流香溪的不断流淌中并没有多少的变化。正是如此，我总是把小说中最重要的一个爱情故事——程光华和杨净莲的爱情故事当作一个老式的故事来解读。当然，这并不是作家想象力的匮乏，而恰恰是在这里，我感觉到了作家对于那个老式爱情故事的现代式驾驭；这种驾驭就是对于“流浪”的“沿江吉普赛人”的生活变奏和爱情变奏的成功把握，由此而展示了作家的艺术张力。

除了程光华和杨净莲的故事外，这部小说还设置了程光华和游春英的故事、游春英和牛部春房的故事、游春英和丘长根以及龙经天的故事。在这些多角爱情故事中，程光华和杨净莲的故事可以说是一个典型的才貌双全模式，一个是具有系统的水电工程学、古代建筑学知识，并且具有严谨的工作作风和彬彬有礼的水电工地副总指挥，一个是经受了理学传统文化的熏陶，具有渊博的文史知识的“闽学”后代，他们的互相吸引，主要是建立在一种共同的爱情理想以及对于自然的和历史的意象的一种共同的理解和追求上。他们的爱情故事并没有受到纷纷攘攘的外部世界的打搅和干扰，作家所赋予他们的是一种“橡树”般的爱情模式。作品在第十六章“樱花与橡树”中，安排了他们例行的一次约会，双方一起朗诵了舒婷的《致橡树》。这种几乎是山盟海誓的爱情故事，恰恰成为“沿江吉普赛人”稳定的生活秩序的象征，是那种居而不动的现实气息的写照。

相形之下，游春英的爱情故事就显得更富于现代气息和受到外部世界的影响，从而典型地凸现了“沿江吉普赛人”生活的另一面——变动不居的一面。外部世界对于“沿江吉普赛人”的冲击，与其说表现在种种社会关系的交易原则上，不如说更多地表现在对于异性关系的考虑的摇撼上。游春英对于程光华的依恋和痴情，无疑是一种无可非议的感情。尽管，在这之前，游春英与丘长根从小就产生的青梅竹马的情感多少延续了那一段美好的时光，然而，流香溪工地的轰鸣声毫不留情地把这种自发的男女好感震得粉碎。游春英的感情世界在被新的生活打开的同时，不可否认地被程光华的介入而迅速调整了。那么，游春英是否最终选择了程光华呢？没有。外部世界的不断变化，加上日本人的介入，“沿江”的现实从此增添了一种新的文化背景。正是在这样的文化背景下，热情奔放的游春英经受不了那种种令人目眩的物欲的诱惑，亦步亦趋，愈陷愈深，终于导致失控，栽到日本人的怀抱，最后沦落到卖淫生涯。游春英一步一步地走完了这些过程，整个地是带着对于物欲的艳羡以及自身产生的世俗的虚荣心理。“地位和金钱的诱惑，把游春英心头的血迹慢慢舔干，让她的心头的创伤渐渐愈合、结疤并且长出老茧，以至于神经麻痹失去正常的知觉”，作家的这一番描述，把游春英离开程光华之后的选择，以及她所受到外部世界的入侵而引起的美的退化、黯淡乃至人性的堕落，层递性地呈现出美与丑的位置的变换。对于“沿江吉普赛人”来说，游春英的出现，不啻是一个人格的和道德的难题。这个难题本身所具有的理性的分量，已经不是“沿江吉普赛人”的传统观念所能承载得了的。在作家的笔下，游春英形象的价值显然超出了“沿江吉普赛人”这个着眼点的历史内容和独特现实，由此使得这部小说具有了不同寻常的美学力量。

这部小说用樱花与橡树来比喻游春英和牛部春房与程光华和杨净莲的爱情形式。樱花作为外部世界的一种意象，对于像游春英这样的“沿江吉普赛人”的入侵照样是层递性的。当牛部春房充满惆怅地反复吟咏日本民歌《樱花谣》里那两句“去看花，去看花，看花要趁早”的叠句时，“竟有些轻佻和挑逗的意味了。他把一只手悄悄地放到她的大腿上来，游春英把那只不安分的手悄悄地移了开去”。而当经历了几番斜风细雨之后，游春英心头编扎起来的篱笆便轰然倒塌了。后来有一次，牛部春房“那热乎乎的大嘴猛地凑近她美丽的小嘴，她只稍稍犹豫一下，便像一只温顺的小猫依偎在有力的热烈的拥抱之中……”无论如何，这种层递性的展示表明了作家对于人物灵魂深度的探索，具有相当充分的美学力量和艺术感觉。在某种程度上可以说，作家对于美丑原则的把握，显示出一个新的美学观念，这就是：在“沿江吉普赛人”的生活中，不断出现的“新的流浪”和爱情生活的变奏，无疑是稳定的抑或变化的现实生活对于已经过去的历史行动的一种继续，甚至一种拂逆。在这里，无论是樱花还是橡树，都只是爱情的形式神话，而隐藏在它们背后的，才是“沿江吉普赛人”在新的历史环境里所作出的各种各样的新的选择。这也正是作家在创作美学原则上的一个不能够被忽略的胜利。

显而易见，不论是樱花式的爱情，还是橡树式的爱情，多角的爱情关系无疑使得“沿江吉普赛人”的故事变得复杂起来，由此而导致了一重又一重的变奏。在这里，由现代工业文明及其社会经济利益所牵引的物质享受欲望的出现，不仅使“沿江吉普赛人”对于异性关系的考虑受到了震撼，而且使那条流淌了几千年的流香溪受到了严重的污染。物质的和精神的双重变奏不容置疑地向“沿江吉普赛人”发出了种种复杂的挑战，这种挑战同时让作家把香溪村这个虚拟的现代“桃花源”置于人类前景的意义上来考虑，这里当然也包含了在这一独特现实中所展示出来的“沿江吉普赛人”的爱情故事。

从更深的一个层面出发，我意识到“沿江吉普赛人”的爱情生活所潜藏的历史内容和现实意义，表明了现代工业社会对于稳定的和变化的这两种生活秩序的交融和抗衡；正是在这里，种种人格的和道德的难题被推向“沿江吉普赛人”的生活空间，外部世界的压力已经使得他们所拥有的“沿江吉普赛人”这个称号的英雄和浪漫气息渐渐消失而去。然而他们依旧流浪，依旧在樱花式的和橡树式的爱情神话中变化着或者稳定着自己的物质现实和精神现实，依旧在过着“沿江吉普赛人”的生活。小说以“变奏”作为尾声的标题，作家告诉我们，这是进行曲中的变奏。无疑，它暗示着“多少年后”的“沿江吉普赛人”将又会创造一段丰富多彩的历史。程光华后来告诉妻子杨净莲，他接到通知，要他带一支工程队，到闽西大山沟里去建一座更大的水电站。杨净莲尽管感到有些突然，但她还是默一默神说：“你就放心走吧，我既然选择了你，当然也就选择了‘沿江吉普赛人’的生活。”而程光华也自我调侃地说：“谁叫我是‘沿江吉普赛人’呢?”这几句对白背后所包含着的沉重的历史内容和复杂的将来意义，并不仅仅是这一对夫妻将要去承受的——因为，在未来的生活中要承担理性分量的，不只是他们，也不只是所有的“沿江吉普赛人”。稳定的和变化的这两种不同的现实，永远是人类生活的一个纷繁复杂而又富于诱惑力和精神张力的主题。

1997 年 6 月 17 日

章武：转过身来看人

多年前，记得章武对我们说过他有个想头，爬一百座山，写一百座山。

我不知道现在他“爬”好了么？

丁亥新春，造访章武，他递给我两篇散文：《尴尬人生二题》和《青丝白发忆昭环》。

我感到有一种气息正扑面而来。

在中国的散文作家群体里，章武不属于犀利的那一极。他的笔触平稳，叙述恒定；写山是山，画水是水。我时常有意识地观察了他的散文，似乎一直没有什么新的动静。西线无战事，——我料想他匍匐在这种散文气息里，正在愉快地呼吸着属于他的快感。

散文写作的自由度就让人有一种直击的快感。这种文类在更多时候被当作一匹首尾莫辨的怪兽，谁都想上前触摸它一下。“游谈无根”，散文大概就是这样向我们招手的。韩少功多次表示：想不清楚的问题诉诸小说，想得清楚的问题就写散文。南帆说：“很长一段时间里，我总是漫不经心地将散文当成了放置边角料的后院。……一切仿佛在不经意之中积累着，直至出现了一个突如其来的顿悟——散文不就是我心目中最为惬意的文体吗?”看来，散文的纵逸和灵巧，成为什么鸟都可以在这里栖身的领地。

其实散文更像水。确乎只有“水”，才是散文最好的比喻；水无定型的指向恰好说明了散文的基本精神——文无定法。也许因为自由，每一位散文作家都可以挣脱某些文类的规引，都可能找到自己的舞台。我有时觉得，已经多少代了，散文这碗坚硬的稀粥为什么总是让人们孜孜不倦地吸溜着；而对于那些散文作家来说，被玩熟了的技巧能否承载那些活性的记忆，似乎不那么重要了。无论是寄情山水，还是索隐历史，他们都可能提供属于他们的文本形态。所以，在这个连一封书信、一篇日记都可能成为杰作的散文时代里，散文的“无间道”空间无疑使得这一文体日趋活跃，日益抢手。当然，在某些历史散文中，可以明显看出有些作家已经被历史的重量拖垮了，遥远的历史事件无论如何不能与跛脚的议论或“思想”糅合在一起。正如南帆指出的那样：“三钱引文，二钱议论，一撮联想，兑入某些伪造的思古幽情，另加比附的反讽与卒章点题——这些材料煎熬出来的历史散文犹如不痛不痒的感冒冲剂。”看来，柔若无骨的散文终究还是有言说的陷阱的。

那么，章武如何?

许多年了，章武一直乐此不疲地在散文领地里辛勤耕耘着。他的话语沉入散文，与山水持续地对话，沿着山山水水的沟壑，舒卷自如，神采奕奕。偶尔，他也写郭风、何为等人物，写参加文代会等的花絮，其间有些针脚细密的描述读来还真令人忍俊不禁。我注意到他的这一批散文作品，人物的重量和事件本身的重量，并没有拖垮他的叙述。我意识到章武的创作显示出一种恒定的叙事学，没有枝蔓的意象密度是被一种平稳的叙述编织出来的。他的许多叙述语言明亮，光线充足。尽管，我没有跟随他的叙述而使得自己的脚跟悬浮在某个意象的灵界，然而读着他的散文，我的心的确变得温暖、和煦。

在《尴尬人生二题》和《青丝白发忆昭环》里，我看到章武正在从山水的某个角落踱了出来。福建的另外一位散文作家黄文山，从山水走向历史；章武则从山水走向人物。这难道真的是“踏遍青山文已老”吗？其实，作家在自己已然熟悉的题材领域里掉头转身，显然是一种对于固有散文思维的挣破。文山的视角转到了历史的背后，写了一组“历史不忍细看”的文章。“不忍细看”为文山提供了一种特别的话语方式，也为他创造了一个新的价值判断和文学经验。同样，从遁入自然到面对人物，章武的散文思维正在拐过什么样的精神弯道呢？对于章武来说，这种揭竿而起显然表明了他的精神量级将再度受到考验。

《尴尬人生二题》是章武《前尘集》中的两个篇章。“前尘”，作为一个精神符号，意味着作家正在俯拾一种日常的气息，并且将其弥漫在散文之中。其中写到的“赤脚记者”与“编外秘书”，是那个非常年代里的非常的产物。正规军和“赤脚记者”之间的互补性和协作精神，在今天看来仍然不失为一种有点苦涩的和谐。当年轰动一时的长篇通讯《来自五斗山的报告》和《九龙江畔新农村》，在“抓革命”的遍地烽火中，吹响了正儿八经“促生产”的典型。其文本形式究竟如何拨动了当时新闻界那根脆弱而敏感的神经，使得章武这一班“赤脚记者”一下子变成了新闻报道的“英雄”，章武并没有更多地谈及。作品提到的当年正规军里的“三大秀才”，竟一个个作古而去。令人扼腕叹息之余，章武的叙述其实是在慢慢旋转出那一面背阴的历史：苦涩和无奈，然而有一种战斗的激情和快意。尘封多时的生活，究竟还有哪些未经凿透的发现被编排在作家的活的记忆中呢？从赤脚记者到编外秘书，看起来顺理成章的格局对于那个时代的章武，照样是一场文字的搏杀。从新闻报道到例行公文，从领导的讲话稿到领导的假检讨，久经沙场的磨练造就了一整套的“潜规则”，甚至所谓的“一次性流水作业”。这些无厘头的“技巧”，在今天看来仅仅是一种脆弱的可能。然而，戏剧性的故事凝定在章武的记忆闸门里，并不构成奇异的描述，他的语言保持着固有的稳定速度，纹理仍然是清晰的。

相形之下，《青丝白发忆昭环》更有一种情怀上的感动。当年的“我们”，“有点压抑，有点苦闷，有点伤感，需要紧贴在一起互相取暖”。本来应该有声有色的现实被遮蔽了，酒神、爱神、美神和缪斯女神只能暗中眷顾这一伙自觉“无限风光在险峰”的文学青年。“长安山四大诗人”之一的陆昭环，被章武镶嵌在一种渐渐成为绝响的背景里，那个背景黯淡无光，并且没有多少的诗意。在狂风呼啸的年代里，所有的感觉都已经失灵，只有那点稿酬和奖金在不断地撩拨着这一伙文学青年的梦想。我注意到作品里的一个重要细节：那晚，“长安山四大诗人”酒足饭饱之后，在回家的路上突然听到一阵“笃、笃、笃……”的沉重而阴郁的声音。当知道是石匠在击打墓碑时，他们“全都酒醒了，全都不说话了”，“多愁善感的我们，似乎意识到未来人生不可能一帆风顺，等待我们的，不仅仅有鲜花和甜蜜，更有荆棘和死亡”。不安与惶惑，使得脆弱的文学神经经不起命运的推敲：“文革”爆发，同学各奔西东。直到后来，只有作者和昭环，还耽在文学这片在他们看来是最神圣的领地里了。结果，昭环还是过早地离开了这个世界。作为散文，章武没有对昭环的命运作出深度的描述；然而，这篇散文最后的一段议论，表明了一个命定的呼应：一种巨大的历史循环已经作出安排，当年那个深夜里沉重而阴郁的声音，所预示的难道真的来临了？——“遥忆当年，四位大学同窗在夜深人静的荒山上听见击打墓碑声后，曾戏言道：今后，谁先到死神那边报到，其他三位一定要为他写文章以示哀悼。不料，昔日戏言身后事，而今已到眼前来。”在散文世界里游弋多年的章武，对于细节的把握表现出了足够的热情和自信。石匠击打墓碑的声音，显然是一个精彩的片断，它支撑并承担了这篇散文的全部重量。事实上，倘若没有这个细节的暗示和缠绕，作者的记忆就无法蜿蜒植入人物命运的纵深。散文写人，在许多时候不可能如同小说那样堂皇地进入人物的全部内心；散文往往以一种达摩克利斯之剑即将落下的感觉，为我们带来内心的触动甚至惊悸。

多年前，我谈论过章武的山水散文。在章武骤然掉转身子写人和回首前尘的时候，我不想隐瞒我对他的散文的一个基本判断——稳当与妥帖。布局的严整以及叙述的平稳，使得他没有全力以赴地同散文传统遗留下的基本规则搏斗，从而使他的散文一直保持着一个恒定的倔强的艺术姿态。从画山水的章武到写人的章武，章武还是章武。的确，他在散文的成熟之中呼吸并体验到一种无须去反抗文类规则的快感。也许，当代散文汛期的持续涌动，对章武这一批作家来说，既是一种安慰，也是一种挑战。然而无论如何，这都不是一种救赎，因为真正的才情是不需要任何救赎的。至于对章武今后的散文创作继续作出判断的，可能只有章武自己。

2007 年 3 月 21 日

章武读山

40 多年前，章武在业师黄曾樾那里第一次听到阿尔卑斯山、喀尔巴阡山、高加索山、安第斯山和乞力马扎罗山等世界著名山脉，萌生了一个久久的渴念：遍游天下名山。数十年过去，章武爬了多少座山呢？据他说，130 多座。

对于名山大川的向往，任何一位背负行囊的行者都会有实现的一天。章武的《一个人和九十九座山》（海峡文艺出版社）告诉我们：山外有山，爬不完的，永远是人类的梦想。章武和山的对话，选择的是仰瞻、亲近、皈依乃至感恩的文化姿势。我时常跟他面对面地谈论起某座山峦，他的眉宇之间掩不住的总是某个没有写完的段落。

读山，成了章武一生中一个重要的情节。

谁不稀罕山呢？山，带来了哲学和宗教，也带来了文学和艺术。无论巍峨参天还是小令一节，山都是一部读不完的史书。远读其苍茫，近读其清幽，精读其豪放，细读其深沉。章武读山，读出了一种大开大合。华山的险峻、黄山的神奇、武夷山的秀美、昆仑山的高远和泰山的安稳，都有些鬼斧神工的故事。仅仅说出那些故事就够了么？章武不辞千里迢迢的觐见，山的一幕幕纵深被拉开了，他用一种特殊的文化感觉招呼了千峰万壑。可以想象，他脚下踩住的，时常是一节千古的神话。我曾经在从拉萨到西宁的“天路”上，目睹了昆仑山的雄姿。章武是在青藏公路上被昆仑山“注视”了，那是一种“粗狂、狞厉、原始、拙朴”的注视，“一种在苦难中挣扎而奋起的悲壮之美”的注视。其实章武并没有登上昆仑山，他只是遥望。遥望对他来说肯定不是待在历史或故事的某个段落之外，这个段落出没在章武的视野中，于是就有了心灵上的开合。在山的深处，隐藏着章武的一双灼灼的眼睛，这双眼睛时时在窥破山的所有秘密。章武对于山的凝视所带来的联想构成了一种美学破译：

除了脚印，什么也别留下；
除了云彩，什么也别带走。

这种美学破译是有重量的生存方式，在章武的视界里，任何对于山的风尘仆仆最终落脚的都是成熟和凝重。一个人和九十九座山的对话，其实就是无法抗拒的遭遇。可以肯定，读了这一批散文，我大概能够读到章武的笔触下面隐藏着的一种纯粹的文学指向：山，是完全可以呼唤并走去的。《古兰经》里的这句话，点亮了章武，也点亮了我们。

由此，我想到了一个词：神秘。

章武看山、读山，始终保持了一种人与自然、人与历史的对话形式，并且保持了一种属于他自己的话语类型。山，不断地悬浮在章武的语境之上，然而，某些神秘感随之被驾驭了出来。雁荡山灵峰白云庵里那位女方丈“空影”，她的身世如同灵峰那样神秘莫测。一切是如此地安静，无声无息。然而，“空影”这个法号让章武感到是“一默如雷”：

> 我的眼前升起了一片迷雾。我的脑际一直漂浮着“空影”二字。我不知对此如何诠释。我想起昨夜灵峰的神奇剪影，难道这一切全是佛国里虚无缥缈的幻影？

对此，章武没有继续追索下去，过度的追问很可能剪断山的凝重。章武时时潜行在山的某个腹地，仅仅是为了深度领略和探究山的所有秘密么？在他的这些散文里，我时常在寻找那里的某些凝练的一击，为的是听到它们的绵绵不绝的回响。袁枚当年在《游武夷山记》里提到的“自幸其游，亦以自止其游也”，我想在章武这本读山的散文里，同样是能够找到的。

2010 年 11 月 7 日

意高在别处

——近读黄文山散文

黄文山是一位不甘寂寞的散文作家。

在读完他近期的一些作品后，至少我有了这样一种感觉。对于一位作家，尤其是散文作家来说，长期注目于一个题材领域，会不会产生审美的疲劳呢？乐此不疲常常被看作作家对于某个创作领域的诗意的坚守，那么，随之而来的往往就是感觉的中断和思维的困顿。这么说，除了山水游记，文山究竟还愿意把感觉的触角伸向哪里呢？

《历史不忍细看》为文山争得了一个荣誉。其实更重要的是，文山获得了另一种散文思维的方式。文山陆陆续续写了一组“历史不忍细看”的文章，历史的机心在作家的文心之中有了一种令人“细看”并咀嚼回味的契合性。可能是出于个人的趣味，我认真读了这一组作品，我觉得文山大概是在寻找历史的一种基本的秩序。历史、历史人物，这些几乎是终极性的史书式的表述究竟还缺失什么呢？当文山把目光投向那里时，我意识到的确是有许许多多“不忍细看”的东西正冉冉地浮现。可以说，“不忍细看”为文山提供了一种特别的话语方式，也为文山挣脱他的固有的散文思维创造了一个新的价值判断和文学经验。

文山的游记散文敞开了他的心灵世界的诗意。从《四月流水》到《相知山水》，无论是对大自然的惊异或惊心，还是那种永远的感动，我觉得有一种力量是他的散文笔触所无法掩饰的，这就是山水给予他的严峻的生命意识。当然，我无法用一个简单的或者说是统一的概念去表述这种生命意识，山的奇崛突兀和水的一泄如注，这些诱人的亮点都可能在作家文本深处持久地闪烁。我在《密林中的海子》这篇散文里，注意到文山为静默的海子展开了一种“倾诉的欲望”。那种倾诉，“是关于生与死的对话，是关于现实和梦幻的交流，是关于昨天和今天的问答”，那满滩漫溢的、簇拥着环绕在行人身前身后的流水，正“快乐地轻轻地相互呼唤着，叫得人心里一阵阵温暖”。这种沉浸式的描写究竟是真实地创造一个梦幻般的世界，还是梦幻般地创造一个真实的世界，在我看来都是一种澄然的诗意。作家徜徉在那一片五彩斑斓的高原海子中，“一时竟觉得自己也成了一道流水，正静静地、平淡地、舒缓地走着自己的人生”。物我两忘，一直是游记作家们所津津乐道的精神追求，文山也不例外，海子的静谧究竟能锁住他的什么感觉呢？——“这是一种出世的平静，是一种远离尘嚣的安详，是一种忘我的陶醉。静静地注视着雪峰和湖水，自然地便忘记了烦忧，忘记了纷争，忘记了荣辱，心田里也便湖波般安宁”。说实在的，这种描述尽管充满诗性，却仍然未能溢出自然给予人的最后的启示。对于文山来说，这批游记散文在经历了热闹之后，他还能够继续以那种平静的心态，去对待并思索历史和现实的最终的诗意吗？他还能够打开散文世界的另外一个洞天吗？

文山的视角终于转到了历史的背后。历史不是别的什么，历史是时间之轴。无论是历史，还是历史人物，数千年来已经构成文学的种种宏大的或者微观的叙事。文山正是站在这个时间之轴的某个点上，注视着这个时间之轴已经上演的故事。在这些宏大的或微观的叙事中，文山读出了几分含混和几分闪烁，他有理由为自己选择一种精神性的绝响和回声。回望历史，的确有许多片断是“不忍细看”的。冤屈的袁崇焕，不走运的李广，怀才不遇、性情孤傲的魏延，恃才傲物、自命清高的刘巴，甚至那位自觉“作令如啖瓜，渐入苦境”的袁中郎（袁宏道），如此等等，文山所选择的这些“不忍细看”的历史人物和历史片断，究竟是史家的难言之隐，还是历史的一笔仓促的勾销？大处落墨的历史其实不是一笔糊涂账，为尊者违，为名人遮，为君王避，为时政忌，这些都是史家的春秋笔墨。透过发黄的卷宗，我们还看到哪些鳞纹交错、瑕疵毕露的历史原形呢？文山有意选择了那些黑白难辨的时代的黑白不清的人物，这是文山的一种机智和题材策略。我是目瞪口呆地读着这些惶惶的历史片断，仿佛一夜之间看到了历史的全部机心和全部震颤，看到了历史曾经跳动的脉搏在今天仍然血脉贲张。“历史不忍细看。历史如何能够细看?”然而，当我读完最后一个字，一阵仰天长叹之后，等待着这些故事如何“哗”的一声退回历史的原处，却无论如何没能离开历史的那些严峻和重量。我想，这就是文山这一批历史散文的沉重的立意。

从平静地对待自然到冷静地对待历史，文山的散文思维拐过了几个精神的弯道。文山是个成熟的散文作家，然而寄情山水与拷问历史是完全不同的艺术感觉，这对于文山来说，无疑是一个严峻的考验。

文山的精神量级最终要落在哪里？他的散文语境究竟还有多大的精神空间和余量？这些，都是作为一个成熟的散文作家所必须找到的立意。现在，文山毕竟为我们提供了这样一批历史散文。这表明，他已经一举挣破了散文的固有范式，并且开始纵横自如。文山能果断地抛弃游记散文的诗意么？比如他在山水游记中，不时喜爱嵌入一些排比句，这可以说是诗的句式为散文的借景抒情留下的一个席位；至少在文山的大部分游记散文中，这种句式的横陈构成了他的一种精神立意。诗意往往被视为散文的至高之境；但是在历史散文创作中，对诗意的追求便可能中断，抒情的爱好也便可能成为一种回忆。文山如何？在他的这批历史散文中，我的确没有看到过于臃肿和放纵的抒情句式。冷静和理性，使得他在对于历史片断和历史人物的描述中，坚决地摒弃了抒情，而骤然掉转身子把记忆的根源蜿蜒地植入历史的纵深或者某个痛处。英勇善战的李广屈辱地以自杀的方式了结自己的一生，留下的是千古绝唱还是千古遗憾？作家理所当然地抑制了抒情的兴致，作了如此表述："当李广的死讯传出，全军上下一片痛哭，老百姓无论是认识或不认识的都为他流泪。他们痛哭的自然不仅仅是李广的遭遇，而是一个黑白难辨的时代。"而让世人所不解的三国蜀汉的迅速败亡，其根本原因"就在于它不恤国力和民力的穷兵黩武"，然而，这一切又都是和诸葛亮的军事指导思想分不开的。诸葛亮不仅压制了朝中反对打仗的声音，而且严厉处置了消极厌战的李严等大臣，弄得满朝文武三缄其口。历史是这样告诉人们："恰恰是诸葛亮的战争思想将一个小小的蜀国长期绑在奔驰的战车上，并最终送进坟墓。"我确乎不能说文山的这些议论，在多大程度上对历史的深痛作出了具有震撼力的描述并提供某种奇异的启示，但令我感兴趣的是，文山的深度追索表明了一种穿透历史的努力，在那些历史片断和历史人物背后，隐藏着特殊的立意和历史的焦虑。

这是属于文山的立意。文山对于历史片断和历史人物的窥破，使得这些片断和人物本身的节奏显得凝重。这种立意与他以往的散文立意确实拉开了不小的距离；当然，文山并没有轻易地毁掉过去那种诗意的语境，而是为我们提供了一种历史的深层意识，或者可以说是一种充实的沉重。作为一种文类，历史散文所隐含着的深意的象征，在文山的笔下被触发了；而散文的本质并没有发生另一种意义上的畸变。散文就是散文，它所承载的历史和现实的分量还不可能击毁人们最后的精神欲望。这，就是文山历史散文的另一种深意。

“历史不忍细看”，——这个潘多拉的盒子一旦打开，就开始构成文山历史散文的一个深度视角。对于一位不甘寂寞的作家来说，他当然有权改变自己的散文创作路线，然而这样的转折并没有改变作家昔日的语言方阵。这点无可否认：语言不仅意味着散文的话语策略，而且涉及他运用什么样的方式来为历史片断和历史人物塑像。我想，文山的这一批历史散文究竟在什么层面上让我们去谈论那些过去了的时代？这似乎又显得不重要；重要的是只有文山自己，能够对这个问题作出进一步的价值判断。那么，接下去我们还将看到他的什么作品呢？

意高在别处。——我的确只能提供我自己的这一个浅薄的阅读解释。

2005 年 2 月 26 日

童心无大过

——陈章汉和他的《童年真好》

这个题目原先就是《童年真好》的书名，不过是陈章汉“喜新厌旧”，把它给抛弃了。

童心未泯是人的一种重要的乐趣，尤其像章汉这样“知”了“天命”而又想发发“少年狂”的“老”小伙子。于是，我在这本《童年真好》里看到的安生，是一个曾经陪爸爸放羊、陪妈妈坐月子、陪白生哥哥讨小海的永远不会安分的安生。

安生就是陈章汉。

安生童年故事多。安生的童年所经历以及所做的都是一些趣事、羞事和蠢事，然而童心无大过。在章汉的笔下，安生绝对地是一首未经凿透的天真的诗。那晚，章汉给我来电话，说一对子女“挟持”着老婆到长安发思古之幽情去了，剩下他“一缺三”倒觉得这世界简单起来，正好也发一发心里那丝留存已久的未泯的童心。他说，晚饭后他在金鸡山公园里坐了很久，看着一家子一家子的人悠悠地来回走着。我想这大概就是章汉所追慕的一种诗意。如果人的生存没有一点童心未泯的痕迹，真不知道人们匆匆地走来走去还有什么意思。生存的一个更高的意义，或许就是怎样去发现童心和掘取童心，从而使人活得更有意味一些。

过了一段时日，章汉递给我一叠稿子，便是这本《童年真好》的一部分初稿。我浏览了一下，一个直接的印象是安生的童年情景完全被作者给诗化了。作者以“装一瓶海水回家，可以大呼拎回一个大海”的童年视角，发现了隐含在童真和童趣中的所有的诗意。我在电话里告诉章汉：你的童年吸引了我，并不是因为那些色彩斑斓的世界，而是那种人文关怀的情感和诗意。的确，在章汉的情怀里，他不是像海德格尔所喜欢说的那样，用语言制造一个诗意地栖居的空间，而是用属于他的历史叙事，为自己选择一个诗意地栖居的精神家园。

不久前，我接受了福建经济广播电台“夜半心声”节目关于精神家园问题的电话采访，在谈到人文关怀时正愁着找不到例子，突然灵机一动，想起了这本书里的《海和脚丫一样需要尊重》一节。安生用碎砖瓦和碎碗片往海里打跳跳鱼，结果在他下海时，扔下去的那些东西硬是把他的脚丫划出了一道道口子。至此安生知道：海也和自己的脚丫一样，需要尊重和爱护。这个例子为我提供的一个重要论据，就是海慷慨地分解了自己的壮阔，让人们的眼睛和双脚分享；而人们又有什么理由不去为它注入一泓人文的关怀呢？

章汉说，他几乎是噙着泪水写完这本书的。对此我愿意相信。因此我隐隐觉得这本书柔软得如同夜幕下的一缕轻风，你只能去感受而不能随意去碰撞，任何鲁莽的阅读行为都可能在无意中伤害这本书的柔性情结。某一日，我的一位朋友带着她正在上小学五年级的女儿到我家里来，说老师已经向他们介绍安生的故事了。她问我：安生是个什么样的人？安生会不会哭？我说：你干嘛这样问？她说安生好像挺多情的，多情的人一定爱哭。我对于这位小女孩的见解感到特别惊讶。其实，惊讶之余我又感到并不意外；在我平常和章汉的交谈中，他那激动的神态里常常无意地敛去了某种理性的锐气，从而显得柔性十足。不过我觉得，在章汉那偌大的身躯里，绝不仅仅只剩下了柔性。我清楚地记得，他这本书写到四分之一时，不明不白地在电脑里丢了一万字。我和我的朋友林焱帮他搜寻了大半天，结果是泥牛入海。章汉急得直叹气。可是没过一会儿，他竟然神兮兮地拍一拍电脑说：你怎么也要小孩子脾气呢？以后乖一点。

面对着这本书，我突然意识到安生的童年是一个货真价实的童年。他没有像现在的许多孩子那样，提前被设计了种种辉煌的人生计划，甚至提前被抛入纷扰的成人涡流。什么是童年？童年的意义就是那种混沌未凿的天真，这是成人的理性和智力所不可企及的。

所以，章汉说：童心无大过。童年真好。

1998 年 5 月 28 日

梁征和他的“寻找”

福建的诗坛这些年有些热闹了。当梁征的诗集《寻找雪峰》扑面而来时，我首先惊异地看到，梁征对于山水的抒情方式，已经从物象意义进入了一种透彻的参悟。

这是什么样的一种心象呢?

王昌龄的“搜求于象，心入于境”一直是历代诗人所追求的化境。当诗的语言蜿蜒地植入物象的纵深，所有的诗情就可能成为深意的象征。后现代主义诗歌的巨大碾盘总是把诗的物象纵深压成一张心象的平面，抗拒就成为当代一些诗人追求精神量级的深度爱好。我突然想起韩少功的小说中那些如同诗一般的奇警的比喻：

……墙壁特别黑暗，像被烟熏火燎过，像凝结了许多夜晚。

——《归去来》

树……又都弯弯曲曲，扭手扭足的。大概山中无比寂寞，以至于它们都被憋得疯狂了，痉挛出这些奇怪的模样，这些痛苦而粗犷的线索。

——《诱惑》

看着她趴着去抹地板，我想一定有许多秘密，被她擦进黄澄澄的木纹里去了。

——《空城》

小说尚能隐藏着许多窥破世界的眼睛，诗歌又何尝不能呢？所以，在小说、散文以及诗歌的眼里，许许多多的物象都衔含着有待于深度揭示的秘密和涵义。小说让人们进入故事，散文让人们进入意境，诗歌让人们进入心象，所有这些，都是对于物象意义的美学破译。

相对于叙事文学，诗歌所表现的主要是诗人的独特情感。诗人的感情因子越是个性化，生活特征被同化的概率也就可能越大。梁征面对的是福州的山水，这些山山水水究竟留给他多大的物象和心象方面的意义呢？其实，在梁征的诗里，物象不再是诗歌的符号单元，它们所呈现的物的意义，也并非是坚硬地塞满人们的视野。相反，这些物象的透明、清晰和纯洁，一直在闪烁出某些暗示，这使得他的诗里的那些寓意始终保持着一种对于自然的“唤醒”：

贵安　一声早春原野的口哨
唤醒了北峰一场梦的真实
大醉即醒　无语至尊
岁月从此有了崭新的概念

——《等待贵安》

这种“唤醒”无疑是充满质感的。一声口哨突破了历史遗忘的岩层，冷不防潜入北峰的长年睡梦，使它们惊醒。梁征笔下的山水物象多数是被“唤醒”的：“白岩像典雅而怀旧的葡萄酒/被慢慢摇醒”（《唤醒白岩》）；“真想擦亮首石山的每一个章节/为唤醒一个最深邃的梦想”（《首石凝云》）。没有任何既定的概念框架，一切都可能在一种沉寂中囚禁，最终在诗句的出没中被一一解开。沉寂是什么呢？沉寂是一种隐约的诗意。在诗的意象编码未抵达的那些历史关节，山水意象总是被人们所深度迷恋，只有当诗的触角让它们成为象征并且延伸至某个深处，这种沉寂才会被真正地“唤醒”。

如果说“唤醒”是梁征喜爱的一个意象，那么从梁征的诗里还可以看出，他对于山水的抒情依然是节制的，甚至努力地使诗的寓意保持一个若有若无、若即若离的姿势：

整个秋天都已成熟
我在成熟与未成熟的分界线上
久久彷徨
……
我以成熟与未成熟之间的天门山为圣地
拒绝一切诱惑

——《天门之惑》

“成熟与未成熟”，在这首诗里闪烁了数次。诗人要求在“成熟与未成熟”之间“永久居住”，意象的淡隐与复现，始终都在提醒一个动作：穿越。在诗的寓意通道被那种若有若无、若即若离的姿势关闭之后，诗人穿越了。他必须穿越物象对于心象寓意的掐断，他必须让山水的深度意象回归到某种精致的语言潮汐。

于是，梁征就在诗里开始了他的“寻找”。

梁征对于席勒的美学断言“诗人或者就是自然，或者寻找自然”深具感同身受。他欣赏风景，是为了在风景面前转身，“寻找禅意，恪守一份平静，在素朴与感伤之间漂泊”。这种宣言让他心满意足，并且与他的诗歌语言构成了一种有趣的美学囚禁。

心灵与山水的亲密接触，其实就是一场诗意的相互“囚禁”。在“寻找”的过程中，诗人对于大自然是放纵的，所有物象在他的心灵里都可以一举挣破，并且纵横自如：

寻找雪峰
一段静如止水的枯木
百日雪花附
千年梵寺同
一个上不封顶
下不封底的时空
包容着心灵的一切碎片
一股气脉灌顶
唤醒知觉　感觉
痛　原来也是一种感受

——《寻找雪峰》

“寻找雪峰”不过是一种感知行为。表面上看似放纵的巨大空间结构（一个上不封顶/下不封底的时空），最终还是被一种“痛”所囚禁。一切都公开地摊在阳光之下，就连那“一段静如止水的枯木”，都可能呼啸地刮过雪峰的全部姿态。于是，“痛”就穿刺般地攫取自然的某个秘密了。寻找本身就是一种“痛”，一种追索自然的颤栗。艺术的特定形式已经有效地截留住了山水的象征意义，而自然却逐渐隐匿，逐渐地从诗人的视野之中滑了出去。

诗人继续寻找。

唐诗宋词中，吟咏田园唱和山水的名作比比皆是。然而，在现代人眼里，自然不过是十分迟钝的物的世界，不过是城市边缘的一圈遥远的山脉或者一个思念的对象。这个时候，诗人还在如同仰望星空般含情脉脉地追索自然，揣摩自然，他们的终极性意义和超越性意义究竟在哪儿呢？我注意到梁征在《寻找雪峰·后记》里说过的一句话：“醉拳是拳中之诗，似醉非醉的诗笔，往往悲壮，在福州山水景观之中，我感受到了禅风醉意。”梁征把诗集命名为“寻找雪峰”，雪峰实际上就是禅意的象征。从以下篇目如《弥勒笑意》、《黄檗禅悦》、《方广之禅》、《阅读青芝》、《石竹梦境》和《姬岩之悟》等，可以看出诗人被那种禅风醉意所囚禁的姿态：“学会了放下/学会了独饮忧伤”（《方广之禅》），“灵魂中总有什么东西/与青山与绿水与峡谷或者天空/砰然相撞/合二为一”（《青云之力》）。

禅意、禅机、参悟、梵音……这些与佛禅有关的意象，在梁征的诗里，宛如那一声声“仍敲着那段不变的节奏”的木鱼，迅速转化成为对已然隐去的尘世背景的一种美学敲击。

这种敲击有助于继续囚禁当代诗歌的形而上学冲动，的确没有必要去想象某种神秘的“道”，因为庄子早就说过，道无所不在。诗人不在乎看到的是一片瓦、一口放生池或者一茎风中的稗草，重要的是看出哪些是突破了日常。这样，在梁征眼里，赤壁不再是一般的“晚霞腾起，红月落山”了：

赤壁告诉我
年年酿造一个秋天
没有空闲猜忌春天
让平易追求成为一种经典
……
溪水有心亦无心
有心滋润了一个山谷　一片绿荫
无心来了又复去
淡若雾霭　无牵无挂

——《赤壁之梦》

这可以说是梁征式的禅悟。当代诗歌美学对于具象的此岸和意义的彼岸的相互泅渡，具有了一种阐释的焦虑，因为任何的阐释或过度阐释，都会让诗歌从此拐入历史的另一辙。梁征的感悟告诉我们，诗歌需要诗的主体性语言的适度囚禁，比如“寻找”这个关键词，它无疑让眼前的山水自然在笔下有了一种情感的湿度。因为除了寻找，还是寻找。

“寻找雪峰”，表达了梁征对于意义的一种终极欲望。雪峰不仅仅是雪峰，它的终极命题即禅思与妙悟。诗歌的刻刀最终要雕出什么来呢？——囚禁在山水深处的语码纹路终于被解放了出来。自然原型通常埋藏在世俗的日常经验背后，无声无息。诗歌突破日常，突破风平浪静，其实就是一次次艰难的寻找。梁征的寻找，时常在诗里突如其来暴露出一个幽深的渊薮，令人惊异。禅道和诗道，历来被看作相通的。严羽在《沧浪诗话》里所说的“大抵禅道惟在妙悟，诗道亦在妙悟”，让我们感受到了一种深刻的不朽。这种妙悟，在梁征的诗里可以是如此地表达：

守望林阳
庙殿森严禅房清幽
山风中孤寂的寒梅
在优雅地绽放
纤纤娇影无畏亦无惧
庭内一红一白的古柏花
在纤尘中浅释禅意
往年坠红尘皆虚幻
有与无　无与有
醉雨纷飞如花落
迷时三界有　悟后十万空

——《守望林阳》

这时的梁征变得单纯而悟空。“悟后十万空”在哪里呢？在诗人对当代人类精神现象的焦虑之中。焦虑就是惊惧，时时潜伏在人们的记忆深处。如同一个被政治之父吓着的儿子，这种惊惧在日常生活中表现为一种莫名的恐惧体验。所以，诗人有了一种如此的“冲动”：

我想象自己是一株三月的芙蓉李
对阳光和雨水的敏感
是我的全部意义
想让谁喊一声“父亲”的冲动
比爱情更难抑制

在高高的姬岩上我强烈感受到
我需要一个儿子
唯一的愿望是让他在天高云淡处放风筝

——《姬岩之悟》

诗人的确需要一个这样的儿子，一个无忧无虑可以对梵高的太阳和塞尚的大地充满不可遏止的生活激情的儿子。我甚至觉得，这些诗的语言如此地异乎寻常，以至于打乱了传统的秩序，颠覆了我们对于自然一如既往的想象方式，而顽强地表达了山水自然的另一些秘密。然而，我始终认为它们的登场并不匆促，也不冒失。

梁征的诗写得相当自由。无论是语词还是风格，都隐含了诗人巧妙的运思。哪怕是那些类似散文化的句式，也显示了诗人对当下诗坛驳杂语境的一种反讽。可以说，梁征诗歌形成了一种属于他自己的稳定的抒情语言，由此形成了诗人实现自己主题以及风格的语言符号。

也许，有些诗人通常不愿意认可这样的结论。他们觉得，山川草木历来是诗歌的主要素材，必须把自然始终停留在手边。然而，梁征诗歌对于山水自然的终极“雪峰”的寻找，恰恰是我积极谈论的原因。这些诗歌超越了日常，它们的表意结构和诗性空间，显然是强烈地破坏了以往诗人对于自然的一如既往的想象方式。

这是诗的，也是思的。

2012 年 2 月 21 日

诗歌的可能性意义区域

二十世纪九十年代初，在我的家乡，一不小心，踩到了一位诗人。

他叫萧然。

那个时候，我正在读王佐良《英诗的世界》，其中有华兹华斯的名句——“我游荡似一片孤云”，深得我心。华兹华斯是“湖畔派”的灵魂和核心人物，当年他所居住的英格兰西北部湖区，有着大大小小十六个静美至极的湖泊。湖区的生活驱散了他心中那些被邪恶的政治和城市喧嚣覆盖的阴霾，十几年时间，他日日徜徉其间，写出了许多脍炙人口的佳作。

九十年代初的萧然，一袭披肩长发，如同巫师般阐释着他的那个世界，我记得他的全部姿态就是在风中飞扬，从而很容易让人想起华兹华斯那一句“我游荡似一片孤云”。家乡的木兰溪一直在缓缓地流淌着，萧然却是以一副奔放、勃发、张扬与热烈，甚至于奔窜腾跃、迎风长啸的姿势，让人觉得有些孤傲或放荡不羁。但是我必须承认，我的确是被他的诗迸发出来的才情所俘获。他名噪一时，令人刮目相看。当时多数人都没有想到，蕴藏在萧然身心里的那些诗歌纹理，是如此强烈地包含了一大摞的表述欲望。

那个时候的他清瘦得很，像一把剑，随时劈向诗歌的意义区域。他的才气震惊了许多人。我仿佛觉得，我的诗歌阅读图谱之中，突然插入了一个陌生物。或者，我会无端地提出这样的疑问：萧然的诗歌是什么？什么是萧然的诗？

突然，萧然在盛名之下“失联”了。此去经年。萧然离开或者是离开萧然的那些年头，不时地有人问我：萧然去哪儿了？我无所奉告。直至2013年的某一天，他闯入我的办公室。我几乎就没有认出他来。那一袭飘飘长发哪里去了？——这肯定是我的第一个疑问。光着头的他，像一尊佛地坐在那里。半天了，我支支吾吾地冒出一句：你，来了。终于来了。他还是萧然吗？——我对自己问道。不过，我很快就意识到，这一次的见面，可能就是如同庄子所说的“以神遇而不以目视”。

萧然“失踪”了近二十年。他华丽转身，变为叱咤风云的老板。此处可以按下不表。

这么多年来，萧然没有发表过诗歌作品。然而，他从未离开过诗歌。就在这一次见面后不久，他给我寄来了一摞诗稿，准备出版，让我写个序言。为什么许多年来他不刻意去发表作品？也许这就是这位不羁的诗人的一个意图，也许他根本就不需要喋喋不休地去阐释。苏珊·桑塔格提出过一个著名的口号：反对阐释。对于萧然，我们同样作如是观。

近几个月来，我把萧然的诗反反复复地读了许多遍。我觉得他的诗心依然是异常活跃的。那数千行清辞丽句悉数在我眼前敞开，身后仿佛传来一声断喝："小心，你又踩到这位诗人了！"

我踩到的肯定是一位心性柔软而又富有质感的诗人。我一直觉得，诗歌至少允许一些有趣的联想，它并不完全是"非理性"的。当代诗歌遍地是所谓的一片"天机纵横"，甚至类似于某种"即兴表演"。为什么萧然的诗会持续地打动我？——我想，他的诗一定有属于他自己的可能性意义区域。他为"六一节"写给孩子的一首《石头、剪刀、布》：

孩子，在我陪你们玩
石头、剪刀、布的游戏中
爸爸出的永远都是
最柔软的布
其实，爸爸是要你们记住
在慢慢成长的过程中
无论遇到的是，坚硬的石头
还是锋利的剪刀

都一定要怀着，一颗
柔软而坚强的心

这不是哲学。感觉即是理性，自我即是世界。当世间那些和谐、单纯、明朗的景象横卧在你面前时，除了那种天真无邪，你还会去分辨哪些是文学、哪些是历史或者哲学么？

也许，我们会接触到一个问题：什么是诗歌的形式？其实，对于诗歌而言，“形式”有时候并不重要。形式即是内容。如果说，诗歌的意义在不得不借助一个特殊的形式结构给予凝聚和显现时，那么，诗歌内容的任何提炼、塑造、编织乃至雕琢，就都是一种自然排列的形式。谁是诗人？诗人又是谁？这种意义区域的认定不过是诗歌符号体系的形成，以及那些象征意义的转圜。诗就是诗，我们完全没有必要把当代诗歌看得那么沉重，甚至如同于那些庞大的叙述体系。诗就在我们身边，诗并没有离我们远去。即使在现在，诗歌成了我们城市边缘一圈遥远的山脉，我们依然会把它当作一个思念的对象。

这就是：诗即是思。

思对于诗歌来说，也许就是一种关注。诗人可以关注世间的一切，存在的或非存在的。萧然近期的诗歌，时常爆发出某种深度的理性。他的目光所及的世界表象，有时候就明了得让人感到可疑。石头怎么可能仅仅是一块石头？静怎么可能仅仅是一种静？我们甚至不需要什么蜂拥而上的阐释，就可以明白萧然对于世间那些比如“静”的表象的沉思：

> 我说到的静，不是虚空，是
> 伸手探一探，瀑布下面
> 一块石头的内心
>
> 相对于由上而下的水和事物
> 一块巨大的石头
> 稍稍侧了侧身，就关上

全部的窗口

我再说到了静，心里就多出了
一块坚硬的石头

在萧然的诗歌坐标里，我认真思考了当代诗歌的美学传统。萧然的诗不是冒失登场的产物，它既没有干扰既有的诗歌意义区域，也没有打乱传统的诗歌秩序。可以肯定，萧然诗歌里那些哲学般的顿悟，完全是一种诗心的高度凝聚，它的表意语言依然是恒定的。萧然重返诗歌的意义区域，在于继续寻找属于他的诗歌语言符号。当梵高的太阳和大地充满了不可遏止的生活激情，屈原的《离骚》和《天问》充满故国的伤感与怀念时，萧然都写了些什么，这也许才是我们所要关注的。萧然的《端午》里的两段：

大夫，我们每年必须一次
使用千万条江河
把您一个人的悲愤，变成
千万人的悲愤
把您一个人的死，变成
无数人的死

把您一个人的
忧国忧民，培植成一个
国家的节日

这是萧然的感悟么？诗句完全是明白易懂的，没有那些奇异的太虚幻景，也没有那种云谲波诡的神秘空间，可解的主题借助诗歌语言光滑而巧妙地衔接，赢得了某种悟道。

我一直以为萧然的诗有一种雄黄酒般的野性，这使得他的诗包含着奇诡的魔力。诗歌探索的永远是语言和寓意的秘密，然而，诗歌有时又需要某种返璞归真的意义。当然，这种返璞归真并不仅仅专注聆听自然本身，它照样可以将李白想象为一个逆行的象征性姿态。某一日，我正在写一则阅读《狼界》的短语，刚好就读到萧然的《狼》。那一匹“伤势沉重”的狼，“在伤口愈合之前，仰头/试了试锋利的长啸”：

活着，就是把死亡再次
咬短一截
活着，就是要在有光的地方
卸下沉重的身影
在黑暗中，把耳朵植入
每一个脚印

这种感觉显然具有非常的野性。狼，本身就怀有野性般绝望无言的美，它几乎是不能被揭示的。我在那则短语里说：《狼界》告诉我们，每个人的身体里，都应该有一只狼。其实，从《狼图腾》、《藏獒》到《狼界》，狼的影子一直潜藏在我们的生命里。那种充满勇敢、灵活、机智和执着的狼性，那种孤独和骄傲并存的生命图腾，就像那些远走夷方的男人们，百舍重茧，总会默默注视着远在另一方的女人。所以，狼的形象容易被女人盯住，甚至暗恋。狼会时不时从女人的心灵僻隅中跳出来，牵引着她们。也许，狼表达了一种异质的情感或异乡的力量。它攫住女人的，不仅是那种不苟且的刚性，而且是那种月光长桨般的柔性。那一曲流传多年的《我是一只来自北方的狼》，对于那些追求精神恋情的女人来说，犹如枕靠在最沉稳的心灵彼岸。大概没有哪个女人，内心里不需要这样一个野性的狼的图腾和一座狼的城堡。

萧然的“狼性”，并不具有过多的理论突围。所以在他的诗里，没有必要去想象有某种神秘而高超的“道”，正运行在遥远的天际，等待我们的顶礼膜拜。这依然是一位心性柔软而质感强烈的诗人，只不过在“狼”的野性中，看到一种“大道”：“血，击退了/瞄准很久的眼睛”。这才是萧然，才是萧然诗歌的可能性意义区域。曼德拉死了，萧然想到了什么？他想到的是“南非，一根自由的香烟/熄灭了”。远在万里之外的“他”，烟瘾开始发作：

在中国
我多么想再狠狠吸入
一口自由、公平
真理的烟碱

然后吐出一声
绝望的哀悼

依旧是一种“狼性”，然而具有了某种哲学的花边。这种情形在

《雪》里有同样的表达：

雪，落满大地
不是为了掩盖真相

而是为了分出
黑白

当代诗歌语言的某些吊诡之处就在于，可以祛除甚至掩盖、回避某些生活原型，尽管这些原型埋藏在世俗的日常经验背后，无声无息。但当诗歌一一将它们揭起时，我们看到的就不是风平浪静的诗性；相反，它突如其来地暴露出的必定是一个幽深的渊薮。

许多情景下，萧然的诗是日常经验的复活以及对于世俗的超越，从而将日常经验的碎片整合成为一种整体性意义的艺术结构。这种艺术感觉对我来说，无疑是一种新的美学提醒。于是，在萧然的某些诗里，我突然想问一声自己：在忘记对艺术的真正感受的同时，什么时候，我们竟然还忘记自然和日常的抚摸了？“日常”，一直是我津津乐道的字眼。在萧然的诗里，我“看”到了日常，但这不是那种慵懒和凡俗的日常主义，而是揭去诗人的神秘面纱、保存了生活本真状态的日常。所以，我觉得萧然的诗其实是很好读的，不晦涩，也不矫饰，甚至可以不完全借用意象结构曲折地去暗示微妙的情绪结构。比如《老井》：

故乡榕树下的那一口老井
在我梦里一出现

就成了陷阱

在异乡陌生的路上
我深一脚
浅一脚
就掉了进去

你若要救我
一定要借来一千只木桶
淘尽井中不断涌出的
乡愁

朴实而不雕琢，然而不失某种蕴藉和深意。萧然的诗表明，诗是不必自视神圣的，诗可以安装在任何一个普通的日子里，只属于你自己的心情。当代诗歌的可能性意义区域，实际上就是借助稳定的诗意语言，将各种日常的意象组织于人类的意义领域，这种姿态显然有助于熄灭种种自以为是的形而上学冲动。在萧然的诗里，我们很容易看到这一点。

萧然在“失踪”了二十年后重返诗坛，对于生活的热情依然丝毫未减。可以看出，他是一个深度追随日常的人。他说：“我总是尽力去回避、闪躲那些高深莫测的诗歌写法”；“我只写那些打动我、感动我，甚至伤害我的，直达心脏的事物和想法”。他说他的父亲不是诗人，但是他向父亲学习写作。每一次，父亲“品尝好酒后都会说：嗯，这酒真不错！当然，有时他也会赞叹，装酒的瓶子很好看”。

萧然已不再年轻，奔跑了半辈子人生，有了许多的况味和感受。然而，他的生活的真谛并不逐渐隐匿，而是以一种特定的诗歌语言形式，有效地截留、汇集和象征了日常的意义。他的历史是否从此拐入了另一辙？读一读他的《深秋》：

一个人走到了深秋，就必须节省
各种情绪，他已经使用完了
……
他必须给自己的余生
留出足够的
纵深和温差
……
必须丢弃许多不必要的高度
和深度，用逐日陡峭起来的
时间，固定一个
慢慢变冷的海拔

这就是萧然的生活区域，也是他的诗歌的可能性意义区域。我一直以为，诗歌在所有写作中具有的可能性空间，就在于它是一切生活的开始和终结，是最具哲学意义的献给灵魂的礼物。维多利亚时代的批评家阿多诺说得多好："诗是人心的精髓。"所以，在某种意义上说，诗既可以抵抗生存的荒谬，也可以给人未来的希望。

萧然也写爱情，不多，然而冷静。爱情是什么？他说："爱情，是一副年轻时误服下/剂量过重的药"，"有人因此，一生都要用眼泪/

慢慢稀释它的毒性”。在萧然的诗里，爱情已是一种超越的爱：

> 我想在心里养一枚碧玉
> 像养一个温润美好的女子
> 养一些小忧伤
> 养一个小懒腰
> ……
> 我想让她一直跟随
> 我的姓氏，一生
> 都不出嫁

“无情未必真豪杰”。其实，萧然对于感情一直有着一种隐忍的心态，他并非不屑于表达内心的情感世界。对他来说，尽管生活是丰富多彩的，然而生活中必须循规蹈矩而带来的某些抑制，最终得依靠诗歌来突破，才能保持精神上的充分自由。他没有用思想去绑架诗性，也没有用情感和诗意去绑架思想。哪怕是“和一朵花对视”，他也动了恻隐之心：

> 和一朵花对视，我动用了
> 生命中最隐秘的爱情
> 内心最危险的忧伤
> 我只看了她一眼，尘世的山峰
> 就迅速垒高了
> 我的视线

尽管是一朵小小的白花，也“大过了人间全部的黑夜”；那就躲在里面做一个“纯棉的梦”，“永远不要叫醒我”。人类最美好的感情世界也许就是最平静的世界，不事喧哗，规避众声。就像“一个人的立春”那样：

不为万里江山，我只为一个人立春
爱一个人，就把她给爱了吧
就像骑马抢了别人的公主
或者王后，我为剩下的二十三个节气
准备了一百场战事

《一个人的立春》是萧然的得意之作。他“隐忍”了其余的“二十三个节气”，心灵的“雪”一直没有化开。可以肯定，萧然的情感不是呼啸而出的，而是用他一生的“隐忍”慢慢缓释出来，然后“一刀一刀去还一场宿债”。因此，他挑选了“立春”时节：

今天立春，我就是要脱去你桃花的新衣
解去你的每一层羞
解开你最后一件小衣的扣，我就是
要了你雪白的身体
亲吻你的乳房，这些我命中
从未化开的雪

在萧然看来，情感的“宿债”如同“一场战争正在进行/枪林弹雨，血在流着/没有人，可以在尘世的战场/幸免”。所以，他“打开胸膛，让一颗甜蜜的子弹/准确击中”（《爱情代号》）。这看起来很有些悲壮，其实，尘世的情感世界没有别的什么，它甚至只是缩小到只有两个人的“代号”，是一种“你呼我应”的命定世界。这个命定的世界可以在他所遇到的某一个空间突然定格。这就是他的《百花巷》：

百花巷，我走了长长一生
也没走回的百花巷

那位倚窗的女子、写诗的女子
弹琴的女子、画画的女子
一生若没等到策马归来宿世的我
接她绝尘而去
又如何回到前生，回到
临水的家乡

“百花巷”在萧然心目中，是一个隐秘的存在，一个诗人的空间。那里没有宿怨，只有“深过了今年春天的愁”。诗人一骑绝尘携女而去，不为“取江山”，也不为“名动天下”，那么为的是什么呢？一切都在隐喻之中。这个隐喻依然是属于萧然的“隐忍”，我想。

萧然情感世界里的“隐忍”，没有什么离经叛道的成分，命运女神抛出的东西，他在心里把它接住了。诗人的感情转向可能由于各种偶然的、个人化的机缘，但这样的联想并不是聊以助兴，而是加大了情感表达的力度。萧然的诗在于表明：尽管生活的真谛和意义并不逐渐隐匿，然而某些特定的情感形式——比如“一种不安的力量”——

随时可能截留了世间的一切。这对他来说，更需要用一种时间形式去“隐忍”。这就是他的《狼群》：

一切只要还可以容忍，我就一直隐忍
锋利的牙齿，看着世上那一群又一群
奔突的、其他的狼群，我暂时退入
群山的一侧，时间久了
可能会变成一块石头

他“一个人在世上行走”，心里携带着“整个狼群”。这是“一种不安的力量”。在这里，叙述的时间与叙述的空间形成了交替的双重带动。诗在诗人存在的空间里不断地成熟，白驹过隙，时间日复一日地消逝。某一天诗人转过脸来突然发现，他所“容忍”的一切已经离得很远了，变成了“一块石头”。

萧然毕竟是萧然。即便如此，他仍然时时提醒自己：“不要惊醒石头，不要打动石头的心/它可能释放出整个狼群。”在我看来，在诗的可能性意义区域里，它的符号体系由于诗人生活的不断积累而日渐庞大。但是社会现实的“狼群”依然险峻，今天如何卷入明天，是诗人必须面对的，必须以诗歌符号去抵达他自己的本心。这个本心就是萧然所说的“一个人的宗教”。无论是元叙述还是再叙述，诗歌本身将成为社会生活的一个特殊内容。诗是相当个人化的东西，试图摒弃诗人主体的一切痕迹，从而迎来一个所谓的纯粹的自然，这仅仅是一种理论空想。尊重诗人的主体感觉，这恰恰是我积极谈论萧然诗歌的原因。

至此，也许可以读出萧然性格中的二重组合：一面是“隐忍”，一面是“对抗”。这其实依然是一个幽深的渊薮。他可以用“梅花”隐忍自己，还可以用“刀”对抗世俗。他的《刀》，难道仅仅是一把刀么：

如果风有什么形状
一定是刀削出来的

比如梅花
比如高高的悬崖上，那一块
站过佛陀和情侣的
危石

这一块“危石”，一定是萧然埋藏在世俗日常经验背后的质地坚硬的东西。多年生活的奔波，使得萧然对于日常有了一种如同奔跑的风撞上静止的石头般的领悟。生活是奔跑的，风永远比你快么？萧然的这一片光线充足的诗歌语言，悬浮起一个新的表意空间。我似乎无法概括这么一种诗歌美学，我只能说明，他的作品抵达了生活的某个深部。这其实是很蹩脚的一个结论，因为我的感觉已经为他的那首《马》所营构的氛围而变得骇异了：

一匹马，如果跑得比道路快
它可能就是风，就是比路早起程
更早的清晨，可能就是我的命运
总是脱缰在生活前面

如果它跑得比道路慢，可能就是
一块石头，就是我开始疲累的
年龄，尚未经过生命的一半，就开始
生根，连影子都一头扎进土里

一匹马，如果放弃脖子上的缰绳
还能如期到达指定的草原
它可能就是假设的一种，梦想的一种
可能就是奔跑的风
撞上静止的石头

生活就是一种形式，诗歌也是一种形式。只不过前者是普遍利益的。黑格尔在《权利哲学》中说：普遍利益的意识的、真正的现实仅仅是形式上的。马克思换了一种说法，用更明确的语言表述了黑格尔的观点："只有形式的，才能建立起真正的普遍利益。"萧然以诗歌的形式表达了具有普遍利益的生活的形式，这就是诗歌所能到达的真正的可能性意义区域。

萧然的诗歌语言是明亮的，他善于用符号化的语言形式来表达诗。这种存在于纸面上和语言中的"比喻"语言形式，无疑是达到符号化意义的前提，当然它也包括所有其他的空间形象。就连不是结构主义信徒的加斯东·巴什拉也用略嫌绝对化的口吻说过："不存在先于诗的诗，不存在先于文学比喻的现实。文学比喻并不是用来装饰赤裸的现实的，也不是用来表达无声的现实的。"盲眼的博尔赫斯更是胆大妄为地咏颂道：

万物都是一种语言的词汇
某人或某物用它们夜以继日地
写下那无尽的谵言呓语
这就是世界的历史

——博尔赫斯《罗盘》

在诗的领域，比喻永远是或者首先是针对现实的存在物的，否则，比喻就真的成了毫无意义的“谵言呓语”。萧然如何？在这里我不想对此作过多的评价，因为读者的目光肯定比我还要犀利。

萧然是我二十年前踩到的诗人。今天，我依然在踩着、触碰着他。在我看来，他一定就是华兹华斯所说的“我游荡似一片孤云”。今天，的确有很多人远离诗了。据说在有阅读习惯的人群中，只有百分之一的人在经常读诗。英国一位老诗人说，“今日世界，诗人已是离饥饿最近的队伍”。不过，美国诗人马奎斯对此却不甘心，“出版一部诗集，就如同丢一瓣玫瑰花入大峡谷，然后静听回声”。对于萧然，我没有沮丧，因为我也在等待着那一瓣玫瑰花的回声。

这回声，似近又远，似远又近。

2014 年 10 月 25 日 初稿

2015 年 3 月 30 日　修改

读书人的文化自觉

——读林公武《夜趣斋读书录》

读“书话”一直是我的读书旨趣之一。自汉代刘向父子受命校书秘府，著为《别录》、《七略》，其后班固据以纂成《汉书·艺文志》之后，三国两晋而下，唐宋明清以来，各种书目著录相率而出，书话著述应运而生，蔚为大观。由志目而为题跋，而为近之书话，著述体裁递相嬗变，盖因风气之所使，亦为古今文人援笔意气之不同；然惟书是癖，道及心性，几成历代时贤之雅事雅趣，其精神意味，用世之心，在在可见。无论是“辨章学术，考镜源流”，还是寻绎轶闻，点化掌故，其中斐篇不绝如缕。此类文章皆为津逮来学而作，书里书外，字里行间，自有传薪之意，亦可启染后世文人。二十世纪三四十年代出现的阿英、郑振铎、周越然、唐弢等人的书话，不仅兼具前人书跋性质，而且更为注重书之掌故、事略、情致、意境之开掘，读来令人耳目一新。

手头这一册《夜趣斋读书录》（河北教育出版社 2005 年版），乃当代闽人林公武之作。不由得让我想起宋代晁公武《郡斋读书志》一书，二位作者名字几同，书名亦有相沿之趣。《郡斋读书志》是我国现存最早的一部私家藏书书目，其编排体例、各类序和解题的有机结合，融知识性、科学性于一体，尤其是类目的设置、解题的编写和校勘整理，树私家藏书书目编辑之典范，也为中国学术的发展提供了极有价值的文化载体。林公武的《夜趣斋读书录》，乃傅璇琮等编著的“书林清话文库”之一种。该书秉承二十世纪八十年代傅璇琮编著《学林漫录》时着重于“学”与“漫”的宗旨，汲取了中国历代书话著述的一些基本特点，除版本校勘、事略订正外，还记录了许多书人书事，融入自身读书的心得、情致乃至趣味。作者读书多年，积累了上百万字的读书笔记，从中精选出近三十万字，凡百余篇文章，可见其用功良多，用力甚勤。全书以“涵养励志修身养性立德乐人”的读书治学立意，凸现了读书人的一种文化自觉。

林公武说：“读书至乐，有得辄喜，题记跋语于书更是至趣。”我以为，这便是作为一个读书人的最重要的文化自觉。作者幼承家学，童年的家境虽不富裕，却能够在长辈的影响与支持下，读了几部古典小说名著，并于古诗词、文言文及经学、史学、古文字学有所涉猎。到高中毕业时，他“已藏书数百册”。作者读书不分门类，不囿成见，不树门户，古今中外，多方涉及。他说：“唯无愧者，志之不颓，学之不怠，不随俗，即孔子所云：‘博学而笃志。’无论何时，或困苦，或欢乐，或逆境，或顺境，常年读书，一以贯之，‘不患无位，患所以立。不患莫己知，求为可知也’。吾所好，广而全；吾所求，博而精。读书不厌，以书为师，自悟自得，‘学而时习之，不亦乐乎?’‘温故而知新’。”昔宋人尤袤酷爱读书抄书，曾有“四当”说，形容书“饥以当食，寒以当衣，孤寂以当友朋，幽忧以当金石琴瑟”。这无疑是一种境界。半亩方塘，天光云影，好读书者，自有会意。从古到今，读书都在接续一种文化性情，以使得传统“斯文”未坠于地。数年前读《古今典籍聚散考》，感慨颇多。书史种种，或沉或浮，或聚或散，都是一页页沧桑的历史。而书卷人家的确是可风后人的。李清照《金石录后序》叙述了他们夫妇的藏书之乐：“每获一书，即同其校勘，整集签题；得书画彝鼎，亦舒磨展卷，指摘疵病，夜尽一烛为率，故能纸札精致，字画完整，冠诸收书家。”这是何等的书卷情怀！

“诗书继世长”。书史之兴亡沧桑，亦表征了文化的兴亡沧桑。《夜趣斋读书录》的作者虽然不能说是睥睨一方的藏书家，然而以他的嗜书求书惜书的经历，坐论起行，其拳拳之心亦属难得。他藏书不为附庸风雅，常常于校勘修饬内外，由此在藏书的记录上别见手笔，别有境界。一部光绪二十六年自刻的缪荃孙撰《艺风藏书记》八卷本，曾经让作者心仪多年。缪荃孙乃著名藏书家、目录学家、校勘学家，作者早年略知其事迹，并从他身上引发了对版本目录的兴趣，惟嫌不足的是此书尚属阙如。1997 年 5 月下旬，林公武在上海拜晤顾廷龙先生时，顾先生慷慨将内有缪荃孙亲笔附题的《艺风藏书记》赠予林公武。是书虽非珍本秘笈，然出自 20 世纪古籍版本目录学家之手，当弥足珍贵，所以林公武“接书时，尤感分量弥重”。沉迷于古籍的藏书家大都有如此的体验：鱼龙曼衍之中，何处去寻觅古籍消息？这大概是一本理不清的烂账。私家藏书的渐显式微，我以为亦与此有关。当年大藏书家周叔弢曾高价收入海源阁流出的一部宋版《庄子》，加上原先收入的另一部宋版《庄子》，便额其书斋为“双南华馆”，一时传为佳话。《夜趣斋读书录》中作者所记述的购书经历，亦有许多是颇具曲折的。作者早年收藏的一部上海广益书局印行的施崇恩著《最新八行手札》，因系民国印本，“文革”时为免遭“秦火胡灰”之厄，遂贴上商店包装纸，冠其名为《行书字帖》，并在封面题上“此集书法尚有些可取之处，而内容却乌七八糟，不值一睹”。此举现在看来未免可笑，却是求书若渴情怀下的一种宛转意态。作者某回偶得久寻之民国时期中华书局印行的《通志略》，只是存卷不整，“虽残亦可一阅，足供雅玩。书与我有真缘，宇宙之大，均在指掌之中”。在作者的藏书经历中，索值甚高的不惜重金收入，甚或倾囊以偿；残本破卷的力求补缀完璧，不侈求其精湛。作者充满文化自觉之藏书心态，由此可见一斑。

读书人由求知而爱书嗜书，而后又反哺读书，这种文化自觉堪为书林佳话。林公武说：“藏书为读书，读书为治学；治学为涵养，涵养为励志；励志为修身，修身为养性；养性为立德，立德为乐人。”格物能致知，博学方多识，这一直是林公武治学论艺的尺度与准则。作者在其“夜趣斋”之外，又号“一明百清轩”，乃取“读书治学处事格物能举一张万，解一明众，则必明了清晰”之意，取此室名，大抵可看出他的治学蕴藉。中国历代学者从汉代法门、魏晋经说、宋儒理学到乾嘉学派，在治学问题上风格多样。以我的理解，林公武可能更注重乾嘉学派治“汉学”的理路：作注作疏，力求返古返朴。正如王鸣盛在《十四史商榷·序》中所说的乾嘉学者治学之道：“经以明道，而求道者不必空执义理以求之也。但当正文字，辨音读，释训诂，通传注，则义理自见，而道在其中矣。”林公武在购得《十三经注疏》和《十三经今注今译》后，多次披览，认为“治国学者不治《十三经》或不能精研一二经，则为‘盲人’；而终生穷守，无所创获，亦称迂腐。入而化新，出而治世，古为今用，益国益民，方是治学之道”。能“入”亦能“出”，——这对于治学者而言，无疑是一种完全的文化自觉。《四库全书总目提要》曾批评乾嘉汉学之“吴派”领袖惠栋的长短：“其长在博，其短亦在于嗜博；其长在古，其短亦在于泥古。”正是说他有“只能入不能出”的毛病。在我看来，《夜趣斋读书录》所思所论颇多独特见解和深刻意味，在于能“入”能“出”，“入而化新”，方使得“故纸犹香”。

学问之道，既在内取，亦在外求。林公武藏书治学能“入”能“出”，善于不耻多方问学，求教诸多大家。他于丁吉甫先生、顾廷龙先生、王元化先生、贾植芳先生和邓云乡先生等处受益良多，所述的那些忘年之谊，读来情真意切。这些鸿学硕儒“德成而上，艺成而下”的高尚品格，让他不断开阔眼界，拓展治学胸襟，策励自己“矢志学问，砥砺品行，不敢怠慢”。以古人为师，掩卷思道；以今人为师，见贤思齐。他读王元化先生所赠《清园夜读》，于其中《扶桑考辨》一文连续写了三次颇有感触，以为“治学者不持严谨态度，无自家主见，非为学也！凡事需加思辨，正其真伪，于昔之权威，唯唯诺诺，必自奴化，岂不悲哉！”我想，这是读书人的文化自觉，当然也是读书人的学养和境界。

2006 年 6 月 26 日

徐应源的意义世界

首先我必须承认，解读徐应源是困难的，解读徐应源的作品更是困难的。

徐应源的作品，从根雕到漆画，一直都是难以把握的存在。我一次又一次沉迷其中，觉得他的作品逐渐进入了百无禁忌的阶段。作为以老子的“道”、“无”及“无为”的理论建立起来的艺术本体，很大程度上，他的作品横亘在一种对“神奇的曲线”的解释上面。徐应源的胃口出奇地好，几乎所有的对象本体都可以进入他的创作视域。这时，我想对他追问什么呢？

或许无须追问，因为我没有理由怀疑这位剧作家出身的画家的艺术天分。他的许多作品来自他对老子的“道”、“无”及“无为”理论的诠释，来自属于他的想象和虚构。如果说，宗教对于我们来说是一个遥远的彼岸，那么，老子的“道”就在我们的内心，并且形成了一个巨大的精神空间。迄今为止，的确有不少人运用老子的“道”去建立种种的艺术支撑；然而，老子的“道”并不是一个可以任意挥霍的标签，任何没有向大自然世界寻求艺术语言的行为，都不会是彻底的艺术。徐应源的艺术谱系最终要落脚在哪里？现在下定论可能还为时过早。不过可以肯定，他的自然门艺术指向了一种精神——“无”和“无为”的境界。

谈论这个话题似乎有点冒险。老子的“道”始终是一个历久弥新的话题，并且一直到现在从未出现衰竭的迹象。在徐应源眼里，“道”是他的唯一的艺术能量，是他的天机纵横的灵感，同时，可能是他以一种自然的生机勃勃去抗拒艺术市侩的重要手段。正是如此，我不想用诸如“思想深刻”、“内涵丰富”之类的话语去描述徐应源的作品，我只是认为，徐应源作品中的自我和内在性无一不是源自某种天意，以及某种特殊的心灵。在文学作品中，从艾略特的《荒原》到乔伊斯的《尤利西斯》，这些作品都被视作当代《圣经》的隐藏话语。徐应源的内心世界究竟承担了人类多少的不安和忧虑？或许，在某种可能的程度上，他的内心仍然留存着压抑不住的骚动？我的确无法用一种总体的语言模式去涵盖。我意识到他的作品表达了一种诱惑和恐惧。徐应源就是徐应源，他在老子的“道”的缝隙里挣扎出来的那些意义空间，其实并没有扰乱艺术的基本秩序。他甚至表达了一种“优雅的节制”。他的独特的艺术发现，意味着他的自我和经验已经毫无顾忌地揭开了非理性的封条。他的统一的主观世界也许更像是浪漫主义的特征，然而无论如何，他的作品里出现的那些充血般的东方式幻觉，绝不是肤浅的和完全混乱、破碎的意识；相反，他所追求的艺术秩序包含了对主观主义的基本信任。作为一种艺术形式，徐应源的作品几乎享有无限的自由。他的画面叙述语言告诉我们，在某种意义上，画面可以完成所有的经验；而在某种更为深刻的意义上，画面还将提交另一种性质的经验与自然对话，与世界对话。然而，问题随之显现：

什么是徐应源的意义世界？在这个意义中，他处在什么位置？

这其实是南希在《世界的意义》一书中提出的问题。南希说：“意义已经是这个世界上最不为我们分享的东西。但是，意义的问题却成为我们所共有的东西。……因此，意义的问题……是一个既大又小的问题，是一种关切，也许，是一个任务，一个机会。”在南希看来，意义和世界之间是不可分割的，我们生活在世界中，其实就是生活在意义中。根据这个理论，我们可以发现，在徐应源的作品里，尽管能够剥离出有关“道”的种种合理的阐释，无疑它首先是一个意义上的肯定；但是，在另一个意义上，徐应源究竟为“道”的观念注入了哪些新的东西呢？也许，这是本文不可能轻易绕过去的问题。

不过，在讨论这个问题之前，我记起来徐应源一直对我反复提及杜尚的作品及其理论。徐应源对杜尚的极力推崇，让我有点始料未及。杜尚是一位现代艺术的先驱人物，一位反视觉刺激的思想家，一位终生同视网膜艺术做斗争的勇士。他可以给蒙娜丽莎添上小胡子，可以把小便器搬进美术展厅。徐应源究竟跟他在哪个地方相融合呢？杜尚所说的“我最好的作品是我的生活”，想必许多人都知道，这是杜尚对自己的一个真实的阐释。然而，杜尚还有一句话“削弱意识的主动参与，借助偶然性”，一直为徐应源所津津乐道。杜尚创作《大玻璃》时，用机械制图的方式在画布上画画，完全推翻了常规的技巧因素。而在创作《三个标准的修补》时，他又像科学家做实验那样，剪了三根一米长的缝衣线，然后拎着它们，让它们像自由落体那样自然下落在画布上。在杜尚看来，这种作画的行为就是利用偶然性来削弱意识的主动参与，它能够有效排除人为智力活动因素的干扰，表现了对科学度量标准的嘲弄，从而完成了一件不是艺术品的作品。杜尚的这些作品开启了一条逃离传统艺术表达方法的路径，因为那些线条和画面是非常偶然得到的，而非刻意为之。可以认为，杜尚的创作和杜尚式的颠覆改变了西方现代艺术的进程。

如果说，毕加索的贡献在于给艺术提供了新的语言，杜尚的贡献则是给艺术提供了一个新的境界——借助偶然性以削弱意识的主动参与。作为在西方现代艺术发展史上一位奇异的人物，杜尚对生活和艺术所持的无为思想和超然心态，正暗合了道家思想的核心观点，给人的思想提供了一个新境界——无染无着的自由，从而把我们领进了一个生命美的自然天地，启发并引导着现代艺术的观念走向，甚至在某种意义上改写了整个西方艺术史。当代艺术的意义并不是让意义变成无意义，而是让无意义变成有意义，它是关于呈现与判断的结合体的一种表达。徐应源对于杜尚理论的汲取，或许就在于“破坏”某种表达方式的规定性，以达到那种无染无着的自由。罗素说过一句很有名的话：“参差多态乃是幸福的本源。”实际上，所有意义的价值，都在无限的差异性中表现那些奇思妙想如何渗透个人与空间，让你在欲望的剪迫中，感到自身的苍白无趣。今天我们在杜尚的线条、功能和色泽的无穷组合中，隐隐可以看到“器物与道”的某些变革，这表明杜尚对规定性的“破坏”是相当自由的，他不断地持续下去，直到自我可以成就一个追索的时代。

同样，徐应源对于意识的介入是不屑的。在根雕的创作中，他竭力遏制意识的主动参与，努力把常态下不可见的生命样式剥离出来，展现在架上。这样，在漆画创作中，他的发现的目光已经不在材料上面了，而是被某种“道”的意义所俘获。尽管，在徐应源的作品里，我无数次掉转目光，却始终无法离开那个意义的存在，它就是“道”，就是“无”，就是“无为”。任何的技巧对于徐应源来说，都必须从意义中剥离出来，必须置于我们之外和我们眼前。在这个意义上，形象是无法触摸的东西，形象只能被意义所触动。那么，如何去解释徐应源作品里那些“道”的观念、“道”的意识和“道”的存在，成为我思考的一个重心。

在和徐应源随意的聊天中，我曾经不经意地说出了三个“无”：无为、无意识、无技巧。在我看来，“无为”一直是徐应源的一个关键的创作理念。关于这点，他援引了杨润根《发现老子》一书里的观念：人类个体必须服从世界整体的力量，必须服从作为世界整体的全部历史必然性的“道”的力量。我无意在本文中复述老子的“道”和“无为”的观念，我想表达的是，徐应源作品里透出的“无为”，实际上是对我们身处的这个世界的秘密或意义的穿透。这个穿透并不是他的直接的诉说，而是被他作品里的秘密所穿透。或许可以这样说，徐应源作品的图式是“道”和“无为”的极端展现：外在于自我的自我；代表着自我的外在性；他面对着自我而感到惊奇。我注意到徐应源的许多作品里描述了生命和死亡，从某种意义上说，这其实是一种出现和消失、在场和缺席。无论是迎候（生命）还是告别（死亡），无论是生的轻快的跃动还是死的沉重的坠落，所有的呈现、再现和表现，都是通过在场与缺席之间的意义关联，去实现生命踪迹的出现和消失的。这是徐应源作品的一个深度的秘密，它穿透了生命的全部话语：无为。徐应源作品里的形象图式甚至是若隐若现的，但是它正好提醒了我们，形象并不是对可见事物的模仿，绘画也可能不是对已经发生的事件的呈现。在很大程度上，形象展示缺席，画面表现不在场的东西。这种境界，才真正是脱离了主观意识的“无为”境界。徐应源的代表性之作《老子》，异常明亮的色域泻落在画面上，老子的形象在光和色之间闪动。可以看出，光的来源是在画面之外的，它照亮了一种死亡，照亮了一种“道”的神圣。这种感觉，在《老外读懂了道德经》里似乎看得更加清楚。这幅作品引用了黑格尔的话作为题示：“中国老子说的道指的就是上帝。”《约翰福音》说“上帝是光”，而老子的“光”其实是一种“无”。老外所谓的读懂《道德经》，不过是借助上帝之光照亮了这个“无”的世界。我曾经一度寻思着徐应源为何要把中国的老子和西方的上帝联系起来，后来才稍稍明白，“光”把我们带入绘画之外以及进入灵魂深处，它们其实都是一种隐喻。在“道”的境界中，任何的实在性都是一种“无”；而“无”本身就是一种意义，甚至是一种宗教意义。但是在这里，我们似乎无须讨论徐应源作品的更加复杂的宗教学意味，而应该把视野集中到老子的“道”上面。事实上，徐应源作品所呈现的“无”，无论是一种出现还是一种消失，都在一种“无为”的境界里得到了充分的阐释。

“无为”的观念导引着徐应源的“无意识”，从表面上看来，这似乎是一个合理的解释。其实，“无为”的意义并不是从一开端就急匆匆地奔向“无意识”。画家如何在一个有限的画面结构里把一种生活或者生命叙述得饱满多汁，显然取决于画家的诗性话语。在徐应源的绘画过程中，画家的在场最终都可以被解释为不在场的在场，因为他呈现了不可呈现的呈现。这终究是一种“道”，一种“无为”，表现在绘画创作过程中，就是一种“无意识”。那么，徐应源的诗性思维表现在哪里呢？观看徐应源的作品，我们很可能看到了一种“无”，因为那些实体的形象随时会从我们的视觉里消失，我们甚至可能看不到任何东西。因此，在某种终极意义上，观看徐应源的作品意味着某种寻找：我寻找我自己，我寻找我和这个世界的关系。这样，在观看过程中，作品指向了一种被绘画抽离出去的诗性空间。可以看出，徐应源的创作充满了某种被触动的力量，这就是激情。这种激情与痛苦和受难有关，与爱的深层体验有关。无论从哪个角度看，那些散发着激情的形象都可以被“神圣”二字所理解。从这个意义上说，徐应源的“无意识”显然是在模仿了“自然”之后，从在场迫近了不在场。这个过程，其实就是在绘画的行动中将自身抽离在外，画面的对象成为一个世界的证明，成为世界存在的意义。徐应源的诗性也许就在这里：他所追忆的就是那些不可记忆者，他所描述的就是那些不可呈现者。从《龙》、《禁果》以及《野兽》等作品可以看出，徐应源的构图方式已经完全流动化了，那具龙的形象只有头和尾巴是真实的，身体的绝大部分都被虚化为某种“无”。而恰恰是在这种“无”之中，你可以看出龙的复活，也可以看出龙在死亡中的缺席。同样，《禁果》和《野兽》中的形象大部分也被画家虚化了。《禁果》延拓了人的身体部分，其实那个身体已经是“无”了；《野兽》则泛化了作为兽的本质部分，所有的凶残和野蛮都在一种“无”的呈现中缺席了。无疑，这些作品既传达了生命的喧闹，也透露出死亡的寂静。所有这些，对于一位在“道”场里的画家来说，都是一种无意识，一种“无为”。徐应源的诗性空间或许就表现在这里，只有痛苦和受难，才有那种可能触动艺术的“无意识”。因此，他的作品随时让我们看到实体形象在视觉里的消失。消失的意义告诉我们，形象其实是无法触摸的东西，它是陌生的；对于这种陌生的无法触摸的形象本体，只能是去感觉，只能用无意识去剥离它们，从而置于我们的视界之外。

在徐应源的意义世界里，“无意识”最初的呈现或许只是某种可能；因为不仅仅是激情，在那些可作为技巧的可感形式中，更为重要的，俨然还有某种促使艺术在意义世界里生成的东西。这个东西就是“无技巧”。在徐应源的艺术世界里，触动我们的往往不是形象所呈现的事物，而是构成形象的色块、线条乃至某些痕迹。或者说，是那些色块、线条和痕迹自身的力量，触发了艺术可感知的物质性，从而打开了一个意义世界，并由此构成了人与意义世界之间的某种直接关系。这，就是技巧么？显然，无论是线条化还是色块化，随着徐应源的持续的描摹，那些不确定的意义整体，就被我们视觉化为一个环境，一个被意义所照亮的世界。在南希看来，艺术的价值就在于它在人与世界之间建立起一种意义的关联。的确，这种关联并非某种超验的实在性；相反，它以一种“无技巧”的形式，洗濯了技巧的痕迹。技巧的任何痕迹都表现在对现实的摹写状态之中，只有真正服从于自然，真正服从于“道”的存在，任何的技巧最终都是无法被诉说的。就像两个人面对面，互相盯着对方的眼睛，似乎都看到了对方的内心，似乎都认出了那些既看不见又无法言说的东西，却又似乎找不到对方的真实的存在。这便是“无技巧”。它来自“道”的意识，来自“无为”的意识。作为创作者，徐应源的意义在于沉入现实世界；而作为观者，我们的意义在于凝视艺术世界。这二者无疑都需要想象。但问题在于，它们有没有真正的相似之处？如果有，这个相似之处在哪里呢？面对这个问题，我想还是重温一下黑格尔早就说过的那句话：为了实现展现灵魂的目的，绘画只能将自己展现为绘画艺术自身。徐应源有幅《反思》，完全借助于色块的呈现，你很难说出这究竟是画家自身的形象，还是他所理解的现实人物的呈现。因为色块已经在某种“技巧”的解构之下被符号化了，从而表现为一种“无技巧”状态。与此类似的还有《忏悔》、《面具》等作品，技巧完全丧失在画家对于对象的“在场”关系之中，变成了某种“不在场”的追忆。相形于《反思》中色块的相对稳定的搁置，《忏悔》和《面具》的色块在流动中再现了灵魂的深度洗礼。从这个意义上说，徐应源的绘画行为变成了一种观看，他以“在场”观看了“不在场”的自身。南希说过：以在场的不在场去追忆不在场的在场，并不是为了别的什么，而是为了与之相似。这其实也就是“无技巧”的“技巧”。当然，这种追忆本身所隐含的“道”的意义，在作品的呈现之中已经不证自明。就像奥古斯丁的经典文学肖像《忏悔录》那样，通过将自己呈现给上帝的行动，通过呈现那些不可呈现的东西的行动，一个主体也就呈现了自身。所以，徐应源的所有“技巧”，最终都是“无技巧”，都表现为作品内在之光的思想和寓意的表达。或者说，它们都被某种“道”所道出。此时，神圣的现实形象退隐了，作为色彩和光则浮现在画面之中。

的确，我是花费了很大的功夫去读徐应源的作品。我深知以我自己浅薄的见识，不足以去评价这样一位比较独特的艺术家。解读徐应源一直是困难的。然而我意识到，艺术的终极意义，并非指向艺术的伟大性；对于任何的艺术家而言，艺术是沟通人类的途径之一。生活中短暂的一瞥，也许经常是被观念遗忘的部分，而在艺术尤其是在视觉中，它有着某种深刻不变的永恒。这，就是艺术的意义，也是徐应源的意义世界。

2008 年 6 月 16 日

福州金山碧水友兰苑悠斋

语言和第三只眼

——中国文化之思

一

语言是什么？这实在是一个不可理喻的东西。记得从前在书上看到一则趣事：说某人去见贝多芬，问他什么是一首名曲的“意思”。贝多芬默而不答，只是用琴演奏了一遍乐曲。那人惘然，仍然重复他的问题，只见贝多芬眼噙泪水，无以应答。音乐的理解需要倾听而不是解答。对于语言，我们需要什么呢？

世界上有不少现象是难以用语言描述的，尽管你可以挑出那些极富魅力的字眼来构造语言，却仍然是一个理念的外壳。这种情形，大概同牧师站在坛上以很有人情味的措辞传达上帝的旨意时，不过是一种理性的教谕一样。

洛克著的《六人》中，有一位叫阿夫特尔丁根的诗人，曾经夸耀能用语言创造世界，让人类栖居，但人类仍然不懂这种语言，只好和它永别了。这情形看起来有点儿悲壮。人类常常无法把握某些精神现象，问题可能就出在过分执着于语言。想用语言描述的结果是无法描述，不想用语言描述的却偏偏在不知不觉中被描述出来，语言时时在同人开玩笑，就像理性常常在同人捉迷藏一样。语言对于人类究竟具有多大的魔力，说到底是一个“言语道断，心行处灭”的问题，“语”一到“象”就断了，工夫皆在言外，所谓“言不尽意”也。

二

对于语言，照样需要一种“诗意地倾听”，就好像在西湖赏月，存“真赏”而不是“假看”于一种趣味里，待到人散灯稀，万籁俱寂，月镜新磨时，逐渐与心徘徊，往通声气，由“有我”之境进入“无我”之境。这似乎有点含“玩”的味道。然而也不尽然是“玩”，由“玩”而“赏”，由“赏”而洽趣入神，态度虽清雅沉着而未必浮浅随意或慵懒无思，像陶令公那样，既“悠然”，又“每有会意便欣然忘食”，“解”的束缚由此而打破，以求最大限度的倾听和默契。倾听并不期待着某种理解框架的树立，也不期待着某种文本载体的表达，而如同沈石田所说的“老眼看花全似雾，模糊只写雨中山”。从一个更广泛的意义上说，人类的知识和文化并不是建立在逻辑概念和表达方式的基础上，而是建立在隐喻思维这种先于逻辑概念之上。中国古代文论所发挥淋漓的隐喻式品评，仍然不失为选择和创造的源泉之一。

三

我突然觉得我读了这么多年的书算是白读了。原因在于我看到《五灯会元》卷四里记载的一则故事：古灵神赞禅师悟禅后，看到他原来的教师在窗下看经书，有一只蜜蜂在窗纸上爬来爬去想飞出房外，便说："世界如许广阔，不肯出，钻他故纸，驴年去！"并作一偈讥讽那些埋头读故纸的人："空门不肯出，投窗也大痴。百年钻故纸，何日出头日。"读了这则故事，我想，人为什么一定要把自己的一点灵性全交给死人打发，非得把那成堆成堆的语言文字搬来搬去，沉溺不拔呢？那些禅师在"悟道"时就不需要搬弄书本，作广征博引状，他们也不需要什么雕琢的语言和精深的分析，就可以与世间万物作心灵交流、信息沟通，去体验禅旨，去点铁成金。怪不得禅家语有道是"悟则直下便悟，拟思则差"，一低头苦思，便陷入逻辑之网、语言之网和因果之网，结果如贯体禅师所云"拾得一团篁"了。我确实感到"悟"的乐趣了。

四

当今的人类似乎还有些聪明，他们从梦中醒来，发现自己一开始就掉入理窟，理性及语言文字已经在欺骗它们的创造者了。我们原先那个"存在"怎么就不存在了，一切怎么就变得那么难于把握，甚至难于接近了？也许，人们为了寻找回原先的那个"存在"，为了返璞归真，为了再现童心，于是就有了诗，有了禅。诗和禅都是“不涉理路”的，而全凭着直觉的体验来领悟。看来，“悟道”的关键在于冲破理障。人一旦突破理障，便会返回原初之思的起点，便会回到“太虚廓然荡豁”尚未经污染的纯朴混沌时代，便会重新以直觉去感觉世界的本真及原先的那个“存在”了。人有时候就这么古怪得，非得把那个原本属于本真的世界“存在”折腾得不是模样不行，然后又回过头来去长时间呆坐着“离形去知”，去冥想，去禅定，去悟道，重新把原先那个世界“存在”找回来，把那一块闲静本心找回来。

五

我因此怀疑禅师和诗人有第三只眼。这第三只眼能够看到清风夕阳、山溪林石在与人交谈嬉戏，能够看到蒲花柳絮、竹针麻线都成了“佛法大意”。难怪辛弃疾在醉眼蒙眬中是这样看松树的：“只疑松动要来扶，以手推松曰：去。”说王维诗“若神助，不可多得也”，也是书呆子说的，但他就得不到王维之所得，看不见王维之所见。这里的奥妙也全在“悟道”。“悟道”的确使人在禅意盎然的世界睁开了第三只眼。所以，“存在”的真谛是语言文字所剖析不了的，只有直觉的体验才可能感悟到。诗意和禅意之所以盎然如童心未泯，在于它们的语言是无邪的。不过，这里的“语言”已不是一般的语言了，而是一种“不涉理路”的悖诡的语言，它召唤人们用生命直截了当地投入对于世界对于人生的体验。

六

我常常对于那些在经验范围内看来是不可能实现的事，似乎有一种足够的自信：理性无法解释的地方，“悟”便开始从这里出发。当然，究竟有哪些东西被我所了悟，我很难说清楚，所以有时便像鲁迅先生所感喟的那样：“我自己总觉得我的灵魂有毒气和鬼气。”我想，我的了悟也许就带有几分“鬼气”的。我喜欢那些神秘的东西，也需要一个合理的怀疑主义。这样，就使我对生命现象、对人生价值、对宇宙自然的感受多少有些认真，从而使得我对中国文化精神的理解稍微精致一些，深到一些。

由此，我想到中国文化向来重生这一问题。无论儒、道、玄、佛，均以肯定现实生命的存在为前提，生的魅力与死的恐惧像一对影子紧紧地缠住了人们。比如庄子，他任何功利都超脱得了，唯独在“生”这个最功利的东西面前不能免俗。看来，生的不自由与死的不可测大约就是中国人生哲学的发端，生命的最深刻的矛盾也许就在于它原本是一种不断在生长的力，但正是这种力把生命本身推向死亡的终点。因此，生命的最深刻的本质，即是生生不息的探索和追求，即是以生的意志顽强地去抗拒死的宿命，这才是中国文化的一种新的原动力。

七

叔本华说读书人有一种“天才的忧郁”，我想这实际上反映了知识分子身上的一种“智慧的痛苦”。中国历代的知识分子并不把痛苦看作人生历来如此、永远如此的必然本质，而是从理解痛苦出发，去追求一种人格理想，在对人生的肯定中解脱痛苦。因此，作为知识分子，我想是要有一点“智慧的痛苦”的。没有痛苦，智慧就决不会深刻。王国维先生之所以能够成为“真正的近代学者”，除了他自觉地、成功地把西方科学精神融入学术研究外，还与他清醒地意识到“智慧的痛苦”有关。他读叔本华，就是一次“智慧的痛苦”的艰难历程。他从叔本华的“人生痛苦”的深潭中解脱出来，由西返儒，依归自己的道德生命，崇尚一种超历史的伦理主义，追求一种素朴的、原始的平衡与和谐，不能不说是智慧的痛苦修炼的结果。由此我想，智慧尽管痛苦，却仍然不失为真诚的追求、真诚的探索而有所得。这样追求和探索是无止境的，是在向着自由王国的非有限的逼近，也是一种主体的上升过程。

1992 年 11 月 26 日

后　记

写“后记”好像有点烦，寻找记忆不是我所擅长的。我一直很佩服那些革命老同志，总能记起几十年前的细枝末节。我过去那些不起眼的痕迹，早就被我抛到九霄云外了。在文字的间隙里，我还能找到一些什么样的蛛丝马迹呢?

这是我的第一本论文集，之前出版的大都是学术专著。这本集子收入过去发表的学术论文和评论文章中的一部分，主要内容是一种理论设置的“艺术感觉论”，一种中国现代文学批评的“视角和谱系”，以及对一些作家作品的解读和评论，看起来有些杂，时间跨度也有点大，像野狗耕地，荒江野老。论文集的“布阵”是有玄机的，每一个章节的“摆摊”总要费尽心思，弄不好就得“打包”携归。我却如同收割那般，将其拢为一捆。“闲云一片不成雨”，“画眉深浅”还能“入时无”么？此时我想到的另一个词就是“敝帚自珍”。

本书中的两个关键词是“艺术感觉”和“批评之象”，一眼望去，丝毫没有什么诱人的热闹，不是面容过于整肃，就是神情过于倨傲。如今学术不吃香了，蓬窗孤立，只剩下“我思故我在”了。三十多年前年轻气盛，不知学问深浅，一脚踏进去，才明白学术的脚印器器，暗藏的密码何其多也。鲁迅当年在《从百草园到三味书屋》里写到三味书屋的读书，人声嘈嘈，一片鼎沸。待一切都静了下来时，先生还在大声朗读着：“铁如意，指挥倜傥，一座皆惊呢……”鲁迅写道：“我怀疑这是极好的文章，因为读到这里，他总是微笑起来，而且将头仰起，摇着，向后面拗过去，拗过去。”读书能“入神”到这等境界，我想多少是逼入了灵魂，才能这般有滋有味，陶醉无比。然而，做学问有时还真的不可能像三味书屋中的先生那样“指挥倜傥”，而使得“一座皆惊”呢。

写文章被人们俗称为“写东西”，这个“东西”究竟是神马东西呢？按我浅薄的理解，就是在字里行间讨点滋味、讨点生活。既然误入歧途，为了五斗米，那就安心也罢，手持黄卷，偏安一隅，面对蒙蒙细雨，让自己的陋相混迹其间，慢慢地逼近所谓的“学术”。学术其实是很奢侈的，是一种心智的折磨。钱锺书先生说，“东海西海，心理攸同；南学北学，道术未裂”，容不得半点的虚假。学界贤哲如恒河沙数，我这一册小书就权当“浮云遮望眼”了。有时候想，或许读一读我的“自序”和“后记”就好，绝对比正文那些“营生”好看。

好吧，不能再这样无休止地“满纸荒唐言，一把辛酸泪”地乱发痴话了。要感谢的人好像有很多，可我一摆起这个长长的名单“地摊”，又得“排座次”了。时文桎梏，“排座次”很累，干脆就罢了。我想，隐其名而笼统鸣谢，冷热自知，大家懂得。

校对完书稿清样，想想自己是不是该来一次学术“大逃亡”了。时下阅读已经进入碎片化，我也“鸟枪换炮”，写我的“健民短语”去了。呜呼，既然不能免俗，那就不要去打扫凡心了吧。

杨健民

2016 年 12 月 5 日

图书在版编目(CIP)数据

思想的边界 ：健民文论自选集 / 杨健民著. -- 北京：社会科学文献出版社，2017.1
ISBN 978 -7 -5201 -0098 -4

Ⅰ. ①思… Ⅱ. ①杨… Ⅲ. ①文艺理论 -文集 Ⅳ. ①I0 -53

中国版本图书馆 CIP 数据核字（2016）第 300528 号

思想的边界
——健民文论自选集

著　　者 / 杨健民

出 版 人 / 谢寿光
项目统筹 / 王　绯
责任编辑 / 刘　荣　韩晓婵

出　　版 / 社会科学文献出版社 · 社会政法分社（010）59367156
地址：北京市北三环中路甲 29 号院华龙大厦　邮编：100029
网址：www. ssap. com. cn
发　　行 / 市场营销中心（010）59367081　59367018
印　　装 / 三河市东方印刷有限公司

规　　格 / 开 本：787mm × 1092mm　1/16
印 张：29　字 数：351 千字
版　　次 / 2017 年 1 月第 1 版　2017 年 1 月第 1 次印刷
书　　号 / ISBN 978 -7 -5201 -0098 -4
定　　价 / 128. 00 元

本书如有印装质量问题，请与读者服务中心（010 -59367028）联系

城市文化
生活中心
廣州購書中心